Zauber der Begierde

KAREN MARIE

MONING

Zauber der Begierde

ROMAN

Aus dem Amerikanischen

von Thomas Mück

Weltbild

Die amerikanische Originalausgabe erschien 1999 unter dem Titel
Beyond the Highland Mist
bei Dell Publishing, a division of Random House, Inc., New York.

Genehmigte Lizenzausgabe für Verlagsgruppe Weltbild GmbH,
Steinerne Furt, 86167 Augsburg

Erschienen im Ullstein Taschenbuch Verlag.
Übersetzung: Thomas Mück
Umschlaggestaltung: Atelier Seidel, Neuötting
Umschlagmotiv: John Ennis via Agentur Schlück, Garbsen
Gesamtherstellung: GGP Media GmbH,
Karl-Marx-Str. 24, 07381 Pößneck
Printed in Germany
ISBN 3-8289-7776-6

2008 2007 2006 2005
Die letzte Jahreszahl gibt die aktuelle Lizenzausgabe an.

Für meine Schwester Elizabeth, in Liebe.
You are my sunshine ...

Mit besonderem Dank an:
meine Mutter und meinen Vater;
Rick Shomo;
Carrie Edwards und Jeanne Meyer;
und an meine Agentin Deidre Knight.
Ohne euch hätte ich es nicht geschafft!

BELTANE
(Frühjahr)

Bunte Schlangen, zweigezüngt!
Igel, Molche, fort von hier!
Daß ihr euren Gift nicht bringt
In der Königin Revier!

SHAKESPEARE, *Ein Sommernachtstraum*

Prolog

Schottland, 1. Februar 1513

Der Duft von Jasmin und Sandelholz lag in den Eschen. Über den taugetränkten Zweigen zauberte eine einsame Möwe Spukgestalten in eine Nebelbank, als sie aufstieg, den jungen Morgen über dem weißen Sand von Morar zu begrüßen. Die türkisfarbenen Fluten schimmerten wie die Flossen von Meerjungfrauen vor der alabasterfarbenen Küste.

Der elegante königliche Hofstaat des Tuatha De Danaan bildete bunte Farbtupfer in den Weiten des üppigen Grüns. Gepolsterte Kutschen in strahlendem Scharlachrot und leuchtendem Limonengelb, die halbmondförmig um den Freiluftthron plaziert waren, schmückten den grasbedeckten Hügel.

»Man sagt, er sei sogar noch schöner als Ihr«, bemerkte die Königin zu dem Mann, der es sich am Fuße ihres Thrones bequem gemacht hatte.

»Unmöglich.« Sein höhnisches Gelächter klirrte wie ein Glockenspiel aus geschliffenen Kristallen, durch das ein Feenwind bläst.

»Man sagt, daß seine Männlichkeit auf Halbmast einen Hengst vor Neid erblassen ließe.« Die Königin ließ unter halb geschlossenen Augenlidern einen kurzen Blick über ihre angespannt lauschenden Höflinge gleiten.

»Wahrscheinlich eher eine Maus«, spöttelte der Mann zu

ihren Füßen. Mit einer eleganten Bewegung markierten seine Finger eine lächerliche Entfernung in der Luft, und Hohngelächter zerschnitt den Nebel.

»Man sagt, voll ausgefahren stehle er den Frauen den Verstand aus dem Körper und fordere ihre Seele.« Die Königin senkte die Lider, um ihre Augen zu verbergen, in denen ein böswilliges Feuer loderte. *Wie leicht sich meine Männer doch provozieren lassen!*

Der Mann verdrehte die Augen, und Verachtung legte sich über seine arrogante Miene. Er kreuzte die Beine und blickte hinaus auf die See.

Doch die Königin ließ sich nicht täuschen. Der Mann zu ihren Füßen war äußerst hochmütig und weitaus empfänglicher für ihre Provokation, als er es sich anmerken ließ.

»Laßt ab von ihm, meine Königin«, mahnte König Finnbheara. »Ihr wißt, wozu der Narr fähig ist, wenn er in seiner Eitelkeit gekränkt wird.« Besänftigend berührte er ihren Arm. »Ihr habt ihn genug gereizt.«

Die Augen der Königin verengten sich nachdenklich. Für einen Moment war sie geneigt, ihren Rachegelüsten Einhalt zu gebieten. Ein taxierender Blick auf ihre Männer zerschmetterte jedoch diesen Gedanken, als sie sich daran erinnerte, wie sie letzte Nacht heimlich mit angehört hatte, worüber sie sich ausführlich bis ins letzte Detail unterhalten hatten.

Was sie gesagt hatten, war unverzeihlich. Die Königin war keine Frau, die mit anderen verglichen und für fehlerhaft befunden werden durfte. Unmerklich verhärteten sich ihre Lippen. Bedachtsam wählte sie ihre nächsten Worte.

»Aber ich habe festgestellt, daß er genauso ist, wie man sich erzählt«, säuselte die Königin.

Es folgte eine Stille, und ihre Worte schwebten über ihnen, unwidersprochen, denn dieser Hieb war zu grausam, um darauf einzugehen. Der König an ihrer Seite und der Mann zu ihren Füßen bewegten sich unruhig. Sie fing bereits an zu überlegen, ob sie sich nicht deutlich genug ausgedrückt hatte, als beide gleichzeitig auf den Köder anbissen. »Wer ist dieser Mann?«

Aoibheal, die Königin des Feenreiches, versteckte ihr zufriedenes Lächeln hinter einem angedeuteten Gähnen und nahm einen tiefen Schluck von der Eifersucht ihrer Männer. »Man nennt ihn den Hawk.«

Kapitel 1

Schottland, 1. April 1513

Sidheach James Lyon Douglas, der Dritte Earl of Dalkeith, durchschritt den Raum. Wassertröpfchen rannen von seinem nassen Haar auf seine breite Brust und liefen zwischen den Furchen seiner Bauchmuskulatur zu einem einzigen Rinnsal zusammen. Das Mondlicht schimmerte durch das geöffnete Fenster, und der silbrige Schein legte sich über seine bronzene Haut und erweckte die Illusion, als sei er aus Stahl gegossen.

Das Badewasser in der Wanne hinter ihm war kalt geworden und vergessen. Die Frau auf dem Bett war ebenfalls kalt und vergessen. Sie wußte es.

Und mit diesem Gedanken konnte sie sich überhaupt nicht anfreunden.

Zu schön für mich, dachte Esmeralda. Doch bei allen Heiligen, dieser Mann war das reinste Gift, und nur ein weiterer tiefer, kühler Schluck seines Körpers das einzige Gegenmittel, das Linderung versprach. Sie dachte an all die Dinge, die sie unternommen hatte, um ihn für sich zu gewinnen, um sein Bett zu teilen. Und – Gott vergebe ihr – an all das, was sie tun würde, um diesen Platz zu behalten.

Beinah haßte sie ihn dafür. Sie wußte, daß sie sich selbst dafür haßte. *Er sollte mir gehören*, dachte sie. Sie beobachtete ihn, wie er durch den großen Raum zu dem Fenster schritt, das sich zwischen zwei kannelierten Granitsäulen öffnete, die zwanzig Fuß über ihrem Kopf in einem hohen Bogen zusammentrafen. Esmeralda lächelte höhnisch hinter seinem Rücken. Wie dumm, solche großen, ungeschützten Öffnungen in einer Festung, oder arrogant. Aber warum sich den Kopf zerbrechen, wenn man in einem massiven Bett mit Gänsedaunen liegen und durch den rosafarben schimmernden Bogen einen samtenen Himmel, gespickt mit funkelnden Sternen, betrachten konnte?

Sie hatte bemerkt, daß er vorhin in diese Richtung geblickt hatte, während er sie genommen und mit dieser steinharten Männlichkeit, die nur er besaß, in ihrem Blut ein bodenloses Verlangen entfacht hatte. Wimmernd hatte sie unter ihm die größte Ekstase ihres Lebens erfahren, und er hatte dabei aus dem Fenster gesehen – als ob er allein gewesen wäre.

Hatte er die Sterne gezählt?

Hatte er im Kopf obszöne Liedchen intoniert, um nicht vornüber zu fallen und einzuschlafen?

Sie hatte ihn verloren.

Nein, Esmeralda schwor es sich, sie würde ihn nie verlieren.

»Hawk?«

»Mmh?«

Zärtlich fuhr sie mit zitternden Fingern über das lavendelfarbene Seidenlaken. »Komm zurück ins Bett, Hawk.«

»Ich habe heute keine Ruhe, Süßes.« Er spielte mit dem Stiel einer großen, hellblauen Blüte. Noch vor einer halben Stunde hatte er ihre taugetränkten Blätter über ihre seidige Haut gleiten lassen.

Esmeralda zuckte zusammen bei seinem offenen Eingeständnis, daß er noch Überschuß an Energie hatte. Ermattet und befriedigt konnte sie sehen, daß sein Körper immer noch vom Kopf bis in die Zehen ruhelos vor Kraft strotzte. Welcher Art von Frau – oder wie vieler – bedurfte es, um diesen Mann vollends befriedigt einschlummern zu lassen?

Mehr Frauen als sie, und, bei den Göttern, wie weh ihr das tat.

Hatte ihre Schwester ihm größere Befriedigung verschafft? Ihre Schwester, die sein Bett gewärmt hatte, bis Zeldie einen Weg gefunden hatte, ihren Platz einzunehmen.

»Bin ich besser als meine Schwester?« Bevor sie es verhindern konnte, waren ihr die Worte entschlüpft. Sie biß sich auf die Lippe und erwartete bang seine Antwort.

Ihre Worte zogen seinen verhangenen Blick fort von der sternenklaren Nacht, ließen ihn durch das großzügig bemessene Schlafzimmer gleiten, bis seine Augen schließlich auf der schmollenden Zigeunerin mit dem rabenschwarzen Haar ruhten. »Esmeralda«, tadelte er sie sanft.

»Also?« Ihr heiserer Alt bekam einen aggressiveren Ton.

Er seufzte. »Wir hatten diese Unterhaltung doch schon früher –«

»Und du hast mir nie geantwortet.«

»Hör auf, dich zu vergleichen, Süße. Du weißt doch, daß es dumm ist...«

»Wie könnte ich damit aufhören, wenn du mich mit hundert, wenn nicht sogar tausend anderen vergleichen kannst, sogar mit meiner Schwester?«

Ihre wohlgeformten Augenbrauen zogen sich finster über den blitzenden Augen zusammen.

Sein dröhnendes Lachen erfüllte den Raum. »Und mit wie vielen vergleichst du mich, bezaubernde Esmeralda?«

»Meine Schwester kann nicht so gut gewesen sein wie ich. Sie war ja fast noch eine *Jungfrau.*« Beinahe angeekelt spuckte sie das Wort aus. Das Leben war viel zu unwägbar, als daß die Jungfräulichkeit bei ihrem Volk als wertvoller Besitz gelten konnte. Die Lust, mit all ihren Facetten, hatte in der Kultur der Zigeuner einen hohen Stellenwert.

Warnend hob er eine Hand. »Hör auf. Sofort.«

Aber sie konnte nicht. Die giftsprühenden Worte ihrer Anklage sprudelten schnell und wutschnaubend dem einzigen Mann entgegen, der jemals ihr heidnisches Blut zum Singen gebracht hatte, denn die Langeweile, die er zwischen ihren Schenkeln empfand, war an diesem Abend wie in Granit auf sein makelloses Gesicht gemeißelt worden. In Wahrheit war das schon seit vielen Abenden der Fall.

Stillschweigend ertrug er ihren Wutausbruch, und als ihre Zunge endlich schwieg, wandte er sich wieder zum Fenster. Das Geheul eines einsamen Wolfes zerriß die Nacht, und in ihrem Inneren erklang ein Schrei, der ihm antwortete. Sie wußte, das Schweigen des Hawk war sein Lebewohl. Tief getroffen von Ablehnung und Erniedrigung, lag sie bebend in seinem Bett – in dem Bett, in das er sie nie wieder einladen würde.

Sie würde töten für ihn.

Und genau das war es, was sie Augenblicke später vorhatte, als sie mit dem silbernen Dolch, den sie von dem Tisch am Bett genommen hatte, auf ihn zustürzte. Vielleicht hätte Esmeralda gehen können, ohne einen Racheschwur zu leisten, wenn er überrascht gewesen wäre. Für einen Augenblick erschrocken. Oder wenn es ihm wenigstens leid getan hätte.

Doch er zeigte keine jener Gefühlsregungen. Sein makelloses Gesicht strahlte vor Lachen, als er ihr mühelos auswich, nach ihrem Arm griff und den Dolch durch das offene Fenster wirbelte.

Er lachte.

Und sie verfluchte ihn. Ihn und seine gesamte Nachkommenschaft, in alle Ewigkeit.

Als er sie mit Küssen zum Schweigen brachte, fluchte sie weiter mit zusammengebissenen Zähnen, selbst als ihr treuloser Körper vor Hingabe zerfloß. Kein Mann sollte so schön sein. Kein Mann sollte so unangreifbar sein, und so verdammt furchtlos.

Kein Mann sollte in der Lage sein, Esmeralda zu verlassen. Er war fertig mit ihr, aber sie war noch lange nicht fertig mit ihm. Niemals würde sie mit ihm fertig sein.

* * *

»Es war nicht deine Schuld, Hawk«, äußerte sich Grimm. Sie saßen auf der gepflasterten Terrasse von Dalkeith, tranken Portwein und rauchten in männlicher Selbstzufriedenheit importierten Tabak.

Sidheach James Lyon Douglas rieb sich mit makelloser Hand sein makelloses Kinn, leicht verärgert über den makellosen Ansatz von Bartstoppeln, der sich jedesmal nur wenige Stunden nach der Rasur zeigte.

»Ich kann es einfach nicht begreifen, Grimm. Ich dachte, ich hätte ihr Vergnügen bereitet. Weshalb sollte sie versuchen, mich zu töten?«

Grimm zog eine Augenbraue hoch. »Was *machst* du nur mit den Frauen im Bett, Hawk?«

»Ich gebe ihnen, was sie wollen. Phantasie. Mein williges Fleisch und Blut, um jede ihrer Launen zu befriedigen.«

»Und woher kennst du ihre Launen?« wunderte sich Grimm.

Der Earl of Dalkeith lachte leise auf. Es war ein ungezwungenes, selbstsicheres Donnergrollen, von dem er wußte, daß es die Frauen verrückt machte. »Ah, Grimm, du mußt nur mit deinem ganzen Körper lauschen. Sie sagt es dir mit den Augen, ob sie es weiß oder nicht. Sie lenkt dich mit ihren leisen Schreien. Fast unmerkliche Windungen ihres Körpers sagen dir, ob sie dich lieber vor oder hinter ihren üppigen Kurven hätte. Mit Sanftheit oder mit Kraft; je nachdem, ob es ihr nach einem zärtlichen Liebhaber gelüstet oder ob sie eine Bestie will. Je nachdem, ob ihre Lippen geküßt oder wild verschlungen werden wollen. Je nachdem, ob ihre Brüste ...«

»Ich hab' schon verstanden«, unterbrach ihn Grimm und schluckte. Unruhig rutschte er auf seinem Stuhl hin und her und faltete seine übereinandergeschlagenen Beine auseinander. Dann schlug er sie wieder übereinander und zupfte an seinem Kilt herum. Öffnete sie erneut und seufzte. »Und Esmeralda? Hast du auch ihre Phantasien erraten?«

»Nur zu gut. Unter anderem beinhalteten sie, Lady Hawk zu werden.«

»Sie hätte wissen müssen, daß es nicht sein kann, Hawk. Jeder weiß doch, daß du so gut wie verheiratet bist, seit König James deine Verlobung befohlen hat.«

»So gut wie *tot*. Und ich möchte nicht darüber reden.«

»Der Tag rückt näher, Hawk. Du wirst nicht nur darüber zu reden haben, du wirst etwas unternehmen müssen – wie zum Beispiel, deiner Braut deine Aufwartung zu machen. Die Zeit wird knapp. Oder ist es dir egal?«

Hawk warf Grimm einen wütenden Blick zu.

»Nur, um sicherzugehen, das ist alles. Es sind kaum noch vierzehn Tage Zeit, denkst du daran?«

Hawk starrte hinaus in die kristallklare Nacht mit ihrem glitzernden Sternenmeer. »Wie könnte ich es vergessen?«

»Glaubst du wirklich, daß James seine Drohungen wahr machen würde, solltest du das Comyn-Mädchen nicht heiraten?«

»Absolut«, sagte Hawk tonlos.

»Ich verstehe nicht, weshalb er dich so sehr haßt.«

Ein sardonisches Lächeln huschte über Hawks Gesicht. Er wußte, weshalb James ihn haßte. Vor dreißig Jahren hatten Hawks Eltern James in seinem tiefsten, eitlen Inneren abgrundtief erniedrigt. Da Hawks Vater verstarb, bevor James sich rächen konnte, hielt sich der König nun an den Hawk anstelle seines Vaters.

Fünfzehn lange Jahre hatte James jede Minute in Hawks Leben kontrolliert. Und dann, wenige Tage bevor sein Dienstschwur ausgelaufen war, hatte James einen Plan ersonnen, Hawks Zukunft nachhaltig zu beeinträchtigen. Durch den Erlaß des Königs war er gezwungen, ein Mädchen zu heiraten, das er nicht kannte und das er nicht wollte; eine zurückgezogene Jungfer, die, so hieß es, ausgesprochen häßlich und zweifellos verrückt sei. Das war König James' schräge Vorstellung einer lebenslangen Strafe. »Wer kann schon ergründen, was in den Köpfen von Königen vor sich geht, mein Freund?« wich Hawk aus und beendete darum nachdrücklich das Thema.

Die beiden Männer ließen für eine Weile schweigend die Zeit verstreichen, wobei jeder von ihnen aus unterschiedlichen Gründen vor sich hin brütete, während sie in den samtenen Himmel starrten. Aus den Gärten wehte der sanfte Schrei einer Eule herüber. Grillen rieben ihre Hinterbeinchen zu einem lieblichen Konzert aneinander und zollten Dalkeith den Tribut der Morgendämmerung. Sterne pulsierten und schimmerten vor dem blauschwarzen Baldachin der Nacht.

»Sieh nur. Einer fällt. Dort, Hawk. Was machst du jetzt daraus?« Grimm zeigte auf einen weißen Punkt, der vom Himmel herabstürzte und einen milchig-glühenden Schweif hinter sich herzog.

»Esmeralda sagt, wenn man sich bei einer Sternschnuppe etwas wünscht, so wird es in Erfüllung gehen.«

»Hast du dir etwas gewünscht?«

»Hohles Geschwätz«, spottete Hawk. »Dummer romantischer Unsinn für Mädchen mit verträumten Augen.« Natürlich hatte er sich etwas gewünscht. Jedesmal, wenn er in letzter Zeit eine gesehen hatte. Immer denselben Wunsch. Immerhin, der Tag rückte tatsächlich näher.

»Nun, ich versuche es mal«, knurrte Grimm, um durch Hawks Spötteleien nicht ins Wanken zu geraten. »Ich wünsche ...«

»Nun sag schon, Grimm. Was wünschst du dir?« fragte Hawk neugierig.

»Das geht dich nichts an. Du glaubst ja nicht daran.«

»Ich? Der ewige Romantiker, der Legionen von Frauen mit Poesie und Verführung bezaubert – ich sollte nicht an all diese entzückenden weiblichen Dinge glauben?«

Grimm warf seinem Freund einen warnenden Blick zu. »Vorsichtig, Hawk. Mach dich auf eigenes Risiko über sie lustig. Doch eines Tages könntest du es mit einer zu weit treiben. Und damit wirst du *nicht* so leicht fertig werden. Im Augenblick fallen sie noch auf dein makelloses Lächeln herein –«

»Wie dieses hier zum Beispiel.« Hawk zog eine Augenbraue hoch und setzte ein Lächeln auf, das er mit schläfrig verhangenen Augen vervollständigte, die dem Mädchen, auf das sie gerichtet waren, Bände erzählten darüber, daß nur sie die einzige Schönheit in seinem Herzen sei, einem Herzen, das Platz habe nur für eine – für die, die gerade zufällig in Hawks Armen lag.

Grimm schüttelte mit gespieltem Ekel den Kopf. »Du übst das. Komm schon, gib es zu.«

»Natürlich. Es klappt. Würdest du es nicht üben?«

»Weiberheld.«

»Hm – hmm«, stimmte Hawk zu.

»Kannst du dich wenigstens noch an ihre Namen erinnern?«

»An alle fünftausend.« Hawk versteckte sein Grinsen hinter einem Schluck Port.

»Lump. Wüstling.«

»Schurke. Lebemann. Mistkerl. Ah, hier ist noch ein guter: ›Lüstling‹«, ergänzte Hawk hilfsbereit.

»Warum durchschauen sie dich nicht?«

Hawk zuckte mit der Schulter. »Sie mögen, was sie von mir bekommen. Es gibt viele hungrige Mädchen da draußen. Ich könnte sie niemals reinen Gewissens zurückweisen. Ihr Leid würde mich an Kopf und Seele plagen.«

»Ich weiß schon, an welchem deiner Köpfe es dich plagen würde«, sagte Grimm trocken. »Und das ist genau der, der dich eines Tages noch in ernste Schwierigkeiten bringen wird.«

»Was hast du dir gewünscht, Grimm?« Hawk ignorierte die Warnung mit jener Hol's-der-Teufel-Haltung, der er sich üblicherweise bediente, wenn es um Frauen ging.

Langsam glitt ein Lächeln über Grimms Gesicht. »Eine Frau, die dich nicht will. Eine entzückende, nein, eine steinerweichend schöne, und zugleich noch mit Geist und Verstand ausgestattet. Eine mit einem makellosen Gesicht und einem makellosen Körper und mit einem makellosen ›Nein‹ auf ihren makellosen Lippen, für dich, meinen oh-so-makellosen Freund. Und außerdem wünschte ich mir, daß ich die Schlacht beobachten dürfte.«

Hawk lächelte überheblich. »Das wird *niemals* geschehen.«

* * *

Der Wind, der sanft durch die Tannen herüberwehte, trug eine körperlose Stimme, schwebend auf einem Hauch von Sandelholz und Jasmin. Lachend sprach sie Worte, die keiner der beiden Männer hörte. »*Ich denke, das läßt sich arrangieren.*«

Kapitel 2

Die Abenddämmerung umhüllte die mystische Insel Morar. Silbern funkelte der Quarzsand unter König Finnbhearas Stiefeln, während er auf und ab schritt und ungeduldig auf die Rückkehr des Hofnarren wartete.

Die Königin und ihre bevorzugten Höflinge feierten in einem abgelegenen Dorf im Hochland ausgelassen das Frühlingsfest Beltane. Seine Elfenkönigin Aoibheal mit den sterblichen Highlandern tanzen und flirten zu sehen, hatte seine schlummernde Eifersucht zu hellwachem Zorn entflammt. Er hatte sich von den Beltane-Feiern entfernt, bevor er seinem Verlangen nachgeben konnte, das ganze Dorf dem Erdboden gleichzumachen. Er war zu wütend auf die Sterblichen, als daß er sicher sein konnte, sich momentan in ihrer Anwesenheit beherrschen zu können. Allein der Gedanke an seine Königin mit einem Sterblichen brachte ihn in Rage.

Genauso, wie die Elfenkönigin ihre Favoriten unter den Höflingen hatte, hielt es auch der Elfenkönig; der verschlagene Hofnarr war sein alter Verbündeter bei so manchem Ränkespiel. Er hatte den Narren geschickt, den Sterblichen Hawk zu erkunden, um so eine angemessene Rache für den Mann aushecken zu können, der es gewagt hatte, die Grenze zum Feenreich zu übertreten.

»Seine Männlichkeit auf halbmast läßt einen Hengst vor

Neid erblassen ... Er fordert die Seele einer Frau.« König Finnbheara äffte die Worte seiner Königin mit schneidender Falsettstimme nach, dann spuckte er gereizt aus.

»So leid es mir tut, aber es ist wahr«, sagte der Narr ungerührt, als er aus dem Schatten einer Esche hervortrat.

»Wirklich?« König Finnbheara verzog das Gesicht. Er hatte sich eingeredet, daß Aoibheal ein wenig übertrieben hatte – immerhin war der Mann ein Sterblicher.

Der Narr machte ein finsteres Gesicht. »Ich verbrachte drei Tage in Edinburgh. Der Mann ist eine lebende Legende. Die Frauen verlieren seinetwegen die Fassung. Sie sprechen seinen Namen aus wie eine mystische Beschwörungsformel, die unfehlbar ewige Ekstase schenkt.«

»Hast du ihn gesehen? Mit deinen eigenen Augen? Ist er schön?« fragte der König hastig.

Der Narr nickte und sein Mund verzog sich bitter. »Er ist fehlerlos. Er ist größer als ich –«

»Du bist gut über 1,80 m in deiner ganzen Pracht!« wandte der König ein.

»Er ist fast einen halben Kopf größer. Er hat rabenschwarzes Haar, das er in einem glatten Zopf trägt; leuchtende schwarze Augen; die gemeißelte Makellosigkeit eines jungen Gottes und den Körper eines Wikinger-Kriegers. Es ist empörend. Darf ich ihn zum Krüppel machen, mein Gebieter? Sein makelloses Antlitz entstellen?«

König Finnbheara ließ sich das eben Gehörte durch den Kopf gehen. Bei dem Gedanken, daß dieser geheimnisvolle Sterbliche den lieblichen Körper seiner Königin berührt und ihr unvergleichliche Freuden bereitet, ihre Seele gefordert hatte, verspürte er Übelkeit in der Magengrube. *Ihre Seele gefordert.*

»Ich werde ihn für Euch töten«, erbot sich der Narr erwartungsvoll.

König Finnbheara winkte ungehalten ab. »Narr! Und den Pakt zwischen unseren Rassen brechen? Nein. Es muß einen anderen Weg geben.«

Der Narr zuckte mit den Schultern. »Vielleicht sollten wir uns einfach zurückhalten und nichts tun. Dem Hawk wird bald von seiner eigenen Rasse Schaden zugefügt werden.«

»Erzähle mir mehr davon«, befahl Finnbheara mit eifriger Neugier.

»Ich fand heraus, daß der Hawk in ein paar Tagen verheiratet werden soll, und zwar aufgrund eines Erlasses seines sterblichen Königs. Er steht kurz vor der Vernichtung. Denn wisse, mein Gebieter, König James hat befohlen, daß der Hawk eine Frau namens Janet Comyn heiraten soll. Der König hat erklärt, daß, sollte der Hawk diese Frau nicht heiraten, er sowohl den Douglas- als auch den Comyn-Clan vernichten wird.«

»Und? Was willst du damit sagen?« fragte Finnbheara ungeduldig.

»Janet Comyn ist tot. Sie starb am heutigen Tag.«

Augenblicklich straffte sich Finnbheara. »Hast du ihr etwas angetan, Narr?«

»Nein, mein Gebieter!« Der Narr sah ihn gekränkt an. »Sie starb durch die Hand ihres Vaters. Ich habe nicht mehr zu dieser Idee beigetragen als der Schlüssel zu ihrer Tür in seiner Felltasche.«

»Was soll das jetzt heißen? Hast du oder hast du ihn nicht auf die Idee gebracht?« fragte der König mißtrauisch.

»Ich bitte Euch, mein Gebieter«, verwahrte sich der Narr beleidigt, »glaubt Ihr, ich würde zu solchen Tricks greifen und uns alle in Gefahr bringen?«

Finnbheara legte die Fingerspitzen aneinander und musterte den Narren. Unberechenbar, listig und gleichgültig, wie er nun einmal war, war der Spaßmacher doch bisher noch nie

töricht genug gewesen, ihre Rasse einem Risiko auszusetzen.
»Weiter.«

Der Narr legte den Kopf auf die Seite, und sein Lächeln schimmerte im Zwielicht. »Es ist simpel. Die Hochzeit kann nun nicht stattfinden. König James wird die Douglas vernichten. Oh, natürlich auch die Comyn«, fügte er respektlos hinzu.

»Ah!« Finnbheara ließ sich das Ganze kurz durch den Kopf gehen. Er brauchte keinen Finger zu rühren, und der Hawk würde bald sterben.

Doch das war nicht genug, brodelte es in ihm. Finnbheara wollte seinen Anteil an der Vernichtung des Hawk. Er war persönlich beleidigt worden, und er wollte seine persönliche Rache. Kein Sterblicher setzte dem Elfenkönig Hörner auf, ohne eine göttliche Strafe auf sich zu ziehen – und wie göttlich wäre das Gefühl, den Hawk zu vernichten.

In seinen Gedanken nahm eine Idee Formen an. Als er darüber nachdachte, fühlte er sich so lebendig wie seit Jahrhunderten nicht mehr.

Dem Narren entging das selbstgefällige Lächeln nicht, das die Lippen des Königs umspielte.

»Ihr denkt etwas Gemeines. Was ist Euer Plan, mein Gebieter?« fragte der Narr.

»Still!« befahl der König. Nachdenklich rieb er sich das Kinn, während er seine Möglichkeiten durchdachte und seinen Plan verfeinerte.

Wenn auch die Zeit verstrich, während Finnbheara seinen Plan ausheckte, so bemerkte es doch keines der beiden Feenwesen; Zeit hatte für sie wenig Bedeutung, konnten sie sich doch nach Belieben darin bewegen. Die ersten Vorboten der Morgendämmerung färbten den Himmel über der See, als der König erneut sprach:

»Hat der Hawk je geliebt?«

»Geliebt?« wiederholte der Narr verständnislos.

»Du weißt doch, dieses Gefühl, für das die Sterblichen Sonette dichten, Kriege anzetteln, Monumente errichten«, sagte der König unbewegt.

Der Narr dachte kurz nach. »Ich würde sagen, nein, mein König. Der Hawk hat nie um eine Frau geworben, die er nicht auch bekommen hätte, noch scheint es, daß er je eine bestimmte Frau einer anderen vorgezogen hätte.«

»Noch nie hat ihn eine abgewiesen?« fragte König Finnbheara mit einer Spur von Unglauben.

»Nicht, daß ich wüßte. Ich denke nicht, daß es im sechzehnten Jahrhundert eine Frau gibt, die ihn abweisen *könnte*. Glaubt mir, der Mann ist eine Legende. Die Frauen liegen ihm zu Füßen.«

Der König lächelte vielsagend. »Ich habe einen neuen Auftrag für dich, Narr.«

»Was auch immer, mein Gebieter. Laßt mich ihn töten.«

»Nein! Unsere Hand wird kein Blut vergießen. Hör mir gut zu. Bewege dich jetzt durch die Jahrhunderte. Gehe in die Zukunft – dort sind die Frauen unabhängiger und selbstsicherer. Finde für mich eine Frau, die unwiderstehlich, außergewöhnlich, intelligent, stark ist; eine, die weiß, was sie will. Versichere dich genau, es muß eine Frau sein, die nicht den Verstand verliert, wenn sie durch die Zeiten gerissen wird; sie muß mit unerklärlichen Geschehnissen fertig werden können. Es hat keinen Sinn, sie ihm zuzuführen, wenn sie geistig verwirrt ist. Sie muß in gewissem Maße an Magie glauben.«

Der Narr nickte. »Nur zu wahr. Erinnert ihr Euch an diese Finanzbeamtin, die wir ins zwölfte Jahrhundert geholt hatten? Sie wurde zu einer tobenden Wahnsinnigen.«

»Genau. Die Frau, die du finden mußt, muß gewissermaßen das Ungewöhnliche gewohnt sein, damit sie eine Zeitreise überstehen kann, ohne zugrunde zu gehen.« Finnbheara grübelte einen Moment nach. »Ich hab' es! Suche in Salem, wo sie immer noch an Hexen glauben, oder vielleicht in New Orleans, wo noch alte Magie schwelt.«

»Perfekte Orte!« stimmte der Narr zu.

»Aber am wichtigsten ist es, Narr, daß du eine Frau findest, die tief in sich einen besonderen Haß gegen schöne Herzensbrecher hegt; eine Frau, die diesem Sterblichen das Leben zur Hölle machen wird.«

Der Narr grinste teuflisch. »Und ich darf Euren Plan ausschmücken?«

»Du bist ein wichtiger Teil davon«, versprach der König mit unheilvoller Stimme.

* * *

Adrienne de Simone fröstelte, obgleich es ein ungewöhnlich warmer Maiabend in Seattle war. Sie zog sich ein Sweatshirt über und schloß die Glastüren. Sie starrte durch die Scheiben und beobachtete, wie sich die Nacht über die Gärten legte, die sich wildwuchernd hinter dem Spazierweg erstreckten.

Im schwächer werdenden Licht streifte ihr Blick prüfend über die steinerne Mauer, die ihr Haus an der Cottail Lane 93 schützend umgab, und konzentrierte sich dann planmäßig auf die Schatten der stattlichen Eichen, um irgendwelche ungewöhnlichen Bewegungen zu entdecken. Sie holte tief Luft und gab sich selbst den Befehl, zu entspannen. Die freilaufenden Wachhunde waren ruhig – alles war in Ordnung, versicherte sie sich selbst.

Ohne ersichtlichen Grund war sie äußerst angespannt, als sie den Code in die Alarmanlage eingab, um die Bewegungsmelder zu aktivieren, die an strategischen Punkten auf dem ein Hektar großen Grundstück installiert waren. Jede Bewegung eines Körpers von über hundert Pfund Gewicht und einer Größe von über sechzig Zentimetern würde die Detektoren ansprechen lassen, auch wenn der schrille Alarm weder die Polizei noch sonstwelche Gesetzeshüter herbeirufen würde.

Adrienne würde eher nach ihrer Waffe als nach dem Telefon greifen. Sie würde eher den Teufel rufen, bevor ihr die Polizei in den Sinn käme. Obwohl sechs Monate vergangen waren, hatte Adrienne noch immer das Gefühl, nicht genug Entfernung zwischen sich und New Orleans legen zu können, nicht einmal, wenn sie einen oder zwei Ozeane überquerte, was ihr ohnehin nicht möglich war – der Prozentsatz von Flüchtlingen, die bei dem Versuch, das Land zu verlassen, gefaßt wurden, war erschreckend hoch.

Bin ich das wirklich? wunderte sie sich selbst. Es machte sie immer noch staunen, selbst nach all den Monaten. Wie konnte sie – Adrienne de Simone – auf der Flucht sein? Sie war immer eine ehrliche, gesetzestreue Bürgerin gewesen. Alles, was sie sich je vom Leben erhofft hatte, war ein Heim und ein Ort, wo sie hingehörte; jemanden zu lieben und jemanden, der sie liebte; eines Tages Kinder – Kinder, die sie niemals einem Waisenhaus überlassen würde. All das hatte sie in Eberhard Darrow Garrett gefunden, dem Liebling der feinen Gesellschaft von New Orleans. So dachte sie jedenfalls.

Adrienne schnaubte, als sie ein letztes Mal ihren prüfenden Blick über das Grundstück wandern ließ und schließlich die Vorhänge vor die Türen zog. Noch vor wenigen Jahren war die Welt ihr so ganz anders erschienen; wunderbar, vielversprechend, erregend und voll unbegrenzter Möglichkeiten.

Bewaffnet allein mit ihrem unbeugsamen Charakter und dreihundert Dollar in bar, hatte Adrienne Doe sich einen neuen Nachnamen zugelegt und war an dem Tag, an dem sie achtzehn wurde, dem Waisenhaus entflohen. Begeistert hatte sie festgestellt, daß sie Studenten-Darlehen in Anspruch nehmen konnte, obwohl sie als Waise keinerlei Sicherheiten zu bieten hatte. Sie arbeitete als Kellnerin, schrieb sich ins College ein und war fest entschlossen, etwas aus sich zu machen. Sie war sich nicht sicher, was genau es sein würde, aber sie hatte immer das Gefühl, daß an der nächsten Ecke etwas Besonderes auf sie wartete.

Sie war gerade zwanzig, im zweiten Jahr an der Universität, als das Besondere passierte. Als sie im Blind Lemon arbeitete, einem eleganten Restaurant mit Bar, hatte Adrienne die Augen, das Herz und den Verlobungsring des auf geheimnisvolle Weise gutaussehenden, reichen Eberhard Darrow Garrett erobert, des gefragtesten Junggesellen weit und breit. Es war wie im Märchen; monatelang schwebte sie wie auf Wolken.

Als die Wolken begannen, sich unter ihren Füßen zu verflüchtigen, hatte sie sich geweigert, genauer hinzusehen und zu erkennen, daß ihr Märchenprinz vielleicht ein Prinz von dunklen Machenschaften war.

Adrienne preßte die Augen zu und wünschte sich, einige ihrer bösen Erinnerungen fortblinzeln zu können. Wie leichtgläubig war sie doch gewesen! Wie viele Entschuldigungen hatte sie gefunden – für ihn, für sich selbst –, bis sie letztendlich hatte untertauchen müssen.

Ein leises Miauen holte sie in die Gegenwart zurück, und sie erblickte das einzig Gute, das die ganze Sache ihr eingebracht hatte: ihr Kätzchen Moonshadow, ein frühreifer Streuner, den sie in der Nähe einer Tankstelle auf ihrem Weg Richtung Norden aufgelesen hatte. Moonie rieb sich an ihren Knöcheln und schnurrte behaglich. Adrienne griff sich das kleine Wesen und kuschelte liebevoll mit ihm. Bedingungslose Liebe, das war es, was Moonie ihr schenkte. Liebe ohne Vorbehalt und ohne Ausflüchte – reines Gefühl ohne Ungewißheiten.

Adrienne kraulte leise summend Moonies Ohren und hielt abrupt inne, als ein schwaches Kratzgeräusch ihre Aufmerksamkeit wiederum auf die Fenster zog.

Vollkommen reglos preßte sie Moonie an sich und lauschte mit angehaltenem Atem.

Aber da war nur Stille.

Ein Zweig mußte über das Dach gestrichen sein, entschied sie. Aber, hatte sie denn nicht alle Bäume zurückgeschnitten, als sie eingezogen war? Adrienne seufzte, schüttelte den Kopf und befahl ihren Muskeln, sich zu entspannen. Sie hatte es fast geschafft, als über ihrem Kopf eine Bodendiele knarrte. Augenblicklich war die Spannung wieder da. Sie setzte Moonie in einen Sessel und beobachtete angespannt die Decke, als sich das knarrende Geräusch wiederholte.

Vielleicht war es nur das Gebälk des Hauses.

Sie mußte endlich ihre Ängste in den Griff bekommen.

Wieviel Zeit mußte noch vergehen, bis sie nicht mehr befürchten mußte, sich umzudrehen und Eberhard dort stehen zu sehen, mit seinem leicht spöttischen Lächeln und einem rauchenden Revolver?

Eberhard war tot. Sie war in Sicherheit, das wußte sie.

Also, warum fühlte sie sich so verdammt verwundbar? Seit ein paar Tagen hatte sie das beklemmende Gefühl, daß jemand hinter ihr herspionierte. So sehr sie auch versuchte, sich selbst zu versichern, daß jeder, der ihr ans Leder wollte, entweder tot war oder nicht wußte, daß sie lebte, wurde sie trotzdem aufgezehrt von einem krankhaften Unbehagen. Ihre sämtlichen Instinkte warnten sie, daß etwas nicht stimmte – oder daß etwas Fürchterliches bevorstand. Aufgewachsen in der Stadt der Geister – im schwülen, abergläubischen, magischen New Orleans –, hatte Adrienne gelernt, auf ihre Instinkte zu hören. Sie hatten sie noch nie im Stich gelassen.

Selbst bei Eberhard hatten ihre Instinkte recht behalten. Von Anfang an hatte sie bei ihm ein ungutes Gefühl gehabt, aber sie hatte es auf ihre eigene Unsicherheit zurückgeführt. Eberhard war die beste Partie von New Orleans; logischerweise fühlte eine Frau sich bei solch einem Mann ein wenig unsicher.

Erst viel später verstand sie, daß sie so lange einsam gewesen war und sich so sehr nach diesem Märchen gesehnt hatte, daß sie versucht hatte, die Wirklichkeit zu zwingen, ihre Sehnsüchte zu erfüllen, statt umgekehrt. Sie hatte sich selbst so lange belogen, bis sie schließlich mit der Tatsache konfrontiert worden war, daß Eberhard nicht der war, für den sie ihn gehalten hatte. Sie war so dumm gewesen.

Adrienne atmete tief die Frühlingsluft ein, die sanft durch das Fenster hinter ihr hereinwehte, dann fuhr sie zusammen und drehte sich abrupt um. Forschend betrachtete sie die wehenden Vorhänge. Hatte sie das Fenster nicht geschlossen? Sie war sich sicher. Sie hatte alle Fenster geschlossen, kurz bevor sie die Glastüren zugezogen hatte. Vorsichtig schob sich Adrienne zum Fenster, schloß es eilig und verriegelte es.

Es waren die Nerven, sonst nichts. Kein Gesicht starrte zum Fenster herein, die Hunde schlugen nicht an, keine Alarmsirene. Was hatten die ganzen Vorsichtsmaßnahmen für einen Sinn, wenn sie nicht entspannen konnte? Es konnte *unmöglich* jemand dort draußen sein. Adrienne zwang sich, vom Fenster wegzugehen. Als sie den Raum durchquerte, stieß sie mit dem Fuß gegen etwas Kleines, das über den ausgeblichenen Oushak-Teppich sauste und mit einem Klack an der Wand landete.

Adrienne sah hin und zuckte zusammen. Es war eine Figur aus Eberhards Schachspiel, das sie in der Nacht ihrer Flucht aus seinem Haus in New Orleans hatte mitgehen lassen. Sie hatte es völlig vergessen, seit sie hier eingezogen war. Sie hatte es in eine Kiste geworfen – in eine der Kisten, die in der Ecke gestapelt waren und die sie noch nicht ausgepackt hatte. Vielleicht hatte Moonie die Figuren herausgefischt, mutmaßte sie, denn es lagen einige davon verstreut auf dem Teppich.

Sie hob die Figur auf, gegen die sie getreten war, und rollte sie erregt zwischen den Fingern. Gefühlswellen durchströmten sie, eine See von Scham, Wut und Erniedrigung, und darüber hinaus die quälende Furcht, noch nicht in Sicherheit zu sein.

Ein Luftzug küßte ihren Nacken, und sie erstarrte. Sie umklammerte die Schachfigur so fest, daß sich die Krone der schwarzen Dame schmerzhaft in ihre Handfläche grub. Die Logik befahl, daß die Fenster hinter ihrem Rücken geschlossen waren – sie *wußte* es – dennoch: ihr Instinkt sagte etwas anderes.

Die rationale Adrienne *wußte*, daß sich niemand außer ihr und dem leise schnurrenden Kätzchen in der Bibliothek befand. Die irrationale Adrienne stand schwankend am Abgrund des Schreckens.

Nervös lachend schimpfte sie mit sich selbst, daß sie so schreckhaft war, und verfluchte dann Eberhard, der sie so weit getrieben hatte. Sie würde *nicht* in Paranoia verfallen.

Ohne sich umzublicken, kniete Adrienne sich hin und schaufelte die verstreut liegenden Schachfiguren zu einem Haufen zusammen. Sie berührte sie wirklich nicht gerne. Kein Mensch konnte seine Kindheit in New Orleans verbringen – einen Großteil davon zu Füßen eines kreolischen Geschichtenerzählers, der hinter dem Waisenhaus lebte –, ohne ein klein wenig abergläubisch zu werden. Es war ein antikes Spiel, ein Original aus der Wikinger-Zeit; eine alte Legende besagte, daß es verflucht sei, und Adriennes Leben war verflucht genug gewesen. Sie hatte das Spiel allein deshalb mitgehen lassen, um es bei Bedarf schnell in Bargeld zu verwandeln. Geschnitzt aus Walroßzähnen und Ebenholz, würde ein Sammler ein Vermögen dafür zahlen. Und außerdem, hatte sie es nicht verdient, nach all dem, was sie wegen Eberhard hatte durchmachen müssen?

Adrienne murmelte eine farbenfrohe Verwünschung schöner Männer vor sich hin. Es war moralisch nicht akzeptabel, daß ein so bösartiger Mensch wie Eberhard ein so angenehmes Äußeres hatte. Die Gerechtigkeit der Poesie verlangte nach etwas anderem – sollte sich im Gesicht eines Menschen nicht sein Herz widerspiegeln? Wäre Eberhard äußerlich so abstoßend gewesen, wie er – was sie leider zu spät erkannt hatte – im Inneren war, hätte sie sich am Ende nicht auf der falschen Seite eines Revolvers wiedergefunden. Wobei Adrienne die schmerzliche Erfahrung hatte machen müssen, daß jede Seite eines Revolvers die falsche war.

Eberhard Darrow Garrett war ein schöner, verführerischer, betrügerischer Mann – und er hatte ihr Leben ruiniert. Die schwarze Dame fest umklammert, gab sie sich selbst ein ehernes Versprechen. »Nie wieder werde ich mich mit einem schönen Mann einlassen, solange ich lebe und atme. Ich hasse schöne Männer. Ich hasse sie!«

* * *

Draußen vor den Glastüren der Cottail Lane 93 stand ein körperloses Wesen, mit menschlichen Möglichkeiten weder zu entdecken noch zu fassen, hörte ihre Worte und lächelte. Er hatte seine Wahl getroffen – Adrienne de Simone war genau die Frau, nach der er gesucht hatte.

Kapitel 3

Adrienne hatte keine Ahnung, wie sie auf den Schoß dieses Mannes gelangt war.

Eben noch war sie völlig bei Sinnen gewesen – vielleicht ein wenig neurotisch, aber nichtsdestoweniger fest von ihrem gesunden Verstand überzeugt –, und im nächsten Augenblick schwankte der Boden unter ihren Füßen, und sie wurde wie Alice im Wunderland in einen Kaninchenbau gesogen. Ihr erster Gedanke war, daß sie träumte: ein lebendiger, schrecklicher, unterbewußter Raubzug durch einen barbarischen Alptraum.

Doch das ergab alles keinen Sinn; vor wenigen Augenblikken noch hatte sie Moonshadow liebkost oder ... sie hatte etwas getan ... was? Sie konnte nicht so einfach eingeschlafen sein, ohne sich daran zu erinnern!

Vielleicht war sie gestolpert und hatte sich den Kopf gestoßen, und diese Halluzination war das traumatische Ergebnis einer Gehirnerschütterung.

Oder vielleicht auch nicht, befürchtete sie, als sie sich in dem höhlenartigen, rauchgefüllten Raum umsah, der mit merkwürdig gekleideten Menschen bevölkert war, die eine Art von verstümmeltem Englisch sprachen.

Jetzt hast du es hinter dir, Adrienne, dachte sie nüchtern. *Du bist schließlich doch auf der anderen Seite gelandet, es dauert nicht mehr lang*. Adrienne strengte ihre Augen an, die sich merkwürdig schwer anfühlten. Der Mann, der sie umklammerte, war abstoßend. Ein rülpsendes Untier mit dicken Armen und fettem Bauch, und er roch unangenehm.

Gerade eben hatte sie sich noch in ihrer Bibliothek befunden, oder etwa nicht?

Eine schmierige Hand drückte ihre Brust, und sie schrie laut auf. Ihre Verwirrung wurde von einer weiteren bestürzenden Untat übertroffen, als er absichtlich durch das Sweatshirt ihre Brustwarze streifte. Selbst wenn dies ein Traum war, konnte sie solche Handlungen nicht ohne Wiedergutmachung durchgehen lassen. Sie öffnete den Mund, um ihm wüste Beschimpfungen entgegenzuschleudern, aber dieser Mann war schlichtweg niederschmetternd. Zwischen dem Gestrüpp aus Haaren öffnete sich ein rosafarbener Mund zu einem großen ›Oh‹. *Himmel*, der Mann hatte noch nicht einmal fertig gekaut, doch das war kein Wunder – die wenigen verbliebenen Zähne waren nur noch verfaulte Stumpen.

Angeekelt wischte sich Adrienne Hühnchenreste und Spucke aus dem Gesicht, als er losdröhnte, doch hellwach und mit ehrlichem Entsetzen verstand sie die Worte, die er mit breitem Dialekt hervorstieß.

Sie war eine Göttergabe, proklamierte er in den Raum hinein. Ein Geschenk der Engel.

Morgen würde sie verheiratet werden.

Adrienne verließen die Sinne. Ihr bewußtloser Körper zuckte noch einmal und erschlaffte. Die schwarze Dame glitt ihr aus der Hand, fiel zu Boden und wurde von einem schlurfenden Stiefel unter einen Tisch getreten.

* * *

Adrienne erwachte und blieb still liegen, die Augen fest geschlossen. Unter ihrem Rücken spürte sie ein schweres, daunengefülltes Oberbett. Könnte ihr Bett sein. Sie hatte alte Oberbetten gekauft und aufarbeiten lassen, um sie auf ihr hüfthohes Queen-Anne-Bett drapieren zu können. Sie liebte alte Dinge, keine Frage.

Sie schnupperte vorsichtig. Keine merkwürdigen Gerüche von dem Bankett, von dem sie geträumt hatte. Sie horchte. Nicht die Spur von diesem breiten Dialekt, den sie sich noch vor kurzem eingebildet hatte.

Aber auch keine Verkehrsgeräusche.

Sie spitzte die Ohren und lauschte angestrengt. Hatte sie je eine solche Stille gehört?

Bebend atmete Adrienne tief durch und befahl ihrem Herzschlag, sich zu beruhigen.

Sie warf sich auf den schweren Kissen hin und her. War das der Wahnsinn? Angefangen mit einer dunklen Vorahnung, das furchtbare Gefühl, beobachtet zu werden, und dann die rapide Eskalation in allgemeine Wahnvorstellungen, um schließlich in einem Alptraum zu enden, in dem ein übelriechendes, behaartes Monstrum ihre bevorstehende Vermählung bekanntgab?

Adrienne preßte ihre Augen noch fester zusammen, entschlossen, wieder zu Verstand zu kommen. Vor ihrem geistigen Auge bildete sich die Silhouette eines Schachspiels ab; zur Schlacht gerüstete Türme und erbitterte Damen ätzten sich reliefartig von innen in ihre geschlossenen Augenlider, und es schien, als ob sie sich an etwas Wichtiges erinnern müßte. Was hatte sie getan?

Ihr Kopf schmerzte. Es war ein dumpfer Schmerz, begleitet von dem bitteren Geschmack alter Pennys in ihrer Kehle. Für einen Moment kämpfte sie dagegen an, aber das Hämmern wurde stärker. Das Schachspiel begann trügerisch in schwarzen und weißen Schemen zu tanzen und löste sich dann zu einem weit entfernten, bohrenden Nebel auf. Es konnte nicht allzu wichtig gewesen sein.

Adrienne hatte mit dringlicheren Problemen fertig zu werden – wo zum Teufel war sie?

Sie hielt die Augen geschlossen und wartete. Gleich würde sie das Schnurren eines BMW vernehmen, der die Cottail Lane entlangrauschte, oder das Telefon würde sie aufscheuchen …

Kein Hahn krähte.

In einer Minute würde sie Moonies fragendes *Miiau?* hören und ihren Schwanz im Gesicht spüren, nachdem sie auf das Bett gesprungen war.

Sie hörte *nicht* das Ächzen knarrender Scharniere und das Kratzen einer Tür, die über eine steinerne Schwelle schabt.

»Mylady, ich weiß, Ihr seid wach.«

Sie riß die Augen auf und entdeckte eine stattliche Frau mit silbrig-braunem Haar und rosigen Wangen, die am Fuße des Bettes stand und sich die Hände rieb. »Wer sind Sie?« fragte Adrienne vorsichtig und vermied es, irgendwo anders in diesem Raum hinzusehen als auf genau den Punkt, an dem diese jüngste Erscheinung sich befand.

»Bah! Sie fragt, wer *ich* bin? Das Mädchen, das aus dem Nichts kam, wie der Blitz, wie eine Hexe, wenn's beliebt, wünscht zu wissen, wer ich bin? Hmpf!«

Danach stellte die Frau einen Teller mit eigentümlich riechendem Essen auf einen Tisch neben dem Bett und zwang Adrienne dazu, sich aufzurichten, indem sie Kissen hinter ihren Rücken plumpsen ließ.

»Ich bin Talia. Man hat mich geschickt, mich um Euch zu kümmern. Eßt. Ihr werdet die Hochzeit mit *ihm* niemals überstehen, wenn Ihr nichts eßt«, sagte sie tadelnd.

Nach diesen Worten und nach einem Rundblick über die

steinernen Mauern, die mit lebhaft bunten Wandteppichen behängt waren, die Jagdszenen und Orgien zeigten, fiel Adrienne erneut in Ohnmacht – und dieses Mal mit Genuß.

* * *

Als Adrienne wieder erwachte, sah sie sich umringt von fast zwanzig Dienstmädchen, die Unterwäsche, Strümpfe und ein Hochzeitskleid für sie bereithielten.

Die Frauen badeten sie in parfümiertem Wasser vor einem steinernen offenen Kamin. Während sie in die tiefe Holzwanne eintauchte, untersuchte Adrienne jeden Zentimeter des Raumes. Wie konnte ein Traum so lebendig sein, so reichhaltig an Gerüchen, Berührungen und Geräuschen? Das Badewasser roch nach frischem Heidekraut und Flieder. Der steinerne Kamin hatte mit Leichtigkeit die Höhe von drei erwachsenen Männern – er reichte bis zur Decke und erstreckte sich über die Hälfte der nach Osten gelegenen Wand. Er war reichhaltig mit kunstvollen Silberarbeiten verziert; filigran ausgearbeitete Körbe und kunstvoll geschmiedete Rosen, die wie gegossenes Silber glänzten, wobei jede Blüte einzigartig war und samten schimmerte. Oberhalb des ausladenden Simses aus grob gearbeitetem Eichenholz hing eine Jagdszene, die einen blutigen Sieg dokumentierte.

Das Knirschen der Tür beendete abrupt ihre Studien. Erschrockenes Luftholen und das jähe Verstummen der plappernden Stimmen zwang sie zu einem Blick über die nackte Schulter, und auch ihr entfuhr ein Laut des Schreckens. Der Grobian mit dem Filzteppich im Gesicht! Sie errötete vor Verlegenheit und ließ sich tiefer in die Wanne gleiten.

»Mylord, es ist nicht rechtens –«, begann ein Dienstmädchen.

Die Ohrfeige schallte durch den Raum, ließ ihren Protest

verstummen und erstickte jegliche Gegenwehr im Keim. Der große, schmierige Unhold aus ihrem Alptraum ging mit lüsternem Blick vor ihrer dampfenden Wanne in die Hocke. Schmale blaue Augen trafen auf stählernes Grau, als Adrienne seinem unverschämten Blick standhielt.

Seine Augen ließen ab von ihren, sein Blick fuhr über die Wasseroberfläche und drang tiefer. Beim Anblick ihrer rosafarbenen Brustwarzen grinste er, bevor sie die Arme verschränkte und sich eng umschlungen hielt.

»Ich denke, er hat es gar nicht so schlecht getroffen«, murmelte der Mann. Dann richtete er seine Augen vom Wasser auf ihr errötetes Gesicht und befahl: »Von diesem Moment an ist dein Name Janet Comyn.«

Stolz sah ihm Adrienne ins Gesicht. »Mein Name«, fuhr sie ihn an, »ist Adrienne de Simone.«

Klatsch!

Ungläubig hielt sie sich die Wange. Ein Dienstmädchen stieß eine unterdrückte Warnung aus.

»Versuch es noch einmal«, empfahl er leise, und so sanft seine Worte auch klangen, seine blauen Augen zeigten unnachgiebige Härte.

Schweigend rieb sich Adrienne ihre schmerzende Wange. Und er hob die Hand und schlug erneut zu.

»Mylady! Ich flehe Euch an!« Eine schmächtige Magd fiel neben der Wanne auf die Knie und legte ihre Hand auf Adriennes entblößte Schulter.

»So ist es recht, gib ihr einen guten Rat, Bess. Du weißt, was mit Mädchen passiert, die dumm genug sind, sich mir zu widersetzen. Sag es«, wiederholte er zu Adrienne. »Sag, dein Name ist Janet Comyn.«

Als seine fleischige Hand erneut zuschlug, traf sie Bess brutal ins Gesicht. Adrienne schrie auf, als er weiter auf das Dienstmädchen einschlug.

»Stopp!« schrie sie.

»Sag es!« antwortete er, während er unvermindert weiterschlug. Bess schluchzte und ließ sich auf die Steinfliesen sinken, doch der Mann ging mit ihr zu Boden, die Hand jetzt zur Faust geballt.

»Mein Name ist Janet Comyn!« schrie Adrienne und erhob sich halb aus der Wanne.

Comyns Faust hielt inne, und er richtete sich auf. In seinen Augen leuchtete der Sieg. Der Sieg – und dieser abstoßend ausgiebige Blick auf ihren Körper.

Adrienne errötete bei der unverhohlenen Geilheit seiner fahlen Augen und tauchte ihren Oberkörper zurück ins Wasser.

»Nein, er macht wirklich kein schlechtes Geschäft. Du bist um einiges reizvoller als meine eigene Janet.« Sein Mund verzog sich zu einem Lächeln. »Ich wünschte, ich hätte selbst die Muße, deine Kissen zu zerwühlen, aber du bist gerade im letzten Moment gekommen.«

»Wohin gekommen?«

»*Woher* gekommen, frage ich«, entgegnete er. In diesem Augenblick erkannte Adrienne, daß es ein gravierender Fehler wäre, diesen monströsen Kerl zu unterschätzen. Denn hinter den schäbigen Umgangsformen und dem ungepflegten Äußeren steckten ein eiskalter Charakter und ein messerscharfer Verstand. Der fleischige Arm, der die Schläge ausgeführt hatte, verbarg seine Muskelkraft. Den hellen, ruhelos umherwandernden Augen entging nichts. Er hatte Bess nicht blindwütig bestraft. Er hatte sie kühl berechnend geschlagen, um von Adrienne zu bekommen, was er wollte.

Sie schüttelte den Kopf, und ihre geweiteten Augen zeigten Bestürzung. »Wirklich, ich habe nicht die leiseste Ahnung, wie ich hierhergekommen bin.«

»Du weißt nicht, woher du kommst?«

Bess schluchzte leise, und Adriennes Blick verfinsterte sich, als sie beobachtete, wie sich die Magd zu einer Kugel zusammenrollte und den Versuch unternahm, sich unbemerkt von Comyn wegzustehlen. Seine Hand schnellte hervor und packte den Knöchel des Mädchens. Bess wimmerte verzweifelt.

»O nein, meine Hübsche. Ich brauche dich vielleicht noch.« Besitzergreifend fuhr sein lüsterner Blick über ihren zitternden Körper. Adrienne hielt den Atem an, als er an ihrem Kleid zerrte und sich daranmachte, es ihr vom Körper zu reißen. Adriennes Magen zog sich krampfartig zusammen, als sie die langgezogenen Striemen sah, die die blassen Flanken und Schenkel der Magd überzogen. Brutale, schmerzvolle Striemen von einem Gürtel oder einer Peitsche.

Die anderen Dienstmädchen flüchteten aus dem Zimmer und ließen sie allein mit der weinenden Bess und dem Wahnsinnigen.

»Dies ist meine Welt, Adrienne de Simone«, hob er an, und Adrienne hatte so eine Vorahnung, daß das, was er zu sagen hatte, sich für eine lange Zeit in ihr Gedächtnis eingraben würde. Er streichelte leicht über Bess' zitternden Schenkel. »Meine Regeln. Mein Volk. Mein Wille entscheidet über Leben und Tod. Über deines und ihres. Es ist einfach, was ich von dir will. Wenn du dich weigerst, stirbt sie. Dann die nächste, und so weiter. Ich werde dein lächerliches Mitgefühl auf die Probe stellen, das dich umgibt wie ein Leichentuch. Es macht es so einfach, dich zu benutzen. Aber Frauen sind nun einmal so. Schwach.«

Adrienne saß still zusammengekauert da, und ihr angestrengtes Atmen begleitete Bess' matte Seufzer.

»Ruhe, Mädchen!« Er schlug der Magd ins Gesicht, und sie zog sich noch enger zusammen und hielt sich die Hände vor den Mund, um ihr Weinen zu dämpfen.

Eines Tages werde ich ihn mit bloßen Händen töten, schwor sich Adrienne.

»Ich weiß nicht, wie du hierherkamst oder wer du bist, und offen gestanden, es ist mir auch egal. Ich habe ein Problem. Und du wirst es lösen. Solltest du je vergessen, was ich dir sagen werde, solltest du jemals einen Fehler machen, mich jemals betrügen, werde ich dich töten, nachdem ich alles zerstört habe, das dir etwas bedeutet.«

»Wo bin ich?« fragte sie tonlos, widerwillig eine der Fragen ansprechend, die sie beschäftigte. Sie hatte Angst, daß sie, sobald sie Fragen stellte, erkennen mußte, daß sie sich letztendlich doch nicht in einem Traum bewegte.

»Es ist mir gleichgültig, ob du verrückt bist«, feixte er spöttisch. »Tatsache ist, daß ich es sogar begrüßen würde, wenn du nicht alle Tassen im Schrank hättest. Weiß Gott, meine Janet war so. Es ist genau das, was er verdient.«

»Wo bin ich?« beharrte sie.

»Janet hatte damit auch so ihre Schwierigkeiten.«

»Also, wo bin ich?«

Comyn sah sie forschend an und antwortete schließlich achselzuckend: »Schottland, Burg Comyn. *Meine* Burg.«

Das Herz stockte ihr in der Brust. Das war nicht möglich. War sie wirklich verrückt geworden? Adrienne befahl ihrem Willen, die nächste Frage zu stellen – die zwingende Frage, die furchterregende Frage, die sie geflissentlich umgangen hatte, seit sie zum ersten Mal aufgewacht war. Sie hatte gelernt, daß es manchmal sicherer war, nicht zu viele Fragen zu stellen – die Antworten könnten zu niederschmetternd ausfallen. Die Antwort auf diese Frage könnte ihr angeknackstes Fassungsvermögen übersteigen; Adrienne hatte den Verdacht, daß das *Wo* nicht ihr einziges Problem war. Sie atmete tief durch und fragte vorsichtig: »Welches Jahr schreiben wir?«

Comyn brach in schallendes Gelächter aus. »Du bist tatsächlich ganz schön verrückt, nicht wahr, Mädel?«

Adrienne sah ihn schweigend an.

Er zuckte erneut mit den Schultern. »Wir schreiben das Jahr 1513.«

»Oh«, sagte Adrienne kraftlos. *Omeingottomeingott,* jammerte sie am Rande ihres taumelnden Verstandes. Langsam atmete sie tief durch und sagte sich, daß sie am Anfang dieses Mysteriums ansetzen mußte. »Und wer genau seid Ihr?«

»Im Grunde genommen bin ich dein Vater, Mädel. Das ist das Wichtigste von einigen Dingen, die du niemals vergessen solltest.«

Ein gebrochenes Schluchzen lenkte Adrienne ab von ihren eigenen Problemen. Arme, mißhandelte Bess; Adrienne konnte es nicht ertragen, jemanden leiden zu sehen; nicht, wenn sie etwas dagegen unternehmen konnte. Dieser Mann wollte etwas von ihr; vielleicht konnte sie mit ihm handeln. »Laßt Bess gehen«, sagte sie.

»Willst du mich damit deiner Loyalität versichern?« Er hatte die kalten Augen einer Schlange, erkannte Adrienne. Wie der Python im Zoo von Seattle.

»Entlaßt sie aus Eurem Gewahrsam. Gebt ihr ihre Freiheit«, wurde sie deutlicher.

»Nicht, Mylady!« stieß Bess hervor, und das Untier lachte wohlgelaunt vor sich hin.

Seine Augen blickten nachdenklich, als er über Bess' Beine strich. »Ich denke, du begreifst diese Welt nicht, Janet Comyn. Befreie sie von mir, und du verdammst sie zum Tod durch Verhungern, Vergewaltigung oder Schlimmerem. Befreie sie von meinen ›liebenswerten Aufmerksamkeiten‹, und der nächste Mann wird möglicherweise nicht so lieben swert zu ihr sein. Dein eigener Ehemann wird womöglich nicht so liebenswert sein.«

Ein gewaltiges Schaudern erfaßte Adrienne, als sie sich bemühte, ihren Blick von der rhythmisch streichelnden, plumpen Hand abzuwenden. Dieselbe Hand, die Bess Schmerzen verursachte, war auch die Hand, die sie fütterte. Sie »beschützte«. Sie verspürte ein Würgen in der Kehle, das sie fast erstickte.

»Glücklicherweise hält er dich bereits für verrückt, deshalb kannst du nach diesem Tag sagen, was dir beliebt. Aber für diesen einen Tag, von Sonnenaufgang bis Sonnenuntergang, wirst du beschwören, daß du Janet Comyn bist, die einzige leibliche Tochter des mächtigen Red Comyn, versprochene Braut von Sidheach Douglas. Du wirst diesen Tag hinter dich bringen, wie ich es dir befehle –«

»Aber was ist mit der echten Janet?« Sie konnte sich die Frage nicht verkneifen.

Klatsch! Wie hatte der Mann es fertiggebracht, sie zu schlagen, bevor sie auch nur mit der Wimper zucken konnte? Wutschnaubend stand er über ihr und sagte: »Die nächsten Schläge treffen nicht dein Gesicht, Hure, denn dort kann dein Kleid sie nicht kaschieren. Aber es gibt Wege, dir die fürchterlichsten Schmerzen zuzufügen und keine Spuren zu hinterlassen. Zwing mich nicht dazu.«

Adrienne hörte still und gehorsam zu, was er ihr anschließend zu sagen hatte. Seine Botschaft war klar. Wenn sie ruhig blieb und gehorchte, würde sie am Leben bleiben. Traum oder nicht Traum, die Schläge taten hier und jetzt weh, und ein Gefühl sagte ihr, daß auch das Sterben hier und jetzt weh tun würde.

Dann erzählte er ihr Hunderte von Einzelheiten, von denen er erwartete, daß sie sie sich einprägte. Sie tat es mit Entschlossenheit; es hielt sie zeitweilig davon ab, über das Ausmaß ihrer offensichtlichen Geisteskrankheit nachzudenken. Sie wiederholte jede Kleinigkeit, jeden Namen, jegliche Erinnerung, die nicht die ihre war. Durch vorsichtiges Beobachten ihres »Vaters« war sie in der Lage, viele der Erinnerungen zu erahnen, die der Frau gehörten, deren Identität sie nun anzunehmen hatte.

Und die ganze Zeit über hatte sie ein leises Summen im Hinterkopf. *Das kann nicht wahr sein. Es ist nicht möglich. Es kann nicht wahr sein.* Doch mit dem Rest ihres Verstandes erkannte sie – Realistin, die sie schließlich war –, daß die Worte *kann nicht* und *unmöglich* keine Bedeutung hatten, wenn das Unmögliche passiert war.

Bis zu dem Zeitpunkt, an dem sie aus diesem beängstigenden und intensiven Traum erwachen würde, befand sie sich in Schottland, im Jahre 1513, und man würde sie tatsächlich verheiraten.

Kapitel 4

»Sie ist so groß wie Janet.«

»Nicht ganz so groß wie sie.«

»Still! Sie *ist* Janet! Oder er läßt sich unsere Köpfe auf dem Tablett servieren.«

»Was geschah mit Janet?« fragte Adrienne leise. Es überraschte sie nicht, daß ein halbes Dutzend Dienstmädchen auf der Stelle verstummten und ihre ganze Aufmerksamkeit darauf richteten, sie mit unerschütterlichem Schweigen anzukleiden.

Adrienne verdrehte die Augen. Wenn sie ihr schon nichts von Janet erzählten, vielleicht würden sie ja über ihren Bräutigam sprechen.

»Also, wer ist dieser Mann, den ich heiraten soll?« *Sidhawk Douglas. Was war das überhaupt für ein Name, Sidhawk?*

Die Dienstmägde gackerten wie ein Schwarm aufgescheuchter Wachteln.

»Die Wahrheit ist, Mylady, wir kennen ihn nur aus Erzählungen. Diese Vermählung wurde von König James persönlich angeordnet.«

»Was für Erzählungen?« fragte Adrienne und verzog das Gesicht.

»Seine Heldentaten sind legendär!«

»Seine Eroberungen sind ungezählt. Man munkelt, er habe die ganze Welt bereist, und nur die allerschönsten Frauen waren an seiner Seite.«

»Man sagt, daß es in ganz Schottland kein hübsches Mädchen gibt, das er nicht zu Fall gebracht hätte – «

» – auch nicht in England – «

»Und er kann sich an keinen einzigen Namen erinnern.«

»Man sagt, er habe die Schönheit eines jungen Gottes und eine geübte Hand in der feinen Kunst der Verführung.«

»Er ist sagenhaft reich, und es geht das Gerücht, daß sein Schloß unvorstellbar luxuriös sein soll.«

Adrienne blinzelte mit den Augen. »Wundervoll. Ein materialistischer, treuloser Playboy, selbstgefällig und rücksichtslos mit einem schlechten Gedächtnis. Und er ist mein. O lieber Gott, womit hab' ich das verdient?« fragte sie sich laut. *Zum zweiten Mal*, ging es ihr durch den Kopf.

Lisbelle betrachtete sie voller Neugier. »Es wird berichtet, daß er ein großartiger Liebhaber sei und von betörender Schönheit, Mylady. Was könnte man daran auszusetzen haben?«

Ich denke, du begreifst diese Welt nicht, Janet Comyn. Vielleicht hatte er recht. »Schlägt er seine Frauen?«

»Dafür gibt er sich nicht lange genug mit ihnen ab, so sagt man.«

»Allerdings habe ich gehört, daß vor kurzem eine seiner Frauen versucht hat, ihn umzubringen. Ich kann mir gar nicht vorstellen, warum«, fügte die Magd mit ehrlicher Verwunderung hinzu. »Man sagt, daß er zu seinen Mätressen mehr als großzügig ist, wenn er ihrer überdrüssig wird.«

»Ich kann mir denken, warum«, murmelte Adrienne gereizt und verlor plötzlich die Geduld mit all den zupfenden, schnürenden, verschönernden, ordnenden Händen an ihrem Körper. »Stopp, stopp.« Mit einem leichten Klaps verscheuchte sie Lisbelles Hände von ihrem Haar, das gewaschen, gnadenlos gekämmt und, so kam es ihr vor, jahrelang bearbeitet worden war.

»Aber Mylady, wir müssen uns etwas einfallen lassen mit Eurem Haar. Es ist so glatt! Ihr müßt Euch von Eurer besten Seite – «

»Ich für meinen Teil ziehe es vor auszusehen wie etwas, das die Katze angeschleppt hat. Schmutzig, durchnäßt und stinkend wie ein alter Misthaufen.«

Alles schnappte nach Luft. »Mädel, er wird dein Ehemann sein, und du hättest es weit schlechter treffen können«, durchschnitt eine feste Stimme den Raum. Langsam drehte Adrienne sich um und blickte in die weltklugen Augen einer Frau, zu der sie sich unverzüglich hingezogen fühlte. »Du hättest auch meinen bekommen können, ein besseres Beispiel fällt mir nicht ein.«

Adrienne stockte der Atem. »Den Burgherrn Comyn?«

»Deinen Vater, meine geliebte Tochter«, sprach Lady Althea Comyn mit einem säuerlichen Lächeln. »Hinfort mit euch – allesamt.« Mit gebieterischer Hand wies sie die Dienstmädchen aus dem Raum und ließ ihren Blick auf Bess ruhen. »Eines Tages wird er das Mädel umbringen, er wird es tun«, sagte sie leise. Einen langen Augenblick preßte sie ihre Augenlider fest zusammen.

»Er hat dir erklärt, was du zu tun hast?«

Adrienne nickte.

»Und wirst du es tun?« Wiederum nickte sie. Lady Comyn entfuhr ein Seufzer der Erleichterung.

»Sollte sich einmal die Gelegenheit bieten, würde ich mich gern für dein Entgegenkommen erkenntlich –«

»Es ist kein Entgegenkommen. Es geht darum, mein Leben zu retten.«

»... dann wende dich nur an mich. Denn du rettest auch mir das Leben.«

* * *

Erhobenen Hauptes stand Adrienne dem Geistlichen gegenüber und spielte ihren Part in der Posse. »Ich bin Janet Comyn«, proklamierte sie mit fester Stimme. Der Gottesmann erbleichte sichtlich und umklammerte seine Bibel, bis die Haut über den Fingerknöcheln kurz vor dem Platzen schien. *Also weiß er, daß ich es nicht bin*, dachte sie. *Was um alles in der Welt geht hier eigentlich vor?*

Sie spürte, wie jemand links neben sie trat, und drehte sich widerwillig um, dem Mann ins Auge zu sehen, den sie heiraten würde. Ihre Augen trafen auf den Bereich knapp unter seinem Brustbein, das komplett in Stahl gefaßt war.

Adrienne wollte sich gerade erheben, um ihrem Bräutigam ins Gesicht zu sehen, als ihr voller Entsetzen klar wurde, daß sie sich nicht auf Knien befand. Mehr als verärgert legte sie den Kopf in den Nacken und verschluckte tausend wütende Proteste, die sich in ihrer Kehle zusammenklumpten.

Mit unergründlicher Miene erwiderte der Riese ihren Blick, und Flammen fackelnder Kerzen tanzten in den blauesten Augen, die sie je gesehen hatte.

Ich kann ihn nicht heiraten, schrie sie innerlich auf. *Ich kann es nicht!*

Ihre Augen flüchteten von seinem Gesicht und überflogen die Anwesenden auf der Suche nach jemandem, der ihr dieses Debakel ersparen könnte. Bess saß in der hintersten Bankreihe und betete inbrünstig mit geschlossenen Augen.

Adrienne überkam ein Schauer, und sie schloß die Augen, um es ihr gleichzutun. *Bitte, Gott, sollte ich wahnsinnig geworden sein, bitte mach mich wieder gesund. Und sollte ich nicht wahnsinnig geworden sein, und irgendwie passiert dies alles wirklich – es tut mir leid, daß ich nicht dankbar war für das 20. Jahrhundert. Es tut mir leid, was ich Eberhard angetan habe. Es tut mir alles leid, und ich gelobe, ein besserer Mensch zu werden, wenn du mich nur HIER RAUSHOLST!*

Als sie die Augen wieder öffnete, hätte sie schwören können, daß die Augen des Gottesmannes wissend und leicht amüsiert aufleuchteten.

»Helft mir«, bewegte sie unhörbar die Lippen.

Unverzüglich senkte er den Blick zu Boden. Und wandte ihn nicht wieder von den Steinfliesen ab.

Adrienne zwang sich, ihren widerstrebenden Blick auf die Körpermitte ihres Bräutigams zu richten, dann sogar noch weiter nach oben, auf sein verwegen nobles Gesicht.

Amüsiert blickte er auf sie herab, während sich das schneller und fröhlicher werdende Flötenspiel langsam entfernte.

Ein Tumult brach aus und befreite sie von der Last seines Blickes. Sie hörte die wütende Stimme ihres »Vaters«, die die Dachbalken erzittern ließ.

»Was habt Ihr dazu zu sagen, daß er nicht selbst kommen konnte?« schrie Red Comyn den Soldaten an.

»Es gab da ein kleines Problem in Nord Uster. Der Hawk mußte übereilt hinreiten, doch er hat sein Gelübde nicht gebrochen. Er tut den Clans keine Schande an.« Der Soldat überbrachte seine eingeübte Botschaft.

»Er entehrt den Eheschwur durch seine Abwesenheit!« donnerte Lord Comyn. Dann wandte er sich an den Mann an Adriennes Seite. »Und wer seid Ihr, an seiner Statt zu kommen?«

»Grimm Roderick, Hauptmann seiner Garde. Ich bin gekommen, um Eure Tochter als Bevoll ... «

»Ein Besenkter als Bevollmächtigter! Wie kann er sich erdreisten, nicht persönlich zur Vermählung mit meiner Tochter zu erscheinen?«

»Es ist vollkommen rechtmäßig. Der König wird die Ehe anerkennen, und damit ist das Gelübde erfüllt.«

Adrienne konnte die Freude nicht verbergen, die ihr bei seinen Worten im Gesicht stand. Dieser Mann war nicht ihr Ehemann!

»Bin ich wirklich so furchteinflößend, Mädchen?« fragte er belustigt lächelnd, denn ihm war ihre Erleichterung keineswegs entgangen.

Ungefähr so furchteinflößend wie ein Teller schokoladeüberzogener Erdbeeren mit Schlagsahne, entgleiste es in ihren Gedanken.

»Eher würde ich eine Kröte heiraten«, sagte Adrienne.

Sein Gelächter entlockte ihren Lippen ein gezwungenes Lächeln.

»Dann habt Ihr offensichtlich eine Pechsträhne, Mylady. Denn der Hawk ist bestimmt keine Kröte. Ich, Mädchen, der ich dem Hawk am nächsten stehe, bin wahrhaftig eine Kröte. Nein – ein Untier. Schlimmer noch, eine gehörnte und warzige Echse. Ein –«

»Ich verstehe.« *Himmel, erlöse mich von der Makellosigkeit.* »Wo ist er also, mein unwilliger Ehemann?«

»Beschäftigt mit den Folgen eines ernsten Problems.«

»Und das wäre?«

»Ein schwerer und fürchterlicher Aufstand.«

»In Nord Uster?«

»In der Nähe.«

Adrienne wurde von einer gewissen Ungeduld ergriffen. Was auch immer sie anstellen würde, dieser Vorgang ließ sich nicht mehr aufhalten. Wenn sie schon mit dem Ungewissen konfrontiert wurde, so wollte sie es jetzt auch in Angriff nehmen. Das Warten machte alles nur noch schlimmer, und Lord Comyns Schreierei in Verbindung mit den Mißtönen der aufgescheuchten Flötenspieler zerrte an ihren Nerven. *Verrückt bin ich, Janet? Meine Chance.* Sie baute sich zu ihrer vollen Größe von einem Meter sechzig auf, wandte sich an die immer noch belfernde Gestalt ihres »Vaters« und rief in das Getöse: »Oh, gebt Ruhe, Vater, und laßt uns fortfahren! Ich bin im Begriff zu heiraten, und Ihr zieht es nur in die Länge. Was soll's, wenn er nicht gekommen ist? Ich kann es ihm nicht übelnehmen.«

Totenstille legte sich über die Kapelle. Adrienne hätte schwören können, daß der Mann an ihrer Seite vor unterdrücktem Lachen bebte, doch traute sie sich nicht, ihm noch einmal ins Gesicht zu sehen.

Getuschel über die »Verrückte Janet« hallte durch die Kapelle, und Adrienne überkam eine Woge der Erleichterung. Dieser zweifelhafte Ruhm der Verrücktheit könnte ihr nützlich sein. Wenn sie nur an diesem einen Tag Comyns Befehlen gehorchte, würde sie sich später aufführen können, wie sie lustig war, und niemand würde sie dafür zur Rechenschaft ziehen.

Adrienne hatte befürchtet, sie würde sich all die Einzelheiten, die Comyn ihr eingetrichtert hatte, nicht merken können; sie würde sich verhaspeln, und irgend jemand im Hause ihres neuen Ehemannes könnte entdecken, daß sie eine Hochstaplerin war. Würde man sie als Scharlatan entlarven, würde Comyn seine Drohung wahrmachen und sie töten.

Auf einmal löste sich diese Bedrohung in Rauch auf. Im Hier und Jetzt (wenn dies denn ihr Hier und Jetzt war) war sie die verrückte Janet Comyn. Wie sollte man sie für irgend etwas verantwortlich machen, was sie tat oder sagte? Wahnsinn war ein Freibrief für die Freiheit.

Ein Freibrief, alles zu tun und zu sagen, was sie wollte – ohne daß sie etwas zu befürchten hatte.

Kein Eberhard, keine Revolver, keine bösen Erinnerungen.

Vielleicht hatte sie es alles in allem hier gar nicht so schlecht getroffen.

Kapitel 5

Adrienne war einige Stunden lang durch die Ländereien von Dalkeith gewandert, als sie zufällig an der Schmiede vorbeikam. Nach einem strapaziösen Zweitageritt auf störrischen Schlachtrössern von Burg Comyn zu ihrem neuen Heim Dalkeith-Upon-the-Sea hatte sie sich vorgenommen, auf dem erstbesten weichen Bett zusammenzubrechen, tagelang zu schlafen und sich, wenn sie aufwachte (und sich immer noch dort befinden sollte), eine gute Flasche Scotch zu besorgen und sich bis zur Besinnungslosigkeit zu betrinken. Und anschließend erneut zu prüfen, ob sie sich noch immer dort befand.

Nicht nur, daß sie in dem lärmenden Schloß kein einziges weiches Bett ausfindig machen konnte, es gab auch keinen Scotch, keine Spur von einem Ehemann, und niemand kümmerte sich um sie. Schwer, sich heimisch zu fühlen. Grimm hatte sich eiligst davongemacht, sobald sie die rosafarbenen Granitmauern der Douglas-Festung erreicht hatten, obgleich er sich während der Reise als wahrer Gentleman erwiesen hatte.

Aber sie war keine Närrin. Sie mußte nicht mit dem Kopf darauf gestoßen werden, um herauszufinden, daß sie keineswegs die gewollte Gemahlin war. Verheiratet durch einen Stellvertreter, keine Begrüßung, und ihr Ehemann ließ sich nicht blicken. Ausdrücklich nicht willkommen.

Adrienne gab die unergiebige Suche nach Ehemann, Bett und Scotch auf und begab sich auf einen Spaziergang, um ihr neues Heim zu erkunden. Es traf sich also rein zufällig, daß sie durch den Eschenwald tappte und auf die Schmiede am Waldrand stieß. Und auf diesen Mann, der, nur mit einem Kilt bekleidet, den Blasebalg bediente und ein Hufeisen bearbeitete.

Adrienne hatte gehört, daß ihr vermeintlicher Ehemann zu schön sei, um wahr zu sein, aber jener Mann ließ den prächtigen Grimm wirklich wie eine Kröte erscheinen.

Es gab halt nicht mehr so viele urwüchsige Männer im zwanzigsten Jahrhundert, dachte sie in hilfloser Faszination, während sie ihn bei der Arbeit beobachtete. Um so einen Mann im zwanzigsten Jahrhundert sehen zu können, mußte eine Frau sich irgendwie Zutritt in die geheiligten Hallen der Hanteln und Gewichte verschaffen, wo der Mann um seiner selbst willen seinen Körper formte. In diesem Jahrhundert hingegen existierte ein solcher Mann einfach durch die Kraft der Natur.

In dieser Welt mußte er stark sein, um zu überleben, um zu befehlen, um durchzuhalten.

Als der Schmied den Hammer tanzen ließ, sah sie, wie Schweißtropfen, die sich auf seiner Stirn gebildet hatten, in einem Rinnsal an seinen Wangen hinunterliefen, aufspritzend seine Brust trafen und, oh, so unendlich langsam über seinen Waschbrettbauch rannen. Zu seinem Nabel oberhalb des Kiltes und weiter nach unten. Fasziniert betrachtete sie seine Beine und wartete darauf, daß die Schweißtropfen auf diesen kraftvollen Schenkeln auftauchten, und dabei kreiste ihre Phantasie um jeden Zentimeter, der sich dazwischen befand.

So intensiv war die glühende Hitze der Esse, so unerklärlich ihr Verlangen, daß Adrienne nicht bemerkte, daß er bereits eine Zeitlang innegehalten hatte.

Bis sich ihre Augen von seiner Brust lösten und auf seinen finsteren, unfreundlichen Blick trafen.

Sie schnappte nach Luft.

Er kam auf sie zu, und sie wußte, daß sie jetzt besser die Beine in die Hand nahm. Allerdings wußte sie ebenso, daß sie nicht weglaufen konnte, selbst wenn ihr Leben davon abhinge. Es war etwas in seinen Augen ...

Brutal ergriff seine Hand ihren Unterkiefer und zwang sie, in seine blitzenden, silberfarbenen Augen zu sehen.

»Kann ich Euch irgendwie zu Diensten sein, meine holde Königin? Gelüstet es Euch vielleicht nach etwas Heißgeschmiedetem? Oder sollte ich meine stählerne Lanze in der Glut Eurer Esse bearbeiten, Mylady?«

Panisch flogen ihre Augen über sein Gesicht. *Reiß dich zusammen*, befahl sie sich.

Er schüttelte sie unbarmherzig. »Verlangt Ihr nach meinen Diensten?«

»Es ist nur das Feuer, nichts weiter«, rief sie mit krächzender Stimme.

»Ja, es ist mit Sicherheit das *Feuer*, Schönheit.« Seine Augen waren teuflisch. »Komm.« Er ergriff ihre Hand und lief zügig los.

»Nein!« Sie schlug ihn auf den Arm.

»Komm«, befahl er, und sie überkam das unheimliche Gefühl, daß er mit diesen Augen in sie eindrang und ihr seinen Willen aufzwang. Es machte ihr angst.

»Laß mich los!« stieß sie hervor.

Seine Augen drangen tiefer in sie ein, und obwohl sie wußte, daß es verrückt war, spürte Adrienne, daß sie hier für etwas unendlich Wichtiges kämpfte. Sie wußte, daß sie nicht mit diesem Mann gehen durfte, aber sie konnte sich nicht erklären, warum. Sie spürte Gefahr, dunkel und ursprünglich. Unnatürliche und uralte Gefahr, der sie nicht gewachsen war. Sollte er seinen gnadenlos schönen Mund nochmals öffnen und noch einmal *komm* sagen, könnte sie ihm geradewegs gehorchen.

Er öffnete seinen Mund. Sie wappnete sich für den Befehl, der, wie sie wußte, folgen würde.

»Laß ab von meinem Weib«, befahl eine tiefe Stimme hinter ihnen.

Kapitel 6

Demnach war dieser Mann am Schmiedeofen nicht ihr Ehemann. Lieber Gott im Himmel, was würde sie vorfinden, wenn sie sich umdrehte? Wagte sie es?

Sie wandte sich leicht um, als ob ein flüchtiger Seitenblick sicherer wäre. Er könnte den Aufprall lindern. Doch Adrienne fand bald heraus, wie unrecht sie hatte. *Nichts* konnte den Aufprall *dieses* Mannes lindern.

Walhalla zur Rechten. Das Paradies auf Erden zur Linken.

Gefangen zwischen einem Sahnetrüffel und feinster Edelschokolade.

Zwischen einem Felsen und etwas sehr Hartem. Zwischen zwei sehr Harten, wie es aussah. *Ich hasse schöne Männer*, klagte sie aus tiefstem Herzen. *Ich hasse sie. Ich hasse sie. Ich hasse sie*. Doch ihnen zu widerstehen ...

Hände umfaßten von hinten ihre Hüften, und der Schmied zog sie zurück gegen seinen gemeißelten Körper. »Laßt mich los!« schrie sie, und der seltsame Nebel hob sich von ihrem Verstand.

Der Schmied ließ sie los.

Und dieser sehr große, schöne Mann, der ihr gegenüberstand – der legendäre Hawk –, funkelte sie an wie Odin, der sie gleich mit einem Blitzstrahl niederstrecken würde. Sie schnaubte.

»*Mich* braucht Ihr nicht so anzustarren. Ihr habt es nicht einmal für nötig befunden, zu unserer Hochzeit zu erscheinen.« Adrienne ging in die Offensive. Wenn sie nun Janet war, wie hätte Janet sich wohl gefühlt? Wie schrecklich, verheiratet zu werden wie ein Stück Vieh und dann von der neuen Verwandtschaft so schäbig behandelt zu werden! »Ich habe zwei jämmerliche Tage völlig durchgeweicht auf dem Rücken eines Schlachtrosses zugebracht, und hört es denn eigentlich nie auf zu regnen an diesem fürchterlichen Ort? Wir brauchten zwei Tage, um hierherzukommen! Von der Minute an, da wir Dalkeith betraten, überließ mich der gütige Grimm meinem Schicksal. *Ihr* habt Euch nicht einmal herbemüht, mich zu begrüßen. Niemand führte mich in ein Zimmer. Niemand bot mir etwas zu essen an, und übrigens auch nichts zu trinken.« Sie hielt in ihrer Litanei inne, lehnte sich an einen Baum, die Hände in die Hüfte gestemmt, und tappte mit dem Fuß. »Und dann, nachdem ich keinen Platz zum Schlafen finden konnte, von dem ich nicht befürchten mußte, daß er von jemand anderem beansprucht wird, gehe ich draußen spazieren, bis Ihr Euch schließlich doch noch dazu herablassen konntet, einmal aufzutauchen, und jetzt starrt Ihr mich an? Nun, nehmt hiermit zur Kenntnis ...«

»Schweig, Mädchen.«

»... daß ich *nicht* die Art von Frau bin, die man zur Seite schubsen kann und die sich dann in ihr Schicksal fügt. Ich weiß, wenn ich nicht willkommen bin –«

»Ihr seid außerordentlich willkommen«, säuselte der Schmied.

»Ihr sollt schweigen.«

»Und ich habe nicht einmal ein einziges Hochzeitsgeschenk bekommen!« fügte sie hinzu, stolz, daß sie daran gedacht hatte. Ja, Janet wäre mit Sicherheit gekränkt gewesen.

»Ruhe!« dröhnte Hawk.

»Und ich lasse mir nichts befehlen! Oohmpf!« stöhnte Adrienne, als ihr Ehemann auf sie zuhechtete und sie zu Boden warf. Sie stürzte zu Boden mit dem Gefühl, unter einem kleinen Nashorn zu liegen, und er überschlug sich einige Male mit ihr, ihren Körper fest an sich gepreßt. Sie konnte den Schmied leise fluchen hören und dann das Geräusch rennender Füße, während sie sich heftig gegen seine stählerne Umarmung sträubte.

»Still!« knurrte Hawk, und sein warmer Atem traf auf ihr Ohr. Sie brauchte einige Zeit, um zu verstehen, daß er sie fast schützend festhielt, als wollte er ihr mit seinem Körper Dekkung geben. Adrienne hob den Kopf und sah, wie seine dunklen Augen forschend den Waldrand absuchten.

»Was tut Ihr?« flüsterte sie, und das Herz schlug ihr bis zum Hals. Wegen des heftigen Sturzes, versicherte sie sich, und nicht weil sie in den kraftvollen Armen dieses Mannes lag. Sie quietschte.

»Still, sagte ich.«

Sie wand sich hin und her, teilweise, um ihn zu ärgern, und teilweise, um sein Bein zwischen ihren Schenkeln zu entfernen, und was hatte sie schließlich dadurch erreicht? Ihr Hinterteil preßte sich gegen sein – du lieber Himmel – bestimmt lief er nicht immer so herum! Sie wehrte sich ruckartig bei dieser Berührung und vernahm einen dumpfen Schlag, das Geräusch von Knochen, die auf Knochen trafen, als ihr Kopf mit einem *Krack* seinen Kiefer traf. Er fluchte leise, dann vibrierte sein dröhnend heiseres Bariton-Lachen, während sich seine Arme noch fester um sie schlangen.

»Du bist ja eine richtige kleine Hexe«, flüsterte er ihr ins Ohr.

Sie strampelte heftig. »Laß mich los!«

Aber er tat es nicht. Er lockerte lediglich seinen festen Griff weit genug, um sie umzudrehen, so daß sie bäuchlings auf ihm lag und in sein Gesicht blickte. *Fehler, großer Fehler*, dachte sie düster. Und das konfrontierte sie mit einer ganzen Reihe weiterer Probleme, angefangen bei ihren Brüsten, die sich gegen seinen Körper preßten, ihrem Bein, das zwischen seinen gefangen war, und ihren Handflächen, die sich auf seinem muskulösen Brustkorb spreizten. Sein weißes Leinenhemd war geöffnet, und seine breite Brust verströmte pure Männlichkeit. Blut rann von seiner arrogant geschwungenen Unterlippe herab, und einen besinnungslosen Moment lang dachte sie daran, es abzulecken. Mit einer einzigen schnellen, eleganten Bewegung rollte er sie neben sich, und es verschlug ihr den Atem. Ihre Lippen öffneten sich. Sie starrte ihn in stummer Faszination an und wußte in diesem erschreckenden Augenblick, daß der Mann, den sie durch einen Stellvertreter geheiratet hatte, im Begriff war, sie zu küssen. Und daß ihr Leben nie wieder so sein würde wie zuvor, wenn er es tat.

Sie fauchte ihn an. Er lächelte und neigte den Kopf zu ihrem.

In diesem Moment kam der Schmied auf die Lichtung gestürzt. »Nichts, verdammt«, fluchte er. »Wer auch immer es war. Weg.«

Überrascht blickte der Hawk auf, und Adrienne wollte den günstigen Moment nutzen und ihn wegstoßen. Ebensogut hätte sie versuchen können, die Sphinx über den Sand in den Nil zu schieben.

Erst jetzt sah Adrienne den Pfeil, der noch immer in dem Baumstamm zitterte, genau an der Stelle, vor der sie noch vor wenigen Augenblicken gestanden und lauthals ihrem frischgebackenen Ehemann die Leviten gelesen hatte. Mit geweiteten Augen blickte sie fragend zum Hawk auf. Das Ganze war einfach zu verrückt.

»Wen hast du beleidigt?« Ihr Ehemann schüttelte sie unsanft. »Wer trachtet danach, dich umzubringen?«

»Woher wollt Ihr wissen, daß sie nicht hinter Euch her waren, daß es nur ein schlechter Schuß war?«

»Niemand will mich umbringen, Mädchen.«

»Soweit ich gehört habe, hat Eure letzte Geliebte genau das versucht«, gab sie gehässig zurück.

Kaum wahrnehmbar erblaßte er unter der makellosen Bronze seiner Haut.

Der Hufschmied lachte.

Sie bekam langsam einen steifen Hals vom ewigen Aufblikken zu ihm. »Geht runter von mir«, knurrte sie ihren Gatten an.

Sie war nicht darauf vorbereitet, daß sich die Augen des Hawk verdunkelten, er sich abrollte und sie von sich stieß.

»Obwohl Ihr darauf beharrt, mich zurückzuweisen, Weib, ich denke, daß Ihr mich noch brauchen werdet«, sagte der Hawk mit leiser Stimme.

»Ich denke nicht«, gab sie schroff zurück.

»Ich werde hiersein, solltet Ihr es Euch anders überlegen.«

»Ich kann allein auf mich aufpassen. Niemand schoß in meine Richtung, bis Ihr aufgetaucht seid. Das ergibt zwei Anschläge auf Euch, von denen ich weiß, und keinen auf mich.«

Sie stand auf und bürstete ihr Kleid. Schmutz und Nesseln hatten sich in dem schweren Stoff verfangen. Sie zupfte sich einige Blätter aus dem Haar und entstaubte ihr Hinterteil, bis ein unangenehmes Gefühl sie überkam. Langsam hob sie den Blick von ihrer Kleidung und sah, daß beide Männer sie gebannt wie Wölfe anstarrten. Große, hungrige Wölfe.

»Was ist los?« schnauzte sie.

Der Schmied lachte erneut. Es klang tief, dunkel und geheimnisvoll. »Mich dünkt, die Lady erkennet nicht, welch süße Qualen solch Schönheit verspricht.«

»Erspart es mir«, sagte sie müde.

»Wie lieblich die Morgenröte jener holden Maid, köstlich und reif voller Üppigkeit.« Ihr Ehemann wollte sich nicht lumpen lassen.

Adrienne stampfte mit dem Fuß auf und sah die beiden finster an. Wo war nur ihr Shakespeare, wenn sie ihn brauchte? »So schwör' ich, Du seist schön und hold und licht, und doch sind Nacht und Hölle schwärzer nicht.«

Der Schmied warf den Kopf in den Nacken und lachte dröhnend. Die Lippen ihres Gatten lächelten anerkennend über ihre Schlagfertigkeit.

Dann stand der Hawk auf und reichte ihr seine Hand. »Laß uns Frieden schließen, Mädchen.«

Der Mann war wirklich zum Steinerweichen. Aber sie war hungrig; durstig; müde. Sie gab ihm die Hand und schwor sich wild entschlossen, ihm niemals mehr als das zu geben. Niemals.

Als ihr Ehemann sie von der Lichtung geleitete, folgte ihnen die Stimme des Schmiedes, getragen von einem Hauch von Jasmin, und sie war überrascht, daß ihr Gatte nicht reagierte. Entweder war er kein Mann mit Besitzansprüchen, oder er hatte es einfach nicht vernommen. Sie aber hatte deutlich vernommen, wie der Schmied sagte: »Frau, die du alle Männer zu schwachen Kätzchen machst, die um die Sahne streichen, ich kann dir geben, wovon du bisher nur geträumt hast.«

»Alpträume«, murmelte sie und hörte sein leises Lachen hinter sich.

Ihr Ehemann sah sie neugierig an. »Was?«

Sie seufzte vernehmlich. »Halb träume ich wohl schon. Ich muß dringend schlafen.«

Er nickte. »Und dann reden wir.«

Sicher. Wenn ich beim Aufwachen noch immer an diesem gottverlassenen Ort bin.

* * *

Sidheach James Lyon Douglas bearbeitete sein unrasiertes Kinn mit schwieliger Hand. Wut? Vielleicht. Zweifel, bestimmt. Eifersucht. Was, zum Teufel, war der Grund dafür?

Zorn. Genau, das war es. Kalter, düsterer Zorn fraß ihn von innen auf, und der hochprozentige Scotch tat sein übriges.

Er hatte dagestanden und seine frisch Vermählte mit den Augen verschlungen. Er hatte mit angesehen, wie sie offen und urwüchsig einen Mann begehrte – und es war nicht er. Unglaublich.

»Trink weiter so, und wir schaffen es morgen nie nach Uster«, warnte Grimm.

»Ich werde morgen nicht nach Uster aufbrechen. Meine Frau könnte geschwängert sein, wenn ich zurückkomme.«

Grimm grinste. »Sie ist ganz schön wütend auf dich, mußt du wissen.«

»Sie ist wütend auf *mich*?«

»Du warst zu betrunken, sie zu heiraten, geschweige denn, sie in dein Bett zu holen, und jetzt macht es dir zu schaffen, daß sie Adam schöne Augen gemacht hat.«

»Schöne Augen? Gib dem Mädel einen Servierteller, und sie hätte ihn darauf Platz nehmen lassen und sich beim Festmahl die Lippen geleckt.«

»Und?«

»Sie ist meine Frau.«

»Ach, das wird jetzt zu schwierig für mich. Du hast gesagt, daß es dich nicht interessiert, was aus ihr wird, wenn die

Sache erledigt ist. Du hast geschworen, den Pakt zu erfüllen, und du hast es getan. Wozu jetzt die Aufregung, Hawk?«

»Ich lasse mich von meiner Frau nicht zum Hahnrei machen.«

»Ich glaube, man kann einen Mann nur zum Hahnrei machen, wenn es ihm etwas ausmacht. Dir macht es nichts aus.«

»Keiner hat mich *gefragt*, ob es mir etwas ausmacht.«

Grimm zog die Augenbrauen hoch, fasziniert davon, wie der Hawk sich aufführte. »Alle Frauen sehen Adam so an.«

»Sie hat mich noch nicht einmal bemerkt. Auf Adam hat sie es abgesehen. Wer zum Teufel hat diesen Hufschmied überhaupt eingestellt?«

Grimm blickte sinnend in seinen Bierkrug. »War nicht Thomas unser Schmied?«

»Das dachte ich auch gerade.«

»Wo ist Thomas hin?«

»Ich weiß es nicht, Grimm. Deshalb frage ich ja dich.«

»Nun, irgendwer hat Adam angeheuert.«

»Du nicht?«

»Nein, ich dachte du, Hawk.«

»Nein. Vielleicht ist es Thomas' Bruder, und Thomas wurde krank.«

Grimm lachte. »Des häßlichen Thomas' Bruder? Im Leben nicht.«

»Schmeiß ihn raus.«

»Adam?«

»Ja.«

Stille.

Dann: »Bei allen Heiligen, Hawk, das kannst du nicht ernst meinen. Es ist sonst nicht deine Art, einem Mann seinen Broterwerb zu nehmen, nur weil ein Mädchen ihn ansieht...«

»Dieses Mädchen ist zufällig meine Frau.«

»Richtig, genau die, die du nicht wolltest.«

»Ich habe meine Meinung geändert.«

»Außerdem hat er Esmeralda ziemlich zufriedengestellt, Hawk.«

Sidheach seufzte schwer. »Genau das ist es.« Und einige eifersüchtige Herzschläge später: »Grimm?«

»Hmm?«

»Sag ihm, er soll bei der Arbeit seine Kleider anbehalten. Und das ist ein Befehl.«

* * *

Doch Hawk konnte die Sache nicht auf sich beruhen lassen. Ihm wurde erst bewußt, wohin seine Füße ihn getragen hatten, als er unter den hochgewachsenen Eschen in den bernsteinfarbenen Schein von Adams Schmiedefeuer trat.

»Willkommen, Lord Hawk of Dalkeith-Upon-the-Sea.«

Hawk fuhr herum und sah sich Auge in Auge mit dem schweißglänzenden Hufschmied, der es irgendwie fertiggebracht hatte, in seinen Rücken zu gelangen. Es gab nicht viele Männer, die den Hawk überrumpeln konnten, und einen Moment lang war Hawk ebenso fasziniert wie auch irritiert von dem Schmied.

»Ich habe dich nicht eingestellt. Wer bist du?«

»Adam«, antwortete der Schmied kühl.

»Und weiter?«

Der Schmied dachte nach, dann flog ein durchtriebenes Lächeln über sein Gesicht. »Adam Black.«

»Wer hat dich angeheuert?«

»Ich hörte, daß Ihr jemanden sucht, der einen Schmiedeofen bedienen kann.«

»Halt dich fern von meiner Frau.« Hawk erschrak über die

Worte, die ihm über die Lippen kamen. *Bei allen Heiligen, er klang wie ein eifersüchtiger Ehemann.* Eigentlich hatte er nur klären wollen, wer den Schmied überhaupt eingestellt hatte, doch offensichtlich hatte er mittlerweile genausowenig Gewalt über seine Worte wie über seine Füße; zumindest nicht, wenn es um seine Frau ging.

Adam lachte boshaft. »Ich werde nichts tun, was die Lady nicht will.«

»Du wirst nichts tun, was *ich* nicht will.«

»Ich hörte, die Lady wollte *Euch* nicht.«

»Sie wird.«

»Und wenn nicht?«

»Alle Frauen wollen mich.«

»Komisch. Ich habe genau dasselbe Problem.«

»Du bist ungewöhnlich unverschämt für einen Schmied. Wem hast du zuletzt gedient?«

»Mir ist noch keiner begegnet, den ich als Herrn anerkennen konnte.«

»Komisch, Schmied. Ich habe genau dasselbe Problem.«

Die Männer standen Auge in Auge. Stahl in Stahl.

»Ich kann Befehl geben, dich von meinem Land zu verweisen«, sprach Hawk.

»Ah, aber dann würdest du nie Gewißheit haben, ob sie dich oder mich vorzieht, richtig? Und ich habe den Verdacht, daß es in deinem tiefsten Inneren dieses Gefühl für Anstand gibt, das nach altmodischen Werten wie Ritterlichkeit, Ehre und Gerechtigkeit schreit. Törichter Hawk. Schon bald werden alle Ritter tot sein, wie der Staub von Träumen im wankelmütigen Lauf der Zeit.«

»Du bist anmaßend. Und von jetzt an bist du arbeitslos.«

»Du hast Angst«, wunderte sich der Schmied.

»Angst?« gab Hawk ungläubig zurück. Dieser Narr von

Schmied erdreistete sich, auf seinem Grund und Boden zu stehen und ihm, dem legendären Hawk, zu unterstellen, er habe Angst? »Ich habe vor nichts Angst. Bestimmt nicht vor dir.«

»Allerdings. Du hast gesehen, wie dein Weib mich ansah. Du hast Angst, daß du sie nicht davon abhalten kannst, zu mir zu kommen.«

Ein bitteres, verächtliches Lächeln legte sich auf Hawks Lippen. Er war nicht der Mann, der sich dem Selbstbetrug hingab. Er *hatte* Angst, daß es ihm nicht gelingen könnte, seine Frau von dem Schmied fernzuhalten. Es wurmte ihn, machte ihn wütend, und außerdem hatte der Schmied recht gehabt, als er von seiner grundlegenden Anständigkeit sprach. Anständigkeit, die verlangte, daß er, wie Grimm vermutet hatte, keinem Mann die Lebensgrundlage entzog, nur weil er die Treue seiner Frau in Frage stellte. Der Hawk hatte die seltene Schwäche, edelmütig zu sein, durch und durch. »Wer bist du wirklich?«

»Ein einfacher Schmied.«

Hawk musterte ihn im Mondlicht, das durch die Eschen schimmerte. Es machte es ihm nicht leichter. Schemenhafte Bilder trieben auf einem Hauch von Erinnerung durch seinen Kopf, doch er konnte ihrer nicht habhaft werden. »Ich kenne dich, oder etwa nicht?«

»Jetzt kennst du mich. Und bald wird auch sie mich kennen.«

»Warum forderst du mich heraus?«

»Du hast mich zuerst herausgefordert, als du meine Königin betört hast.«

Der Schmied spie die Worte heraus und wandte sich brüsk ab.

Hawk durchforstete sein Gedächtnis nach einer Königin, die er betört hatte. Er konnte sich an keinen Namen erinnern; doch das war nichts Besonderes. Irgendwo, irgendwann hatte Hawk der Frau dieses Mannes den Kopf verdreht. Und dieser Mann wollte ihm das jetzt heimzahlen, indem er das gleiche mit seiner Ehefrau anstellte. Ein Teil von ihm versuchte sich in Gleichgültigkeit, doch von dem Augenblick an, als sein Blick auf die verrückte Janet gefallen war, war ihm bewußt gewesen, daß er zum ersten Mal in seinem Leben in der Patsche saß. Tief, bis über beide Ohren, denn hätten ihre silbrig blitzenden Augen ihn in den Treibsand geschickt, er wäre bereitwillig gefolgt.

Was sagt man zu einem Mann, dessen Frau man genommen hatte? Es gab nichts, was er dem Schmied hätte sagen können. »Ich hatte nicht die Absicht, dich zu verletzen«, ließ Hawk ihn schließlich wissen.

Adam wirbelte herum, und sein Lächeln war eine Spur zu strahlend. »Angriff ist die beste Verteidigung, bei der Lust ist alles erlaubt. Willst du mich immer noch fortschicken?«

Hawk sah ihm lange in die Augen. Der Schmied hatte recht. Etwas in ihm schrie nach Gerechtigkeit. Ein fairer Kampf unter gleichen Bedingungen. Sollte er eine Frau nicht halten können, sollte er sie an einen anderen Mann verlieren ... Sein Stolz loderte auf. Sollte sein Weib ihn verlassen, ob er sie anfangs gewollt hatte oder nicht, und obendrein noch mit einem Hufschmied, nun, die Legende des Hawk würde zu einer neuen Melodie gesungen werden.

Doch, schlimmer noch, würde er den Schmied heute entlassen, könnte er sich niemals sicher sein, ob seine Frau ihm Adam Black vorziehen würde. Und das zählte. Der Zweifel würde bis in alle Ewigkeiten an ihm nagen. Das Bild von ihr, wie sie heute dagestanden hatte, angelehnt an einen Baum, den Schmied anstarrend – ah! Es würde ihm Alpträume bescheren, auch wenn Adam nicht mehr da wäre.

Er würde dem Schmied erlauben zu bleiben. Und noch in dieser Nacht würde der Hawk seine Frau verführen.

Erst wenn er sich bis ins letzte davon überzeugt hatte, zu wem sie sich hingezogen fühlte, nun, vielleicht würde er *dann* den Hundesohn entlassen. Hawk hob gelassen die Hand. »Wie du willst. Ich werde nicht deine Abwesenheit befehlen.«

»Wie ich will. Das gefällt mir«, antwortete Adam Black selbstgefällig.

* * *

Hawk schritt langsam über den Burghof und rieb sich den Kopf, der immer noch von dem Zechgelage vor drei Tagen schmerzte. Der Treuebeweis, den König James befohlen hatte, war erbracht worden. Hawk hatte Comyns Tochter geheiratet und somit James' letztem Befehl gehorcht. Dalkeith war wieder sicher.

Der Hawk hoffte zuversichtlich, daß aus den Augen wahrhaftig aus dem Sinn bedeutete und daß König James Dalkeith-Upon-the-Sea vergessen würde. All die Jahre hatte er James' verschrobene Befehle buchstabengetreu erfüllt, mit dem einzigen Ergebnis, daß ihm der König immer mehr abverlangte, bis James durch königliches Dekret Hawk schließlich den letzten Rest seiner Freiheit genommen hatte.

Wieso hatte es ihn überrascht? Fünfzehn Jahre lang hatte der König Gefallen daran gefunden, ihm kaum eine Wahl zu lassen außer der einen, seinem König zu gehorchen oder zu sterben, und mit ihm sein ganzer Clan.

Er erinnerte sich an den Tag, als James ihn herbeizitiert hatte, nur drei Tage vor dem Ende seines Dienstes.

Hawk war der Aufforderung nachgekommen, und das gespannte Gefühl der Erwartung, das den geräumigen Thronsaal erfüllte, weckte seine Neugier. Er führte es zurück auf irgendeinen Plan, den James ausgeheckt hatte; und in der

Hoffnung, daß es nicht mit ihm oder Dalkeith zu tun hatte, näherte er sich dem Thron und kniete nieder.

»Wir haben für Euch eine Hochzeit arrangiert«, verkündete James, nachdem Ruhe eingetreten war.

Hawk verkrampfte sich. Er konnte spüren, wie die Augen der Höflinge gewichtig auf ihm ruhten; mit Amüsement, Spott, und mit einem Hauch von ... Mitleid?

»Wir haben ein äußerst passendes« – James hielt inne und lachte gehässig – »Weib auserwählt, das Euch den Rest Eurer Tage auf Dalkeith versüßen wird.«

»Wen?« Hawk erlaubte sich nur dieses eine Wort. Mehr zu sagen hätte nur den wütenden Protest verraten, der in seinen Adern kochte. Er durfte nicht sprechen, wenn jede Faser in ihm nach Widerstand schrie.

James lächelte und bedeutete Red Comyn, sich dem Thron zu nähern, und Hawk explodierte fast vor Wut. Bloß nicht die allseits bekannte verrückte Janet! James würde ihn nicht zwingen, die verrückte Jungfer zu heiraten, die Red Comyn in seinem Burgfried hielt!

James' Lippe verzog sich zu einem gewundenen Lächeln. »Wir haben Janet Comyn als Eure Braut auserwählt, Hawk Douglas.«

Leises Gelächter erfüllte den Hof. James rieb sich frohgelaunt die Hände.

»Nein!« entfuhr es Hawk, und im gleichen Moment wünschte er, die Worte ungeschehen machen zu können.

»Nein?« wiederholte James, und sein Lächeln gefror. »Hörten wir soeben, daß Ihr Euch unserem Befehl widersetzt?«

Hawk zwang seinen Blick zu Boden. Er atmete tief durch. »Nein, mein König. Ich fürchte, ich habe mich nicht klar genug ausgedrückt.« Hawk machte eine Pause und schluckte. »Was ich sagen wollte war, nein, Ihr habt mir schon zuviel des Guten getan.« Die Lüge flammte auf seinen Lippen und hinterließ den Geschmack verbrannten Stolzes auf seiner Zunge. Aber sie brachte Sicherheit für Dalkeith.

James kicherte, äußerst erfreut über die schnelle Kapitulation des Hawk, und ergötzte sich an seiner weitreichenden königlichen Macht. Der Hawk erkannte erbittert, daß wieder einmal James die Karten verteilte.

Als James erneut das Wort ergriff, triefte seine Stimme vor Gehässigkeit. »Solltet Ihr nicht des Comyns Tochter heiraten, Hawk Douglas, werden wir alle Spuren der Douglas' aus Schottland entfernen. Nicht ein Tropfen Eurer Blutlinie wird überleben, wenn Ihr Euch nicht fügt.«

Es war die gleiche Drohung, die James immer wieder ausgesprochen hatte, um Hawk Douglas in die Gewalt zu bekommen, und die einzige, die so unbarmherzig effektiv war, immer wieder aufs neue.

Hawk senkte den Kopf, um seine Wut zu verbergen.

Er hatte sich seine Frau selbst aussuchen wollen. War das zuviel verlangt? Während der fünfzehn Jahre seines Dienstes war es der Gedanke gewesen, sich eine Frau zu erwählen, nach Dalkeith zurückzukehren und eine Familie zu gründen, weit weg von der Korruption an James' Hof, der seine Träume am Leben gehalten hatte, trotz der Versuche des Königs, sie in den Schmutz zu ziehen und zu zerstören, einen nach dem anderen. Obwohl der Hawk nicht mehr an die Liebe glaubte, so glaubte er doch noch an die Familie und an den Clan, und der Gedanke, den Rest seines Lebens umgeben von Kindern mit der richtigen Frau zu verbringen war für ihn unendlich verlockend.

Er wollte am Meeresufer entlangschlendern und seinen Söhnen Geschichten erzählen. Er wollte niedliche Töchter und Enkel. Er wollte die Kinderstube in Dalkeith füllen. *O nein, die Kinderstube*, der Gedanke daran durchbohrte sein Herz; diese neue Erkenntnis war bitterer und schmerzhafter als alles, was der König ihm je angetan hatte: *Jetzt werde ich nie die Kinderstube füllen können – nicht, wenn meine Frau die Saat des Wahnsinns in sich trägt!*

Es würde keine Kinder – zumindest keine rechtmäßigen – für den Hawk geben. Wie sollte er es ertragen, niemals ein eigenes Kind in den Armen zu halten?

Hawk hatte nie von seiner Sehnsucht nach Familie gesprochen; er war sich bewußt gewesen, hätte James davon erfahren, hätte er all seine Hoffnung damit zerstört. Nun, entweder war James doch dahintergekommen, oder er hatte einfach beschlossen, daß es dem Hawk nicht besser ergehen sollte als ihm, der ebenfalls nicht die Frau hatte haben können, die er gewollt hatte.

»Hebt den Kopf und seht uns an, Hawk«, befahl James.

Hawk hob langsam den Kopf und fixierte den König mit dunklen Augen.

James sah ihn prüfend an und wandte sich schließlich mit blitzenden Augen an Red Comyn und fügte eine letzte Drohung hinzu, um sich seiner Sache ganz sicher zu sein: »Wir werden ebenso die Comyn vernichten, sollte dieses Dekret nicht erfüllt werden. Hört Ihr unsere Worte, Red Comyn? Enttäuscht uns nicht.«

Burgherr Comyn schien von James' Befehl seltsam betroffen zu sein.

Kniend vor James' Thron unterdrückte der Hawk seine rebellischen Gedanken. Er registrierte die mitleidigen Blicke der Soldaten, mit denen er gedient hatte; die Sympathie in Grimms Augen; den selbstgefälligen Haß und die Häme der Vasallen, die dem Hawk schon lange seinen Erfolg bei den Frauen verübelten, und er akzeptierte die Tatsache, daß er Janet Comyn heiraten würde, selbst wenn sie ein zahnloses, verwirrtes altes Weib wäre. Hawk Douglas würde jederzeit alles tun, um Dalkeith und all seine Bewohner zu schützen.

Die Gerüchteküche hatte endlose Geschichten über Janet Comyn aufgekocht, einer verrückten Jungfer, die gefangengehalten wurde, weil sie unheilbar dem Wahnsinn verfallen war.

Als Hawk den gepflasterten Weg zu den Toren von Dalkeith entlangging, mußte er lauthals lachen über das falsche Bild, das er sich im Kopf von der verrückten Janet gemacht hatte. Er erkannte, daß James offensichtlich nicht mehr von ihr wußte als alle anderen, denn James hätte niemals den Hawk an diese Frau gebunden, wenn er gewußt hätte, wie sie wirklich war. Sie war zu schön, zu feurig. James hatte beabsichtigt, Hawk leiden zu lassen, und in der Nähe dieser Frau konnte ein Mann nur leiden, wenn er sie nicht berühren durfte, wenn er nicht ihre Küsse schmecken und ihr sinnliches Versprechen genießen konnte.

Hawk hatte alles andere erwartet als dieses seidig schimmernde Wesen leidenschaftlicher Natur, das er bei der Schmiede angetroffen hatte. Er hatte Grimm am letzten Tag losgeschickt, sie als sein Stellvertreter zu ehelichen, fest entschlossen, sie bei ihrer Ankunft zu ignorieren. Er hatte deutlich gemacht, daß niemand sie bei ihrer Ankunft willkommen heißen sollte. Auf Dalkeith würde das Leben seinen Gang gehen, als sei nichts geschehen. Er war zu der Überzeugung gelangt, daß, wenn sie nur halb so verrückt war, wie gemunkelt wurde, sie wahrscheinlich nicht einmal begreifen würde, daß sie überhaupt verheiratet war. Mit Sicherheit würde er einen Weg finden, mit ihr fertig zu werden, selbst wenn das bedeutete, sie irgendwo wegzusperren, weit weg von Dalkeith. James hatte ihm befohlen zu heiraten, er hatte nichts von einem gemeinsamen Wohnort gesagt.

Dann hatte er die »verrückte« Janet Comyn zu Gesicht bekommen. Wie eine leidenschaftliche Göttin hatte sie ihn mit ihren Worten heruntergeputzt und Schlagfertigkeit bewiesen, gepaart mit überirdischer Schönheit. Kein Mädchen, an das er sich erinnern konnte, hatte in ihm dieses echte, verzehrende Verlangen geweckt, das er verspürt hatte, als er sie mit seinen Augen liebkoste. Während sie diesen verdammten Schmied anhimmelte.

Die Gerüchte hätten falscher nicht sein können. Hätte der Hawk sich seine Frau selbst aussuchen dürfen, die Qualitäten, die Janet besaß – Unabhängigkeit, eine schnelle Auffassungsgabe, einen begehrenswerten Körper und Beherztheit –, wären genau die gewesen, die er sich gewünscht hätte.

Vielleicht, fuhr es Hawk durch den Kopf, würde das Leben letztendlich doch alles zum besten wenden.

Kapitel 7

Adrienne wußte, daß es ein Traum war. Sie war hoffnungslos in dem gleichen, furchtbaren Alptraum gefangen, der sie schon seit Monaten verfolgte: sie flüchtete durch die dunklen, menschenleeren Straßen von New Orleans und versuchte, dem Tod zu entrinnen.

Gleichgültig, wie sehr sie sich auch bemüht hatte, den Traum zu beeinflussen, nie hatte sie sich in Sicherheit bringen können. Unausweichlich lauerte Eberhard ihr in dem verlassenen Kaufhaus an der Blue Magnolia Lane auf. Es gab nur einen entscheidenden Unterschied zu der Realität, die sie durchlebt hatte – in ihrem Alptraum schaffte sie es nie rechtzeitig zu ihrem Revolver.

Zitternd und bleich wachte sie auf, Schweißperlen auf dem Gesicht.

Und da war der Hawk; er saß am Fußende ihres Bettes und beobachtete sie schweigend.

Mit weit aufgerissenen Augen starrte Adrienne ihn an. In ihrer Schlaftrunkenheit schien das geheimnisvoll schöne Gesicht des Hawk Spuren von Eberhards diabolischer Schönheit zu tragen, so daß sie sich fragte, worin sich die beiden Männer unterschieden – wenn überhaupt. Nach einem Alptraum, der von einem attraktiven, todbringenden Mann handelte, aufzuwachen und einen ebenso attraktiven Mann in ihrer unmittelbaren Nähe vorzufinden, war einfach zuviel für ihre blank liegenden Nerven. Obwohl sie sich absolut nicht erinnern konnte, wie es sie ins sechzehnte Jahrhundert verschlagen hatte, waren ihre restlichen Erinnerungen bedauerlicherweise ungetrübt. Adrienne de Simone erinnerte sich mit qualvoller Gewißheit an alles – sie hatte kein Vertrauen zu schönen Männern, und sie mochte sie nicht.

»Du hast geschrien«, ließ sie der Hawk mit honigsüßer Stimme wissen.

Adrienne verdrehte die Augen. Konnte er noch etwas anderes außer schnurren, jedesmal, wenn er seinen makellosen Mund öffnete? Diese Stimme könnte eine blinde Nonne betören, ihre Keuschheit abzulegen.

»Geht weg«, murmelte sie.

Er lächelte. »Ich kam nur, um aufzupassen, daß du nicht einem weiteren Mordanschlag zum Opfer fällst.«

»Ich sagte bereits, daß sie nicht hinter *mir* her waren.«

Er blieb nachdenklich sitzen, scheinbar gefangen in einem gewaltigen inneren Konflikt. In ihren Gedanken war sie mit Überbleibseln ihres Alptraums beschäftigt, als ein Windhauch durch das geöffnete Fenster fiel und ihre Haut umschmeichelte. Bei allen Göttern, ihre Haut! In einem Anfall von Gereiztheit zog sie das seidene Laken über ihre fast blanken Brüste. Das verfluchte Kleidungsstück, das sie sorgfältig drapiert auf ihrem Bett vorgefunden hatte – von jemandem, der bezüglich der Kleidung offensichtlich weniger Hemmungen hatte als sie – eignete sich kaum als Nachthemd. Die winzigen Ärmel waren ihr über die Schultern gerutscht, während sich das ganze Gewand nach oben geschoben hatte; Meter transparenten Tülls kräuselten sich in einem durchsichtigen Schaum um ihre Taille und bedeckten kaum ihre Hüften – und das auch nur, wenn sie sich nicht bewegte. Adrienne fingerte wild entschlossen an dem Nachthemd herum und versuchte, es zu ordnen, ohne dabei das Laken loszulassen.

Hawk stöhnte auf, und dieser heisere Laut ließ ihre Nerven vibrieren. Sie zwang sich dazu, seinem aufgeheizten Blick Paroli zu bieten.

»Janet, es ist mir bewußt, daß wir diese Ehe genaugenommen nicht unter den besten Vorzeichen eingegangen sind.«

»Adrienne. Und das entspricht genau den Tatsachen.«

»Nein, mein Name ist Sidheach. Mein Bruder heißt Adrian. Aber die meisten nennen mich Hawk.«

»Ich meinte mich. Nennt mich Adrienne.« Auf seinen fragenden Blick fügte sie hinzu: »Mein zweiter Vorname ist Adrienne, und das ist der, den ich bevorzuge.« Eine einfache, winzige Lüge. Sie konnte nicht darauf setzen, immer auf Janet zu reagieren, irgendwann wäre ihr ein Fehler unterlaufen.

»Adrienne«, raunte er und modulierte es wie *Adry-En*. »Was ich sagen wollte –«, er bewegte sich so anmutig über das Bett, daß sie erst dann erkannte, daß er sich bewegt hatte, als er ihr schon viel zu nahe gekommen war, »ich fürchte, daß wir nicht den besten Start hatten, und ich habe vor, dem abzuhelfen.«

»Ihr könntet Abhilfe schaffen, indem Ihr Euch unverzüglich entfernt, jetzt. Husch.« Mit aller Vorsicht umklammerte sie das Laken und winkte ihm mit der anderen Hand wie zum Abschied zu. Fasziniert betrachtete er sie. Als er sich nicht regte, unternahm sie den erneuten Versuch, ihn hinfort zu winken, doch mitten in der Bewegung schnappte er ihre Hand.

»Wunderschöne Hände«, flüsterte er, drehte die Handfläche nach oben und setzte einen sinnlichen Kuß in ihre empfindsame Mitte. »Ich hatte befürchtet, daß die verrückte Janet ein unansehnliches, böses Weib wäre. Jetzt weiß ich, warum Comyn dich all die Jahre in seinem Turm versteckt gehalten hat. Du bist das einzige wahre Geschmeide aus Comyns Schatzkammer. Sein Reichtum ist auf ein Nichts zusammengeschrumpft durch den Verlust deiner Person.«

»Oh, laßt es gut sein«, fauchte sie ihn an, und er blinzelte überrascht. »Hört zu, Sidhawk oder Hawk oder wer auch immer Ihr seid, ich bin nicht beeindruckt. Wenn wir schon gezwungen sind, dasselbe Dach zu teilen, sollten wir einige Dinge klarstellen. Erstens.« Sie hob eine Hand und zeigte geringschätzig mit dem Finger auf ihn, während sie fortfuhr: »Ich kann Euch nicht ausstehen. Findet Euch damit ab. Zweitens, ich wollte Euch nicht heiraten, aber ich hatte keine andere Wahl...«

»Du begehrst einen anderen.« Sein Raunen vertiefte sich zu knurrendem Unmut.

»Drittens«, fuhr sie fort, ohne ihm eine Antwort zu gönnen, »ich finde Eure männlichen Verhaltensweisen nicht einmal ansatzweise spannend. Ihr seid nicht mein Typ...«

»Aber Adam, nicht wahr?« Er preßte die Kiefer zusammen, und seine ebenholzfarbenen Augen blitzten.

»Mehr als Ihr«, log sie in der Hoffnung, daß er sie in Ruhe lassen würde, wenn sie ihn davon überzeugen könnte, daß sie es ernst meinte.

»Du wirst ihn nicht bekommen. Du bist *meine* Frau, ob du willst oder nicht. Und ich werde mir keine Hörner...«

»Wen kümmert's? Um Euch als Gehörnten zu fühlen, müßte es Euch schon etwas ausmachen.«

»Vielleicht würde es das.« Vielleicht tat es das bereits, und er hatte nicht den leisesten Schimmer, warum.

»Nun, mir nicht.«

»Bin ich denn so abstoßend?«

»Ja.«

Sein Blick erstarrte. Wanderte durch den Raum. Studierte

die Dachbalken. Weit und breit keine Antwort auf dieses Mysterium zu entdecken.

»Die Frauen fanden mich immer äußerst anziehend«, sagte er schließlich.

»Vielleicht ist das ein Teil Eures Problems.«

»Ich verstehe nicht.«

»Ich mag Euer Benehmen nicht.«

»Mein Benehmen?« wiederholte er verblüfft.

»Genau. Also erhebt Euch von meinem Bett, geht mir aus den Augen, und sprecht mich heute nacht nicht wieder an.«

»Du bist das verfluchteste Weib, das ich je getroffen habe.«

»Und Ihr seid der seichteste, unverbesserlichste Schurke von Mann, den ich je das Mißvergnügen hatte zu treffen.«

»Woher habt Ihr nur all diese Vorstellungen von mir?« fragte er sich.

»Wir könnten damit anfangen, daß Ihr zu betrunken wart, um an unserer Hochzeit teilzunehmen.«

»Hat Grimm Euch das erzählt? Nein, das würde er nicht tun.«

»Männerfreundschaften – die Pest soll sie holen.« Adrienne verdrehte die Augen. »Alles, was er mir sagte, war, daß Ihr mit einem Aufstand beschäftigt wäret. Daß es sich um Euren Magen handeln könnte, darauf wäre ich nicht gekommen. Die Magd, die mich vorhin in dieses Zimmer geleitet hat, war ausgesprochen redselig. Sie hörte überhaupt nicht mehr auf zu plappern, wie Ihr mit drei Fässern Wein und drei Frauen die Woche vor unserer Hochzeit verbracht und versucht habt, Euch um den Verstand zu ... Ihr wißt schon –« Adrienne nuschelte ein unverständliches Wort.

»Mich um den Verstand zu *was*?«

»Ihr wißt schon.« Adrienne verdrehte die Augen.

»Leider nicht. Wie lautet das Wort?«

Adrienne sah ihn scharf an. Spielte er mit ihr? Hatte er den Schalk im Blick? Dieser Ansatz von einem Lächeln, das seinen sinnlichen Mund umspielte, konnte zweifellos das Laken, in das sie sich krallte, zerschmelzen lassen, ganz zu schweigen von ihren Sinnen. »Offensichtlich war eine von ihnen erfolgreich, denn hättet Ihr auch nur einen Rest von Verstand übrigbehalten, würdet Ihr mir *jetzt* aus den Augen gehen«, schnauzte sie.

»Es waren nicht drei.« Hawk unterdrückte ein Lachen.

»Nein?«

»Es waren fünf.«

Adrienne preßte die Kiefer zusammen. Sie streckte erneut die Finger in die Luft. »Viertens – diese Ehe wird nur auf dem Papier bestehen. Punkt.«

»Weinfässer, meinte ich.«

»Ihr seid *nicht* komisch.«

Sein Lachen erschallte gefährlich und durchdringend. »Genug. Jetzt werden wir die Spielregeln des Hawk aufzählen. Erstens, du bist meine Frau, daher wirst du mir in allem gehorchen. Wenn ich dich in mein Bett *befehlen* muß, dann soll es so sein. Zweitens –«, er erhob die Hand, und sie zuckte zusammen, erwartete sie doch beinah, geschlagen zu werden, doch er nahm ihr Gesicht fest in seine Hand und sah ihr in die Augen, »du wirst dich von Adam fernhalten. Drittens, du gibst dir den Anschein, glücklich mit mir verheiratet zu sein – sowohl öffentlich als auch privat. Viertens, fünftens und sechstens, du wirst dich von Adam fernhalten. Siebtens –«, mit einer schnellen Bewegung holte er sie aus dem Bett und stellte sie auf die Füße, »du wirst präzise erklären, was du an mir so abstoßend findest, *nachdem* ich mit dir geschlafen habe, und achtens, wir werden Kinder haben. Viele. Dutzende vielleicht. Vielleicht werde ich dich von diesem Augenblick an nur noch dick machen mit Kindern.«

Während er sprach, weiteten sich Adriennes Augen immer mehr. Als er von Kindern anfing, war sie kurz davor, in Panik auszubrechen. Sie versuchte, ihren durcheinandergewirbelten Verstand zu ordnen, und suchte nach der besten Waffe. Was konnte sie sagen, um diesen Mann in Schach zu halten. Sein Ego. Sein ungeheures Ego und sein männlicher Stolz. Davon mußte sie Gebrauch machen.

»Macht, was Ihr wollt. Ich werde einfach nur an Adam denken.« Sie unterdrückte ein Gähnen und betrachtete eingehend ihre Nagelhaut.

Hawk trat einen Schritt zurück und zog die Hände von ihrem Körper, als hätte er sich verbrannt. »Du wirst einfach nur an Adam denken!«

Ungläubig rieb er sich das Kinn und starrte auf diese Erscheinung vor ihm, halb bekleidet, mit einem Hauch von transparentem Nichts. Silbrig-blondes Haar umrahmte das schönste Antlitz, das er je gesehen hatte. Ihr Gesicht war herzförmig, ihr Kinn zierlich und dennoch überraschend energisch. Ihre vollen, samtenen Lippen verheißungsvoll, und sie hatte sprühende, silbergraue Augen. Sie war die Leidenschaft in Person, und sie schien sich ihrer Schönheit nicht im geringsten bewußt zu sein. Oder es war ihr gleichgültig. Das Verlangen packte ihn mit starker Faust und drückte zu. Seine ebenholzfarbenen Augen verengten sich. Sie hatte cremefarbene Haut, wunderschöne Schultern, eine schlanke Taille, aufreizende Hüften und Beine, die bis in den Himmel reichten. Ihre Schönheit versengte ihn, fesselte ihn. Das Mädchen war makellos. Zwar war Hawk kein abergläubischer Mann, doch genau in diesem Moment kam ihm der Wunsch in den Sinn, den Grimm beim Anblick der Sternschnuppe geäußert hatte. *Was genau waren seine Worte gewesen?*

Er hatte sich gewünscht, daß Hawk einer Frau mit *Geist und Verstand* begegnen sollte; einer intelligenten Frau.

»Kannst du rechnen?« fragte er gereizt.

»Ich bin ein Profi in Buchhaltung.«

»Lesen und Schreiben?« hakte er nach.

»Drei Sprachen fließend, zwei ganz ordentlich.« Das war der Hauptgrund dafür, daß sie die mittelalterliche Redeweise so gut nachahmen und ihre Umwelt überzeugen konnte, daß sie wirklich die verrückte Janet war. Obwohl einige der Worte und Ausdrücke, die sie benutzte, den anderen merkwürdig erscheinen mußten – man erwartete ja von ihr, daß sie nicht ganz richtig im Kopf war –, hatte sie auf Burg Comyn schnell gelernt und sich den rollenden Akzent mit kindlicher Leichtigkeit zu eigen gemacht. Sie hatte immer schon eine große Sprachbegabung besessen. Außerdem hatte sie alle Folgen von *Highlander* gesehen.

Hawk stöhnte. Der zweite Teil von Grimms Wunsch war gewesen, daß die Frau von makelloser Schönheit sein sollte. Zu diesem Punkt brauchte er keine Fragen zu stellen. Sie war eine Venus, die kein schmückendes Beiwerk nötig hatte. Sie war in seine Welt geschlüpft, und er hatte die böse Vorahnung, daß seine Welt sich für immer verändert hatte.

Also, die ersten beiden Forderungen von Grimms Wunsch wären erfüllt. Die Frau besaß sowohl Verstand als auch betörende Schönheit.

Es war die letzte von Grimms Forderungen, die Hawk am meisten beunruhigte: *Ein makelloses ›Nein‹ auf ihren makellosen Lippen ...*

Die Frau mußte noch geboren werden, die jemals zum Hawk nein sagen würde.

»Adrienne, ich will dich«, sagte er mit belegter, rauher Stimme. »Ich werde dir die unglaublichsten Wege der Liebe zeigen, die du jemals diesseits von Walhalla erleben kannst.

Ich kann dir das Paradies zeigen – und noch viel mehr. Du wirst dir wünschen, deine Füße würden nie wieder den Boden berühren. Willst du, daß ich dich dorthin führe? Willst du mich?« Er wartete, doch er wußte bereits, was kommen würde.

Aufreizend kräuselten sich ihre Lippen, und sie sagte: »Nein.«

* * *

»Du hast mich mit einem *Geis* belegt durch deinen verfluchten Wunsch, Grimm!« So konnte man zu späterer Nacht den Burgherrn Sidheach James Lyon Douglas in den sternlosen Himmel heulen hören. Verborgen hinter einem Ring von Ebereschen, schürte Adam das Holzkohlenfeuer und gab einen Laut von sich, der einen Hauch zu finster war, um ein Lachen zu sein.

* * *

Adrienne saß noch lange, nachdem er gegangen war, in der Dunkelheit auf der Bettkante, und als er sein heiseres Geheul zum Mond schickte, zuckte sie zusammen. Ein *Geis*? Ein Fluch. Pah! Sie war diejenige, die verflucht war.

Für ihn war sie eine unter vielen. Und wenn Adrienne de Simone eines gelernt hatte, dann war es, daß sie sich nicht damit abfinden durfte, eine unter vielen zu sein, wenn es um einen Mann ging.

Schuldig wie all die Legionen von Frauen, die vorher gefallen waren, wollte sie diesen Mann, den man den Hawk nannte. Wollte ihn mit einem Verlangen, bar jeder Vernunft, das die Anziehungskraft, die der Schmied auf sie ausgeübt hatte, bei weitem übertraf. Es war etwas Furchteinflößendes in den

Augen des Schmiedes. Wie in Eberhards. Doch der Hawk hatte wunderschöne, dunkle Augen, bestäubt mit goldenen Sprenkeln hinter dichten, tiefschwarzen Wimpern. Hawks Augen gaben einen Hinweis auf unsägliche Sinnesfreuden, Lachen und, wenn sie sich das nicht nur einbildete, auf einen durchlebten Schmerz, der behutsam in Schach gehalten wurde.

Genau, sagte sie sarkastisch zu sich selbst. *Der Schmerz, nicht ausreichend Zeit zu haben, um mit allen schönen Frauen ins Bett zu gehen. Du weißt, was er ist. Ein Weiberheld. Tu dir das nicht noch mal an. Sei keine Närrin, Adrienne.*

Doch sie konnte das Unbehagen nicht abschütteln, das sie jedesmal überkam, wenn sie sich dazu zwang, ihm grausame und gehässige Dinge an den Kopf zu werfen. Das Gefühl, daß er eine solche Behandlung vielleicht nicht verdiente. Daß die Tatsache, daß der Hawk ein geheimnisvoller und schöner Mann wie Eberhard war, nicht bedeuten mußte, daß er auch die gleiche Art von Mann war. Ohne jeden logischen Grund hatte sie das ungute Gefühl, daß sie unfair zu ihm war.

Ach ja, aber es gibt eine logische Erklärung dafür, wie und warum du plötzlich von 1997 zurück nach 1513 gesprungen bist? Sie schnaubte verächtlich.

Adrienne hatte gelernt, Fakten zu prüfen und sich mit der Realität auseinanderzusetzen, ganz gleich, wie irrational die jeweilige Situation auch erscheinen mochte. Geboren und aufgewachsen in New Orleans, verstand sie, daß die menschliche Logik nicht alles zu erklären vermochte. Manchmal gab es eine höhere Logik – etwas, das schmerzlich ihr Begriffsvermögen überstieg. In letzter Zeit empfand Adrienne es eher als überraschend, wenn die Dinge einen Sinn ergaben, als wenn sie es nicht taten – zumindest befand sie sich auf heimischem Terrain, wenn ihr Leben eine sonderbare Entwicklung nahm. Obwohl es höchst unlogisch und zutiefst unwahrscheinlich war, ließen sich all ihre fünf Sinne nicht davon abbringen, daß sie sich, um die kleine Alice zu zitieren, nicht mehr in Kansas befand.

Der Schimmer einer Erinnerung fuhr ihr durch den Kopf... Was hatte sie noch getan, kurz bevor sie sich auf Comyns Schoß wiederfand? Die Stunden davor waren unscharf, vage. Sie konnte sich an das unangenehme Gefühl erinnern, beobachtet zu werden... und sonst? Ein merkwürdiger Geruch, intensiv und würzig, der ihr in die Nase gestiegen war, bevor sie... was? Adrienne gab sich alle Mühe, den Schleier der Verwirrung zu durchstoßen, doch sie erreichte nur, daß ihr der Schädel brummte.

Sie kämpfte eine Zeitlang dagegen an, dann ergab sie sich dem Schmerz. Adrienne murmelte ein inbrünstiges Gebet, daß die höhere Logik hinter dieser irrationalen Wirklichkeit sie mit mehr Wohlwollen behandeln möge als das Schicksal, das sie auf Eberhard hatte treffen lassen.

Zu schade, daß sie nicht einige jener wirklich und wahrhaftig üblen Erinnerungen verloren hatte. Doch nein, nur ein paar seltsame Stunden; eine kurze Zeitspanne. Vielleicht dämpfte der Schock dessen, was passiert war, momentan ihr Erinnerungsvermögen. Wenn sie sich erst einmal an diese neue Umgebung angepaßt hatte, würde sie bestimmt dahinterkommen, wie sie es fertiggebracht hatte, durch die Zeit zu reisen. Und wie sie wieder zurückkommen könnte.

Dann aber fragte sie sich, ob sie wirklich zu dem, was sie hinter sich gelassen hatte, zurückkehren wollte.

* * *

Am nächsten Morgen spritzte sich Adrienne eiskaltes Wasser ins Gesicht und taxierte sich in der verschwommenen, polierten Silberplatte, die über dem Becken hing. Ach, all die kleinen Annehmlichkeiten. Heißes Wasser. Zahnpasta. Wonach sehnte sie sich am meisten?

Kaffee. Bestimmt wurde im Jahr 1513 irgendwo auf der Welt Kaffee angebaut. Wenn ihr lüsterner Ehemann so darauf erpicht war, ihr zu gefallen, vielleicht könnte er ihr zu etwas Kaffee verhelfen – und zwar schnell. Wenn sie weiterhin so schlecht schlief, würde sie jeden Morgen eine ganze Kanne brauchen.

Als der Hawk letzte Nacht ihr Gemach verlassen hatte, hatte sie am ganzen Körper gezittert. Die Verlockungen des Schmieds waren nur ein dünnes Echo auf die Anziehungskraft, die der Mann, den man den Hawk nannte, auf all ihre Sinne ausübte. Allein seine Anwesenheit ließ sie innerlich erbeben und bescherte ihr weiche Knie – weitaus heftiger, als es Adam verursacht hatte. Schnaubend erinnerte sie sich an die Regeln des Hawk. Vier davon lauteten, den Schmied zu meiden. Immerhin, das war ein sicherer Weg, ihn zu reizen, wenn ihr danach war. Nachdem sie ihren Kaffee bekommen hatte.

Adrienne wühlte sich durch Janets »Aussteuer« auf der Suche nach etwas leidlich Schlichtem, das sie anziehen konnte. Nachdem sie ein limonengelbes Kleid gewählt hatte (wie wurden in diesem Zeitalter bloß solche brillanten Stoffe hergestellt?), betonte sie es mit einem goldenen Gürtel um die Hüfte und einigen goldenen Armreifen, die sie fand. Weiche Lederpantoffeln für die Füße, die silbrige Mähne kurz geschüttelt, und jetzt war Kaffee das einzig Lebenswichtige.

* * *

»Kaffee«, krächzte sie, nachdem sie es endlich geschafft hatte, sich durch das weitläufige Schloß hindurchzukämpfen und auf einige Leute zu treffen, die sich bei einem gemächlichen Frühstück befanden. Es saßen ungefähr ein Dutzend

Menschen am Tisch, doch die einzigen, die Adrienne erkannte, waren Grimm und Er, also schickte sie das Wort hoffnungsvoll in ihre Richtung.

Der ganze Tisch starrte sie an.

Adrienne starrte unbeeindruckt zurück. Auch sie konnte unhöflich sein.

»Ich glaube, sie sagte Kaffee«, meinte Grimm nach einer langen Pause, »obschon ich von einigen unserer Jagdfalken schon verständlichere Laute vernommen habe.«

Adrienne verdrehte die Augen. Der Morgen verlieh ihrer brandyerprobten Stimme immer einen heiseren Klang. »Ich brauche Kaffee«, erklärte sie geduldig. »Und meine Stimme ist morgens immer so.«

»Eine Stimme, die man pflegen sollte, weich und raffiniert wie feinster Malt Scotch«, schnurrte der Hawk. Seine Augen verweilten auf ihrem Gesicht und glitten dann sanft hinunter zu ihren Zehen. Wie in Gottes Namen konnte ein bloßer Blick ihr das Gefühl geben, als zöge er ihr langsam und genüßlich das Kleid vom Körper?

»Hat nicht dieser Bursche aus Ceylon eine Menge merkwürdiger Dinge in die Speisekammer gebracht? Ich bin Lydia Douglas, nebenbei bemerkt, dieses Tunichtguts –«

»Mutter –«

»Still. Du hast die Hochzeit verpatzt, und jetzt stellst du dich auch nicht viel besser an, also sei still.«

In diesem Moment vergab Adrienne ihm fast alles, als er darauf wie ein kleiner Junge schweigend mit den Achseln zuckte. »My Lady«, sagte sie, versuchte einen Knicks und hoffte, Hawks Mutter korrekt angesprochen zu haben. Instinktiv mochte sie diese Frau, selbst wenn sie diesen überwältigenden Weiberhelden geboren hatte.

»Lydia genügt, und wenn ich darf – Adrienne? Hawk erzählte mir, dies sei Eure bevorzugte Anrede.«

»Adrienne ist wunderbar. Kaffee?«

Lydia lachte, offensichtlich nahm sie ihr ihre Penetranz nicht übel. »Ich nehme an, du bist dieses starke Morgengebräu gewöhnt. Mein Heiler sagt mir, es habe verjüngende Eigenschaften und sei ein natürliches Stärkungsmittel.«

»Ja.« Adrienne nickte vehement.

»Die Speisekammer, Hawk«, trieb Lydia ihren Sohn an.

»Ich darf mich entfernen?« fragte er spöttisch.

»Seit wann hörst du auf mich?« entgegnete Lydia augenzwinkernd. »Nimm deine frisch Vermählte und besorge ihr Kaffee. Und Adrienne, solltest du irgend etwas anderes benötigen, und sei es auch nur ein mitfühlendes Ohr, bitte komm zu mir. Ich verbringe viel Zeit in meinen Gärten. Jeder kann dir den Weg dorthin zeigen.«

»Danke.« Adrienne meinte das aus tiefstem Inneren. Wie angenehm war es doch, von jemandem freundlich willkommen geheißen zu werden! Von jemandem, der nicht männlichen Geschlechts war und unerträglich schön.

»Komm.« Der Hawk streckte ihr eine Hand entgegen. Sich weigernd, ihn zu berühren, sagte sie süßlich: »Nach Euch.«

»Nein, Mädchen, nach Euch.« Er machte eine einladende Geste. Er würde dem süßen Schwung ihrer Hüften quer durch die Hölle folgen.

»Ich muß darauf bestehen«, wehrte sich Adrienne.

»So wie ich«, konterte er.

»Geht«, fauchte sie.

Er verschränkte seine kraftvollen Arme vor der Brust und erwiderte entschlossen ihren Blick.

»Oh, in Gottes Namen, müssen wir uns auch darüber streiten?«

»Nicht, wenn Ihr mir gehorcht, Frau.«

Hinter ihnen hörten sie Lydia belustigt aufstöhnen. »Warum geht ihr zwei nicht einfach nebeneinander«, sagte sie aufmunternd.

»Fein«, fauchte Adrienne.

»Fein«, knurrte der Hawk.

* * *

Lydia lachte, bis ihr die Tränen in den fröhlichen grünen Augen standen. Endlich ein Mädchen, das ihres Sohnes würdig war.

Kapitel 8

Nebeneinander. Sie brauchte ihn nicht anzusehen. *Danke Gott für kleine Gefälligkeiten.*

»Und hier haben wir die Speisekammer«, sagte der Hawk, als er die Tür aufschloß und öffnete. Adriennes Stimmung besserte sich. Ihre Nase zuckte kaum wahrnehmbar. Sie konnte Kaffeebohnen riechen, Gewürze, Tees, alle möglichen wundervollen Dinge. Sie sprang praktisch in den Raum hinein, Hawk auf ihren Fersen. Als sie gerade eine Hand tief in den braunen Leinensack stecken wollte, von dem das köstlichste Aroma sündhaft dunklen Kaffees ausströmte, gelang es dem Hawk irgendwie, sich zwischen Adrienne und ihre Beute zu schummeln.

»Wie es aussieht, scheinst du unseren Kaffee sehr zu mögen«, beobachtete er mit allzu scharfem Blick für ihre Vorlieben.

»Ja.« Sie verlagerte ihr Gewicht von einem Fuß auf den anderen, ungeduldig, aber dieser Kerl, der ihr den Weg versperrte, war ein Berg von einem Mann. »Bewegt Euch, Hawk«, beschwerte sie sich. Er lachte leise und ergriff mit seinen großen Händen ihre Taille, umfaßte sie beinahe ganz.

Adrienne erstarrte, als ein Duft ihre Geruchsnerven reizte, der noch unwiderstehlicher war als ihr geliebter Kaffee. Der

Duft von Leder und Mann. Von Macht und sexueller Meisterschaft. Von Hingabe und Manneskraft. Der Duft von allem, wovon sie je geträumt hatte.

»Ah, mein Herz, es kostet etwas«, murmelte er.

»Ihr habt kein Herz«, ließ sie seine Brust wissen.

»Das ist wahr«, stimmte er zu. »Du hast es gestohlen. Und letzte Nacht stand ich vor dir im Todeskampf, und du hast es in Stücke gerissen ...«

»Oh, gebt es auf ...«

»Du hast seltsame Redensarten, mein Herz –«

»Euer Herz ist eine kümmerliche, schwarze Walnuß. Zusammengeschrumpft. Runzlig.«

Sie weigerte sich, ihn anzusehen.

Er lachte. »Mädchen, du wirst mich noch bis ins hohe Alter bei Laune halten.«

»Kaffee«, murmelte sie.

»Der Zoll-Troll muß noch bezahlt werden.«

»Und was verlangt der Zoll-Troll?«

»Heute morgen ist es einfach. An anderen Tagen vielleicht nicht. Heute kostet dich dein Kaffee nur einen kleinen Kuß.«

»Du glaubst, du könntest hier Küsse verlangen als Gegenleistung für Kaffee?« rief sie ungläubig. Und gegen ihren Willen neigte sie den Kopf zurück und sah ihm in die Augen. Nun, nicht ganz. Ihr Blick stieß an ein Hindernis und verfing sich einige Zentimeter unter seinen Augen an seinen perfekt gestalteten, wundervoll gefärbten Lippen. Die Lippen eines Mannes sollten nicht so wohlgeformt und verführerisch sein. Sie vergaß den Kaffee und dachte daran, seine Lippen zu küssen, und ihre treulosen Knie fingen schon wieder an zu schlottern.

»Nur zu«, ermutigte er sie.

Der Hund. Er wußte, daß sie ihn küssen wollte.

»Ich weiß, daß du es nicht willst, Mädchen. Aber du mußt, wenn du deinen Kaffee willst.«

»Und wenn ich es nicht tue?«

»Bekommst du keinen Kaffee.« Er zuckte mit den Schultern. »Wirklich, das ist doch ein geringer Preis.«

»Ich glaube nicht, daß es das war, woran deine Mutter gedacht hat.«

Er lachte, ein geheimnisvolles, sinnliches Schnurren, und sie spürte, wie ihre Brustwarzen hart wurden. Gott im Himmel, er war gefährlich. »Meine Mutter ist zur Hälfte für mich verantwortlich, also mach sie nicht vorschnell zu einer Heiligen, mein Herz.«

»Hör auf, mich ›mein Herz‹ zu nennen. Ich habe einen Namen.«

»Ja. Und der lautet Adrienne Douglas. Meine *Gemahlin.* Sei froh, daß ich nur eine Gefälligkeit für eine Gefälligkeit erbitte und mir nicht einfach nehme, was mir rechtmäßig zusteht.«

Schnell wie der Blitz ergriff sie seine Hand und plazierte darauf den geforderten Kuß, dann schleuderte sie sie wieder zurück. »Mein Kaffee«, verlangte sie.

In den dunklen Augen des Hawk brodelte ungeduldige Leidenschaft. »Offensichtlich, Mädchen, muß ich dir noch viel über das Küssen beibringen.«

»Ich weiß, wie man küßt!«

»Oh? Vielleicht solltest du es noch einmal zeigen, denn wenn dies deine Vorstellung von einem Kuß war, werde ich um eine großzügigere Gefälligkeit bitten.« Er lächelte sie an, und seine Unterlippe wölbte sich einladend.

Adrienne schloß die Augen, um dem Anblick seiner wundervollen Lippen zu entgehen, und erkannte im selben Moment, daß sie einen gewaltigen taktischen Fehler begangen hatte. Der Hawk nahm ihr Gesicht in beide Hände, drückte sie gegen die Wand und hielt sie so mit seinem mächtigen Körper gefangen. Adrienne riß die Augen auf. »Ich schloß meine Augen *nicht*, damit du mich küßt«, schrie sie, aber ihr Dementi verlor seine Durchschlagskraft, als sie in seine Augen sah. Seine intensiven, tiefdunklen Augen wirbelten ihren Verstand durcheinander und ließen sie darauf brennen, sein Angebot zu akzeptieren, doch sie wußte, daß sie nicht durfte. Adrienne versuchte, sich aus seinem Griff zu befreien, doch seine Hände lagen fest auf ihrem Gesicht. »Hawk! Ich denke nicht...«

»Doch, das tust du, Mädchen, und zwar viel zuviel«, unterbrach er sie und sah sie mit verschleiertem Blick spöttisch an. »Also hör für einen Augenblick mit dem Denken auf, ja? Nur fühlen.« Er küßte sie und überrumpelte damit lustvoll ihre Lippen, die, noch mitten im Protest, halb geöffnet waren. Adrienne preßte die Hände gegen seine Brust, doch er schenkte ihrem Widerstand keinerlei Beachtung.

Der Hawk vergrub seine Hände in ihrem Haar, neigte ihren Kopf nach hinten, um seinen Kuß zu vertiefen, und seine Zunge erkundete ihren Mund. Seine Lippen waren fordernd, seine Umarmung besitzergreifend und fest, und mit eindringlicher, unstreitiger Männlichkeit schmiegte er seine Hüften an ihren Körper. Er forderte sie mit seinem Kuß heraus, wortlos verlangend, daß sie die Spannung und die Hitze, die zwischen ihnen bestand, eingestehe – eine Hitze, die in der Lage war, ein zerbrechliches Herz zu Asche zu verbrennen oder zwei Herzen zu einem zu verschmelzen. Verlangen ließ sie so tief erschaudern, daß sie stöhnte, verwirrt und verängstigt. Adrienne wußte, daß es gefährlich war, seine Berührung zu genießen, zu riskant zuzulassen, was sie sicherlich zu einer Abhängigen dieser Lust machen würde.

Der Daumen des Hawk umspielte ihren Mundwinkel und drängte sie zur bedingungslosen Kapitulation. Aufgewühlt, neugierig, unfähig zu widerstehen, gab Adrienne nach. Der Kuß, mit dem er sie belohnte, ließ sie erzittern; es war ein Kuß, wie geschaffen, die letzten Bastionen ihres Widerstandes zu erstürmen.

Und wo würde sie dann stehen? Erneut verwundbar – ein Spielzeug für einen schönen Mann, erneut.

Hawks Hände glitten von Adriennes Haar zu ihren Brüsten, und die darauffolgende Feuchtigkeit zwischen ihren Schenkeln ließ sie erschrocken erkennen, daß sie die Kontrolle über sich verlor. Adrienne wehrte sich ruckartig, voller Entschlossenheit, nicht als eine weitere Eroberung dieses Weiberhelden zu enden. »Laß mich gehen! Du sagtest ein Kuß! Das war nicht abgemacht!«

Der Hawk erstarrte. Er zog seinen Kopf zurück, die starken Hände immer noch an ihren Brüsten, und musterte ihr Gesicht eindringlich, beinahe wütend. Wonach auch immer er suchte, sie wußte, daß er nicht zufrieden war. Alles andere als zufrieden.

Er blickte noch ein wenig länger forschend in ihre geweiteten Augen, dann drehte er ihr den breiten Rücken zu und schöpfte eine Handvoll Kaffeebohnen. Adrienne rieb sich gereizt über die Lippen, als könnte sie das andauernde, unvergeßliche Wohlgefühl seiner Berührung wegbürsten. Als sie aus der Speisekammer traten und schweigend den langen Korridor entlanggingen, ohne sich anzusehen, wickelte der Hawk die Bohnen in ein Tuch und verstaute sie in seiner Felltasche.

Kurz vor dem Hauptsaal blieb er stehen, und als wären sie durch ein gemeinsames Band verbunden, hielt auch sie sofort an.

»Sag mir, daß du es gefühlt hast«, befahl er mit leiser Stimme. Und noch immer sahen sie sich nicht an. Sie suchte den Boden nach Staubwirbeln ab, er die Decke nach Spinnweben.

»Was gefühlt?« Sie schaffte es mit Mühe, daß ihre Stimme nicht brach. *Einen Kuß, auf den man einen Traum bauen kann, großer schöner Mann?*

Er zog sie an seinen Körper; unbeeindruckt, als sie ihr Gesicht abwendete, senkte er den Kopf und verteilte Küsse auf ihre hochgewölbten Brüste, genau da, wo sie sich gegen den gerafften Ausschnitt ihres Kleides drückten.

»Hör auf!«

Er hob den Kopf, und sein Gesicht verdunkelte sich. »Sag mir, daß du es auch gespürt hast!«

Der Augenblick schwebte, erfüllt von unbegrenzten Möglichkeiten. Er dehnte sich bis zur Ungewißheit – und ging in ihrer Furcht verloren.

»Ich? Ich habe an Adam gedacht.«

Wie konnten die Augen eines Mannes sich nur im Bruchteil einer Sekunde von solch brennender Intensität in so kalte, trübe Kugeln verwandeln? Wie konnte ein solch offenes Gesicht nur so verschlossen werden? Ein edelmütiges Gesicht so barbarisch?

»Solltest du das nächste Mal, nachdem ich dich berührt habe, dumm genug sein, das zu sagen, werde ich für meine Handlungen nicht mehr verantwortlich sein, Mädchen.«

Adrienne schloß die Augen. *Versteck es, versteck es, laß ihn nicht sehen, wie sehr es dich berührt.* »Es wird kein nächstes Mal geben.«

»Es wird jeden Tag ein nächstes Mal geben, Adrienne Douglas. Du gehörst zu mir. Und reiz mich nicht noch mehr. Adam kann weggeschickt werden. Jeder kann weggeschickt werden. Kaffee kann weggeschickt werden. Ich bin Herr über alles, was du willst. Ich kann sehr gut zu dir sein, wenn du dir nur ein wenig Mühe gibst. Das einzige, worüber ich mit mir nicht reden lasse, ist Adam. Also, zeig deinen guten Willen mit mir, und das einzige, worum ich bitte, ist, daß du

Adam aufgibst und seinen Namen mir gegenüber nie mehr erwähnst. Wenn du mir diese kleine Gunst erweisen kannst, werde ich nichts weiter von dir verlangen als den Preis für deinen Kaffee jeden Morgen. Und ich verspreche es dir, der Preis wird nicht zu hoch sein.«

Der Preis für den Kuß war schon zu hoch, der Kuß an sich schon zu gefährlich gewesen. »Was gibt dir das Recht ...«

»Macht. Schlicht und ergreifend.«

»Brutale Gewalt ...«

»Bemüh dich nicht, mir Schuldgefühle einzureden. Frag meine Mutter. Es klappt nicht.«

»Gut, gut. In diesem Punkt also keine Ritterlichkeit«, merkte sie an. Doch alles in allem war der Handel, den er anbot, vernünftiger als die Myriaden von Alternativen. Er konnte *alle* seine ehelichen Privilegien verlangen, anstatt nur einen kleinen Kuß jeden Morgen. Damit konnte sie leben. »Jeden Morgen ein Kuß? Das ist alles, was du als Gegenleistung dafür erwartest, daß ich Adam dir gegenüber nicht erwähne? Und ich bekomme jeden Tag meinen Kaffee?«

»Halte dich fern von Adam. Laß mich ihn nicht in deiner Nähe antreffen. Nenn in meiner Gegenwart nicht seinen Namen.«

»Für einen Kuß jeden Morgen?« Sie wollte ihn darauf festnageln.

»Für eine Gefälligkeit jeden Morgen.«

»Das ist nicht fair! Eine Gefälligkeit – das kann alles mögliche sein!«

Er lachte. »Wer hat dir erzählt, das Leben sei fair? Wer hat dich so furchtbar fehlgeleitet? Und wenn man in Betracht zieht, daß wir verheiratet sind und daß die Alternative zu meinem großzügigen Angebot nur die Erfüllung sämtlicher ehelicher Pflichten ist, welches Recht hast du, über ›fair‹ zu streiten?«

»Nun, du könntest dich ein wenig festlegen, zu meiner Beruhigung! Andernfalls könnte ich aufwachen und mich vor unbekannten Dingen fürchten.«

Sein Gesicht verdüsterte sich. »Ich versuche, ihr sinnliche Freuden zu bereiten, und sie ›fürchtet sich vor unbekannten Dingen‹.« Verbittert wandte er sich ab.

»So habe ich es nicht gemeint...«, hob sie an und haßte den Ausdruck der Verbitterung in seinem Gesicht, den sie sich selbst zuzuschreiben hatte. Doch zu ihrer eigenen Sicherheit mußte sie es dabei belassen, also sprach sie den Satz nicht zu Ende.

Er hatte sie sowieso nicht gehört, so gefangen war er in seiner düsteren Stimmung, als er sie verließ.

Viel zu spät, als er schon um die Ecke verschwunden war, erinnerte sie sich voller Verzweiflung an ihre Kaffeebohnen. Sie steckten in diesem Beutel, den er um seine Hüften trug, und er hatte die Speisekammer wieder verschlossen.

* * *

Duschen. Das war es. Was hätte Adrienne nicht alles gegeben für dreißig Minuten heißen Wassers, das sie in dichte Schwaden hüllte, für den üppigen Schaum von Aveda-Seife, Shampoos, Körpercreme und ein flauschiges Handtuch, um sich abzutrocknen.

Sie konzentrierte sich darauf, ihr Phantasie-Duschbad in allen Einzelheiten auszuschmücken, um sich von dem Gedanken an IHN abzulenken, während sie die Gärten suchte. Sie fand sie hinter dem Schloß; man mußte die Küche durchqueren, um dorthin zu gelangen, oder den ganzen Weg um das Schloß herumgehen – und der Weg um das Schloß herum war lang.

»Ihr könnt ruhig noch etwas mehr hereinstecken als Eure kleine Nase, will ich mal sagen. Ich würde unsere neue Lady gerne im Ganzen sehen«, rief eine Stimme aus der Küche heraus.

Neugierig trat Adrienne ein. Die Küche war gänzlich anders, als sie es sich für diese alten Zeiten vorgestellt hatte. Sie war riesengroß, schön gestaltet und fleckenlos sauber. Den Mittelpunkt des Raumes bildete ein massiver, säulenförmiger Herd, der an jeder Seite geöffnet werden konnte und somit vier Kochstellen bot. Ein steinerner Rauchabzug führte zu einer Öffnung in der hohen Decke. Bei näherer Betrachtung wurde ihr klar, daß die Küche als freistehender Anbau zum eigentlichen Schloß gebaut worden war, so konstruiert, daß sie luftig und stets gut ventiliert war. Der Raum hatte Fenster an zwei gegenüberliegenden Seiten, alle vier Wände wurden von Arbeitsflächen aus glänzendem Eichenholz gesäumt, und der Boden bestand aus hellgrauen Bruchsteinplatten. Es gab hier keine faulenden Nahrungsmittel, keine Nagetiere oder Insekten, diese Küche konnte es leicht mit ihrer eigenen im 20. Jahrhundert aufnehmen – bis auf die Spülmaschine. Stufen führten zu den Vorratskammern, Speiseschränke waren geschickt in Nischen untergebracht, und hinter den geöffneten Fenstern erstreckten sich üppige Gärten. Auf den Fensterbänken standen winzige Gefäße mit Kräutern und Gewürzen.

»Gefällt Euch unsere Küche?«

Überwältigt nickte Adrienne und richtete ihre Aufmerksamkeit auf den lächelnden Mann, der die Frage gestellt hatte. Er war groß und sonnengebräunt, mit einem schlanken Körper und ausgeprägten Muskelpaketen an den Unterarmen, die entweder vom Führen eines Schwertes herrührten oder von Arbeiten mit den Händen. Sein dunkles Haar und sein dichter Bart waren von grauen Strähnen durchzogen, und als seine klaren grauen Augen auf ihre trafen, funkelten sie vor Neugier und freundlichem Willkommen.

»Der Hawk hat sie selbst entworfen. Er ist ja viel herumgekommen. Er sagt, er habe Wunder gesehen, die das Leben viel angenehmer machten, und er hat sie alle genutzt, um Dalkeith zu verbessern, will ich mal sagen.«

Der Schloßherr selbst hatte die Küche gebaut?

»Er hat die Theken geschnitten und die Schränke gebaut. Er liebt es, mit Holz zu arbeiten. Beschäftigt seine Hände, sagt er. Wo er allerdings die Zeit hernimmt, ist mir ein Rätsel.« Der Mann verdrehte die Augen, legte die Hände hinter den Kopf und lehnte sich mit seinem Stuhl in die Sonne, die durch das offene Fenster hereinströmte. »Ich heiße Tavis, Mylady«, stellte er sich vor. »Erfreut, Euch willkommen zu heißen.«

»Ich bin die verrückte Janet«, entfuhr es ihr als Erwiderung auf seine Freundlichkeit.

»Ich kenne mich nicht so aus mit ›verrückt‹, aber Lydia hat Gefallen an Euch gefunden, und sie ist eine scharfsinnige Frau, will ich mal sagen.«

Adrienne trat weiter in die Küche; ihr Blick streifte durch den Raum, und sie bewunderte die geniale Einfachheit, mit der er konstruiert worden war. Alles war geordnet und leicht zugänglich.

»Lydia ist dort draußen«, ermutigte Tavis sie. »Sie erwartet Euch wohl schon eine ganze Zeit, will ich mal sagen.« Er blinzelte ihr zu. »Laßt Euch von diesen Douglas' nicht an die Wand drücken, Mylady. Es sind sture, eigenwillige Menschen, aber mit Herzen aus purem Gold. Ihr werdet keinen wie die Douglas' in ganz Schottland finden. Willkommen, will ich mal sagen, und wenn Ihr irgend etwas brauchen solltet, wendet Euch nur an Tavis aus der Gerberei.« Er dehnte seine starken Hände. »Ich mache die weichsten Häute diesseits von Uster, vielleicht auch jenseits.« Stolz leuchtete in seinen Augen, als er sie zur Tür geleitete.

Adrienne trat hinaus in den Sonnenschein und atmete so

tief durch, wie sie nur konnte. Geißblatt, ein geliebter Duft aus frühesten Kindertagen. Butterblumen wucherten in goldener Schönheit unter den Fenstern rechts und links von ihr. Lavendel lag in der Luft, Rosenduft und noch ein anderes, intensiv erdiges Aroma, das sie nicht identifizieren konnte. Sie vernahm das klingelnde Geräusch von Wasser, das in ein Becken plätscherte. Eine Quelle? Dem Klang folgend, schlenderte sie über steinerne Gehwege, vorbei an turmhohen Rhododendron-Büschen, üppigen Anemonen, Glockenblumen und verstreuten Vergißmeinnicht. Steinpfade zweigten nach verschiedenen Richtungen ab, aber das Plätschern zog Adrienne unbeirrbar an. Lady Lydia saß auf dem Rand eines steinernen Springbrunnens, der sich in vier Ebenen hoch über ihrem Kopf türmte. Ein lebensgroßer Delphin schwebte über dem Brunnen, als befände er sich mitten im Sprung, und spie Wasser aus dem geöffneten Schlund.

»Großartig«, hauchte Adrienne, und Lydia drehte sich um und begrüßte sie mit einem Lächeln.

»Mein Sohn ist ein ziemlich begabter Erfinder.« Unverhohlener Stolz stand ihr in das sanfte Gesicht geschrieben.

»Er hat auch dies geschaffen?« Adrienne verzog das Gesicht.

»Die meisten außergewöhnlichen Eigenheiten von Dalkeith hat mein Sohn geschaffen. Auf seinen Reisen suchte er die fortschrittlichsten Geheimnisse der Zivilisation zu erkunden, um sie seinem Volk zu bringen.«

»Als er die Welt auf der Suche nach schönen Bettgefährtinnen bereiste«, unterbrach Adrienne sie barsch und erinnerte sich an die Worte der Dienstmädchen des Comyn.

Mit einem amüsierten Funkeln in den Augen neigte Lydia den Kopf. »Ist es das, was man sich erzählt?«

»Ist es das, was er tat?«

»Warum fragst du ihn nicht selbst? Doch denke gut nach,

Adrienne. Was würden Leute, die dich nicht gut kennen, wohl über dich erzählen?«

»Da ist was dran«, gab Adrienne zu und hoffte, daß Lydia niemals hinter ihre bewegte Vergangenheit kommen möge.

»Verrückte Janet«, sprach Lydia und beobachtete sie voller Zuneigung. »Du scheinst mir kein bißchen verrückt zu sein. Warum hat der Comyn dich in diesem Turm gehalten?«

Adrienne sagte die Worte her, die er ihr am Tag ihrer Hochzeit eingetrichtert hatte. »Ich war zu schön, als daß er riskieren konnte, daß mich seine eigenen Männer sehen. So sagt er.« Ohne nachzudenken, fügte sie ihre eigenen Worte hinzu: »In Wahrheit habe ich mich nie so gefühlt.«

Lydia schnaubte vernehmlich. »Hast du nie einen Spiegel gesehen?«

»Natürlich. Aber ich habe mich trotzdem nie so gefühlt.«

»Ungefähr so wie der Hawk, glaube ich«, bemerkte Lydia. »Er hat mir einmal erzählt, daß er nur weiß, daß er gutaussehend ist, weil sich ihm die Frauen so an den Hals werfen. Daß er sich selbst, hätten die Frauen nicht soviel Aufhebens um ihn gemacht, gerade mal für einigermaßen nett und anständig gehalten hätte.«

»Einigermaßen nett und anständig?« wiederholte Adrienne ungläubig. »Der Mann ist von Kopf bis Fuß perfekt! Er läßt David und die griechischen Götter und Pan allesamt als Krüppel erscheinen. Er ist purer Sex in Flaschen, unverkorkt. Und jemand sollte den Korken draufsetzen! Er ist – arrrgh! Pah!« Adrienne überschlug sich fast und begann zu stottern, als sie sich zu spät ihrer Worte bewußt wurde. Lydia mußte so lachen, daß ihr die Tränen kamen.

Als Lydia wieder Luft holen konnte, stieß sie einen zufriedenen Seufzer aus. »Ist das eine Erleichterung. Ich war mir nicht sicher, ob du immun bist. Er denkt, du bist es. Keine Sorge. Es wird unser kleines Geheimnis bleiben, liebe Adrienne, und jetzt komm und setz dich neben mich, damit ich dir sagen kann, wie froh ich bin, daß du hier bist. Es tut mir nur leid, daß ich nicht anwesend war, um dich bei deiner Ankunft angemessen willkommen heißen zu können. Was ich so gehört habe, haben hier alle die ganze Sache fürchterlich verbockt.«

Adrienne ertappte sich dabei, daß sie sich Hals über Kopf in diese mütterlichsten Arme stürzen wollte, die sie je kennengelernt hatte. Ihr verhärtetes Herz begab sich auf unsicheres Eis – konnte sie es wagen? Oder lieber nicht?

* * *

Hinter blutroten Rhododendron-Büschen bewegte sich ein Schatten. *Ich hasse sie! Ich hasse sie!* Esmeraldas Hand zitterte, als sie das Glasrohr hob, dann hatte sie sich unter Kontrolle. Sie würde den Feind ausmerzen und ihren Qualen ein Ende setzen. Sie legte ihre Lippen an das Mundstück und hielt das kleine Instrument des Todes waagerecht. Sie atmete tief ein und preßte mit gespitzten Lippen einen jähen Luftstoß hindurch. Ein winziger Pfeil schoß aus der Hohlrinne heraus, klein wie der Stachel einer Biene. Esmeralda beobachtete, wie der Pfeil sein Ziel fand und sich in die helle Haut an Adriennes Nacken bohrte. Sie lächelte zufrieden, als Adrienne sich kurz auf die Wunde klatschte, als wollte sie eine störende Mücke verscheuchen. Esmeralda kniff suchend die Augen zusammen – sie konnte das glitzernde Pfeilende in Adriennes Nacken sehen, während diese mit Lydia sprach. Geschafft. Die Tat war vollbracht.

* * *

»Wo ist dein Mann, Lydia?« Adrienne schlug sich heftig in den Nacken. »Mücken? Jetzt schon?«

»Sie sind eine Plage. Und der Grund für die Netze über den Schlafstellen in dieser Jahreszeit. Ein wenig Minze scheint sie fernzuhalten. Ich stopfe mir immer etwas in die Taschen und klemme mir ein, zwei Blätter ins Mieder.« Sie bot ihr ein paar von ihren Blättern an, und Adrienne nahm sie dankbar entgegen. »Was meinen Mann betrifft...« Ihre Augen nahmen einen verträumten Ausdruck an. »Dieser unmögliche Kerl verließ mich vor über dreißig Jahren. Er starb kurz nachdem Hawk geboren wurde.«

»Wie?« Adrienne wischte sich mit dem Handrücken über die Stirn. Die Sonne war plötzlich zu heiß geworden.

»Es war in einer Schlacht für den König, und als er im Sterben lag, gab er das Versprechen, so sagt jedenfalls König James, daß sein Sohn fünfzehn Jahre seines Lebens der Krone opfern würde, als Gegenleistung für den königlichen Schutz von Dalkeith. Tatsächlich endete Sidheachs Dienst erst vor kurzem.«

Verwirrt runzelte Adrienne die Stirn. Plötzlich verschmolzen Lydias leuchtende Blumen zu einem verwaschenen Farbenbrei.

Lydia erläuterte geduldig: »Dalkeith ist eine reiche Festung. Es gab keinen Mann, der uns schützen konnte, als mein Gatte starb. Ich blieb zurück mit einem kleinen Erben von zwei Monaten. Ob mein Mann das Versprechen wirklich gegeben hat oder ob James es bloß erfunden hatte, werde ich nie erfahren. Ich bezweifle, daß mein Douglas König James unter welchen Umständen auch immer unseren Sohn versprochen hätte. Aber mit einem König läßt sich kaum streiten. Ich war nicht bereit, erneut zu heiraten, die Trauer um meinen Mann war zu tief. Die Männer des Königs schützten Dalkeith, bis ich meine Witwenkleider ablegte. Doch James gab uns seinen Schutz unter der Bedingung, daß der Hawk sich an seinem achtzehnten Geburtstag in Edinburgh einzufinden hatte, zu fünfzehn Jahren Lehenstreue. Wie es mein Mann gelobt hatte, so behauptete er.«

»Du glaubst nicht, daß dein Gatte ihm den Hawk versprochen hat?« fragte Adrienne, und ihr Blick vernebelte sich zusehends. Sie kniff kurz die Augen fest zusammen, und ihr Blick klärte sich wieder auf.

Lydias liebevolles Gesicht wurde schwermütig, und eine Zeitlang schien es, als würde sie die Frage nicht beantworten. Adrienne konnte sehen, wie ihr die Erinnerungen durch den Kopf gingen, einige gute und einige offensichtlich schmerzvolle. »Mein Douglas war der zweite, der um meine Hand angehalten hatte, Adrienne.«

»Und der erste?« fragte Adrienne, ließ ihre Fingerspitzen durch das angenehm kühle Wasser des Brunnens gleiten und benetzte sich dann mit ein paar Tropfen die Schläfen.

»König James.«

»Ah! Ein abgewiesener Mann.«

»Entschieden abgewiesen. Und ganz und gar unversöhnlich. König James hatte sich in den Kopf gesetzt, mich zu besitzen, und ließ sich nicht umstimmen. Es war in meinem sechzehnten Sommer, und ich war zusammen mit deiner Mutter, Althea, bei Hofe. Wir beide bekamen in jener Saison viele Heiratsangebote, und James war einer meiner glühendsten Verehrer. Ich nahm ihn nicht allzu ernst, immerhin war er der König. Erst später erfuhr ich, wie ernst es ihm gewesen war. Aber es war zu spät. Ich hatte mir den Douglas schon in den Kopf gesetzt, als ich noch ein kleines Mädchen war. Und der Douglas, nun, sagen wir mal, es bedurfte keiner großen Mühen, ihn zu überreden.« Ihre grünen Augen leuchteten in zärtlichen Erinnerungen.

»Demnach haßt der König den Hawk, weil du seinen Heiratsantrag ausgeschlagen hast? Das ist unglaublich kindisch.«

»So ist er. James war von Geburt an verdorben. Er wurde endlos verhätschelt und verwöhnt und in seinen Zügellosigkeiten bestärkt. Als er ins heiratsfähige Alter kam, wurde er unaufhörlich angehimmelt. Er hatte in seinem ganzen Leben niemals das Wort Nein gehört und auch nicht vorgehabt, es jemals zu hören. Er fand es schlicht unbegreiflich, daß eine Frau sich entschließen würde, die Gattin eines einfachen Grafen zu werden, wenn sie die Königin von ganz Schottland hätte sein können.«

Adrienne dachte kurz an die Königshäuser ihrer Zeit. Wie unendlich viel mußte man opfern, um Prinzessin und eines Tages Königin zu werden. Lydia hatte eine weise Wahl getroffen, als sie aus Liebe geheiratet hatte.

»Was ihn wirklich ins Unglück stürzte, war, daß er dumm genug gewesen war, seinem Hof zu verkünden, daß ich seine Königin werden würde, selbst nachdem ich seine Heiratsanträge bei verschiedenen Anlässen ausgeschlagen hatte. Ich heiratete meinen Douglas am Tag nach seiner Proklamation, wobei wir nicht wußten, daß der König tatsächlich so weit gegangen war, seine Absichten öffentlich bekannt zu machen, bis die Nachricht Wochen später schließlich Dalkeith erreichte. Mein Gatte sagte, daß wir uns an jenem Tag einen mächtigen Feind geschaffen hätten. Aber ich denke, daß keiner von uns ahnte, wie wahrhaft rachsüchtig er sein würde. Ich vermute, daß es viele Dinge über seinen Dienst bei James gibt, über die Hawk niemals sprechen wird. Es geht das Gerücht, daß James gedroht hat, Dalkeith zu zerstören, damit Hawk seinen absonderlichen Befehlen gehorchte.« Ihre Stimme nahm einen vertraulichen Tonfall ein. »Hawk weiß nichts davon, aber ich selbst ersuchte um eine Audienz bei James, nachdem ich Geschichten über seine Knechtschaft vernommen hatte. Ich bat ihn, von seinem Anspruch auf meinen Sohn abzulassen.« Lydias Augen verdunkelten sich. »Er lachte und sagte mir, daß, wenn ich weise geheiratet hätte, der Hawk nun des Königs *Sohn* wäre anstatt des Königs Diener.«

Adrienne rieb sich den Nacken und kniff die Augen fest zusammen. Ihre Sehkraft war erschreckend getrübt, und ihr Kopf dröhnte. »Öffentliche Demütigung«, sagte sie schwerfällig. »Habe noch keinen Mann getroffen, der das gut wegstecken konnte.«

»Ich denke mir, das ist auch der Grund, weshalb König James dem Hawk befahl, wen er zu heiraten hatte«, fuhr Lydia leise fort. »Nur ein weiterer Schachzug, um seine Rache zu verlängern. Ich glaube, er fühlte sich fast betrogen durch den Tod meines Mannes, und ich habe mich oft gefragt, was er uns wohl angetan hätte, hätte mein Gatte länger gelebt. Was für ein verbitterter Mann ist er geworden.« Lydia schüttelte den Kopf. »Ich bin froh, daß du es bist, Adrienne. Der König würde es hassen, wenn er wüßte, wie bezaubernd und wie sehr *un*-verrückt du in Wirklichkeit bist. Du bist genau das, was der Hawk braucht. Kein schüchternes Mädchen oder eine affektierte Ziege, sondern eine Frau mit aufrichtigem Charakter und mit Tiefe.«

Adrienne errötete vor Freude. Die aufsteigende Hitze hatte allerdings alarmierende Auswirkungen auf ihren Kopf. »Du sagtest, du hättest noch mal geheiratet. Hast du noch andere Kinder?« fragte sie in dem verzweifelten Versuch, beim Gesprächsthema zu bleiben.

Auf Lydias Gesicht kehrte das Lächeln zurück. »O ja. Adrian und Ilyssee. Sie sind in Frankreich bei meiner Schwester Elizabeth. In ihrem letzten Brief warnte sie mich, daß Adrian sich zu einem unverbesserlichen Spitzbuben entwickelt und daß sie kurz davor stünde aufzugeben, Ilyssee Manieren beizubringen.« Lydia lachte. »Ilyssee kann manchmal ein bißchen über die Stränge schlagen und ist dann nicht zu bändigen. Du würdest sie mögen.«

Adrienne war sich nicht sicher, wie sie das verstehen sollte, also enthielt sie sich eines Kommentars. Außerdem fühlte sie sich überhaupt nicht gut. Sie sah plötzlich alles doppelt, ihr Magen krampfte sich zusammen, und ihr Mund war ausgetrocknet wie ein alter Putzlappen. Angestrengt versuchte sie zu schlucken. »Wallah hubbah ha?« krächzte sie.

»Adrienne?« Lydia sah sie besorgt an. »Adrienne?« Sie legte der jungen Frau eine Hand auf die Stirn.

»Du kochst ja!«

Adrienne fiel stöhnend vornüber und brach auf dem gepflasterten Weg zusammen.

»Hawk!« schrie Lydia.

Kapitel 9

»Gift.« Hawks Gesicht war grimmig und düster. Vorsichtig untersuchte er den winzigen Pfeil, den der alte Heiler auf das Tuch gelegt hatte.

»Callabron.« Der Heiler fuhr sich mit den Fingern durch den langen, weißen Bart und setzte sich auf einen Stuhl an Adriennes Seite.

Hawk stöhnte auf. Callabron war kein sanftes Gift. Es hatte eine gemeine und langsame Wirkung. Es würde tagelang anhaltende Schmerzen verursachen, bevor der Erstickungstod eintrat, da das Gift den Körper langsam von außen nach innen lähmte.

Hawk wußte, daß es kein Gegenmittel gab. Er hatte während seiner Dienstzeit bei König James von dem Gift gehört. Es ging das Gerücht, daß ihm viele königliche Nachkommen zum Opfer gefallen waren. Wenn man einen zukünftigen König aus dem Weg räumen wollte, versuchte man sein Glück nicht mit einem Gift, das womöglich nicht die erwünschte Wirkung haben könnte. Hawk ließ den Kopf in die Hände sinken und rieb sich die wunden und getrübten Augen. Die Hitze, die von den hochlodernden Flammen ausströmte, brannte auf seinem Gesicht, aber ihr würde die Hitze helfen, hatte der Heiler gesagt. Sie könnte das Fieber senken. Trotzdem ... sie würde sterben.

Nimm mich, nur verschone sie!, wünschte Hawk von ganzem Herzen.

»Wir können ihre Schmerzen lindern. Es gibt Mittel, die ich ihr geben kann ...«, sagte der Heiler leise.

»Wer?« tobte der Hawk, den alten Mann ignorierend. »Wer sollte so etwas tun? Warum sie töten? Was hat sie getan?«

Der Heiler fuhr zusammen und preßte die Augen zu.

Im Türrahmen rang Lydia mühsam nach Atem. »Es ist also Callabron?«

»Ja. Die Haut hat sich um die Öffnung schwarz verfärbt, und hellgrüne Linien gehen von der Wunde aus. Es ist der tödliche Biß des Callabrons.«

»Ich will sie nicht verlieren, Hawk«, verlangte Lydia.

Langsam erhob Hawk den Kopf aus seinen Händen. »Mutter.«

Das Wort war ein Bitten, Ausdruck tiefster Hoffnungslosigkeit. *Mutter, lass alles gut werden.* Doch er wußte, sie konnte es nicht.

»Einige sagen, es wäre humaner, das Leiden in den frühen Stadien zu beenden«, sprach der Heiler sehr leise und vermied es, den Hawk dabei anzusehen.

»Genug!« schrie der Hawk ihn an und brachte ihn auf der Stelle zum Schweigen. »Wenn alles, was Ihr bringen könnt, nur Dunkelheit und Verdammnis ist, dann schert Euch fort!«

Stolz und Empörung ließen den Rücken des Heilers versteifen. »Mylord –«

»Nein! Ich will nichts davon hören! Wir werden sie nicht umbringen! Sie wird nicht sterben!«

»Vielleicht kennen die Roma ein Mittel«, schlug Lydia leise vor.

Der Heiler schnaubte verächtlich. »Ich versichere Euch,

Mylady, die *Roma* kennen nichts Derartiges. Wenn ich Euch sage, daß es kein Mittel gibt, könnt Ihr versichert sein, daß nichts sie heilen kann. Diese herumstreunende Bande von Halsabschneidern, Betrügern und Dieben kann bestimmt nicht –« Der alte Heiler hielt abrupt inne, als er den drohenden Blick des Hawk sah.

»Es ist einen Versuch wert«, stimmte der Hawk Lydia zu.

»Mylord!« Der Heiler protestierte heftig. »Die Roma sind nicht mehr als schäbige Taschenspieler! Sie –«

»Lagern auf meinem Land«, schnitt ihm Hawk barsch das Wort ab, »so wie sie es seit mehr als dreißig Jahren tun, mit meinem Einverständnis, also hütet Eure Zunge, alter Mann. Wenn Ihr so sicher seid, daß sie nichts wissen, was kümmert es Euch dann, wenn ich sie kommen lasse?«

Der Heiler lächelte höhnisch. »Ich glaube nur nicht, daß wildes Herumtanzen und Singen und ekelhaft stinkende Happen von mumifiziertem Ich-weiß-nicht-was meiner Patientin guttun würden«, zischte er.

Der Hawk schnaubte wütend. Es war offensichtlich, daß der Heiler nicht das geringste über die Roma wußte, dieses stolze Volk, das aus einem Land nach dem anderen verjagt wurde, weil sie danach strebten, so zu leben, wie sie es für richtig hielten. Wie so viele, die es wagten, für das zu kämpfen, woran sie glaubten, wurden sie oft mißverstanden und gefürchtet. Die Zigeunersippe, die auf Dalkeith ihr Lager aufgeschlagen hatte, war eine enge Gemeinschaft von begabten und weisen Menschen. Obwohl man über ihren Aberglauben streiten konnte, hatte der Hawk die Erfahrung gemacht, daß viele ihrer »Instinkte« durchaus zutrafen.

Doch dieser Heiler, wie so viele andere, hatte Angst vor der Andersartigkeit dieses Volkes, und deshalb verdammte er sie. So wurde Unwissenheit zu Angst, was schnell in Verfolgung endete. Der Hawk strafte den alten Mann mit einem stahlharten Blick und knurrte: »Alles, was *meine Frau* heilen könnte, ist gut für sie. Es ist mir gleich, ob es sich dabei um mumifizierte Krötenhirne handelt. Oder, nebenbei bemerkt, um mumifizierte *Heiler*hirne.«

Der Heiler schloß den Mund und bekreuzigte sich.

Seufzend rieb der Hawk sich die Augen. Die Roma waren zumindest eine Chance. Schnell befahl er einer der Wachen vor der Tür, einen Boten ins Lager zu schicken.

»Ich glaube, Ihr macht einen großen Fehler, Mylord –«

»Den einzigen Fehler in diesem Raum macht Ihr, wenn Ihr noch einmal Euren Mund öffnet«, knurrte Hawk.

Der Heiler sprang wütend auf, und seine alten Gelenke knackten vor Protest. Mit zusammengekniffenen Lippen zog er ein steinernes, mit Wachs und einem Stopfen versiegeltes Gefäß unter seinem Umhang hervor. Er stellte es auf den Kaminsims, ließ sich mit der Dreistigkeit und Unbesonnenheit jener Menschen, die Pest, Hungersnot und Krieg überlebt und ein hohes Alter erreicht haben, zu einer letzten Unverschämtheit hinreißen und sagte: »Vermutlich werdet Ihr Euch entschließen, es zu benutzen, wenn Eure Roma versagen. Denn versagen werden sie bestimmt«, bevor er fluchtartig in einem heillosen Durcheinander von knirschenden Gelenken und wild umherbaumelnden, dürren Gliedmaßen den Raum verließ.

Hawk schüttelte den Kopf und starrte auf die von Fieberschauern geschüttelte Frau auf dem Bett. Seine Frau. Seine bezaubernde, stolze, ungestüme, *sterbende* Frau. Er fühlte sich so völlig hilflos.

Lydia ging durch den Raum auf ihn zu und zog den Kopf ihres Sohnes zum Trost an ihre Brust. »Hawk, mein geliebter Hawk.« Sie murmelte diese sinnlosen Laute, die nur eine Mutter kennt.

Es verging ein langer Augenblick, dann zog Hawk seinen Kopf zurück. Wenn er seiner Frau keine Erleichterung verschaffen konnte, dann wollte auch er keine Erleichterung von seiner Mutter annehmen. »Erzähle mir noch einmal genau, was im Garten passiert ist.«

* * *

»Komm, süße Hure«, befahl Adam, und Esmeralda kam.

Sie war jetzt unwiederbringlich verloren. Esmeralda wußte, wer Adam Black war, schon bevor sie zu ihm ging. Ihre Leute hatten es immer gewußt und waren daher entsprechend vorsichtig. Besonders, wenn man es mit ebendiesem zu tun hatte, denn ihn zu reizen, oder auch nur seine Aufmerksamkeit zu erregen, konnte den Todeskelch für ein ganzes Volk bedeuten. Und obwohl solch phänomenale Macht Esmeraldas Blut in fast panische Angst versetzte, so war es auch ein unwiderstehliches Aphrodisiakum.

Was hatte ihn hierhergebracht? fragte sie sich. Dies war der letzte klare Gedanke, den sie zustande brachte, bevor er begann, diese Dinge mit ihrem Körper anzustellen, die ihr Innerstes nach außen kehrten. Düster vor Leidenschaft, schwebte sein Gesicht über ihr, vergoldet durch die bernsteinfarbene Glut des Feuers unter den Eschen. Der Duft von Sandelholz und Jasmin stieg um sie herum aus der dampfenden Erde empor. Erst früh am Morgen konnte sie endlich aus seiner Schmiede kriechen.

Adam legte die Fingerspitzen aneinander und überdachte seine Strategie, während er die Frau beobachtete, die auf schwachen Beinen von seinem Zelt wankte.

»Narr!« Das Wort kam schneidend, barsch und verdammend. Adam versteifte sich. »Ihr habt gerufen, mein König?« fragte er seinen unsichtbaren Herrn.

»Was hast du getan, Adam?«

»Ich habe mich mit einem Zigeunermädchen vergnügt, wenn Ihr es wissen wollt. Was ist dabei?«

»Die Schöne liegt im Sterben.«

»Adrienne?« Adam war verblüfft. »Nein. Nicht durch meine Hand.«

»Gut. Bring das in Ordnung!«

»Wahrhaftig, mein König, ich hatte nichts damit zu tun.«

»Das ist mir gleichgültig. Bring es in Ordnung. Unsere Königin wird rasen, sollten wir den Pakt gefährden.«

»Ich werde es in Ordnung bringen. Aber wer könnte danach trachten, die Schöne niederzustrecken?«

»Das ist dein Spiel, Narr. Sei gewissenhafter. Die Königin fragt schon nach dir.«

»Sie vermißt mich?« Adam begann, sich etwas darauf einzubilden.

Finnbheara schnaubte vernehmlich. »Du magst sie vorübergehend aufgeheitert haben, ich aber bin ihr König.«

* * *

Adrienne verbrannte. Angebunden an einen Pfahl, wie eine altertümliche Hexe gefangen auf einem Berg lodernder Baumstämme, während die Dorfbewohner belustigt zuschauten. *Helft mir!* flehte sie durch ausgetrocknete Lippen und krümmte sich in den wogenden Rauchschwaden. Und dann spürte sie das entsetzliche Gefühl von tausend Feuerameisen, die wie wahnsinnig direkt unter ihrer Haut hin und her krabbelten.

Es wurde ihr nicht gewahr, wie der Hawk ihr die Stirn mit einem Schwamm benetzte, ihren Körper in kühle Tücher und weiche Wolldecken hüllte. Er strich ihr die feuchten Haarsträhnen aus dem Gesicht und küßte sie sanft auf die Stirn.

Das Feuer schürend, drehte er sich ruckartig um und sah, wie sie sich verzweifelt gegen den flauschigen Kokon aus Bettlaken wehrte, von dem der Heiler ihm versichert hatte, daß er ihr Fieber lindern könne.

Verzweiflung überfiel ihn, brutaler und hämmernder als das schlimmste Hochlandgewitter.

Ein urzeitliches Stöhnen entfuhr seinen Lippen, als er hilflos mit ansehen mußte, wie sie, wie von Furien gepackt, ihre makellose Haut zerkratzte. Es war der verzweifelte Versuch, die Attacke einer wie auch immer gearteten, grausamen Bestie abzuwehren, die das Fieber heraufbeschworen hatte, um sie zu quälen. Sie würde sich wund kratzen, wenn er sie nicht davon abhielte, doch er konnte den Gedanken nicht ertragen, ihre Hände festzubinden, wie es der Heiler empfohlen hatte. Vor seinem geistigen Auge flimmerte die Vorstellung, wie sie sich gegen die Fesseln aufbäumte, und er unterdrückte ein bitteres Aufheulen ohnmächtiger Wut. Wie sollte er gegen einen unsichtbaren Eindringling, der offensichtlich unverwundbar war, in die Schlacht ziehen? Wie konnte er ein Gift besiegen, gegen das es kein Mittel gab?

Einen Herzschlag lang hielt er inne, dann riß er sich das Hemd vom Körper und entledigte sich seiner Stiefel. Nur mit seinem Kilt bekleidet, legte er sich vorsichtig auf das Bett, umschlang sie von hinten und zog ihren Rücken eng gegen seinen Körper.

»Adrienne!« Er fluchte unflätig, als er sie in den Armen hielt. Wie konnte er nur soviel Schmerz wegen einer Fremden empfinden? Woher kam das Gefühl, daß sie mehr Zeit gebraucht hätten.

Er lehnte sich zurück an die Wand, hielt sie zwischen seinen Beinen wie in einer Wiege und hatte seine Arme eng um sie geschlungen, während sie um sich schlug und zitterte. Sein Kinn ruhte auf ihrem Kopf.

Tief in der Nacht erreichte das Fieber seinen Höhepunkt, und sie redete und weinte silbrige Tränen.

Sie würde nie erfahren, daß er sie wegküßte, eine nach der anderen.

Sie würde nie erfahren, daß er schweren Herzens zuhörte, wie sie unter Tränen nach einem Mann rief, den er nicht für Wert hielt, daß man um ihn weinte, und daß er sich mit aller Macht wünschte, er hätte der erste Mann sein können, den sie liebte.

Ever-hard Darrow Garrett. Der Hund, der das Herz seiner Frau gebrochen hatte.

Welcher Schotte mit Selbstachtung nannte sich Everhard?

Als der Morgen dämmerte, ließ der Hawk das glatte Ebenholz einer Schachfigur durch die Finger gleiten, die Grimm ihm gegeben hatte.

Er hatte sie nicht aus der Hand gegeben, selbst als Adrienne im Delirium danach verlangte. Er untersuchte sie sorgfältig und fragte sich, weshalb diese Spielfigur für sie so wichtig war, daß sie, im Sterben liegend, die dunklen Korridore ihres Verstandes so verzweifelt danach absuchte.

* * *

Ein Aufruhr vor der Tür ließ ihn aufwachen und riß ihn aus einem tiefen, traumlosen Schlaf. Er wehrte sich dagegen, die Augen zu öffnen, und nahm seine Umgebung zuerst mit seinen übrigen Sinnen wahr. Verdammt, sie brannte immer noch! Sogar noch heißer, soweit das überhaupt möglich war. Seine Frau für wenige Stunden lag sterbend in seinen Armen. Was hatte ihn aufgeweckt? Waren es die Zigeuner, die endlich gekommen waren?

»Laßt mich passieren!« Die Stimme des Schmieds donnerte hinter der verschlossenen Tür, laut genug, um sie erbeben zu lassen. Hawk war hellwach. Die Stimme *dieses* Mannes machte ihn kampfbereit.

»Der Hawk wird dich umbringen, Mann«, spottete Grimm. »Erstens mag er dich nicht, und zweitens ist er in keiner guten Stimmung.«

Hawk nickte zustimmend auf Grimms Worte und war froh, daß er Wachen vor dem Grünen Gemach postiert hatte. Es ließ sich nicht sagen, was er getan hätte, wäre er aufgewacht und hätte in seinem derzeitigen Zustand den arroganten Schmied auf sich herabblicken sehen.

»Narren! Ich sagte, ich kann sie retten«, fauchte der Schmied.

Hawk versteifte sich unwillkürlich.

»Ein Narr bin ich also?« überschlug sich ungläubig Grimms Stimme. »Nein, ein Narr, wer glaubt, daß es ein Mittel gegen ein Gift wie Callabron gibt!«

»Willst du es riskieren, Grimm?« fragte der Schmied kühl.

»Laßt ihn passieren«, befahl der Hawk durch die geschlossene Tür. Er hörte das Geräusch von Schwertern, die mit metallischem Klang aneinanderrieben, als die Wachen die gekreuzten Klingen zurückzogen, die den Eingang zum Grünen Gemach versperrt hatten. Und dann stand Adam im Türrahmen, den er mit seinen großen Umrissen fast ausfüllte.

»Wenn du gekommen bist, um mit mir zu spielen, Adam Black, scher dich fort, bevor ich dein Blut vergießen und zusehen werde, wie es über meinen Boden rinnt. Es wäre nur eine kleine Ablenkung, aber ich würde mich besser fühlen.«

»Warum hältst du sie auf diese Weise? So eng, als ob sie dir teuer wäre?«

Hawk hielt sie noch enger umschlungen. »Sie stirbt.«

»Aber du kennst sie kaum, Mann.«

»Ich habe keine Erklärung, die irgendeinen Sinn ergäbe. Aber ich weigere mich, sie zu verlieren.«

»Sie ist schön«, äußert Adam.

»Ich habe viele schöne Frauen gekannt.«

»Ist sie schöner als die anderen?«

»Sie ist *anders* als die anderen.« Hawk strich sanft die Wange über ihr Haar. »Warum bist du hergekommen?«

»Ich hörte, es sei Callabron. Ich kann sie heilen.«

»Versuche nicht, mich mit dem Unmöglichen zu reizen, Schmied. Erwecke in mir keine falsche Hoffnung, oder du wirst neben ihr sterben.«

»Versuche nicht, *mich* mit dem Unmöglichen zu reizen, Lord Hawk«, gab Adam unbekümmert zurück. »Darüber hinaus sage ich die Wahrheit über das Heilmittel.«

Hawk sah den Schmied einen Moment lang forschend an. »Warum solltest du dies tun, wenn du es überhaupt kannst?«

»Aus reinem Selbstzweck, das kann ich dir versichern.« Adam trat auf das Bett zu und setzte sich auf den Rand. Er streckte eine Hand aus und hielt mitten in der Bewegung inne, als er in Hawks Gesicht sah. »Ich kann sie nicht heilen, ohne sie zu berühren, schrecklicher Hawk.«

»Du machst dich über mich lustig.«

»Ich mache mich über alles lustig. Nimm es nicht so persönlich. Obwohl es in deinem besonderen Fall ziemlich persönlich gemeint ist. Doch was dies hier betrifft, spreche ich die Wahrheit. Ich habe das Gegenmittel.«

Hawk schnaubte und nahm seine Frau schützend noch fester in die Arme. »Wie kommt es nur, daß ein einfacher Schmied solch ein Wissen über ein unschätzbares Heilmittel besitzt?«

»Du vergeudest Zeit mit Fragen, während die Lady im Sterben liegt.«

»Also gib es mir, Schmied.«

»O nein. Nicht so einfach.«

»Wer vergeudet jetzt Zeit? Ich will das Mittel. Gib es mir und verschwinde, *wenn* du es wirklich hast.«

»Gefallen gegen Gefallen«, sagte Adam tonlos.

Hawk hatte es kommen sehen. Der Mann wollte seine Frau. »Hurensohn. Was willst du?«

Adam grinste tückisch. »Dein Weib. Ich rette es. Ich bekomme es.«

Hawk schloß die Augen. Er hätte diesen Hund von Schmied feuern sollen, als er die Möglichkeit dazu gehabt hatte. Wo zum Teufel blieben überhaupt die Zigeuner? Sie hätten schon längst auf Dalkeith eintreffen müssen.

Der Schmied konnte seine Frau heilen, so sagte er jedenfalls.

Die Zigeuner würden womöglich keine Heilung kennen.

Und alles, was der Schmied für das Leben seiner Frau verlangte, war seine Frau.

Jede Faser seines Körpers sträubte sich gegen diese Vorstellung. Diese Frau einem anderen Mann überlassen, ihren Körper und ihr üppiges Versprechen an ihn abtreten? Niemals. Hawk zwang sich, die Augen zu öffnen, und starrte auf den Mann, der sich Adam nannte. Sollte er diesem arroganten, schönen Hund von einem Schmied erlauben, seinen Körper über den seines Weibes zu legen und ihr lustvolles Stöhnen mit seinen Lippen zu fangen? Selbst jetzt waren die Lippen des Schmieds zu einem grausamen Lächeln verzogen, als er den Kampf auskostete, der in dem Hawk tobte.

Hawk zügelte sein Gesicht zu unbeweglicher Ruhe. Verrate nie deine wahren Gefühle. Laß sie niemals sehen, was du fühlst, wenn es dich am tiefsten verletzt. Wie gut hatte er diese Lektionen bei König James gelernt. Sei's drum – alles, daß sie leben möge. »Eine Frau ist kein Gefallen, den man erweisen kann. Ich werde sie dir geben, wenn sie dich will – und nur dann«, sprach er schließlich. Wenn sie stürbe, würde er sie verlieren. Wenn sie lebte, würde er sie ebenfalls verlieren, als Preis für ihre Rettung. Aber dann wiederum vielleicht auch nicht. Unfähig, die Wut auszuschalten, von der er wußte, daß sie in seinen Augen loderte, schloß er sie wieder.

»Abgemacht. *Du überläßt sie mir, wenn sie mich will.* Erinnere dich an deine Worte, Lord Hawk.«

Hawk zuckte zusammen.

Als er die Augen wieder öffnete, streckte Adam eine Hand zum Gesicht seiner Frau. Kleine Schweißperlen glänzten über ihren Lippen und auf ihrer Stirn. Die Wunde an ihrem Hals war um den geschwärzten Einstich herum grün verfärbt. »Du berührst sie nicht mehr, als nötig ist, um sie zu heilen«, warnte der Hawk.

»Für jetzt. Wenn sie geheilt ist, werde ich sie so berühren, wie sie es sich wünscht.«

»*Sie* ist hier das entscheidende Wort.«

Adam legte seine Handfläche auf Adriennes Wange und untersuchte gründlich die Wunde an ihrem Hals. »Ich brauche kochendes Wasser, Kompressen und ein Dutzend gekochte Leintücher.«

»Bringt mir kochendes Wasser, Kompressen und ein Dutzend gekochte Leintücher«, donnerte der Hawk an die geschlossene Tür.

»Und du verläßt den Raum.«

»Nein.« Der Tod konnte nicht endgültiger sein als die Weigerung des Hawk.

»Du gehst, oder sie stirbt«, murmelte Adam im gleichen Tonfall, als habe er über das Wetter geredet.

Hawk bewegte keinen Muskel.

»Sidheach James Lyon Douglas, hast du eine Wahl?« fragte Adam verwundert.

»Du kennst all meine Namen. Woher weißt du so viel über mich?«

»Ich hatte es mir zur Aufgabe gemacht, so viel über dich zu wissen.«

»Woher soll ich wissen, ob du sie nicht selbst mit irgendeinem obskuren Gift beschossen hast, das kein Callabron ist, sondern es nur imitiert, und jetzt täuschst du eine Heilung vor – nur damit du mir meine Frau stehlen kannst?«

»Absolut richtig«, gab Adam schulterzuckend zu.

»Was?« fuhr Hawk ihn an.

Adams Augen glitzerten wie harter Fels. »Du weißt es *nicht*. Du mußt dich entscheiden. Kannst du sie zu diesem Zeitpunkt retten, Lord Hawk? Ich denke nicht. Welche Möglichkeiten bleiben dir? Sie stirbt durch irgend etwas, das ist klar zu erkennen. Du denkst, es ist Callabron, aber du bist dir nicht sicher. Ich sage, ich kann sie heilen, und bitte dafür um einen Gefallen. Was hast du für eine Wahl? Man sagt, daß du schwere Entscheidungen leicht aussehen läßt. Man sagt, daß du ein Mann bist, der einen Berg versetzen könnte, ohne mit der Wimper zu zucken, wenn du den Berg versetzt haben willst. Man sagt, du hättest einen unfehlbaren Sinn für Gerechtigkeit, Richtig und Falsch, Ehre und Mitleid. Man sagt auch –«, Adam verzog das Gesicht, »daß du im Bett außerordentlich gut bist. Zumindest eine Frau sagte das, und das hat mich zutiefst gekränkt. Tatsächlich sagt man allgemein viel zuviel über dich, für meinen Geschmack. Ich bin hierhergekommen, dich zu hassen, Hawk. Doch ich bin nicht gekommen, diese Frau zu hassen, die du als die deine beanspruchst.«

Adam und Hawk starrten sich gegenseitig mit kaum gezügelter Gewalt an.

Adrienne stieß einen Schrei aus und bebte in Hawks Armen. Ihr Körper krampfte sich zusammen, dann streckte er sich wieder, als ob sie auf einer Streckbank strammgezogen würde. Hawk schluckte schwer. *Welche Wahl?* Es gab keine Wahl, überhaupt keine Wahl.

»Mach sie gesund«, murmelte er durch zusammengepreßte Zähne.

»Du garantierst für meine Gegenleistung?« fragte der Schmied.

»Wie wir uns geeinigt haben. Nur, wenn sie dich wählt.«

»Du wirst keine Einschränkungen machen, wann auch immer sie ihre Zeit mit mir verbringen will. Ich werde von diesem Tag an um sie werben, und du wirst sie nicht von mir fernhalten. Sie kann frei entscheiden, mich zu sehen, wann immer es ihr gefällt.«

»Auch ich werde um sie werben.«

»Das ist das Spiel, Hawk«, sagte Adam leise, und endlich hatte Hawk verstanden. Der Schmied wollte sein Weib nicht ausgehändigt bekommen. Er wollte einen Wettbewerb, einen Kampf um ihre Gunst. Er wollte die offene Herausforderung und hatte vor, zu gewinnen.

»Du wirst es hassen, wenn ich sie dir wegnehme, schrecklicher Hawk«, versprach der Schmied. »Schließ die Tür, wenn du gehst.«

Kapitel 10

»Wie ist es möglich, daß die Welt eines Mannes völlig aus den Angeln gehoben wird, bevor er auch nur die Chance hat, es kommen zu sehen und zu versuchen, es aufzuhalten, Grimm?«

Hawk hatte angefangen zu trinken, von dem Moment an, als die Tür zu seiner Frau und dem Schmied zugeschlagen worden war. Er versuchte mit Entschlossenheit, sich gnadenlos bis zum Umfallen zu betrinken, doch es gelang ihm nicht.

»Glaubst du, er kann sie heilen, Hawk?«

Hawk überlegte kurz. »Ja, Grimm, das glaube ich. Es gibt da etwas Unnatürliches an Adam Black, und ich beabsichtige herauszufinden, was es ist.«

»Was vermutest du?«

»Ich weiß nicht, Grimm, ich möchte, daß du alles, was du kannst, über den Mann herausfindest. Sprich mit jedermann auf dem Anwesen, bis du Antwort bekommst. Woher er kommt, wann er hierherkam, mit wem er verwandt ist, was er so treibt. Ich will Bescheid wissen über jeden seiner Atemzüge, über jedes Pinkeln.«

»Verstanden, Hawk.«

»Gut.«

Beide drehten sich um und starrten auf die Tür zum Grünen Gemach. Es waren Stunden vergangen, seit der Schmied die Tür geschlossen hatte. Seitdem war kein Geräusch nach außen gedrungen.

»Wer könnte versuchen, sie zu töten, Hawk?« rätselte Grimm. »Die verrückte Janet lebte praktisch als Einsiedlerin. Den Gerüchten auf Burg Comyn nach zu urteilen, haben weniger als fünf Menschen sie jemals gesehen. Wie kann ein Mädchen, das dermaßen in Abgeschiedenheit lebt, jemanden tief genug verletzen, daß er sie umbringen will?«

Hawk rieb sich müde den Kopf. Sein Magen rebellierte, und der Scotch zeigte keine Wirkung. In einer plötzlichen Anwandlung rollte er die Flasche von sich weg zu Grimm. »Gib mir nichts mehr. Ich brauche einen klaren Kopf. Ich kann nicht richtig denken. Er berührt sie, Grimm. Er könnte sie baden, sie sich ansehen. Ich will ihn töten.«

»Also tu es, nachdem er sie geheilt hat«, sagt Grimm lokker.

»Ich kann nicht!«

»Dann werde ich es für dich tun«, sagte Grimm treu ergeben.

»Nein. Wir haben einen Pakt geschlossen.«

»Du hast einen Pakt mit ihm geschlossen?« Grimm riß die flackernden Augen weit auf. »Zur Hölle, verflucht! Du brichst niemals einen Pakt. Warum warst du so dumm, mit einem Mann einen Pakt einzugehen, den du nicht ausstehen kannst?«

»Er kann mein Weib retten.«

»Seit wann hast du solche Gefühle für die verrückte Janet, wo du doch geschworen hattest, sie niemals zur Frau zu nehmen?«

»Halt's Maul, Grimm.«

»Wie lautet der Pakt, Hawk?« bohrte Grimm.

»Er will Adrienne.«

»Du gabst ihm Adrienne?«

»Grimm, keine weiteren Fragen. Finde nur irgend etwas und alles über diesen Mann namens Adam Black heraus.«

»Sei gewiß, das werde ich.«

* * *

»Du bist makellos, Schönheit«, sagte der Schmied, als er mit seinen tiefschwarzen Augen über ihren lediglich in feuchte Tücher gehüllten Körper strich.

»Makellos, gesetzlos?« plapperte Adrienne nach, noch halb im Traum. Die Hitze ebbte ab, langsam.

»Ausgesprochen gesetzlos.«

Er konnte es nicht wissen. Unmöglich. »Was meinst du?« Sie kämpfte, um die Worte zu bilden, und war sich nicht sicher, ob sie überhaupt einen Ton herausbrachte.

»Nur, daß eine solch schöne Frau etwas *Kriminelles* an sich haben muß«, antwortete er listig.

»Ich habe nichts Kriminelles an mir«, wehrte sie sich kühl.

»Oh, Schönheit, ich denke, du hast eine ganze Menge Kriminelles an dir.«

»Es gibt da etwas an dir, was einfach nicht normal ist, Adam«, murmelte sie, während sie sich ruhelos hin und her warf.

»Nein«, antwortete er selbstgefällig, »es gibt mit Sicherheit nichts, was an mir normal ist. Gib mir deine Hand, Schönheit, ich werde dir Nicht-Normales zeigen.«

Und dann war kühles Wasser, schäumender Ozean auf puderweißem Sand. Das Flüstern einer sanften Brandung, die über den Strand spülte, kühler Sand unter ihren nackten Zehen. Keine Ameisen, keine Streckbank, kein Feuer. Nur Frieden in dem für sie schönsten Hafen der Welt. Die Küste auf Maui, wo sie mit ihren Freundinnen die Ferien verbracht hatte. Wunderschöne, glückselige Tage, die sie dort mit frisch gepreßtem Orangensaft und endlosen sommerlichen Strandläufen verbracht hatten, barfüßig durch den Saum der Flut planschend.

Und dann die seltsameren Eindrücke. Der Duft von Jasmin und Sandelholz. Schneeflockensand gesprenkelt mit Fuchsienblüten und Schmetterlinge auf jedem Ast und jedem Zweig von jeder Eberesche. Ein unglaubwürdiger Fleck. Und sie lag in dem kühlen Sand und wurde geheilt von tropisch-blauen Wellen.

»*Schönheit, meine Schönheit. Begehre mich. Fühle mich, lechze nach mir, und ich werde dein Verlangen stillen.*«

»Hawk?«

Adams Wut lag greifbar in der Luft.

Adrienne zwang ihre Augen, sich ein wenig zu öffnen, und keuchte. Hätte ihr Körper ihr gehorcht, wäre sie im Bett hochgefahren. Doch er gehorchte nicht. Er lag schlaff und schwach auf dem Bett, während statt dessen ihr Temperament hochschoß. »Raus hier!« schrie sie. Zumindest ihre Stimme hatte nicht an Kraft verloren.

»Ich habe mich nur vergewissert, ob sich deine Stirn wirklich abgekühlt hat.« Adam grinste hinterlistig.

»Du begriffsstutziger Tölpel! Es ist mir egal, warum du hier bist, nur mach, daß du wegkommst!«

Endlich gehorchte ihr Körper, und sie schaffte es, ihre Finger um ein Wasserglas zu legen, das neben dem Bett stand. Zu schwach, um es zu werfen, war sie zumindest in der Lage, es vom Tisch zu stoßen. Das Glas fiel zu Boden und zersprang. Das Geräusch beruhigte sie sichtlich.

»Du lagst im Sterben. Ich habe dich geheilt«, mahnte Adam.

»Danke. Jetzt geh.«

Adam blinzelte. »Das ist alles? ›Danke, jetzt geh‹?«

»Glaube nicht, daß ich so dumm bin und nicht mitbekommen habe, daß du meine Brüste berührt hast!« flüsterte sie wütend. Als sie die Verlegenheit in seinem Gesicht sah, erkannte sie, daß er tatsächlich geglaubt hatte, sie sei bewußtlos. »Also das und mein Dank ist alles, was du bekommen wirst, Schmied!« knurrte sie. »Ich hasse schöne Männer. Ich hasse sie!«

»Ich weiß.« Adam lächelte mit echter Freude und fügte sich ihrem Befehl.

Adrienne preßte ihre Augen fest zu, doch in den rosa-grauen Innenseiten ihrer Lider entstanden Schatten. Eindrücke, zwischen Hawks steinharten Schenkeln gehalten zu werden, umfaßt von Armen, die wie stählerne Bänder waren. Seine Stimme, die immer und immer wieder ihren Namen brummelte, sie zurückrief, sie zurückbefahl. Verlangend, daß sie leben möge. Worte, flüsternd von... was? Was hatte er gesagt?

* * *

»Sie lebt, Lord Bussard –«

»Hawk, der Habicht.«

»Beides Raubvögel. Wo ist der Unterschied?«

»Ein Bussard gibt sich mit Mäusen zufrieden. Ein Habicht nicht. Er wählt sein Opfer so bedachtsam wie ein Falke. Nähert sich der Beute mit demselben unfehlbaren Urteil, und verfehlt sie so oft wie – nie.«

»Nie«, grübelte Adam. »Es gibt nichts Absolutes, Lord Hawk.«

»Da liegst du falsch. Ich wähle, ich verfolge, ich schlage zu, ich gewinne. Das – das, mein abenteuerlicher Freund – ist etwas Absolutes.«

Adam schüttelte den Kopf und studierte den Hawk mit sichtlicher Faszination. »Ein würdiger Gegner. Die Jagd beginnt. Kein Betrug. Keine Tricks. Du wirst sie mir nicht vorenthalten. Und ich weiß, daß du es schon versucht hast. Du wirst deine Regeln widerrufen.«

Hawk neigte sein dunkles Haupt. »Sie wählt«, räumte er schwerfällig ein. »Ich werde ihr nichts verbieten.«

Adam nickte, ein zufriedenes Nicken, wobei er die Hände tief in die Taschen seiner weiten Hose steckte und wartete.

»Und? Entferne dich aus meinem Schloß, Schmied. Du hast deinen Platz, und der ist außerhalb meiner Mauern.«

»Du könntest ein Dankeschön versuchen. Sie lebt.«

»Ich bin nicht sicher, daß du nicht der Grund dafür bist, daß sie fast gestorben wäre.«

Bei diesen Worten legte sich Adams Stirn nachdenklich in tiefe Falten. »Nein. Aber jetzt, wo ich darüber nachdenke, habe ich Arbeit vor mir. Ich frage mich ... wer würde versuchen, die Schöne umzubringen, wenn nicht ich? Und ich war es nicht. Wenn ja, wäre sie tot. Kein langsames Gift von meiner Hand. Ein schneller Tod oder gar nichts.«

»Du bist ein seltsamer Mann, Schmied.«

»Doch schon bald werde ich ihr wohlbekannt sein.«

»Geben die Götter, daß sie klüger ist«, murmelte Grimm, als Adam durch den spärlich beleuchteten Korridor davonschritt. Es war Nacht geworden, und die Lichter des Schlosses waren größtenteils immer noch nicht entzündet.

Hawk seufzte schwer.

»Auf welchen Handel hast du dich mit diesem Teufel eingelassen?« fragte Grimm mit kaum hörbarer Stimme.

»Denkst du, er könnte einer sein?«

»Irgend etwas ist unnatürlich an diesem Mann, und ich beabsichtige herauszufinden, was.«

»Gut. Denn er will mein Weib. Und sie will nicht mich.

Und ich sah, wie sie mit Schmerzen in ihren Augen nach ihm lechzte.«

Grimm wich zurück. »Du bist sicher, daß du sie nicht nur deshalb willst, weil sie dich nicht will und weil er sie will?«

Hawk schüttelte langsam den Kopf. »Grimm, ich habe keine Worte für das, was sie mich fühlen läßt.«

»Du hast immer Worte.«

»Nicht dieses Mal, was mich ernstlich warnt, daß ich mich in großen Schwierigkeiten befinde und auf dem besten Wege bin, noch tiefer hineinzurutschen. So tief, daß ich um diese Frau werben muß. Denkst du, daß auf mir ein Fluch liegt?«

»Wenn Liebe eingefangen oder von Amors Bogen abgeschossen werden kann, mein Freund«, flüsterte Grimm in den Lufthauch, den Hawk hinter sich herzog, als er Adriennes Zimmer betrat.

* * *

In den kommenden Wochen fragte der Hawk sich oft, warum die Roma, denen er vertraute und die er schätzte und von denen er geglaubt hatte, daß sie diese Gefühle erwiderten, nicht gekommen waren, um sich in jenen furchtbaren Tagen um seine Frau zu kümmern. Als er seine Wache darauf ansprach, erklärte der Mann, daß er die Nachricht überbracht habe. Nicht nur, daß die Zigeuner nicht gekommen waren, sie hielten sich auffallend fern von Dalkeith. Sie kamen nicht auf das Schloß, um ihre Waren zu tauschen. Sie verbrachten keine Abende in der großen Halle, um vor einem hingerissen staunenden Publikum ihre Geschichten zu weben. Nicht einer der Zigeuner näherte sich Dalkeith-Upon-the-Sea; sie blieben bei ihren Lagern, weit hinter den Ebereschen.

Diese Tatsache nagte kurzfristig an Hawks Verstand, geriet allerdings schnell in der Dringlichkeit schwerwiegenderer Probleme in Vergangenheit. Er nahm sich vor, die Fragen bei einem Ausflug ins Zigeunerlager zu lösen, sobald seine Frau wieder ganz genesen und die Sache mit dem seltsamen Schmied geklärt wäre. Doch es sollte noch einige Zeit vergehen, bevor er sich zum Zigeunerlager aufmachte; und bis zu diesem Zeitpunkt sollten die Dinge sich grundlegend geändert haben.

* * *

Adrienne erwachte aus heilendem Schlummer und fand ihren Gatten vor, der sie aufmerksam beobachtete.

»Ich dachte, ich hätte dich verloren.« Das ernste Gesicht des Hawk glänzte im Schein des Feuers, und es war das erste, was sie sah, als sie ihre Augen öffnete. Sie brauchte einige Zeit, um das Daunenkissen aufzuschütteln, das den Platz ihres Gehirns eingenommen hatte. Mit dem Erwachen kam die Trotzigkeit. Allein der Anblick dieses Mannes ließ ihr Temperament hochfahren.

»Ihr könnt nichts verlieren, was Ihr nicht besitzt. Damit das klar ist, Ihr hattet mich nie, Lord Hawk«, brummelte sie.

»Noch nicht«, berichtigte er. »Ich hatte dich noch nicht. Zumindest nicht so, wie ich dich haben werde. Nackte, seidige Haut, benetzt von meinen Liebkosungen. Meinen Küssen. Meinem Verlangen.« Er strich mit seinem Daumen sanft über die Wölbung ihrer Unterlippe und lächelte.

»Niemals.«

»Sag niemals nie. Du machst dich nur lächerlich, wenn du es am Ende zurücknehmen mußt, und ich möchte nicht, daß du dich der Lächerlichkeit preisgibst, Mädchen.«

»Niemals«, sagte sie noch überzeugter. »Und ich sage niemals nie, wenn ich nicht felsenfest davon überzeugt bin, daß ich niemals meine Meinung ändern werde.«

»Das sind eine Menge ›Nie‹, mein Herz, sei vorsichtig.«

»Dein Herz ist eine verschrumpelte Pflaume. Und ich meine jedes verdammte ›Nie‹ ernst.«

»Meine es, wie du willst, Mädel. Das erhöht nur den Reiz, dich an meine Hand zu gewöhnen.«

»Ich bin kein Pferd, dessen Willen man brechen muß, um es zu reiten.«

»Aber es gibt da viel Ähnlichkeit, findest du nicht? Du brauchst eine starke Hand, Adrienne. Einen sicheren Reiter, der sich von deinem starken Willen nicht bange machen läßt. Du brauchst einen Mann, der mit deinem Bocken fertig wird und deinen Lauf genießt. Ich werde dich nicht brechen, um zu reiten. Nein, ich werde dich an meine Hand gewöhnen, und nur an die meine. Ein Pferd, dessen Wille gebrochen wurde, läßt viele Reiter reiten, aber ein wildes Pferd, das nur einer Hand gehorcht – es verliert nichts von seinem Feuer, und dennoch erlaubt es keinem außer seinem wahren Herrn, es zu besteigen.«

»Kein Mann war jemals mein Herr, und keiner wird es je sein. Prägt Euch das gut ein, Douglas.« Adrienne preßte die Zähne zusammen, als sie versuchte, sich aufzurichten. Es ist schwer, in einem Gespräch seine Stellung zu behaupten, wenn man flach auf dem Rücken liegt, sich lächerlich schwach fühlt und zu diesem Goliath von Mann aufblicken muß. »Und was das Besteigen angeht …«

Zu ihrem Verdruß und zu Hawks beträchtlichem Amüsement fiel sie zurück in ihren heilsamen Schlummer, ohne den Gedanken zu Ende bringen zu können.

Ohne daß er es ahnte, vervollständigte sie die Vorstellung nur zu sehr in ihren Träumen. *Niemals!* träumte sie kochend vor Wut im Traum, als es sie zu dem großen, schwarzen Schlachtroß mit den feurigen Augen hinzog.

Kapitel 11

»Nicht *ich* bin es, den jemand versucht zu töten«, wiederholte Adrienne.

Begraben unter Plüschkissen und Wolldecken, fühlte sie sich wie aufgesogen in einen Berg von Federn. Immer, wenn sie sich bewegte, bewegte sich das verfluchte Bett mit ihr. Es brachte sie um den Verstand, sie kam sich vor wie gefangen in einer daunenbestückten Zwangsjacke. »Ich möchte aufstehen, Hawk, *sofort.*« Zu dumm, daß ihre Stimme nicht so entschlossen klang, wie sie es vorgehabt hatte. Sie hätte entschlossen geklungen – klingen sollen –, würde sie nicht im Bett liegen und versuchen, sich mit ebendiesem Mann auseinanderzusetzen, der ihre Gedanken wie Laub im Sturmwind zu leidenschaftlichen Phantasien durcheinanderwirbelte, bronzene Haut auf heller Haut, ebenholzfarbene Augen und heiße Küsse.

Der Hawk lächelte, und sie mußte gegen den schier überwältigenden Drang ankämpfen, einfach zurückzulächeln wie eine schwachsinnige Idiotin. Er war schön, wenn er schwermütig war, doch wenn er lächelte, war sie in größter Gefahr zu vergessen, daß er der Feind war. Und das durfte sie niemals vergessen. Also machte sie das Beste aus ihrem großen Frust und schleuderte ihm einen eindrucksvoll finsteren Blick entgegen.

Sein Lächeln erstarb. »Mädel, man hatte es beide Male auf dich abgesehen. Wann wirst du endlich den Tatsachen ins Auge sehen? Du brauchst Schutz. Du wirst dich daran gewöhnen. Nach ein paar Tagen wirst du sie kaum bemerken.« Er zeigte auf ein Dutzend muskulöser Männer, die vor dem Grünen Gemach standen.

Sie warf einen vernichtenden Blick auf ihre »Elite-Garde«, wie er sie nannte. Sie standen breitbeinig da, die Arme vor den ausladenden Brustkörben verschränkt. Unerbittliche, steinharte Gesichter, und jeder von ihnen mit einem Körperbau, der Atlas dazu veranlassen könnte, die Hälfte seiner Last abzutreten. *Wo züchten sie nur diese Art von Männern? Im Bodybuilding-Studio?* Sie kaschierte keineswegs ihre Abneigung. »Du begreifst nicht, daß, während du so sehr damit beschäftigt bist, *mich* zu schützen, der Attentäter denjenigen treffen wird, hinter dem er in Wirklichkeit her ist. Denn das bin nicht *ich*!«

»Nennt man dich ›verrückte Janet‹, weil du die Tatsachen nicht akzeptierst?« wunderte er sich. »*Tatsache* ist, daß dir jemand den Tod wünscht. *Tatsache* ist, daß ich nur versuche, dich zu beschützen. *Tatsache* ist, daß du meine Frau bist und daß ich dich immer vor allem Übel bewahren werde.« Er rückte näher, während er sprach, und betonte seine Worte so eindringlich unmittelbar vor ihr, daß sie von dem Luftzug berührt wurde. Adrienne glich es dadurch aus, daß sie sich immer tiefer in den rettenden Hafen ihrer Federn flüchtete, je mehr er sie bedrängte.

»Es ist meine Pflicht, meine Ehre, und es ist mir ein Vergnügen«, fuhr er fort. Seine Augen wanderten über ihr aufgewühltes Gesicht und verdunkelten sich vor Verlangen. »Tatsächlich ... aah ... *Tatsache ist*, daß du außergewöhnlich schön bist, mein Herz«, sagte er mit einer Stimme, die plötzlich rauher klang.

Seine Stimme beschwor die Vorstellung von süßer Sahne, die, gemischt mit edlem Scotch, über schmelzende Eiswürfel gekippt wird. Sanft und hart zugleich. Sie machte sie schwach und erschütterte die letzten Reste ihres Widerstands, mit dem sie sich gewappnet hatte. Als er seine volle Unterlippe mit seiner Zunge benetzte, trocknete ihr Mund aus wie eine Wüste. Und seine dunklen, goldbesprenkelten Augen waren ein glühendes Versprechen endloser Leidenschaft. Diese Augen, die auf ihren Lippen hafteten und, oh, aber er war im Begriff, sie zu küssen, und sie würde alles tun, um das zu verhindern!

»Es ist an der Zeit, daß du die Wahrheit erfährst. Ich bin *nicht* die verrückte Janet«, warf sie ihm entgegen, nur um etwas zu sagen, egal was, was auch immer ihr in den Sinn kam, um seine Lippen daran zu hindern, sich ihrer mit diesem berauschenden Wohlgefühl zu bemächtigen. »Und zum x-ten Mal – ich bin nicht dein verfluchtes Herz!«

Er stimmte sofort zu: »Ich dachte nicht, daß du es wärst. Verrückt, meine ich. Doch du *bist* mein Herz, ob es dir gefällt oder nicht. Nebenbei bemerkt, Lydia glaubt es auch nicht. Ich meine, daß du verrückt bist. Wir beide wissen, daß du intelligent und begabt bist. Außer, wenn es um zwei Dinge geht: deine Sicherheit und mich. Du bist völlig unvernünftig, was diese beiden Punkte anbelangt.« Er zuckte mit einer seiner muskulösen Schultern. »Das ist der Grund, weshalb ich dieses kleine Gespräch mit dir führe. Um dir zu helfen, die Dinge klarer zu sehen.«

»Ooh! Das sind also die beiden Dinge, die dir Sorgen machen. Ich bin nicht in Gefahr, und ich will dich nicht!«

Er lachte. Verflucht der Mann, aber er lachte. »Du *bist* in Gefahr, und was mich betrifft...« Er kam näher. Sein Gewicht auf der Daunenmatratze ließ sie beunruhigend nah an ihn heranrollen. Direkt in seine Arme. *Wie bequem*, dachte sie zynisch. Jetzt verstand sie, weshalb in alten Zeiten diese daunengefüllten Betten benutzt worden waren. Und warum damals so viele Kinder gezeugt wurden.

»Du hast recht. Ich will dich –«

Er erstarrte. »Wirklich?«

»–aus meinem Zimmer«, fuhr sie fort. »Aus meinen Augen und aus meinem Leben. Komm nicht in meine Nähe, *atme noch nicht einmal meine Luft, okay?«*

»Es ist *meine* Luft, nebenbei bemerkt, als Burgherr, und überhaupt. Aber man könnte mich überreden, sie mit dir zu teilen, geliebtes Weib.«

Er lächelte!

»Und ich bin *nicht* dein Weib! Oder zumindest nicht die, die für dich vorgesehen war! Ich bin aus den Neunzehnhundertneunzigern – das heißt, fast fünfhundert Jahre in der Zukunft, solltest du nicht in der Lage sein, zu addieren – und der Comyn hat seine eigene Tochter umgebracht. Wie? Ich weiß es nicht, aber ich habe Vermutungen. Und ich habe nicht die leiseste Ahnung, wie ich auf seinem Schoß gelandet bin. Aber er mußte irgend jemanden an dich verheiraten – er sagte, ich wäre ein Geschenk der Götter –, also benutzte er mich, als ich hereinplatzte! Und das ist der langen Rede kurzer Sinn, wie wir beide zusammengekommen sind.«

Da war es. Es war raus. Die Wahrheit. Das würde ihn von jedem weiteren Versuch abhalten, sie zu verführen. Es störte sie nicht, daß sie, wenn es der Wahrheit entsprach, was Lydia ihr über König James erzählt hatte, den gesamten Douglas-Clan in Gefahr brachte. Ihre Worte hinderten seine Lippen daran, die ihren zu erreichen, und das war die größte Gefahr, die sie erkennen konnte. Nicht einmal der Zorn rachsüchtiger Könige schien annähernd so bedrohlich zu sein. Ein weiterer schöner Mann, ein weiteres gebrochenes Herz.

Der Hawk blieb regungslos sitzen. Er sah sie eine Zeitlang

durchdringend an, als ob er ihre Worte erst verdauen müsse. Dann vertrieb ein sanftes Lächeln die Wolken aus seinen Augen. »Grimm erzählte mir, daß du fremdartige Geschichten gesponnen hättest. Er sagte, du hättest eine dichterische Phantasie. Dein Vater hat Grimm erzählt, wie du ihn gebeten hast, lieber sein Barde zu sein als seine Tochter. Mädel, ich habe nichts gegen eine gute Geschichte, und ich werde wohlwollend zuhören, wenn du nur meinen Rat bezüglich deiner Sicherheit annimmst.«

Adrienne stieß einen frustrierten Seufzer aus, der eine Strähne ihres silbrigblonden Haares über Hawks Gesicht streifen ließ. Er küßte sie, als sie sanft seinen Mund berührte.

Flammen schossen durch ihre Eingeweide. Sie schloß die Augen und rang in den letzten Ecken ihrer Seele nach Fassung. *Ich werde nicht daran denken, wie er mich wo auch immer küßt*, sagte sie sich fest entschlossen.

»Ich bin *nicht* Red Comyns Tochter«, seufzte sie und preßte ihre Augen noch fester zu. Wann würde sie erkennen, daß die Augen zu schließen nichts änderte? Sie öffnete ihre Augen. Du lieber Himmel, aber der Mann war überwältigend. Nicht ohne Stolz erwog sie den Gedanken, daß sie ihn so strikt ablehnen und dennoch so objektiv über sein gutes Aussehen urteilen konnte. Ein sicheres Zeichen ihrer Reife.

»Nein, es spielt keine Rolle. Du bist jetzt meine Frau. Das ist alles, was zählt.«

»Hawk –«

»Still, Mädel.«

Adrienne wurde ruhiger, aufgesogen von der Wärme seiner Hände auf den ihren. Wann hatte er ihre Hände in seine genommen? Und warum hatte sie sie nicht instinktiv zurückgezogen? Und warum war die langsame, erregende Bewegung seiner Haut auf ihrer so berauschend?

»Adrienne ... dieses Callabron. Damit es seine Arbeit verrichten kann, muß es durch ein primäres Blutgefäß in den Körper eindringen.« Seine Finger strichen leicht über den verblaßten roten Punkt, der sich immer noch auf der durchschimmernden Haut ihres Halses abzeichnete. »Das war nicht knapp daneben. Das war ein Volltreffer.«

»Wer könnte mich töten wollen?« Sie mußte schlucken. Wie konnte jemand danach trachten? Niemand kannte sie. Doch ... was wäre, wenn jemand die verrückte Janet töten wollte, ohne zu wissen, daß nicht *sie* es war?

»Darauf habe ich keine Antwort, mein Herz, noch nicht. Doch bis ich es weiß, wirst du Tag und Nacht bewacht werden. Jeden Augenblick, jeden Atemzug. Ich werde dein Leben nicht nochmals so unklug aufs Spiel setzen.«

»Aber ich bin nicht Janet Comyn«, machte sie stur einen erneuten Versuch.

Sein ebenholzfarbener Blick traf prüfend ihre klaren grauen Augen.

»Mädel, es kümmert mich nicht, wer du bist oder gewesen bist, oder was du glaubst zu sein. Ich will dich. In meiner Welt. In meinen Armen. In meinem Bett. Wenn du dich besser fühlst, daran zu glauben ... aus der Zukunft zu kommen, dann glaube daran, wenn es sein muß. Doch von diesem Tag an bist du zuerst und vor allen Dingen meine Frau, und ich werde dich vor allem schützen, was dich verletzen könnte. Du brauchst dich nie wieder zu fürchten.«

Adrienne hob hilflos die Hände. »Fein. Beschütze mich. Kann ich jetzt endlich aufstehen?«

»Nein.«

»Wann?« fragte sie. Kläglich.

»Wenn ich es sage.« Er lächelte entwaffnend und duckte sich, um einen Kuß zu stehlen. Er drückte sein Gesicht gegen ihre beiden Hände und küßte sie. Es kostete sie ihre ganze

Willenskraft, nicht sein Gesicht mit ihren Handflächen zu umfassen und ihn mit zitternden Händen zu dem Kuß zu führen, nach dem er sich sehnte.

Er stöhnte und sah sie lange abschätzend an. »Ich sollte dich behandeln wie einen meiner Falken, Weib.«

»Laß mich aufstehen«, versuchte sie süßlich mit ihm zu handeln. *Auf keinen Fall würde sie fragen, wie er seine Falken behandelte.*

Er stöhnte aus tiefer Kehle und ging. Aber die Elite-Truppe blieb vor ihrer Tür.

Nachdem er gegangen war, erinnerte sie sich an das, was er unmißverständlich gesagt hatte. *Du brauchst dich nie wieder zu fürchten.* Der Mann war einfach zu gut, um wahr zu sein.

* * *

Die Tage der Genesung waren die reine Wonne. Lydia setzte sich über Hawks Bedenken hinweg und hatte für Adrienne ein Sofa in den Garten stellen lassen. Obwohl sie immer noch schwer bewacht wurde, konnte sie sich nun wie eine schläfrige, zufriedene Katze im goldenen Sonnenlicht zusammenrollen, was wesentlich zu ihrer Gesundung beitrug. Die rosengetränkten Tage der Konversation mit Lydia, in denen sie sich in kurzen Gesprächen und kurzen Momenten der Stille immer näher kamen, heilten mehr als nur ihren erschöpften Körper. Tee schlürfend (sie hätte Kaffee bevorzugt, aber das hätte den Hawk und seine Gefälligkeiten ins Spiel gebracht) und Geschichten austauschend, überkam Adrienne gelegentlich fröstelnd das intensive Gefühl, daß dies der Platz war, wo sie ihr ganzes Leben hingehört hatte.

Liebe kann tatsächlich *zwischen den Felsen und Dornen des Lebens wachsen*, dachte sie in einem dieser kurzen

Augenblicke der Stille, die so behaglich waren wie eine geliebte, abgenutzte Kuscheldecke. Irgendwie war sie aus der traurigen Einöde ihres eigenen Lebens hierhergekommen, und hier war das Leben eine Wohltat – friedlich und perfekt und einfach.

Adrienne wurde schneller gesund, als alle für möglich gehalten hatten. Tavis bemerkte, daß sie die Spannkraft der Jugend an ihrer Seite habe, wobei er eindringlich seine vom Leben gezeichneten Hände bewegte und sie betrachtete. Ganz zu schweigen von ihrem unbezähmbaren Charakter, hatte er hinzugefügt. *Ihrem sturen Charakter, meinst du,* hatte der Hawk ihn berichtigt.

Lydia glaubte, ein leichtes Erröten der Liebe auf ihren Wangen bemerkt zu haben. *Ha!* hatte Hawk gespottet. *Liebe zum Sonnenschein, vielleicht.* Und Lydia hätte fast lauthals gelacht angesichts des wutschäumenden, eifersüchtigen Blikkes, mit dem Hawk die hellen Strahlen bedachte, als er aus dem Küchenfenster sah.

Grimm äußerte die Vermutung, daß sie vor lauter Wut auf den Hawk und um ihm wieder als ebenbürtige Gegnerin entgegentreten zu können, ihre Genesung beschleunigte. »Endlich ein Mann, der die Frauen versteht«, hatte Hawk gedacht.

Keiner von ihnen ahnte, daß dies, abgesehen von der Zeit mit ihrer Katze Moonshadow, die sie vermißte, bis zu diesem Zeitpunkt die glücklichsten Tage ihres Lebens waren.

Während sie friedlich in der Sonne faulenzte, genoß Adrienne den Segen der Unwissenheit. Sie wäre am Boden zerstört gewesen, hätte ihr jemand erzählt, daß sie im Delirium von Eberhard gesprochen hatte. Sie würde es nicht verstanden haben, hätte man ihr erzählt, daß sie von einer schwarzen Dame gesprochen hatte, denn ihr erwachender Verstand hatte sich noch nicht an die Schachfigur erinnert.

Sie hatte keine Ahnung, daß Grimm, während sie und Lydia eine wunderschöne Zeit miteinander verbrachten, zur Burg Comyn geschickt worden war, sich mittlerweile auf dem Rückweg befand und Ungeheuerliches über die verrückte Janet in Erfahrung gebracht hatte.

Und sie hätte ein paar wenige Sachen zusammengepackt und wäre um ihr Leben gerannt, wenn nicht gar um ihre Seele, hätte sie gewußt, wie fest entschlossen der Hawk war, sie als sein Weib zu beanspruchen, mit *allem,* was dazugehörte.

Aber sie wußte nichts von alledem. Und somit würde die Zeit, die sie in den Gärten von Dalkeith-Upon-the-Sea verbrachte, liebevoll als ein kostbares Juwel in der Schatzkammer ihrer Erinnerungen ihren Platz finden und dort zwischen all den Schatten funkeln wie ein Diamant.

Kapitel 12

Es war nicht gerade ein Vergnügen, mit einem Dutzend abgekochter Soldaten auf den Fersen im Schloß herumzuschnüffeln, aber Adrienne schaffte es. Nach einer Weile tat sie einfach so, als ob sie nicht da wären. Genau wie sie so tat, als wäre der Hawk nicht mehr als eine lästige Stechmücke, die man immer wieder aufs neue verscheuchen mußte.

Dalkeith-Upon-the-Sea war genauso ein Traumschloß, wie sie es sich als Kind immer vorgestellt hatte, wenn sie, zusammengekuschelt unter einem Zelt von Bettlaken, im Schein einer stibitzten Taschenlampe Märchengeschichten las, lange nachdem das Licht gelöscht worden war.

Die Zimmer waren geräumig und freundlich. Die dicken Steinmauern waren mit hellen Stofftapeten bespannt, um selbst den kleinsten kühlen Lufthauch, der durch Ritzen im Mauerwerk ziehen könnte, zu dämpfen, obwohl Adrienne nicht die kleinste Ritze finden konnte – sie hatte hinter ein paar Tapeten gelugt, nur um sicherzugehen.

Aus rein historischer Neugier, hatte sie sich gesagt. Nicht, daß sie auf der Suche nach Unvollkommenheiten war, weder beim Schloß noch beim Schloßherrn.

Hunderte von wunderschönen Fenstern. Offensichtlich konnten die Bewohner von Dalkeith es nicht ertragen, hinter Mauern eingesperrt zu sein, wenn es draußen in Schottlands

Bergen, Tälern und an der Küste so viel üppige Landschaft zu genießen gab.

Adrienne seufzte sehnsüchtig, als sie an einem der hohen Fenster stehenblieb, um den Anblick der unermüdlichen, schiefergrauen Wellen auszukosten, die gegen die Klippen der Westküste krachten.

An einem solchen Ort könnte eine Frau sich verlieben. Stolpere mit wehendem Seidenhaar über zierliche Satinpantoffeln, und lande in einem Meer von bunten Bändern und Romantik vor den makellosen Füßen des makellosen Schloßherrn.

In genau diesem Augenblick, als habe sie ihn mit ihren launischen Gedanken herbeigerufen, trat der Hawk unten auf dem Außenhof in ihr Blickfeld. Er führte eines der größten schwarzen Schlachtrösser, das sie je gesehen hatte. Adrienne wollte sich abwenden, aber ihre Füße konnten sie genausowenig vom Fenster wegtragen, wie sich ihre Augen von ihm lösen konnten, und trotz ihrer besten Vorsätze, ihn zu ignorieren, stand sie da und beobachtete ihn in hilfloser Faszination.

Mit einem geschmeidigen Satz schwang sich der schottische Schloßherr in Arbeitskleidung auf den Rücken des schnaubenden, feurigen Hengstes.

Als er aufstieg, flog dieser entzückende Kilt in die Höhe und erlaubte Adrienne einen kurzen, sündigen Blick auf kraftvoll muskulöse Schenkel, wunderschön benetzt mit ein wenig seidigschwarzem Haar. Sie blinzelte einen Moment und weigerte sich, dann darüber nachzudenken, was sie sonst noch glaubte gesehen zu haben.

Bestimmt trug er noch irgend etwas unter diesem Kilt. Bestimmt war es nur ihre übersteigerte Phantasie, die absurderweise die offensichtliche Maskulinität des Hengstes auf Hawks Körper übertrug.

Genau. Das war es, zweifellos. Sie hatte am Rande ihres Blickfelds die auffällig zur Schau gestellten Attribute des Hengstes bemerkt, während sie auf Hawks Beine sah, und hatte irgendwie beides zusammengebracht. Sie hatte mit Sicherheit *nicht* gesehen, daß der Hawk selbst ausgestattet war wie ein Zuchthengst.

Bei diesem Gedanken errötete sie. Sie machte auf dem Absatz kehrt, um sich abzulenken, und begab sich zum nächsten unbesichtigten Raum. Sie hatte beschlossen, an diesem Morgen das Schloß zu erkunden, um ihre Gedanken von diesem verfluchten Mann abzulenken. Es hatte sich halt einfach so ergeben, daß er gerade unter dem Fenster vorbeigehen mußte, durch das sie eben hinaussah. *Und* seinen Rock hob, um Öl auf das sprichwörtliche Feuer zu gießen.

Sie zwang ihren Verstand, sich wieder auf die gelungene Architektur von Dalkeith zu konzentrieren. Sie befand sich im ersten Stock des Schlosses und war bereits durch Dutzende von Gästezimmern geschlendert, einschließlich der Kammer, in der sie ihre erste Nacht verbracht hatte. Dalkeith war riesig. Es mußte mindestens hundert Zimmer haben, von denen viele den Anschein erweckten, als würden sie seit Jahrzehnten nicht benutzt. Der Flügel, den sie gerade erkundete, war kürzlich renoviert worden und wurde viel genutzt. Die Wände waren mit hellen Hölzern verkleidet, die seidig glänzend poliert waren, und nicht ein Hauch von Staub war zu sehen. Dicke, gewebte Matten bedeckten den Boden. Hier gab es keine Binsen oder nackte, kalte Steine. Büschel aus duftenden Kräutern und getrockneten Blumen hingen kopfunter von fast jedem Fenstersims und aromatisierten die Korridore.

Ein Sonnenstrahl lenkte Adriennes Aufmerksamkeit auf eine geschlossene Tür in der Mitte des Korridors. Eingelassen in das helle Holz, bäumte sich unglaublich detailgetreu ein Pferd elegant auf den Hinterbeinen auf, die Mähne flatternd im Wind. Ein einzelnes Horn drehte sich spiralförmig auf seiner Stirn. Ein Einhorn? Mit der Hand am Türgriff hielt sie inne, denn plötzlich überkam sie die seltsame Vorahnung, daß sie diesen Raum vielleicht lieber übergehen sollte. *Neugier kann tödlich sein …*

Als die Tür geräuschlos nach innen schwang, erstarrte sie und hielt sich mit zitternder Hand am Türrahmen fest.

Unglaublich. Einfach nicht vorstellbar. Ihr staunender Blick überflog den Raum vom Boden bis zur Decke, von einem Ende zum anderen und wieder zurück.

Wer hatte das geschaffen?

Dieser Raum appellierte an jede Faser ihrer Weiblichkeit. *Finde dich damit ab*, sagte sie knirschend zu sich selbst, *dieses ganze Schloß appelliert an jede Faser deiner Weiblichkeit. Ganz zu schweigen von dem erotischen, maskulinen Herrn der Festung.*

Dieser Raum war für Kinder gemacht. Gearbeitet mit solch liebevollen Händen, daß es sie fast überwältigte. Ein Mißklang von gegensätzlichen Gefühlen überflutete sie, bevor sie sie wegwischte.

Es gab Wiegen aus Honigeiche, weich abgerundet und so fein geschliffen, daß kein Splitter hervortreten und babyweiche Haut verletzen konnte. An der Ostseite befanden sich hohe Fenster, zu hoch für ein Kleinkind, um sich irgendwie in Gefahr begeben zu können, doch offen für den goldenen Glanz der Morgensonne. Die Holzdielen waren mit dicken Matten belegt, um Kinderfüße warm zu halten.

Leuchtend bemalte Holzsoldaten bevölkerten die Regale, und liebevoll geschnitzte Puppen ruhten auf winzigen Bettchen. Ein Miniaturschloß mit vielen Türmchen, Burggraben und Zugbrücke war gefüllt mit winzigen, geschnitzten Menschen; ein wirkliches und wahrhaftiges, mittelalterliches Puppenhaus!

Flauschige Laken bedeckten Wiegen und Bettchen. Ein riesiger Raum, diese Kinderstube. Ein Raum, worin ein Kind (oder ein Dutzend) vom Kleinkind bis zum Jugendlichen heranwachsen konnte, bevor es sich nach einem Erwachsenen-Zimmer umsehen würde. Es war ein Raum, der die Welt eines Kindes ununterbrochen mit Liebe, Sicherheit und Vergnügen füllen würde.

Als ob jemand diesen Raum erschaffen hätte, indem er so dachte wie das Kind, das er oder sie einmal gewesen war, und all die Schätze beigefügt hätte, die ihm oder ihr als kleinem Jungen oder Mädchen so viel Vergnügen bereitet hatten.

Doch was sie an diesem Raum so sehr berührte, war, daß er zu warten schien.

Offen, warm und voller Erwartung sprach er: *Fülle mich mit lachenden Kindern und mit Liebe.*

Alles war bereit, die Kinderstube wartete nur auf ihre Zeit – bis die richtige Frau erscheinen und ihr das überschäumende Leben von Kinderliedern, -träumen und -hoffnungen einhauchen würde.

Schmerzlich durchfuhr sie eine solche Sehnsucht, daß sie nicht einmal sicher war, wonach sie sich sehnte. Aber es hatte ohne jede Frage mit dem Waisenkind zu tun, das sie gewesen war, und mit der Kälte, in der sie aufgewachsen war – an einem Ort, der nichts mit diesem bezaubernden Raum gemein hatte; diesem Raum, der Teil eines bezaubernden Heimes war, in einem bezaubernden Land mit Menschen, die ihre Kinder mit Liebe überhäuften.

Oh, an einem solchen Ort Kinder großziehen.

Kinder, die wissen würden, wer ihr Vater und ihre Mutter waren, anders als Adrienne. Kinder, die sich nie die Frage zu stellen brauchten, warum sie es nicht wert waren, behalten zu werden.

Adrienne rieb sich wild die Augen und wandte sich ab. Es war zuviel für sie.

Und da stand Lydia. »Lydia!« entfuhr es ihr. Aber natürlich. Warum sollte es sie überraschen, geradewegs in die Arme der wundervollen Mutter des wundervollen Mannes zu geraten, der wahrscheinlich diese wundervolle Kinderstube gebaut hatte?

Lydia ergriff beruhigend ihre Ellbogen. »Ich bin gekommen, um zu sehen, ob es dir gutgeht, Adrienne. Ich dachte, es wäre vielleicht verfrüht für dich, aufzustehen und ...«

»Wer hat diesen Raum geschaffen?« flüsterte Adrienne.

Lydia senkte den Kopf, und für einen kurzen Augenblick hatte Adrienne das absurde Gefühl, daß Lydia versuchte, nicht zu lachen. »Der Hawk hat ihn selbst entworfen und gefertigt«, sagte Lydia und glättete bedachtsam winzige Fältchen an ihrem Kleid.

Adrienne verdrehte die Augen und versuchte ihr Gefühlsbarometer dazu zu überreden, nicht mehr Verwundbarkeit zu registrieren, sondern auf etwas Sicheres zu steigen, wie zum Beispiel Wut.

»Wieso, Adrienne, gefällt er dir nicht?« fragte Lydia unverfänglich.

Adrienne drehte sich um und überflog den Raum irritiert. Die Kinderstube war hell und freundlich und atmete die Gefühle ihres Erbauers, die er in seine Schöpfung hatte einfließen lassen. Sie blickte zurück zu Lydia. »Wann? Vor oder nach seinem Dienst beim König?« Es war ungeheuer wichtig für sie zu wissen, ob er es mit siebzehn oder achtzehn gebaut hatte, vielleicht, um seine Mutter zu erfreuen, oder erst vor kurzem, in der Hoffnung, daß seine Kinder den Raum einst füllen würden.

»Währenddessen. Der König entließ ihn für kurze Zeit, als er neunundzwanzig war. Es gab einige Schwierigkeiten mit den Highlandern zu jener Zeit, und dem Hawk wurde erlaubt zurückzukehren, um Dalkeith zu befestigen. Nachdem die Fehde beigelegt war, verbrachte er eine ganze Zeit damit, hier oben zu arbeiten. Er arbeitete wie ein Besessener, und wirklich, ich hatte keine Ahnung, was er vorhatte. Der Hawk hatte immer schon mit Holz gearbeitet, irgendwelche Sachen gebaut und entworfen. Er hat niemandem von uns einen Blick gewährt und kaum darüber gesprochen. Nachdem er zu James zurückgekehrt war, bin ich hergekommen, um zu sehen, was er getan hatte.« Lydias Augen verschleierten sich kurz. »Ich werde dir die Wahrheit sagen, Adrienne, ich mußte weinen. Denn der Raum sagte mir, daß mein Sohn an Kinder dachte, und wieviel sie ihm bedeuteten. Und es erfüllte mich mit Staunen, als ich sein Werk vollendet sah. Ich denke, daß es fast jeder Frau so gehen würde. Männer haben für gewöhnlich nicht einen solchen Blick für Kinder. Doch Männer wie der Hawk sind selten. Wie sein Vater.«

Du brauchst ihn mir nicht anzupreisen, dachte Adrienne mürrisch. »Es tut mir leid, Lydia. Ich bin sehr müde. Ich muß mich hinlegen«, sagte sie steif und wandte sich zur Tür.

Als sie auf den Korridor trat, hätte sie schwören können, daß sie Lydia leise lachen hörte.

* * *

Hawk fand Grimm im Arbeitszimmer, auf ihn wartend, wo er durch die offenen Türen auf die Klippen im Westen blickte. Ihm entging nicht die leichte Weiße von Grimms Fingerknöcheln, die den Türrahmen umfaßten, und auch nicht sein gespannter Rücken.

»Nun?« fragte Hawk ungeduldig. Liebend gern wäre er selbst nach Burg Comyn gegangen, um nach der Vergangenheit seiner Frau zu forschen, aber das hätte bedeutet, Adrienne allein mit dem verdammten Schmied zurückzulassen. Kein Gedanke. Genausowenig hätte er sie mit sich nehmen können, also hatte er Grimm geschickt, um zu enthüllen, was mit Janet Comyn geschehen war.

Grimm drehte sich langsam um, trat sich einen Stuhl zurecht und setzte sich schwerfällig vor das Feuer.

Hawk setzte sich ebenfalls, legte die Füße auf den Schreibtisch, und goß sich und dem Freund einen Brandy ein. Grimm nahm dankend an.

»Also? Was hat sie gesagt?« Hawks Griff zog sich enger um sein Glas zusammen, während er darauf wartete zu erfahren, wer seiner Frau so schreckliche Dinge angetan hatte, daß sich ihr Verstand in die Phantasie zurückgezogen hatte. Der Hawk verstand, was mit ihr nicht stimmte. Er hatte Kriegsverwundete gesehen, die solche Greueltaten erlebt hatten, daß sie auf ähnliche Art reagierten. Zu viele barbarische und blutige Verluste ließen einige Soldaten in Träume flüchten, um der Realität zu entfliehen, und mit der Zeit begannen viele zu glauben, daß der Traum Wirklichkeit sei. Und das war mit seinem Weib geschehen. Doch unglücklicherweise hatte er bei ihr keine Ahnung, was ihren schmerzhaften Rückzug in solch ein fremdartiges Wahngebilde verursacht hatte, daß sie es noch nicht einmal ertrug, bei ihrem Namen gerufen zu werden. Und was auch immer ihr widerfahren war, hatte es ihr völlig unmöglich werden lassen, einem Mann zu vertrauen, und ganz besonders nicht ihm.

Der Hawk wappnete sich gegen das, was er zu hören bekommen würde. Er wollte seine Wut, wenn sie kam, in die rechten Bahnen lenken, um sie kühl und effizient als Waffe einsetzen zu können. Er würde ihre Drachen besiegen und anschließend mit ihrer Heilung beginnen. Ihr Körper wurde von Tag zu Tag kräftiger, und der Hawk wußte, daß Lydias Liebe viel dazu beigetragen hatte. Doch er wollte, daß *seine*

Liebe ihre tiefsten Wunden heilte. Und der einzige Weg dazu war, zu wissen und zu verstehen, was sie durchgemacht hatte.

Grimm schluckte, hampelte auf seinem Stuhl herum, kippelte zur Seite wie ein junger Bursche, stand dann auf und ging zum Fenster, wo er unruhig von einem Fuß auf den anderen trat.

»Laß es raus, Mann!« Die Woche, in der Grimm fort gewesen war, hatte Hawk fast in den Wahnsinn getrieben, wenn er sich vorstellte, was dieser Everhard getan haben mußte. Oder schlimmer noch, vielleicht war der Comyn selbst für Adriennes Schmerz verantwortlich. Hawk fürchtete diese Möglichkeit, denn dann würde es zum Krieg zwischen den Clans kommen. Sicherlich etwas Furchtbares, aber um seine Frau zu rächen – würde er alles tun. »Wer ist dieser Everhard?« Diese Frage hatte an seinem Inneren genagt, seit der Nacht, in der er den Namen von ihren fiebernden Lippen vernommen hatte.

Grimm seufzte. »Keiner wußte es. Nicht einer hat je von ihm gehört.«

Der Hawk fluchte leise. *Der Comyn hatte also Geheimnisse, oder?* »Rede«, befahl er.

Grimm seufzte. »Sie denkt, daß sie aus der Zukunft kommt.«

»Ich weiß, daß Adrienne das glaubt«, sagte Hawk ungeduldig. »Ich schickte dich, um herauszufinden, was Lady Comyn zu sagen hat.«

»Ich meinte sie«, sagte Grimm tonlos. »Lady Comyn glaubt, daß Adrienne aus der Zukunft kommt.«

»Was?« Hawks dunkle Augenbrauen zogen sich voller Unglauben zusammen. »Was erzählst du mir, Grimm? Willst du mir sagen, daß Lady Comyn behauptet, Adrienne sei nicht ihre leibliche Tochter?«

»Jawohl.«

Hawks Stiefel knallten auf den Boden, als sich die latente Spannung in seinen Adern zu hitzigem Ungestüm entlud.

»Um das klarzustellen. Althea Comyn hat dir gesagt, daß Adrienne *nicht* ihre Tochter ist?«

»Ja.«

Hawk erstarrte. Das war nicht das, was er erwartet hatte. Bei all seinen Grübeleien hatte er niemals einen Gedanken daran verschwendet, daß die Phantasien seiner Frau von ihrer Mutter geteilt werden könnten. »Dann bitte, wer genau, denkt Lady Comyn, ist dieses Mädchen? Wen zum Teufel habe ich geheiratet?« schrie Hawk.

»Sie weiß es nicht.«

»Hat sie irgendeine Vermutung?« Sarkasmus lag in Hawks Frage. »Sprich, Mann!«

»Da ist nicht viel, was ich dir sagen kann, Hawk. Und was ich weiß... nun ja, es ist verdammt schräg, das meiste. So sicher wie die Hölle war es nicht das, was ich erwartet hatte. Ich habe Geschichten gehört, Hawk, die das Vertrauen eines Mannes in die natürliche Welt auf die Probe stellen. Wenn es wahr ist, was diese Geschichten besagen, zur Hölle, dann weiß ich nicht, woran ein Mann noch glauben kann.«

»Lady Comyn teilt den Wahn ihrer Tochter«, mutmaßte Hawk.

»Nein, Hawk, es sei denn, außer Lady Althea tun es noch ungefähr hundert andere Menschen. Denn so viele sahen sie praktisch aus dem Nichts auftauchen. Ich sprach mit Dutzenden, und alle erzählten mir mehr oder weniger die gleiche Geschichte. Der Clan saß zusammen bei einem Bankett, als plötzlich ein Mädchen – Adrienne – auf dem Schoß des Burgherrn erschien, praktisch aus dem Nichts heraus. Einige der Dienstmädchen nannten sie eine Hexe, doch das wurde schleunigst unterbunden. Es scheint, als habe der Gutsherr sie für ein Geschenk der Götter gehalten. Lady Comyn sagte, sie habe etwas aus der Hand der seltsam gekleideten Frau fallen sehen und konnte sich trotz ihrer Panik durchringen, es aufzuheben. Es war die schwarze Dame, die sie mir bei der Hochzeit gegeben hatte und die ich dir gab, als wir zurückkehrten.«

»Ich habe mich schon gefragt, warum sie mir die Figur geschickt hat.« Hawk rieb sich nachdenklich das Kinn.

»Lady Comyn sagt, daß sie glaubte, sie könne später einmal von Wichtigkeit sein. Sie sagt, daß sie denkt, die Schachfigur sei verhext.«

»Wenn dem so ist, könnte sie damit durch die Zeit –«, er brach ab, unfähig, den Gedanken zu Ende zu denken. Er hatte in seinem Leben viele Wunder gesehen und gehörte nicht zu denen, die die Möglichkeit von Magie einfach abtaten – welcher gute Schotte, der im Glauben an Zwerge aufgewachsen war, könnte das schon? »Aber dennoch...«

»Wie ist sie durch die Zeit gereist?« griff Grimm seinen Gedanken auf.

Die beiden Männer blickten sich an.

Hawk schüttelte den Kopf. »Glaubst du, daß...«

»Glaubst du?«

Sie sahen sich an. Sie blickten ins Feuer.

»Nein«, sagten sie gleichzeitig voller Hohn und studierten aufmerksam die Flammen.

»Trotz allem ist sie schon ziemlich außergewöhnlich, oder?« sagte Grimm schließlich. »Ich meine, sie ist unnatürlich strahlend. Schön. Und geistreich, aah, die Geschichten, die sie mir auf dem Weg von Burg Comyn hierher erzählt hat. Sie ist stark für eine Frau. Und sie hat merkwürdige Ausdrucksweisen. Manchmal – ich weiß nicht, ob du es bemerkt hast – scheint sich ihr Akzent zu verändern.«

Hawk schnaubte vernehmlich. Er hatte es bemerkt. Ihr

Akzent war tatsächlich verschwunden gewesen, als sie vergiftet daniederlag, und sie hatte mit einem seltsam fremden Akzent gesprochen, den er niemals zuvor gehört hatte.

Grimm fuhr fort, fast sprach er zu sich selbst: »Eine solche Frau könnte einen Mann –«, er brach ab und sah den Hawk durchdringend an. Er räusperte sich. »Lady Comyn weiß, wer ihre Tochter war, Hawk. *War*, ist hier das entscheidende Wort. Einige der Dienstmädchen bestätigen Lydias Geschichte, daß die wahre Janet tot ist. Es geht das Gerücht, sie sei durch die Hand ihres Vaters gestorben. Er mußte irgendwen mit dir verheiraten. Lady Comyn sagt, daß ihrem Clan niemals ein Wort von der Wahrheit über die Lippen kommen wird.«

»Das glaube ich gern«, schnaubte Hawk. »Wenn irgend etwas davon wahr ist, und ich sage nicht, daß es so ist, weiß der Comyn, daß James uns beide dafür vernichten würde.« Der Hawk erwog diesen Gedanken einen bitteren Augenblick lang und verwarf ihn dann als unnötige Sorge. Der Comyn würde Stein und Bein schwören, daß Adrienne Janet sei, und ebenso jeder Mann vom Clan der Douglas, sollte irgend etwas von diesem Gerücht bis zum König nach Edinburgh vordringen, denn die Existenz beider Clans hing davon ab. Zumindest in diesem Punkt konnte der Hawk sich auf die Loyalität des selbstsüchtigen Comyn verlassen.

»Was hatte der Burgherr selbst zu sagen, Grimm?«

»Nicht ein Wort. Er wollte weder bestätigen noch leugnen, daß sie seine Tochter ist. Aber ich habe mit Comyns Priester gesprochen, der mir die gleiche Geschichte wie Lady Comyn erzählt hat. Übrigens entzündete er gerade die dicken, weißen Gebetskerzen für die Seele der verstorbenen Janet«, fügte er grimmig hinzu. »Sollte es also doch Selbsttäuschungen auf Burg Comyn geben, so gibt es sie zuhauf, und sie stimmen in allen Einzelheiten überein, mein Freund.«

Der Hawk begab sich unverzüglich an seinen Schreibtisch. Er öffnete ein geschnitztes Holzkästchen und entnahm die Schachfigur. Er drehte sie zwischen den Fingern und betrachtete sie aufmerksam.

Als er seine Augen wieder hob, waren sie schwärzer als die Nacht, tiefer als ein See, und genauso unergründlich.

»Lady Comyn glaubt, dies hat sie hierhergebracht?«

Grimm nickte.

»Dann könnte diese Figur sie wieder fortbringen?«

Grimm zuckte mit den Schultern. »Lady Comyn sagte, daß Adrienne sich nicht daran zu erinnern schien. Hat sie sie dir gegenüber je erwähnt?«

Hawk schüttelte den Kopf und blickte nachdenklich, erst auf die schwarze Dame, dann in sein hell loderndes Kaminfeuer.

Grimm sah Hawk in die Augen, und Hawk wußte, daß es niemals einen Vorwurf oder auch nur die leiseste Bemerkung geben würde, sollte er sich dazu entschließen.

»Glaubst du es?« fragte Grimm leise.

* * *

Noch lange nachdem Grimm gegangen war, saß der Hawk vor dem Feuer, schwankend zwischen Glauben und Unglauben. Obwohl er ein kreativer Mann war, war er doch auch ein Mann der Logik. Zeitreisen paßten einfach nicht in sein Naturverständnis. Er konnte an die Fee glauben, die vor drohendem Tod und Zerstörung warnte. Er konnte sogar an die Druiden glauben, die Alchimisten, die seltsame Künste pflegten. In seiner Kindheit hatte man ihn vor dem Wassergeist Kelpie gewarnt, der in tiefen Seen lebte und nichtsahnende und unerzogene Kinder in ihr Wassergrab lockte.

Aber durch die Zeit zu reisen?

Abgesehen davon, sagte er sich, als er die Schachfigur in seinem Beutel verstaute, um sich später damit zu beschäftigen, gab es andere, dringlichere Probleme, mit denen er sich auseinanderzusetzen hatte. Wie den Schmied. Und sein starrsinniges Weib, deren Lippen den Namen des Schmiedes viel zu häufig erwähnten.

Die Zukunft würde eine Menge Zeit bereithalten, sämtliche von Adriennes Geheimnissen zu enthüllen und den Massenwahn zu erklären, der Burg Comyn befallen hatte. Doch zuallererst mußte er sie wirklich zu seiner Frau machen. Sobald das geschehen war, konnte er sich über andere Kleinigkeiten den Kopf zerbrechen. Dahingehend entschlossen, verstaute er die unangenehmen Neuigkeiten, die Grimm gebracht hatte, genauso wie er die Schachfigur verstaut hatte.

Pläne, wie er seine bezaubernde Frau verführen könnte, ließen all seine übrigen Sorgen verschwinden. Mit einem gefährlichen Lächeln und entschlossenen Schrittes machte sich der Hawk auf die Suche nach Adrienne.

Kapitel 13

Adrienne wanderte ruhelos umher, und in ihrem Kopf kreisten die Gedanken. Ihr kurzes Nickerchen in der Sonne hatte nichts dazu beigetragen, ihre verqueren Phantasien zu zerstreuen. Phantasien, die sich zum Beispiel darum drehten, wie fähig, ganz zu schweigen davon, wie entschlossen der Hawk war, Kinder zu zeugen, um diese verdammte Kinderstube mit Leben zu erfüllen.

Instinktiv mied sie den nördlichen Teil des Anwesens, denn sie wollte auf keinen Fall dem Schmied und diesen furchterregenden Bildern begegnen, die noch aus der Zeit ihrer Krankheit in ihrem Kopf herumspukten.

Sie schlenderte Richtung Süden, angelockt vom Leuchten der Sonne auf einem Glasdach und von abgrundtiefer Neugier. Diese Leute waren keine Barbaren, dachte sie. Und wenn sie sich nicht ganz täuschte, lief sie geradewegs auf ein Treibhaus zu. Wie brillant war doch dieser Verstand, der Dalkeith-Upon-the-Sea entworfen hatte. Von Westen her war es wegen der Klippen uneinnehmbar, die steil und nicht erklimmbar in den aufgewühlten Ozean abfielen. Im Norden, Süden und Osten war das Schloß von gewaltigen Steinmauern umgeben, jede von ihnen zwanzig bis fünfundzwanzig Meter hoch. Wie seltsam, daß derselbe Verstand, der Dalkeith zur Festung ausgebaut hatte, es gleichzeitig mit so viel

Schönheit versehen hatte. Der komplizierte Verstand eines Mannes, der zwar die notwendigen Vorkehrungen für den Fall eines Krieges traf, die Zeiten des Friedens jedoch in vollen Zügen genoß.

Vorsicht, du läßt dich doch wohl nicht davon gefangennehmen?

Als sie auf das Treibhaus zuging, bemerkte Adrienne, daß es an einen runden Steinturm angebaut war. Während der vielen Stunden, die sie durchs Internet gesurft war, war sie immer wieder von mittelalterlichen Dingen in den Bann gezogen worden. Der Brutkäfig? Falken. Hier hielten sie ihre Falken und richteten sie für die Jagd ab.

Angezogen von dem Reiz wilder Tiere und Moonshadow schmerzlich vermissend, näherte sich Adrienne dem steinernen Rundturm. Was hatte Hawk damit gemeint, sie wie einen seiner Falken zu behandeln, fragte sie sich. Nun gut, sie würde es halt selbst herausfinden, um zu wissen, was sie in Zukunft zu vermeiden hatte.

Hoch aufragend und kreisrund, hatte der Turm nur ein einziges Fenster, das mit einem Fensterladen verschlossen war. Sie erinnerte sich, irgend etwas gelesen zu haben, was mit der Dunkelheit zu tun hatte. Neugierig näherte sie sich der schweren Tür, stieß sie nach innen auf und schloß sie unmittelbar hinter sich, damit kein Falke entfliehen konnte. Sie wollte dem Hawk keinen Vorwand liefern, sie zu bestrafen.

Langsam gewöhnten sich ihre Augen an das Dunkel, und sie war in der Lage, in dem spärlichen Licht einige leere Sitzstangen auszumachen. Ah, nicht der Brutkäfig, dies mußte der Trainingsturm sein. Adrienne versuchte, sich daran zu erinnern, wie die Ausbilder dereinst ihre Vögel für die Jagd abgerichtet hatten.

Der Turm roch nach Lavendel und Gewürzen, der schwere Moschusduft des angeschlossenen Treibhauses drang durch die steinernen Mauern. Es war ein friedvoller Ort. Oh, wie leicht könnte sie sich daran gewöhnen, nie wieder die Hektik des rauschenden Verkehrs zu hören; sich nie wieder ängstlich umdrehen zu müssen; New Orleans nie wiederzusehen – all dem Weglaufen, Verstecken und der Angst ein Ende zu setzen.

Die Mauern des Turms waren kühl und fühlten sich sauber an, kein Vergleich zu den steinernen Mauern, die sie einst in dem schmierigen Dreck einer Gefängniszelle in New Orleans gefangengehalten hatten.

Adrienne schüttelte sich. Sie würde jene Nacht niemals vergessen können.

Ausgangspunkt des Streites war – man stelle sich das einmal vor – eine Reise nach Acapulco. Adrienne wollte nicht. Eberhard hatte darauf bestanden. »Schön, dann begleite mich«, hatte sie gesagt. Er habe zuviel zu tun, könne sich nicht freimachen, hatte er geantwortet.

»Was hast du nur von deinem ganzen Geld, wenn du dir nicht die Zeit nehmen kannst, dein Leben zu genießen?« hatte Adrienne gefragt.

Eberhard hatte nicht geantwortet, hatte sie nur mit einem enttäuschten Blick fixiert, der ihr das Gefühl gab, ein unsicherer Teeny zu sein, eine linkische und ungeliebte Waise.

»Also, warum schickst du mich immer wieder allein in die Ferien?« hatte Adrienne gefragt und versucht, erwachsen und cool zu wirken, doch ihre Frage endete in einem kläglichen Tonfall.

»Wie oft muß ich dir das noch erklären? Ich versuche, dich zu erziehen, Adrienne. Wenn du auch nur einen Augenblick lang der Meinung bist, daß es für eine Waise, die sich niemals in der Gesellschaft bewegt hat, ein leichtes wäre, meine Frau zu werden, denk noch mal scharf nach. Meine Frau muß kultiviert sein, welterfahren, europäisch . . .«

»Schick mich nicht wieder nach Paris«, hatte Adrienne hastig gesagt. »Das letzte Mal hat es wochenlang geregnet.«

»Unterbrich mich nicht immer, Adrienne.« Seine Stimme war ruhig gewesen; zu ruhig und voller Kalkül.

»Kannst du nicht mit mir kommen – nur dieses eine Mal?«

»Adrienne!«

Adrienne hatte sich verkrampft, hatte sich töricht und im Unrecht gefühlt, obwohl sie wußte, daß sie keinen Unsinn redete. Manchmal hatte sie das Gefühl gehabt, daß er sie nicht um sich haben wollte, aber das ergab keinen Sinn – er war im Begriff, sie zu heiraten. Er war dabei, sie darauf vorzubereiten, seine Frau zu werden.

Aber dennoch, sie hatte ihre Zweifel.

Nach ihrer letzten Reise nach Rio hatte sie bei ihrer Rückkehr von ihren alten Freunden aus dem »Blind Lemon« erfahren müssen, daß Eberhard nicht allzu häufig in seinen Geschäftsräumen gesehen worden war – dafür *sehr wohl* in seinem auffälligen Porsche mit einer nicht minder auffälligen Brünetten. Ein schmerzendes Gefühl der Eifersucht hatte sie durchbohrt. »Übrigens, ich höre, daß du dich *nicht* überarbeitest, während ich weg bin«, hatte sie fallenlassen.

Von da an war es ernst geworden, bis es schließlich zur Eskalation kam. Eberhard tat etwas, was Adrienne dermaßen befremdete und in Schrecken versetzte, daß sie blindlings in den Dunst des nächtlichen New Orleans flüchtete.

Er schlug sie. Brutal. Und, indem er ihre verblüffte Passivität ausnutzte, mehr als einmal.

Weinend schwang sie sich in den Mercedes, den Eberhard für sie geleast hatte. Sie trat das Gaspedal durch, und der Wagen jagte davon. Sie fuhr wie blind, mit Autopilot, und maskaragefärbte Tränen befleckten das cremefarbene Seidenkostüm, das Eberhard für jenen Abend ausgesucht hatte.

Als die Polizei sie anhielt und ihr vorwarf, mit über 100 Meilen pro Stunde gefahren zu sein, wußte sie, daß sie logen. Es waren Eberhards Freunde. Er hatte sie wahrscheinlich in dem Moment verständigt, als sie sein Haus verließ; er wußte, welche Strecke sie immer nach Hause nahm.

Adrienne stand mit den Polizisten neben ihrem Auto, das Gesicht grün und blau geschlagen und verquollen, mit blutender Lippe, weinend und sich mit einer Stimme entschuldigend, die an Hysterie grenzte.

Erst viel später war ihr aufgefallen, daß keiner der Polizisten sie gefragt hatte, was mit ihrem Gesicht geschehen war. Sie befragten eine offensichtlich zusammengeschlagene Frau, ohne sich auch nur im geringsten darum zu kümmern.

Als sie ihr Handschellen angelegt, sie zur Wache gebracht und Eberhard verständigt hatten, war sie keineswegs überrascht, als sie den Hörer auflegten, sie mitleidig ansahen und in eine Zelle sperrten.

Drei Tage mußte sie in der Hölle schmoren, nur damit Eberhard seinen Kopf durchsetzen konnte.

Dies war die Nacht, in der sie erkannt hatte, wie gefährlich Eberhard wirklich war.

In der Kühle des Turms schlang Adrienne die Arme um sich und versuchte verzweifelt, die Geister eines schönen Mannes mit Namen Eberhard Darrow Garrett und einer törichten jungen Frau loszuwerden, die ein einsames, behütetes Leben in einem Waisenhaus verbracht hatte. Sie war eine leichte Beute gewesen. *Hast du das kleine Waisenkind Adri-Annie gesehen? Eberhards kleines Dummchen?* Wo hatte sie diese höhnischen Worte gehört? Auf Ruperts Yacht, als alle dachten, sie wäre nach unten gegangen, um noch mehr Drinks zu holen. Ein gewaltiger Schauer lief ihr über den Rücken. *Nie wieder werde ich eines Mannes Dummchen sein.*

»Nie wieder«, schwor sie laut. Adrienne schüttelte den Kopf, um die schmerzliche Flut der Erinnerungen abfließen zu lassen.

Die Tür öffnete sich und gewährte einem breiten Schwall gleißenden Sonnenlichts Einlaß. Dann schloß sie sich wieder, und es herrschte absolute Dunkelheit.

Adrienne erstarrte, zog sich in sich zusammen und zwang ihr Herz, langsamer zu schlagen. Sie hatte sich schon einmal in dieser Situation befunden. Sich versteckend, abwartend, zu ängstlich einzuatmen, aus Furcht, dem Jäger ihren genauen Standort zu verraten. Wie sie gerannt war und sich versteckt hatte! Doch es hatte keine Zuflucht gegeben. Nicht, bis sie schließlich in Seattle die Straßen der Verborgenheit gefunden hatte, doch bis dahin war es eine Ewigkeit durch die finstere Hölle jeder verwinkelten Gasse zwischen New Orleans und dem Fluchthafen im pazifischen Nordwesten gewesen.

Bittere Erinnerungen drohten sie zu verschlingen, als ein heiserer Singsang die Stille durchbrach.

Der Hawk? Singend? Ein Wiegenlied?

Die gälischen Worte purzelten heiser und tief – warum hatte sie nicht geahnt, daß er eine Stimme wie feinster Butterkaramel hatte? Er schnurrte, wenn er sprach; mit seinem Gesang könnte er die Äbtissin des Herz-Jesu-Ordens verführen.

»Die Neugier, nicht wahr? Wie ich sehe, bist du freiwillig gekommen.« Sein schottischer Akzent rollte durch den Turm, als er seinen Refrain beendete.

»Wozu?« fragte sie herausfordernd.

»Um an meine Hand gewöhnt zu werden.« Seine Stimme klang amüsiert, und sie vernahm das Rascheln seines Kilts, als er sich in der undurchdringlichen Dunkelheit bewegte.

Sie würde ihm nicht den Gefallen tun, zu antworten.

Eine lange Pause, noch ein Rascheln, und dann: »Weißt du, welche Qualitäten ein Falkner haben muß, mein Herz?«

»Welche?« entfuhr es ihr zu ihrem eigenen Ärger, wobei sie sich langsam rückwärts bewegte. Sie streckte ihre Arme aus in die Dunkelheit, wie kleine behelfsmäßige Antennen.

»Es werden hohe Anforderungen an ihn gestellt. Nur wenige Männer haben das Zeug zu einem guten Falkner. Nur wenige besitzen das entsprechende Naturell. Ein Falkner muß unendliche Geduld besitzen, ein feines Gehör und unglaubliche Sehkraft. Er muß über einen kühnen Geist verfügen, und eine sanfte und dennoch kräftige Hand. Er muß sich permanent mit seiner Vogelfrau im Einklang befinden. Weißt du, warum?«

»Warum?« flüsterte sie.

»Weil Falken sehr sensible und leicht erregbare Geschöpfe sind, mein Herz. Man weiß von ihnen, daß sie an Kopfschmerzen und allen möglichen menschlichen Unpäßlichkeiten leiden, so sensibel sind sie. Ihre extreme Sensibilität macht sie zu den edelsten und erfolgreichsten Jägerinnen aller Zeiten, kann sie allerdings auch zu den anspruchsvollsten machen. Und der Haggard ... oh, meine Geliebte, Ungezähmte, das ist die größte Herausforderung von allen. Und bei weitem die lohnendste.«

Sie wollte nicht wissen, was ein Haggard war.

»Was ein ›Haggard‹ ist, fragst du dich tief im Innern deiner störrischen, schweigsamen Seele, mein Herz?« Er lachte aus vollem Herzen, und sein Gelächter wurde von den Mauern des plötzlich balsamisch duftenden Turmes zurückgeworfen.

»Hör auf, mich ›mein Herz‹ zu nennen«, nuschelte sie, während sie sich nur allzu vorsichtig nach hinten bewegte. Sie mußte die Wand finden. Der Turm war rund, also mußte die Wand früher oder später zur Tür führen. In dieser undurchdringlichen Finsternis hätte sie genausogut blind sein können.

Sie hörte seine Fußtritte auf dem steinernen Boden. Himmel hilf, wie konnte er sie nur sehen? Aber er kam geradewegs auf sie zu. Langsam und verstohlen zog sie sich weiter zurück.

»Die Dunkelheit ist mir nicht fremd, Mädchen«, warnte er. »Ich werde dich finden. Ich bin der Beste der Falkner.«

Sie sagte nichts, machte keinen Mucks.

»Ein Haggard ist ein wildes, ausgewachsenes Falkenweib«, fuhr er fort, mit dem Anflug eines Lächelns in der Stimme. »Für gewöhnlich ist ein Falkner nicht bereit, die Herausforderung anzunehmen, eines abzurichten, doch manchmal, bei einem wahrhaftig seltenen Mond wie dem Erntemond, den wir in der letzten Nacht hatten, erspäht der Falkner einen Vogel von solcher Pracht, so überwältigend, daß er alle Bedenken ablegt und den Haggard fängt, mit dem Schwur, ihn an sich zu binden. Er schwört, ihn seine ganze wilde, freie Vergangenheit vergessen zu lassen – ob im Dunkel oder im Licht –, bis er sich aus freien Stücken seiner Zukunft mit seinem Falkner ergibt.«

Sie durfte ihm *nicht* antworten. Er war ihrer Stimme gefolgt.

»Mein geliebter Falke, soll ich dir sagen, wie ich dich zähmen werde?«

Absolute Stille. Sie umkreisten sich in der Dunkelheit wie Tiere.

»Zuerst verbräme ich meine Lady mit einer Haube aus schwarzem Samt, wodurch ich ihr die Sehkraft nehme.«

Adrienne erstickte ein empörtes Keuchen mit ihrer zitternden Hand. Die Falten ihres Kleides raschelten, als sie eilig zur Seite auswich.

»Dann stutze ich ihr die Krallen.«

Ein Steinchen rollte über den Boden, nur einen Meter entfernt. Sie trat zurück und hielt ihre Röcke fest, um kein Geräusch zu machen.

»Ich befestige einen Fangriemen und kleine Glöckchen an ihren Knöcheln, damit ich jederzeit weiß, wo sie ist, denn auch ich bin in der Dunkelheit.«

Mit bebendem Atem holte sie tief Luft – es war fast ein Seufzen – und verfluchte sich anschließend für diesen Ausrutscher, wußte sie doch, daß er ihrem verräterischen Stöhnen folgen würde. Sie wußte, seine Strategie war es, weiterzureden, bis sie sich provozieren ließ, sich zu verraten. *Und dann?* konnte Adrienne nicht umhin, sich zu fragen. Würde der Hawk sie hier und jetzt in der Dunkelheit des Turmes nehmen? Ein Schauer überkam sie, und sie war sich nicht sicher, ob es Angst war. Sie war sich keineswegs sicher.

»Dann ein Riemen, um sie an ihre Sitzstange zu binden, bis ich sie nicht mehr anzuleinen brauche. Bis sie sich aus ihrem eigenen freien Willen heraus bindet. Und dann kommt der beste Teil – der lange, langsame Prozeß, in dem ich sie an mich binde. Ich singe ihr immer dasselbe süße Lied, bis sie sich an den Klang meiner Stimme, und meiner Stimme allein, gewöhnt hat.«

Und seine butterweiche Stimme hob erneut an in diesem betörenden Singsang, der ihren Willen dahinschmelzen ließ.

Adrienne wich langsam zurück; sie spürte seinen Lufthauch, nur Zentimeter von ihr entfernt. Wo war die Mauer?

Sie schrie fast auf, als er sie in der Dunkelheit fand, und wehrte sich eine Zeitlang gegen seinen eisernen Griff. Sein Atem strich über ihr Gesicht. Er hatte sie in seiner Gewalt, und sie kämpfte dagegen an. »Beruhige dich, süßer Falke. Ich werde dir nichts zuleide tun. Niemals«, flüsterte er mit rauher Stimme.

Adrienne spürte, wie sich die Hitze seiner Schenkel durch ihr dünnes, seidenes Kleid brannte. Sie war eingeschlossen in dem berauschenden Duft von Moschus und Mann. *Oh, schöner Mann, warum konnte ich dich nicht kennenlernen, bevor meine letzte Illusion zerschmettert wurde? Warum konnte ich dich nicht treffen, als ich noch glaubte?* dachte sie traurig. Sie kämpfte gegen seine Arme, die sie umfaßten, sie einschlossen.

»Laß mich los!«

Hawk ignorierte ihren Protest und zog sie nur noch fester in seine stählerne Umarmung. »Gut, ich muß dir nur einfach noch die Sehkraft nehmen. Oder vielleicht sollte ich dir die Hände fesseln, dir eine Seidenhaube über die Augen ziehen und dich auf mein Bett legen, nackt ausgezogen, weit geöffnet für alle Empfindungen, bis du dich an meine Berührungen gewöhnt hast. Würde dich das zähmen, süßer Falke? Könntest du meine Berührungen lieben lernen? Dich danach sehnen, wie ich mich nach dir sehne?«

Adrienne mußte krampfhaft schlucken.

»Ein Falkenweibchen muß mit unnachgiebiger, stürmischer Liebe umworben werden. Indem man ihm das Licht nimmt, seine Augen bedeckt, lernt es, mit all seinen übrigen Sinnen zu verstehen. Sinne, die nicht lügen. Falken sind weise Geschöpfe, sie glaubten nur das, was sie fühlen können, was sie in ihren Krallen oder in ihren Schnäbeln halten können. Berührung, Geruch, Gehör. Und wenn ihm langsam das Augenlicht und die Freiheit zurückgegeben werden, ist es an die Hand gebunden, die ihm diese Dinge schenkt. Wenn es seinem Herrn nicht vertrauen kann und ihm am Ende ihrer Ausbildung nicht treu ergeben ist – wird es bei jeder sich bietenden Gelegenheit versuchen zu fliehen.« Er hielt inne, ihre Lippen berührten sich fast. »Keiner meiner Falken ist je von meiner Hand geflogen, ohne zurückzukehren«, sagte er warnend.

»Ich bin kein dummer Vogel –«

»Nein, nicht dumm, sondern der edelste. Ein Falke ist der einzige Vogel, der es mit einem Habicht in Flug, Genauigkeit und Geschwindigkeit aufnehmen kann, ganz zu schweigen von seiner Unerschrockenheit.«

Sie war ihm ausgeliefert gewesen, von dem Moment an, als er angefangen hatte zu singen. Und sie protestierte nicht mehr, als seine Lippen leicht über ihre strichen. Noch protestierte sie im nächsten Moment, als Hawks Hände auf ihrem Körper hart wurden, heiß und verlangend. Betörend. Fordernd.

»Würdest du dich für mich in die Lüfte erheben, geliebter Falke? Ich werde dich höher steigen lassen, als du je gewesen bist. Ich werde dich lehren, in Höhen zu kreisen, von denen du bisher nur geträumt hast«, versprach er, während er sie mit Küssen auf Kinn, Nase und Augenlidern überhäufte. Seine Hand umfaßte in der Dunkelheit ihren Kiefer. Seine Finger ertasteten jede Rundung, jede seidige Wölbung ihres Gesichtes und ihres Halses, und prägten sich jede Nuance ein.

»Spüre mich, Mädchen. Spüre, was du mit mir machst!« Er preßte seinen Körper an sie und bewegte die Hüften, wobei er darauf achtete, daß sie seine angeschwollene Männlichkeit spürte, die sich unter seinem Kilt aufrichtete und die Innenseiten ihrer Schenkel reizte.

Und da war die Wand; sie hatte die ganze Zeit direkt davor gestanden. Kühle Steine im Rücken und das Inferno des Hawk vor ihr, das sich durch ihr Kleid brannte. Sie hob die Hände, um nach ihm zu schlagen, aber er ergriff sie und heftete sie über ihrem Kopf an die Wand. Seine kräftigen Finger öffneten ihre verkrampften Hände, verflochten sich in sie und spielten mit ihnen. Handfläche gegen Handfläche, flach an der Mauer.

»Mein süßer Falke«, hauchte er gegen ihren Hals. »Kämpfe gegen mich an, wie du willst. Es wird zu nichts führen. Ich will dich haben, und dies wird deine erste Lektion sein. In dieser Dunkelheit wirst du dich an meine Hände gewöhnen, wie sie jeden seidigen Zentimeter deines Körpers berühren. Nicht mehr als das werde ich von dir nehmen. Nur, daß du meine Berührungen zuläßt, du brauchst noch nicht einmal mein Gesicht zu sehen. Ich werde Geduld haben, während du langsam von meinen Händen gezähmt wirst.«

Seine Hände waren wie flüssiges Feuer. Sie streiften ihr Kleid nach oben und über ihre Schenkel und ooh! Sie hatte an diesem Morgen beim besten Willen keine Unterwäsche finden können. Seine Hände, seine starken, schönen Hände massierten ihre Schenkel, schoben sie sanft auseinander, um die Hitze seines muskulösen Beines dazwischengleiten zu lassen. Er raunte ein tiefes, heiseres Grollen männlichen Triumphes, als er die verräterische Feuchtigkeit zwischen ihren Schenkeln spürte. Adrienne überkam die Wut; doch entgegen ihren Absichten flatterten ihre Hände nach oben, legten sich auf seine Schultern und glitten dann tief in sein weiches, dichtes Haar. Ihre weichen Knie schienen zu versagen, als er das Oberteil ihres Kleides öffnete, den Kopf auf ihre Brüste senkte und die verhärteten Spitzen mit der Zunge leckte und reizte, dann mit den Zähnen.

Sie bemerkte kaum, als er seinen Kilt hob; aber sie bemerkte unmißverständlich, als sich seine harte, heiße, schwere Erregung gegen ihren Schenkel rieb. Adrienne entfuhr ein kehliger Laut: halb Wimmern, halb Einspruch. Wie hatte er sie so weit gebracht? Durch bloße Berührungen war es dem Hawk irgendwie gelungen, bis ins Letzte den Faden des Widerstandes zu dehnen, den sie so gewissenhaft in den Mantel der Zurückhaltung eingewoben hatte, mit dem sie sich umgab.

Nie war es so mit Eberhard gewesen! Ihr Verstand flüchtete aus ihrem Körper, und sie klammerte sich an die Hand, die ihr diese Lektion erteilt hatte. Die Hand, die ihr das Sehen verweigert hatte, kostete sie mit ihren Lippen – drehte den Kopf, um seinen Finger mit der Zunge einzufangen. Adrienne schrie beinahe auf, als er denselben Finger in die schlüpfrige Hitze zwischen ihren Schenkeln tauchte. »Flieg für mich, geliebter Falke«, drängte er sie, umfaßte eine ihrer schweren Brüste mit der Hand und fuhr mit der Zunge über die gekräuselte Spitze. Er reizte sie gnadenlos, kniff sie zärtlich und berührte sie am ganzen Körper.

Seine Lippen kehrten zurück und forderten ihre mit Verzweiflung, hervorgerufen durch ein Verlangen, das zu lange nicht gestillt worden war. Ein Verlangen, das niemals nachlassen würde. Sein Kuß war lang, hart und bestrafend, und sie weidete sich an seinen unausgesprochenen Sehnsüchten. Ein Wimmern entfuhr ihr, als die Kuppe seines Daumens das winzige Lustknötchen zwischen ihren Schamlippen berührte, und Adriennes Kopf wurde zurückgeworfen, als eine Welle in ihr hervorbrach, die sie in die Höhe warf. Ausgeliefert seinen Händen, seiner Zunge, seinen Lippen, opferte sie den letzten Rest ihrer Beherrschung.

»Adrienne«, flüsterte er wollüstig, »du bist so schön, so süß, begehre mich, Mädchen. Verlange nach mir, wie ich nach dir verlange.«

Sie spürte die Hitze eines Ortes, dessen Namen sie noch nie gehört hatte – und die Verlockung wuchs.

Adrienne kämpfte mit sich, um die Worte zu sagen, von denen sie wußte, daß sie sie aussprechen mußte. Das eine Wort, von dem sie wußte, daß es sie befreien würde. Dieser legendäre Verführer der Frauen – oh, wie leicht war es zu verstehen, daß Legionen vor ihr gefallen waren. Er hatte sie fast so weit gebracht zu glauben, daß sie es wäre und nur sie allein, nach der er sich verzehrte. Fast schon wieder das Dummchen.

Doch genau das war der Grund, weshalb man sie Schurken nannte. Wüstlinge. Don Juans. Sie bedienten sich bei der Verführung der gleichen Geschicklichkeit und unbarmherzigen Entschlossenheit wie in der Kriegskunst – wie bei Eroberungen jeglicher Art.

Die Ruinen ihrer Verteidigungsmauern wieder aufrichtend, stellte sie ihren Willen gegen sein Vordringen.

Der Hawk war verloren. So verloren, wie er es vom ersten Augenblick an gewesen war, als er diese bezaubernde Frau gesehen hatte. Ungeachtet ihrer seltsamen Wahngebilde, die von irgendeiner geheimnisvollen und schrecklichen Vergangenheit herrührten. Er würde einen Weg finden, ihr alle Ängste zu nehmen. Was Grimm ihm erzählt hatte, bedeutete gar nichts. Mit Liebe würde er mit der Zeit jedes Hindernis aus dem Weg räumen. Sie würde sein Falke sein, jetzt und für immer. Er genoß es, wie sie sich seinen Händen hingab, kostete den süßen Honig ihrer Lippen wie die seltenste Delikatesse und erzitterte bei dem Gedanken, daß sie eines Tages für ihn dasselbe empfinden würde, was er für sie empfand. Mit ihr zusammen würde es nie wieder so sein, wie es früher gewesen war, leer und hohl.

Nein, mit dieser Frau würde er sich auf Lebenszeit vereinen. Sie hatte keinen Blick für seine Schönheit, die all die anderen Frauen so bewundert hatten. Diese Frau besaß ihre eigenen Geheimnisse. Ihre eigenen Schrecken. Ihre eigene Tiefe. Alles in allem eine wirklich seltene Frau. Er ließ sich hineinsinken, hinein in ihre Tiefen... Sein Kuß intensivierte sich mit Wildheit, und er spürte ihre Zähne an seiner Unterlippe. Er verlor die Kontrolle über sich.

»Oh!« stieß sie hervor, als er in ihren samtweichen Hals biß.

Von seinem Erfolg ermutigt, hauchte er die ersten zaghaften Worte. Er mußte es ihr sagen; mußte ihr zu verstehen geben, daß dies kein Spiel war. Daß er noch nie in seinem Leben so gefühlt hatte und nie wieder so fühlen würde. Sie war die eine, auf die er all die Jahre gewartet hatte – die eine, die die Ergänzung seines Herzens war. »Ari, mein Herz, meine Liebe, ich –«

»Oh, still, Adam! Wir brauchen keine Worte.« Sie preßte ihre Lippen auf seine, um ihn zum Schweigen zu bringen.

Hawk gefror, starr wie ein arktischer Gletscher und mindestens ebenso kalt.

Seine Lippen gefroren, und Adriennes Herz schrie vor Verzweiflung. Doch wieviel lauter würde es schreien, wenn sie wieder einmal die Dumme wäre?

Seine Hände gruben sich brutal in ihre Seiten. Sie würden Blutergüsse hinterlassen, die noch tagelang sichtbar waren. Langsam, sehr langsam, einer nach dem anderen, lösten sich seine Finger.

Sie hatte *seinen* Namen ausgesprochen!

»Das nächste Mal, wenn du Adams Namen aussprichst, Mädchen, ist der Zeitpunkt gekommen, an dem ich aufhören werde, zu bitten um das, was mir bereits gehört, und anfangen werde, es mir zu nehmen. Du scheinst zu vergessen, daß du mir gehörst. Ich habe es nicht nötig, dich zu verführen, ich kann dich einfach in mein Bett holen. Du hast die Wahl, Adrienne. Ich bitte dich – wähle weise.«

Hawk verließ den Turm ohne ein weiteres Wort und ließ Adrienne allein im Dunkeln zurück.

Kapitel 14

Eigentlich hätte Adrienne einen gehörigen Appetit entwikkeln müssen. Sie hatte den Rest des Tages nach dem Zwischenfall in der Falknerei damit verbracht, jeden Zentimeter des Grundstücks abzuwandern. *Würde dieser Tag denn nie enden?* ging es ihr durch den Kopf. Sie mußte bestimmt zwanzig Meilen gelaufen sein, demnach sollte sie einiges von ihrem aufgestauten Frust abgebaut haben. Selbst ihre Elitesoldaten hatten ein wenig kränklich ausgesehen, als sie sich endlich entschlossen hatte, zum Schloß zurückzukehren, um dem Hawk angemessen und tapfer entgegenzutreten.

Zum Abendessen gab es eine sämige Tomatensuppe, angedickt mit geschmolzenem Käse und gewürzt mit fünf verschiedenen Pfeffergewürzen; ein köstlicher weißer Fisch dampfte über dem Feuer, eingewickelt in geölte Olivenblätter, garniert mit Butterkrabben; perfekt gedünsteter Spargel; fette Würste und knusprige Brote; Puddings und Früchte; Zitronentörtchen und Blaubeerkuchen. Adrienne bekam keinen Bissen herunter.

Das Abendessen war furchtbar.

Sollte sie nur noch ein einziges Mal aufsehen und den tödlichen Blick des Hawk treffen, den er auf sie gerichtet hatte, sie hätte sich eine Faust in den Mund stecken müssen, um nicht zu schreien.

Adrienne seufzte tief, während sie in der Suppe herumlöffelte, die alle anderen offensichtlich genossen. Sie rührte darin herum, schob sie hin und her und ließ das cremige Zeug spritzen. Sie war gerade intensiv damit beschäftigt, ihren Spargel in akkurate kleine Reihen umzuarrangieren, als der Hawk schließlich das Wort ergriff.

»Wenn du mit deinem Essen nur spielen möchtest, Adrienne, könntest du es besser jemandem geben, der wirklich Hunger hat.«

»Wie Ihr, Mylord?« Adrienne lächelte süßlich auf Hawks Teller, der ebenfalls gefüllt war mit unberührtem Essen.

Seine Lippen verschlossen sich zu einem grimmigen Strich.

»Ist das Essen nicht nach deinem Geschmack, Adrienne, Liebes?« fragte Lydia.

»Es ist köstlich. Ich denke nur, daß ich meinen Appetit noch nicht wiedererlangt habe –«, begann sie.

Lydia sprang auf. »Vielleicht solltest du dich noch ausruhen, Adrienne«, rief sie und warf ihrem Sohn einen vorwurfsvollen Blick zu. Der Hawk verdrehte die Augen und spielte den Unbeteiligten.

»O nein, Lydia«, protestierte Adrienne hastig. »Ich bin wieder völlig gesund.« Auf keinen Fall würde sie wieder in das Grüne Gemach zurückgehen und die Kranke spielen. Zu viele böse Erinnerungen. Für heute hatte sie geplant, sich ein neues Schlafzimmer zu suchen; daran herrschte in diesem gewaltigen Schloß wahrhaftig kein Mangel. Sie freute sich darauf, diesen Ort weiter zu erforschen und sich ein eigenes Zimmer auszusuchen. »Wirklich, es geht mir gut. Ich habe nur zuviel zu Mittag gegessen.«

»Du hast nicht zu Mittag gegessen«, sagte Hawk mit gleichgültiger Stimme.

»Ach, und woher wollt Ihr das wissen?« schoß sie zurück. »Vielleicht aß ich in der Küche.«

»Nein«, mischte Tavis sich hilfsbereit ein, »ich war den ganzen Tag in der Küche, will ich mal sagen. Ihr habt schlicht und einfach vergessen zu essen, Mylady. Ein- oder zweimal ist mir dasselbe passiert, will ich mal sagen, und je hungriger ich wurde, um so weniger war mir nach Essen zumute. Also solltet Ihr besser essen, Mylady. Ihr müßt wieder zu Kräften kommen, und das will ich mal ausdrücklich sagen.« Ein entschiedenes Nicken seines freundlichen Kopfes unterstrich seine Worte.

Adrienne starrte auf ihren Teller, und ihr Trotz ließ ihre Wangen erröten.

Lydia warf Tavis einen wütenden Blick zu, als sie sich schützend neben Adriennes Stuhl stellte.

»Ich habe selbst kaum Hunger«, sagte Lydia. »Was hältst du davon, wenn du und ich einen Spaziergang durch den Garten machen ...«

»Mit der rohen Gewalt im Schlepptau?« murmelte Adrienne und blickte unter gesenkten Wimpern zu Hawk.

»... während mein Sohn einige Bohnen aus der Speisekammer holt und uns zu unserer Rückkehr eine feine Tasse Kaffee kocht«, fuhr Lydia fort und warf ihren Köder aus, als wäre sie nicht unterbrochen worden.

Adrienne sprang auf. Alles, um vor seinen Blicken zu flüchten, und obendrein noch einen Kaffee.

Verrat schimmerte jetzt in Hawks Augen.

Lydia nahm Adrienne an die Hand und machte sich mit ihr auf den Weg zum Garten.

»Ich werde den Kaffee aufbrühen, Mutter«, sagte Hawk in ihren Rücken. »Aber kümmere dich darum, daß Maery Adriennes Sachen in das Pfauenzimmer bringt.«

Lydia blieb stehen. Fast unmerklich drückte sie Adriennes Hand. »Bist du dir ganz sicher, Hawk?« fragte sie kühl.

»Du hast sie gehört. Sie ist wieder ganz gesund. Sie ist meine Frau. Was wäre wohl der beste Platz für sie?«

»Sehr wohl.«

»Wo ist das Pfauenzimmer?« Adrienne drehte sich auf dem Absatz um und sah ihm ins Gesicht.

»Im zweiten Stock.«

»Werde ich es für mich haben?«

»Soweit ich es nicht in Gebrauch nehme. Es sind die Gemächer des Schloßherrn.«

»Ich werde *nicht* mit dir schlafen –«

»Ich erinnere mich nicht, dich gefragt zu haben –«

»Du überdimensionierter, arroganter, eingebildeter Idiot –«

»Wirklich, Adrienne, mein Sohn ist nichts dergleichen«, versuchte Lydia sie zu mäßigen.

»Das ist kein Vorwurf an dich, Lydia. Ich mag dich wirklich sehr«, sagte Adrienne höflich. Ihre Höflichkeit war allerdings schlagartig verflogen, als sie den Hawk anblickte. »Aber ich werde nicht das Bett mit ihm teilen!«

»Nicht gerade ein Thema, worüber man sich beim Abendessen streiten sollte, will ich mal sagen«, brachte Tavis hervor und kratzte sich am Kopf. Ein leichtes Erröten huschte über seine Wangen.

Hawk lachte, und das tiefe Grollen vibrierte durch ihren Körper, ließ ihre Brustwarzen erigieren und ihr Herz hämmern.

»Weib, du wirst heute abend dieses Zimmer mit mir teilen, und wenn ich dich fesseln und hertragen lasse. Entweder kannst du diese Erniedrigung auf dich nehmen, oder du kannst aus freien Stücken auf deinen eigenen Füßen kommen. Es interessiert mich nicht sonderlich, wie du dahin kommst. *Nur: komm!*«

Rebellion machte sich in ihrer Brust breit und drohte, ihr den Verstand zu rauben. Schwach hörte sie, wie sich hinter ihr die Tür öffnete und wieder schloß, und vernahm den Duft eines aufdringlichen Parfums, bei dem sich ihr der Magen umdrehte. Was auch immer das für ein Geruch war, er erinnerte sie an das Waisenhaus; an Dachstuben und Mottenkugeln und an Tage, an denen sie auf Befehl der Nonnen den Fußboden schrubben und die schweren dunklen Möbel abstauben mußte.

»Geliebter!« erschallte der Ruf weiblichen Entzückens hinter ihr.

Lydias Hand klammerte sich fast schmerzhaft um ihre. »Olivia Dumont«, flüsterte sie fast unhörbar. »Gütiger Himmel! Ich bezweifle, daß ich diesen Tag noch mit vollem Verstand überstehen werde.«

»Olivia?« wiederholte Adrienne, und ihre Augen flogen zu denen des Hawk.

Olivia, dachte der Hawk verstimmt. Dieser Tag marschierte geradewegs vom Regen in die Traufe. Er vermied es, Adriennes fragenden Blick zu erwidern. Wie konnte sie es wagen, ihn inmitten ihres Liebesspiels Adam zu nennen und dann über eine andere Frau Fragen zu stellen? Sie hatte dazu kein Recht. Nicht, nachdem sie *seinen* Namen genannt hatte.

Blanke Wut verzehrte ihn jedesmal, wenn er daran dachte.

Adam.

Die Vorstellung, wie er mit seinen Händen dem Schmied das Fleisch von den Knochen riß, brachte ihm für einen Moment Erleichterung.

Dann überkam ihn Verzweiflung. Jetzt hatte er zwei Probleme: Wie konnte er es anstellen, daß Adrienne ihn begehrte? Und was um alles in der Welt sollte er mit Olivia machen?

Olivia mit dem Schmied verkuppeln?

Dieser Gedanke ließ ihn lächeln, zum ersten Mal seit geraumer Zeit.

Und natürlich mußte Adrienne das mißverstehen, indem sie dachte, das Lächeln hätte Olivia gegolten – wie übrigens auch Olivia selbst und, ihrem finsteren Blick nach zu urteilen, auch seine Mutter. Grimm fluchte unhörbar. Tavis schüttelte den Kopf, murmelte einen wütenden Fluch und entfernte sich von dem üppig beladenen Tisch.

»Olivia.« Hawk legte den Kopf zur Seite. »Was führt dich nach Dalkeith?«

»Wieso, Hawk«, säuselte Olivia, »mußt du fragen? Ich habe dich am Hof vermißt. Du bist schon zu lange weg von meiner ... Seite ... viel zu lange. Da dachte ich mir, wenn ich dich will, müßte ich mich wohl selbst herbemühen. Also«, schloß sie mit klimpernden Wimpern und einem dreisten Komm-her-Blick, »hier bin ich.«

Zu spät erkannte Hawk, welch törichte Frage er gestellt hatte, als Adrienne Olivia mit eiskaltem Blick fixierte. Hawk wußte aus Erfahrung, daß Olivia jede Frage – und sei sie auch noch so harmlos – mit mehrdeutigen Anzüglichkeiten beantworten konnte, aber von dem Augenblick an, als er nach Dalkeith zurückgekehrt war, hatte er diese unangenehme Erinnerung an ihre Possen aus seinem Gedächtnis verbannt. Nun kam ihm der Gedanke, daß er gut daran täte, jene Erinnerungen schnell wieder auszugraben. Es wäre unklug, Olivias Hang, Unruhe zu stiften, zu vergessen; die Natter war nun in seinem Nest. Olivia hielt hörbar den Atem an, als sie Adrienne sah.

»Willkommen, Olivia, seid Ihr gekommen, um mit meinem Gemahl zu reden?«

Für einen Augenblick befreit von Adriennes wütenden Blicken, warf der Hawk sich in die Brust. *Gemahl, hatte sie gesagt. Vielleicht gab es doch noch Hoffnung.*

»Wir haben in der Vergangenheit oft die gleiche Sprache gesprochen«, sagte Olivia affektiert. »Eine Art wortloser

Kommunikation, wenn Ihr versteht, was ich meine. Genau die Art von Gesprächen, die der Hawk am meisten schätzt.«

»Dann steckt *sie* in das Pfauenzimmer«, fauchte Adrienne über die Schulter, als sie Lydia aus dem Raum zog und die Tür hinter sich zuschlug.

Kapitel 15

»Der König mag dich aus seinen Diensten entlassen haben, aber ich werde nicht im Traum daran denken, dich aus den meinen zu entlassen. Du hast mich in der Vergangenheit so gut bedient, daß ich ziemlich verwöhnt bin.« Olivia schlängelte sich auf der niedrigen, steinernen Bank im Schloßhof näher und schmiegte ihre ausgeprägte Hüfte an Hawks muskulösen Oberschenkel.

Lydia war allein zum Haus zurückgekehrt, etwa eine knappe Viertelstunde, nachdem sie mit Adrienne gegangen war, und hatte ihrem Sohn ein selbstgefälliges Lächeln zugeworfen, wie er da so zurückgelehnt mit der schrecklichen Olivia am großen Tisch saß. Den Kaffee vergessend, hatte der Hawk Olivia umgehend in den Garten manövriert, um zu sehen, was seine Frau im Schilde führte. Wenn seine Mutter ihn so ansah ... nun ja, die Frau hatte einen Verstand wie ein gut geöltes Katapult, tödlich in der Attacke.

Und so war er mit atemberaubender Geschwindigkeit mit Olivia durch die ausgedehnten Gärten geschlendert und hielt nach den Wachen Ausschau, die seiner Frau zugeteilt waren. Nichts. Immer und immer wieder waren seine Augen gen Norden gezuckt, zu dem flackernden Feuerschein am Rande der Ebereschen.

»Darf ich annehmen, daß wir uns heute abend miteinander

vergnügen werden, wie wir es gewohnt waren, Hawk?« Olivias warmer Atem fächerte über seine Wange.

Hawk seufzte unhörbar. »Olivia, ich bin, mittlerweile, ein verheirateter Mann.«

Olivias Lachen klang ein kleines bißchen zu heiter, was den Hawk daran erinnerte, daß diese Frau sich daran ergötzte, anderen Frauen die Männer wegzunehmen. Je schwieriger der Mann zu bekommen war, um so glücklicher war Olivia. Hawk war ihr ganz spezielles Spielchen wohl bekannt; sie genoß es, anderen Frauen weh zu tun, ihre Träume platzen zu lassen, ihre Herzen zu brechen. Hawk vermutete, daß es sich dabei um eine Art Rache handelte; daß irgendwann einmal eine Frau ihr den Mann weggeschnappt hatte und sie nie darüber hinweggekommen war – und sich statt dessen zu einer verbitterten, zerstörerischen Frau entwickelt hatte. Als er dies schließlich begriffen hatte, hatte er fast Mitleid für sie empfunden. Fast.

»Sie ist die verrückte Janet, Hawk«, sagte Olivia trokken.

»Ihr Name ist –« Er verstummte abrupt. Er durfte Olivia keine Munition geben. Er atmete tief durch und begann den Satz erneut. »Ihr zweiter Vorname ist Adrienne, es ist der, den sie bevorzugt.« Kühl fügte er hinzu: »Du kannst sie mit Lady Douglas anreden.«

Olivias Stirn hob sich spöttisch: »Ich werde sie ganz sicher nicht Lady Irgendwas nennen. Das ganze Land weiß, daß sie verrückt ist wie ein tollwütiger Hund. Allerdings hatte ich noch nicht gehört, daß ihr Anblick ganz erträglich ist.«

Hawk schnaubte. »Erträglich? Meine Frau ist unter allen Gesichtspunkten exquisit.«

Olivia lachte unsicher, dann nahm ihre Stimme einen sarkastischen Ton an. »Ja und? Tra-la-la! Könnte es sein, daß der legendäre Hawk denkt, er habe die Liebe gefunden? Der

Liebhaber unzähliger Frauen denkt, er könnte mit dieser hier aufhören? Oh, gib's auf, *mon chéri*. Das ist ja ekelhaft. Ich weiß, was für eine Art Mann du bist. Es gibt keinen Grund, hochtrabende Gefühle zu heucheln, von denen wir beide wissen, daß du sie nicht besitzt.«

Hawks Stimme war eisig, als er sprach. »Entgegen deinen Erwartungen bin ich nicht der Mann, der ich an König James' Hof war. Du weißt überhaupt nichts von mir – du kennst nur die Illusionen, an die du dich entschlossen hattest zu glauben.« Er hielt einen Moment inne, um seinen nächsten Worten das nötige Gewicht zu geben. »Olivia, hier gibt es keinen König, der mir befiehlt, dir gefällig zu sein, und ich werde nie wieder an James' Hof zurückkehren. Es ist vorbei. Alles ist vorbei.« In dem Augenblick, in dem diese Worte fielen, schwang sich Hawks Herz in die Lüfte. Er war *frei*.

»Das war alles? Du warst mir *gefällig*?« fragte Olivia.

»Du wußtest das.« Hawk schnaufte spöttisch. »Ich hatte dich ein dutzendmal abblitzen lassen, bevor du zu James gingst. Hast du dir eingeredet, ich hätte meine Haltung geändert? Du weißt ganz genau, was passiert ist. *Du* warst es, die den König gebeten hat, mich zu deinem –« Hawk brach plötzlich ab, denn im Mondlicht erkannte er das Schimmern einer silbrig-blonden Mähne, nur wenige Meter von ihnen entfernt.

Adrienne kam näher, den Arm in Adams Armbeuge gelegt. Über die Schultern geworfen trug sie ein prachtvolles karmesinrotes Seidencape, das sich sinnlich in der lauen Abendbrise bauschte.

»Olivia.« Adrienne neigte den Kopf.

Olivia schnaubte leise und packte besitzergreifend Hawks muskulösen Arm.

»Setz dich zu uns«, sagte der Hawk eilig, wobei er den plötzlichen Druck von Olivias Fingernägeln ignorierte.

Der Gedanke, Adrienne könne mit Adam in die Dunkelheit entschwinden, stellte mit seinem Kopf gefährliche Dinge an. Doch der Hawk runzelte die Stirn, als er erkannte, daß es wahrscheinlich ebenso gefährlich war, Adrienne mit dem zu konfrontieren, was Olivia sagen oder tun könnte.

Mit Sicherheit wollte er das Gespräch nicht an dem Punkt weiterführen, an dem es abgebrochen war – nicht vor Adrienne –, nicht ohne ihr eine Erklärung geben zu können. Er wußte, daß er die Initiative ergreifen mußte, aber er hatte keinerlei Erfahrung mit einer derartigen Situation. Er hatte noch nie eine Exmätresse gehabt, die versuchte, einen Krach mit seiner Frau zu provozieren, weil er noch nie verheiratet gewesen war, und mit Sicherheit war er noch nie in eine Begegnung verstrickt worden, die so aufgeladen war mit gefährlicher Spannung. Seine Angst, Olivia könne etwas sagen oder tun, um Adrienne zu verletzen, brachte seinen üblicherweise logischen Verstand aus dem Gleichgewicht.

Glücklicherweise oder leider – je nachdem, von welchem Standpunkt aus er es betrachtete – lehnte Adrienne sein Angebot ab. Erleichtert beschloß Hawk, so schnell wie möglich Olivia loszuwerden, dann vom Schmied seine Frau zurückzufordern, um sich ausgiebig mit ihr zu unterhalten.

»Wir wollten euer gemütliches Tête-à-tête nicht stören«, lehnte Adrienne ab. »Bouche-à-bouche wäre wohl passender«, murmelte sie halblaut.

»Was habt Ihr gesagt?« fragte Olivia süßlich. »Tu parles français?«

»Nein«, gab Adrienne platt zurück.

Olivia lachte affektiert und musterte sie. »Du scheinst eine Frau mit nicht wenigen Geheimnissen zu sein, Janet Comyn. Vielleicht solltest du und ich unser eigenes Tête-à-tête abhalten und ein paar intime Dinge austauschen. Alles in allem«

– ihr Blick wanderte besitzergreifend über den Hawk – »teilen wir viele Gemeinsamkeiten. Ich bin sicher, es würde dich faszinieren, von Hawks Zeit an König James' Hof zu hören. Er war genau der Mann, um –«

»Das wäre entzückend«, unterbrach Adrienne sie und gebot Olivias giftsprühendem Redeschwall Einhalt. Ihre Eingeweide befanden sich bereits in Aufruhr; hätte sie noch mehr gehört, hätte sie entweder geschrien oder geweint – sie wußte nicht, was von beidem, aber sie wußte genau, daß es keinesfalls *ladylike* sein würde. »Allerdings ein anderes Mal, Olivia. Ich habe zur Zeit alle Hände voll zu tun.« Sie schlang ihre Hände um Adams Bizeps und imitierte damit die Art, wie Olivia sich an Hawk festklammerte. Sie schmiegte sich enger an Adam und ließ sich von ihm fortführen.

»Schmied!« Hawk hatte endlich seine Stimme wiedergefunden. Starr vor Schreck hatte er dem Gespräch der Frauen gelauscht und nach einem Weg gesucht, in den riskanten Schlagabtausch einzugreifen; doch wieder einmal hatte Adrienne ihn unwissentlich erlöst, indem sie Olivia zum Schweigen brachte, bevor der Hawk ihr als letztes Mittel seine Felltasche in das intrigante, lügende Mundwerk gestopft hätte.

Adam hielt mitten in der Bewegung inne und rückte näher an Adrienne heran. Ihr karmesinrotes Cape flatterte in der leichten Brise, und Hawk hatte den Eindruck, als wolle es sich über ihn lustig machen. Woher zum Teufel hatte sie bloß dieses Cape?

»Mylord?« Adam lächelte sardonisch. Er hob seine große, gebräunte Hand und legte sie über Adriennes, die auf seinem Unterarm ruhte.

»Ich habe 92 Pferde, für die ich Eisen brauche. Das macht 368 Hufeisen. Fang damit an. In dieser Minute.«

»Selbstverständlich, Mylord.« Adam lächelte verschlagen.

»Ein Feuer zu entfachen ist *genau das*, was ich im Sinn hatte.«

Hawks Hände ballten sich an seinen Seiten zu Fäusten.

»Zweiundneunzig! Hawk!« Olivias Hand wedelte vor ihren Brüsten. Sie hatte ihre gierige Aufmerksamkeit auf den Schmied gerichtet und betrachtete Adam prüfend. Hawk beobachtete, wie ihre Zunge hervorschnellte, um ihre Lippen zu befeuchten. »Ich wußte, daß du reich bist, aber das ist eine Menge von erstklassigem Fleisch«, sagte sie affektiert. Und ihre Augen wanderten von oben nach unten und studierten den Schmied von Kopf bis Fuß. Sie riß sich von Adam los. »Vielleicht hättest du einen Zuchthengst für mich übrig?« Sie sah Hawk von der Seite an und ließ die Wimpern flattern.

»Bestimmt.« Hawk seufzte, als er die sich entfernende Gestalt seiner Frau betrachtete. »Was hältst du von unserem Schmied, Olivia?« fragte er vorsichtig.

* * *

Was tat sie nur? Hatte sie den Verstand verloren? Als Lydia vorgeschlagen hatte, sie solle den Schmied aufsuchen und mit ihm durch die Gärten bummeln, schien es eine gute Idee gewesen zu sein, wobei Adrienne jetzt nicht mehr die leiseste Ahnung hatte, weshalb.

Weil Hawk sie wütend gemacht hatte, deshalb. Er erdreistete sich, sie für ein Dummchen zu halten und zu glauben, daß er ihr nachstellen und noch am gleichen Tag seine Mätresse empfangen könne.

Schon einmal war sie so dumm gewesen. Früher hätte sie sich möglicherweise eingeredet, daß Olivia ein unruhestiftender Eindringling sei und daß der Hawk nur die reinsten Absichten hegte. Ja, früher hatte sie geglaubt, daß Eberhard *tatsächlich* ins Bad gegangen war, als er sie in dem

Partyraum zurückgelassen hatte, um in Wirklichkeit im Poolhaus einen Quicky mit einer üppigen Dame der Gesellschaft durchzuziehen.

Aber diese Frau war sie nicht mehr. Würde sie nie wieder sein.

Hawk, der legendäre Frauenverführer, hatte den Nachmittag damit verbracht, sie glauben zu machen, daß sie die einzige sei, die er begehrte. Doch beim Abendessen war eine neue Frau erschienen. Eine alte Flamme. Und er hatte sie angelächelt. Wegen ihr hatte er Adriennes Kaffee vergessen. Er gehörte zu jenen Männern, deren Aufmerksamkeit sich auf jedwede Frau richtete, die in ihr Blickfeld geriet und willens war.

Olivia war mit Sicherheit willens.

Und weshalb kümmert es dich, Adrienne?

Es kümmert mich nicht. Ich mag es nur nicht, wie ein Dummchen behandelt zu werden.

»Der Hawk hält dich zum Narren«, sagte Adam leise.

Adrienne unterdrückte ein erschrockenes Luftholen. Der Mann schien ihre Gedanken lesen zu können. Oder war es so wahr, daß jedermann es sehen konnte, selbst der Schmied?

»Du verdienst viel Besseres, Schönheit. Ich würde dich mit allem beschenken, wonach dir gelüstet. Seide für deinen makellosen Körper. Sämtliche Kaffeebohnen vom Blue Mountain auf Jamaika. Doch er beschenkt dich mit nichts.«

»Das spielt keine Rolle. Es bedeutet mir nichts.« Adrienne fröstelte leicht unter dem Cape, das Adam ihr über die Schultern gelegt hatte.

»Das sollte es aber. Du bist die außergewöhnlichste Frau, der ich je begegnet bin, reizende Schönheit. Ich würde dir alles geben. Was auch immer. Nenne es. Verfüge über mich. Es wird dein sein.«

»Treue?« schoß Adrienne auf den Hufschmied zurück. Irgendwie hatten sie die Schmiede erreicht, obwohl Adrienne sich nicht erinnern konnte, so weit gelaufen zu sein. Ihre Füße fühlten sich merkwürdig leicht an, und ihr Kopf wurde von Schwindel ergriffen.

»Für immer«, säuselte der Schmied, »und noch darüber hinaus.«

»Ehrlich?« fragte Adrienne und gab sich anschließend selbst einen Tritt. Wozu fragen? Männer lügen. Worte bewiesen gar nichts. Eberhard Darrow Garrett hatte ihr all die richtigen Worte gesagt.

»Manche Männer lügen. Doch einige sind dazu nicht fähig. Lügst du, süße Schönheit? Wenn ich um deine Treue bäte und im Gegenzug die meine gelobte, würdest du sie mir geben? Könnte ich deinen Worten vertrauen?«

Natürlich, dachte sie. Sie hatte keine Probleme mit der Treue.

»Das dachte ich mir«, sagte Adam. »Du bist von einer ganz besonderen Sorte, Schönheit.«

Hatte sie ihm geantwortet? Sie glaubte nicht. Adrienne fühlte sich benommen. »Wo sind die Wachen?« murmelte sie.

»Du bist in meinem Reich. Ich bin der ganze Schutz, den du jemals benötigen wirst.«

»Wer bist du?« fragte Adrienne.

Adam lachte über ihre Frage. »Komm in meine Welt, Schönheit. Laß mich dir Wunder zeigen, die deine kühnsten Träume übertreffen.«

Adrienne blickte verträumt nach Dalkeith, aber alles, was sie sah, war ein seltsamer Schimmer am Waldesrand – nicht die Lichter des Schlosses. Das Geräusch einer Brandung drang an ihr Ohr, aber das war unmöglich. Der Ozean befand sich am westlichen Ende des Geländes, und sie war im

Norden. Warum konnte sie das Schloß nicht sehen? »Wo ist das Schloß, Adam? Warum kann ich Dalkeith nicht mehr sehen?« Ihr Blick verschwamm, und es überkam sie das unheimliche Gefühl, daß sie sich noch nicht einmal mehr in Schottland befand. Wo auch immer sie war, es schien kein guter Ort für sie zu sein.

»Der Schleier wird dünner«, raunte Adam. »Morar erwartet dich, du Liebliche.«

Sie lag neben ihm im kühlen Sand, ohne zu wissen, wie sie hierhergekommen war. Ihr Verstand war unerträglich verwirrt. Ein Gefühl von Gefahr, feindselig und urtümlich, fuhr ihr in die Magengrube. Dieser Mann ... irgend etwas stimmte nicht mit diesem Mann.

»Wer seid Ihr wirklich, Adam Black?« beharrte sie. Allein die Worte zu bilden war eine Herausforderung; ihre Zunge fühlte sich geschwollen an, und ihre Muskeln waren wie Gummi.

Adam grinste. »Du bist näher dran als du glaubst, Schönheit.«

»Wer?« fragte sie nachdrücklich und kämpfte darum, die Kontrolle über ihre Sinne wiederzuerlangen. Der intensive, schwere Duft von Jasmin und Sandelholz vernebelte ihren Verstand.

»Ich bin der *sin siriche du*, Schönheit. Ich bin der Eine für dich.«

»Bist du auch aus dem 20. Jahrhundert?« fragte sie benommen. »Was stimmt nicht mit mir? Warum fühle ich mich so seltsam?«

»Still, Adrienne. Laß mich dich lieben, wie du es verdienst. Du bist die Einzige für mich ...« Zu spät erkannte er seinen Fehler.

Die Einzige. Die Einzige. Hawk hatte versucht, sie das gleiche glauben zu machen. Was war beim Schmied anders? Seiner harten Erregung nach zu urteilen, die sich gegen ihren Schenkel preßte, nicht viel. Genau wie Eberhard. Genau wie der Hawk.

Nicht noch einmal! Adrienne kämpfte, um ihre Stimme zu festigen, um klar im Kopf zu werden. »Laß mich gehen, Adam.«

»Niemals.« Adams kraftvolle Hände packten ihren Körper. Sie konnte spüren, wie er das Cape öffnete und über ihre Brüste strich. Er drückte sie nieder auf den weichen Sand und stieg dabei über sie, das Gesicht vergoldet vom Schein des Feuers. Schweißtropfen bildeten sich auf seiner Stirn und glitzerten über seinen grausamen und wohlgeformten Lippen.

Adrienne rätselte über den mysteriösen Sand unter ihrem Körper. Sie konnte die rotgoldene Glut des Feuers sehen. Wo war sie? An einem Strand oder bei der Schmiede? Umnebelt entschied sie, daß es keine Rolle spielte, wenn er sie nur gehen ließe. »Laß mich gehen!« Sie schrie mit all ihrer Kraft.

Laß sie gehen, wenn sie darum bittet, Narr, befahl eine dunkle Stimme.

Plötzlich war die Nacht still. Das Geräusch der Brandung verflüchtigte sich zum Tschirpen von Grillen.

Adams Griff verstärkte sich schmerzhaft an Adriennes Schultern.

Laß sie gehen, Adam. Sie selbst, lautet der Handel. Ehre den Pakt –

Aber König Finnbheara – er entehrt uns!

Narr! Wenn du keine Ehre besitzt, sollst du in Zukunft nicht frei umherwandeln!

Ein schneidender Windstoß riß ein wütendes Seufzen Adams mit sich, und dann stand sie direkt vor dem Hawk. Sein Gesicht war grimmig vor Wut.

Das Seidencape auf Adriennes Schultern flatterte im Wind, eine Flamme aus leuchtendem Karmesin.

»Wo bist du gewesen?« fragte Hawk fordernd.

»Adam und ich –«, hob Adrienne an, dann sah sie sich um. Adam war nirgendwo zu sehen. Ihr Verstand war wieder scharf und klar; dieser trügerische Nebel nur noch eine widerliche und unvollständige Erinnerung. Sie stand neben dem Feuer der Schmiede, doch die Flammen waren zu kalt glimmenden Kohlen verfallen, und die Nacht wurde von Minute zu Minute schwärzer. »Ich war nur spazieren«, fügte sie hastig hinzu und senkte den Kopf, um seinem durchdringenden Blick auszuweichen.

»Adrienne.« Hawk stöhnte und blickte hinunter auf die Kaskade aus hellem Haar, die ihr Gesicht vor ihm abschirmte. »Sieh mich an.« Er griff nach ihrem Kinn, aber sie wandte sich ab.

»Hör auf damit.«

»Sieh mich an«, wiederholte er unerbittlich.

»Nicht«, flehte sie. Doch er hörte nicht. Er packte sie bei der Taille und zog sie an seine harte, männliche Statur.

Adrienne sah auf, trotz ihrer besten Vorsätze, und blickte in seine Augen der Mitternacht und das scharf geschnittene Gesicht eines Kriegers. Sein bronzener, harter Wikinger-Körper verhieß sintflutartige Leidenschaft.

»Mädchen, sag mir, daß es nicht so ist. Sag es. Gib mir die Worte. Selbst wenn du für mich noch nichts empfinden kannst, sage mir, daß du für ihn keine wahren Gefühle hegst, und ich werde über alles hinwegsehen, was geschehen ist.«

Der frische, würzige Duft seines Haares, schwarz wie die Sünde, brachte ihre Sinne auf eine Art in Aufruhr, die sie sich nicht erklären konnte.

»Ich empfinde etwas für Adam.« Ihre Zunge fühlte sich klebrig an. Selbst ihr Körper versuchte, ihr in der Nähe dieses

Mannes den Dienst zu versagen. Sie zwang sich, diesem Mann Grausamkeiten zu sagen, um ihn zu verletzen, und verletzte dabei sich selbst.

»Woher hast du dieses Cape?« fragte er unberührt. Seine Hände glitten über den kräuselnden Stoff.

»Adam.« Vielleicht hatte er es überhört. Er hatte nicht einmal mit der Wimper gezuckt.

Geschickt öffnete er mit festen Händen die silberne Brosche an ihrem Hals. Nein, dachte sie sich, er hatte sie bestimmt nicht gehört. Vielleicht hatte sie unhörbar geflüstert.

Mit Leichtigkeit streifte er das Cape von ihrem Körper. Sogar mit Eleganz.

Sie stand vor Schreck erstarrt, als seine starken, bronzenen Hände das Cape in Stücke rissen. Der Ausdruck in seinem Gesicht war hart und kalt. Oh, er hatte sie mit Sicherheit gehört. Wie konnte sie unberührt bleiben von dem barbarischen und eindrucksvollen Malstrom männlicher Wut, seiner ... Eifersucht?

Ja, Eifersucht.

Das gleiche, was sie bei Olivia verspürt hatte.

Lieber Gott, was geschah mit ihr?

Kapitel 16

»Warum hast du das getan?« keuchte sie, als sie wieder in der Lage war zu sprechen.

Hawk plazierte einen Finger unter ihrem Kinn, neigte ihren Kopf zurück und zwang sie somit, in seine unerbittlichen Augen zu blicken.

»Ich werde dir alles entreißen, was Adam dir gibt. Erinnere dich daran. Wenn ich seinen Körper auf deinem finde, wird ihm das gleiche Schicksal widerfahren.«

Seine Augen drifteten bedeutungsvoll über einen Fetzen karmesinroter Seide, der an einer Baumrinde festhing und wie etwas Totes im Wind flatterte.

»Warum?«

»Weil ich dich will.«

»Du kennst mich noch nicht einmal!«

Sein Mund formte sich zu einem wundervollen Lächeln. »Oh, geliebtes Mädel, ich weiß alles von dir. Ich weiß, daß du eine komplizierte Frau bist, voller Zwiespältigkeiten; du bist unschuldig, aber dennoch hart; intelligent« – er zog neckisch eine Augenbraue hoch – »doch es fehlt dir jede Spur von gesundem Menschenverstand.«

»Das ist nicht wahr!« protestierte Adrienne wütend.

Er lachte heiser. »Du hast einen wundervollen Sinn für Humor, und du lachst oft, doch manchmal bist du trübsinnig.«

Er drängte sich mit seinem Körper an sie und sah mit schweren, verhangenen Augen auf sie hinunter. Adrienne warf den Kopf zurück und versuchte vergeblich, den Finger unter ihrem Kinn loszuwerden und seinem durchdringenden Blick zu entkommen.

Er nahm ihr Gesicht fest in beide Hände. »Du bist eine willenstarke Frau, und ich wäre gern der Brennpunkt aller Begierden für eine solch willensstarke Frau. Ich wünsche, daß du mir Vertrauen und Loyalität entgegenbringst, genauso standhaft, wie du sie mir jetzt verweigerst. Ich bin ein erwachsener Mann, Adrienne. Ich werde Geduld haben, während ich um dich werbe; aber werben werde ich um dich.«

Adrienne schluckte schwer. Verflucht sei er für seine Worte!

Ich werde dich nicht nur umwerben, Mädchen – ich werde dich ganz für mich gewinnen, fügte der Hawk in der Abgeschiedenheit seines Herzens hinzu. Doch das konnte er nicht laut sagen, noch nicht. Nicht, wenn sie ihn so anblickte, mit diesem kaum wahrnehmbaren Beben ihrer Unterlippe. Kaum wahrnehmbar, aber genug, um ihm Hoffnung zu geben. »Ich werde dir zeigen, daß die Dauer eines Lebens nicht ausreicht für all die Freuden, die ich dir bereiten kann, Mädchen«, versprach er.

Adrienne schloß die Augen und verwünschte seine Gestalt in die Hölle und weiter. »Wo ist Olivia?« fragte sie mit geschlossenen Augen.

»Von einer Klippe gefallen, wenn die Götter es gut mit mir meinen«, antwortete Hawk trocken.

Adrienne öffnete die Augen und kräuselte die Nase. Sie sah ihn aufmerksam an. Hatte sie die Andeutung eines Lächelns in seinem düsteren Blick gesehen? Ein leidenschaftlicher Hawk war lebensgefährlich, aber sie war gegen Leidenschaft gewappnet. Ein foppender Hawk könnte durch ihre Verteidigungslinien hindurchschlüpfen.

»Oder, wenn ich wirklich Glück habe und die Götter versöhnlich gestimmt sind, ist sie in Adams Armen gelandet, und er wurde bei ihrem Anblick von dem gleichen Blitz getroffen wie ich, als ich dich zum ersten Mal sah. Würde das nicht meine Probleme lösen?«

Ihr Mundwinkel zuckte.

»O nein. Ich hab's. Sie ist in den Wald gelaufen, und die Fee hielt sie fälschlicherweise für eine der Ihren – diese ungezogene Todesfee –, und sie wird niemals zurückkehren.«

Adrienne lachte, und wurde sofort mit einem von Hawks niederschmetternden Lächeln belohnt.

Dieses Lächeln ließ sie dahinschmelzen, entwaffnete sie. Und es fühlte sich gut an.

Etwas ernsthafter sagte er: »Ich habe die Wachen instruiert, sich um Olivias Rückreise zu kümmern, sobald sich ihre Pferde genügend erholt haben.«

Adriennes Seele vollführte bei seinen Worten einen Luftsprung.

»Adrienne.« Er seufzte ihren Namen wie einen edlen Portwein. Komplex und süß. »Nur du –«

»Stopp!«

Augenblicklich veränderte sich seine Stimmung, geschmeidig wie Quecksilber. »Ich möchte, daß du mich begleitest. Komm, Mädchen. Gib mir diese Nacht, um dir zu zeigen, wer ich wirklich bin. Das ist alles, worum ich bitte.«

Adriennes Verstand schrie ein schallendes Nein... aber vielleicht war es nicht allzu gefährlich. *Laß mich dir zeigen, wer ich wirklich bin*... wie verlockend.

Du meinst, abgesehen von unerträglich schön?

Aber was konnte bei einem Gespräch schon passieren?

»Was kann bei einem Gespräch schon passieren, Adrienne?«
Adrienne zuckte mit den Wimpern. Er mußte die Worte direkt aus ihrem Kopf genommen haben.

»Schau, Adrienne, der Mond geht auf. Dort hinten lugt er hinter den Ebereschen hervor.« Der Hawk zeigte in die Richtung, und ihre Augen folgten. Folgten der Biegung seines muskulösen Armes, über seine starke Hand zu dem leuchtenden Mond im Hintergrund.

»Kühle Silberkugel, die den Schlummer der Nacht geleitet«, sprach Hawk gedankenverloren. »Ich wette, du schläfst wenig in Nächten wie dieser, Mädchen, wenn sich ein Sturm zusammenbraut und über die zerbrechliche Nacht hereinzubrechen droht. Spürst du es? Wie die ganze Luft mit Spannung geladen ist? Der drohende Sturm hat in mir immer schon eine gewisse Unruhe entfacht.« Adrienne konnte spüren, wie sie mit jedem seiner Worte schwächer wurde, bezaubert von seinem hinreißenden Akzent.

»Es ist eine Ruhelosigkeit, die ich auch in dir spüre. Komm mit mir, Adrienne. Du wirst niemals schlafen, wenn du jetzt zum Schloß zurückkehrst.«

Der Hawk stand da, die Hand ausgestreckt, und sah mit verheißungsvollem Blick zu ihr hinunter. Er berührte sie nicht, er wartete darauf, daß sie sich entschied, sich ihm anvertraute – und sei es auch nur, um mit ihm spazierenzugehen. Sein Atem war flach und erwartungsvoll. Ihre Finger zuckten unschlüssig unter der Hitze seiner lächelnden Augen – Augen mit kleinen Linien in den äußeren Winkeln. Eberhard hatte überhaupt keine Falten. Niemals mehr könnte sie einem Mann vertrauen, der nicht ein paar Fältchen um die Augen hatte. Er hatte nicht genug gelebt und gelacht, wenn er nicht ein paar leichte Falten hatte. Wie war es möglich, daß ihr die feinen Spuren des Lebens in Hawks Gesicht bisher entgangen waren?

»Schenk dir diesen Augenblick, Mädchen«, sprach er mit heiserer Stimme. »Versuch es.«

Wie ein Flüstern schlüpfte Adriennes Hand in die seine,

und er spürte, wie er bei ihrer Berührung zusammenzuckte. Seine ebenholzfarbenen Augen flackerten, und sie genoß das unvergleichliche Gefühl seiner starken Finger, die sich um ihre schlossen. Er neigte sich vor, und sie spürte den Hauch seiner Lippen, die flüchtig ihre Wange berührten. Ein wortloses Danke für die Chance, die sie zu nichts verpflichtete.

»Als Junge kam ich oft hierher ...« Er nahm ihre Hand und führte sie gen Westen, fort vom Kreis der Ebereschen und dem Waldrand.

Erzähle ihr von dir, dachte er. Von dem Jungen, der du gewesen warst, bevor du fortgingst. Von dem, der du nicht abwarten konntest zu sein, als du zurückkehrtest. Doch vor allem – sorge dafür, daß sie dich liebt, bevor sie entdeckt, wer du in der Zwischenzeit gewesen bist. Vielleicht würde auch Liebe allein nicht genug sein, um sie verstehen zu lassen, doch dann gab es zumindest eine Chance.

Sie redeten und schlenderten umher, und der Hawk spann seine wilden Geschichten von jugendlichem Ungestüm und Heldentaten, und sie lachte in die sanfte Brise. Sie saßen auf der Spitze der Klippen und warfen Kieselsteine hinunter in die Brandung, und der frische, salzige Wind verflocht ihre silbrigblonde Mähne mit seinem pechschwarzen Seidenhaar. Er zeigte ihr, wo er eine Hängematte aufgehängt hatte, eine Körperlänge unterhalb der Felskante, und brachte sie zum Lachen, als er ihr erzählte, wie er sich als Kind dort vor Lydia versteckt hatte. Auf dem Rücken liegend, die Arme hinter dem Kopf verschränkt, hatte er das Meer beobachtet und geträumt, während seine Mutter stundenlang das Grundstück nach ihm absuchte und mit schriller Stimme nach ihm rief.

Adrienne erzählte ihm von den Nonnen und den schwülen Straßen von New Orleans, sie brachte ihn sogar ein- oder zweimal dazu, es so auszusprechen, wie die Einheimischen es taten: N'Awlins. Und er hörte ihr zu, ohne sie zurechtzuweisen, weil sie an derlei Phantasien glaubte. Ob er der Meinung war, daß sie sich irgendwelche unglaublichen Märchen zusammenspann, oder ob er ihre Erzählungen irgendwie mit dem 16. Jahrhundert in Zusammenhang brachte, wußte sie nicht. Alles, was sie wußte, war, daß er ihr zuhörte, wie ihr noch nie zuvor ein Mann zugehört hatte. Sie erzählte ihm von Marie Leveau, der Voodoo-Königin, und von Jean Laffite, dem berühmten Piraten, und von den großen Plantagen, die es einmal gegeben hatte, mit ihren beeindruckenden, großzügigen Häusern, und von den Gerüchen und Geräuschen der Bourbon Street. Als sie vom Jazz sprach, vom tiefen Summen der Liebe eines Saxophons, von dem schmetternden Trompeten der Hörner, verdunkelten sich ihre Augen vor aufwallenden Gefühlen, und ihm kam der Gedanke, daß er ihr fast glauben konnte, daß sie wirklich aus einer anderen Zeit kam. Sicher aus einem anderen Land.

»Küß mich.«

»Ich ... lieber nicht.«

Ihr atemloses, heiseres Murmeln verzauberte ihn. »Ist es denn so schlimm?«

Adrienne holte tief Luft. Sie stand auf, entfernte sich von ihm und legte den Kopf in den Nacken, um den Himmel zu studieren. Die Nacht hatte sich aufgeklart; die Wolkendecke hatte sich über das Meer geschoben, und der Sturm war vorbeigezogen, ohne loszubrechen. Unter ihnen wogte die Brandung in unerschütterlichem Rhythmus auf und ab. Sterne zierten den Mantel der Nacht, und Adrienne versuchte gerade, den Großen Bären zu orten, als plötzlich ein kleiner heller Stern aufzuleuchten schien und dann vom Himmel herabstürzte.

»Sieh nur!« rief sie entzückt. »Eine Sternschnuppe!«

Hawk sprang auf. »Was auch immer du tust, wünsche dir nichts, Mädchen.«

Sie schenkte ihm ein offenes, strahlendes Lächeln, das ihn dermaßen blendete, daß er für einen Moment aufhörte zu denken.

»Warum nicht, Hawk?«

»Sie gehen in Erfüllung«, brachte er schließlich heraus.

Ihr Blick flog zurück zu der Sternschnuppe. Adrienne hielt den Atem an und wünschte mit all ihrer Kraft. *Bitte laß mich bald etwas sehr Schönes erleben. Bitte!* Unfähig, die Worte auch nur zu hauchen, schickte sie ihren Wunsch zu den Sternen.

Er seufzte. »Was hast du dir gewünscht?«

»Das darf man nicht sagen«, belehrte Adrienne ihn schnippisch. »Es ist gegen die Regeln.«

Er hob fragend eine Augenbraue. »Welche Regeln?«

»Du weißt schon, die Wünsch-dir-was-bei-einer-Sternschnuppe-Regeln«, informierte sie ihn in einem Tonfall, der besagte, daß diese Regeln doch wohl allgemein bekannt waren. »Also, was hast du dir gewünscht, das wahr wurde?«

Hawk seufzte. »Du hast doch gerade gesagt, daß ich nicht darüber sprechen darf.«

Adrienne verdrehte die Augen und gab einen unmutigen Laut von sich. »Das gilt nur so lange, bis es in Erfüllung geht. Dann kannst du es erzählen, wem du willst.« Ihre Augen funkelten vor Neugier. »Los – raus damit.« Sie knuffte ihm leicht gegen die Brust.

Hawk starrte Adrienne fasziniert an. Während dieser Sternschnuppen-Unterhaltung schien seine Frau sich um Jahre verjüngt zu haben. In ihrem offenen Blick konnte Hawk das vertrauensvolle Kind erkennen, das sie einmal gewesen war.

»Ich habe mir nichts gewünscht. Es geht um einen Wunsch, mit dem ein Freund mich bedacht hat«, sagte Hawk leise.

»Und das war?« drängte Adrienne.

Hawk mußte fast laut lachen; beinah befürchtete er, sie würde ihm eins auf die Ohren geben, wenn er für ihren Geschmack nicht schnell genug antwortete. »Küß mich, Adrienne«, sprach er heiser, »beweise mir, daß es nicht wahr ist. Daß ein Freund mich nicht verfluchen kann, indem er sich etwas bei einer Sternschnuppe wünscht.«

»Komm schon, Hawk, sag mir, was er sich gewünscht hat!« Lachen trällerte über ihre üppigen, sinnlichen Lippen, und er hatte den Wunsch, sie zu küssen, bis sie all seine geheimen Wünsche Wirklichkeit werden lassen würde.

»Wirst du mich dann küssen?« schacherte er.

»Oh! Wir machen aus allem ein Geschäft, wie?«

Hawk zuckte mit den Schultern. »Eine Hand wäscht die andere, Mädchen. Das ist der Gang der Welt. Wenn ein Leibeigener Bohnen hat, aber kein Fleisch, so sucht er jemanden, der Fleisch hat und keine Bohnen. Ich unterbreite dir nur ein für beide Seiten zufriedenstellendes Angebot.«

»Bekomme ich auch Kaffee?« fragte sie listig. »Morgen früh? Für den Kuß heute nacht? Läßt sich der Zoll-Troll im voraus bezahlen?«

»Ach, kleines Mägdelein, wer hat dich nur gelehrt, so hart zu verhandeln?« Wenn es nach ihm ginge, würde er sie heute nacht zu so vielen süßen Küssen überreden, daß er sich am Morgen nur zur Seite zu drehen brauchte, um sie erneut zu küssen. In seinem Bett.

»War das ein Ja, Hawk?«

»Hör auf und laß ab, Mädchen! Schleudere mir noch so einen betörenden Blick entgegen, und ich gebe dir meine Speisekammer samt Kaffee und lege vielleicht noch ein paar Pferde obendrauf.«

»Dann habe ich dein Wort?«

»Du hast mein Wort und mein Versprechen.«

»Abgemacht.« Hastig besiegelte Adrienne ihren Handel. Antworten, Kaffee und ein Vorwand für einen Kuß. Was wollte sie mehr? »Zuerst meine Antwort«, verlangte sie.

Hawk neigte seinen großen dunklen Kopf nach vorn, sein Mund an ihrem Ohr. Schauer liefen ihr über den Rücken, als sein Atem über ihren Hals strich. »Was? Ich kann dich nicht verstehen?« sagte sie, als er irgend etwas Undeutliches nuschelte.

»Es ist wirklich zu lächerlich, um es nochmals zu wiederholen...«

»Wir haben eine Abmachung, Hawk!« beschwerte sie sich und erbebte vor Leidenschaft, als seine Lippen immer wieder ihren Hals berührten.

Hawk stöhnte auf. »Er wünschte mir die perfekte Ehefrau. Daß meine Frau all das wäre, wovon ich je zu träumen gewagt hatte... Alles, was ich mir je erhofft hatte. Und dann wünschte er, daß sie sich weigern würde, mich zu lieben. Mich zu berühren. Mein Bett zu teilen.«

»Warum sollte ein Freund so etwas wünschen?« fragte sie empört.

»Warum sollte eine Ehefrau so etwas tun?« konterte er sanft gegen ihr weiches Ohrläppchen.

Sie fühlte seine Zungenspitze auf ihrer Haut und wunderte sich über sich selbst. Warum sollte eine Frau zu einem so unwahrscheinlich schönen, interessanten Mann nein sagen?

Ihr Puls beschleunigte sich; sie drehte den Kopf und blickte geradewegs in glänzende schwarzbraune Augen von unergründlicher Tiefe. Verwirrt vom Aufwallen und Beben der Gefühle, berührte sie mit einem Finger seine perfekt geformten Lippen. Ihr Verstand schrie danach, dieses neue Gefühl zu bestimmen, es zu kontrollieren, aber ihr Körper verlangte, ihn auf eine Art kennenzulernen, die nichts mit Vernunft oder Logik zu tun hatte.

»Laß mich dich lieben, Mädchen. Ich werde mir nichts nehmen, was du mir nicht geben möchtest.« Seine Augen verweilten auf ihrem Gesicht, eine verführerische visuelle Liebkosung, die ihr Blut erhitzte, und sie fragte sich, was wohl geschehen wäre, wenn sie ihn getroffen hätte, als sie noch an immerwährendes Glück glaubte.

Wie würde es sich wohl anfühlen, seine schönen, starken Hände über ihren bebenden Körper gleiten zu lassen, geküßt und liebkost zu werden, und schließlich erfüllt von dem rohen, pulsierenden Stahl seines Verlangens. Ihre Sinne waren vom Hawk überwältigt; sein würziger, männlicher Duft, das seidige Gefühl seines Haares, der steinharte Druck seines Körpers an ihrem.

Ich werde ihn gleich stoppen, versprach sie sich, als er ihre Wangen mit Küssen übersäte. *Ein Kuß auf die Lippen, so lautet die Abmachung*, ermahnte sie sich.

Ihr Gewissen beruhigte sich vorübergehend, und sie erlaubte das wundervolle Tasten seiner schwieligen Hände auf ihrer Haut, das Flüstern seiner Bartstoppeln an ihrem Hals.

Plötzlich tat sie mehr, als nur zuzulassen. Ihre Arme krochen nach oben, um sich um seinen Hals zu legen. Sie begrub ihre Finger in seinem weichen, dunklen Haar, ließ sie dann seinen Hals hinab zu seinen kraftvollen Schultern gleiten und den Konturen jeder seiner ausgeprägten Muskeln folgen.

Adrienne schnappte zitternd nach Luft. Sie konnte nicht genügend Sauerstoff in ihre Lungen bekommen, aber das spielte keine Rolle mehr, als Hawk ihr Verlangen nach Luft durch das Verlangen nach seinen Lippen ersetzte, das Verlangen nach seiner Zunge, nach seinem Verlangen nach ihr.

»Ich bin der Eine, Mädchen«, warnte er sie sanft. »Alles hört hier auf. Mit mir. Dem Besten und Letzten. Oh, gewiß deinem Letzten.«

Mein Letzter, gab sie widerwillig zu, denn sie bezweifelte, daß sich jemals ein anderer Mann mit diesem messen könnte.

In diesem atemlosen Moment versank die Vergangenheit in Bedeutungslosigkeit. Es war, als habe Eberhard sie nie berührt, als habe das 20. Jahrhundert nie existiert. Als sei sie ihr ganzes Leben lang auf diesen Moment zugesteuert. Auf diesen Mann. Diesen Zauber.

Hawk folgte mit seinen Küssen der Linie ihres Kiefers, er bedachte jeden Zentimeter ihres Gesichtes; ihre Nase, ihre Augenlider, als sie sich flatternd schlossen, ihre Augenbrauen, und dann hielt er inne, und seine sinnlichen Lippen schwebten eine Zungenlänge entfernt über ihren. Würde sie? Traute sie sich?

Adriennes Zunge zuckte hervor, und sie kostete den Mann, den sie seit dem Augenblick gewollt hatte, als sie ihn zum ersten Mal voller Faszination erblickt hatte. »Oh, du«, flüsterte sie. Sie wollte ihn, wollte ihn mehr, als sie jemals etwas in ihrem Leben gewollt hatte. Ein heiseres Raunen drang aus der Tiefe seiner Kehle; er spreizte die Hand in ihrem Nacken und bog ihren Kopf zurück, um seine Küsse zu empfangen. Seine rosafarbene Zungenspitze umkreiste ihre Lippen, kostete jede Ecke, jede Fülle, reizte sie bis zur Besinnungslosigkeit; bis es zuviel war für sie und ihre Lippen sich auf seine preßten, sich an seinen formten und sich ihm öffneten, so wie ihr ganzer Körper sich ihm zu öffnen und nach ihm zu schreien schien. Sie war eine Rosenknospe, die sich zur goldenen Hitze der Sonne hin entfaltete. »Herrlich«, flüsterte sie, nicht bemerkend, daß sie ihren Gedanken laut ausgesprochen hatte.

Aber der Hawk hatte es gehört – er vernahm das eine Wort, und das Verlangen packte ihn mit solcher Macht, daß er erzitterte. Heiß und hart, schonungslos bewegte der Hawk seinen Mund über ihrem. Er beugte sich mit unbarmherzigem Hunger über ihre Lippen und brachte hinter ihren geschlossenen Augenlidern Sterne zum Leuchten.

Adrienne riß die Augen auf, aus bloßem Vergnügen, ihn anzusehen, und sie sah, daß er ihr direkt in die Augen schaute, mit solch glühendem Versprechen von Leidenschaft, daß sie an seinem Mund wimmerte.

Hunderte Meter tiefer verbündete sich der Rhythmus der Natur mit dem rohen, unstillbaren Mysterium der Leidenschaft; das sinnliche Tempo der Wellen, wenn Milliarden von Litern Wasser wütend hereinströmten und dann wieder abflossen. Eine Gefühlswelle nach der anderen brach über Adrienne zusammen; sie trieb in einem Meer von solcher Leidenschaft, daß sie sich fühlte, als würde sie buchstäblich umgeformt, angepaßt an die Berührung dieses Mannes, genauso, wie die Felsen unter ihr von der unnachgiebigen Liebkosung des Ozeans modelliert wurden.

Hawks Zunge war heiße Seide, ihren Mund erforschend, ihre Zunge reizend. »Oh«, flüsterte sie, »ich hätte nie gedacht ...«

»Ist es denn wirklich so schlecht, mich zu küssen, Mädchen?«

»Nicht das Küssen ist schlecht ...« Ihre Worte verloren sich in einem leisen Stöhnen, als sie ihren Kopf zurücklehnte für weitere Küsse.

»Was ist schlecht, mein Herz?« Hawk nippte an ihrem Hals, zärtlich.

»Ooooh! Du!«

»Ich? Ich bin schlecht?« Er ließ sie einen langen Moment nicht antworten, während dessen er an ihrer Unterlippe knabberte, sie reizte, in seinen Mund sog und sie schließlich langsam freigab.

Adrienne holte bebend Luft. »Na ja ... Ich meine ... du *bist* ein Mann ...«

»Ja«, bestätigte er.

»Und ein sehr schöner ...«

»Hmm ... Ja?«

»Und ich hasse schöne Männer ...« Ihre Hände strichen über seine Schultern, seinen breiten, muskulösen Rücken, wanderten, sich verjüngend, über seine schlanke Taille hin zu seinen muskulösen Hinterbacken. Sie war schockiert von ihrer eigenen Kühnheit, erschauderte vor dem lustvollen Stöhnen, das sie ihm entlockte.

»Das merke ich. Hasse mich *genau so*, Mädchen. Hasse mich so noch mal. Hasse mich so, wie du mich hassen mußt.«

In einer fließenden Bewegung ließ der Hawk sie zärtlich zu Boden gleiten und streckte seinen harten Körper über ihren. Adrienne war in höchstes Erstaunen versetzt; niemals hatte sie mit Eberhard eine solche Nähe verspürt, niemals zuvor etwas ähnliches erfahren, dieses berauschende Gefühl, neben einem Mann zu liegen. Wie quälerisch es doch war: der Druck ihrer Brüste gegen seine breite Brust; die besitzergreifende Art, mit der er sie umschlang und eines ihrer Beine zwischen seinen festhielt; die Spitze seines riesigen Geschlechtsteils an der Wölbung ihres Schenkels. Als er sein Gewicht verlagerte, so daß jener steife Muskel steinhart zwischen ihre Beine ritt, loderte die Hitze, die zwischen ihnen glühte, hell auf und ließ Muskeln in ihr sich zusammenpressen, von denen sie nie gewußt hatte, daß sie sie besaß. Er rotierte mit den Hüften und rieb sich in langsam kreisenden, lustvollen Bewegungen an ihr. Sie fühlte sich losgelöst, orientierungslos durch die Gefühle, die er hervorrief. Sie bog sich ihm entgegen und schlang ein Bein über ihn, um ihn an sich zu ziehen – um seine aufgeheizte Männlichkeit eng umschlungen im Sehnsuchtsschmerz zwischen ihren Schenkeln gefangen zu halten.

Er zog zärtlich am Oberteil ihres Kleides und streifte es über ihre Schultern, um ihre Brüste für seine eingehende Expertise zu entblößen. »Wundervoll«, murmelte er, und seine Finger umspielten ihre erregten Gipfel. Als er die rosigen Spitzen mit seiner Zunge umkreiste, durchzogen Ranken von Feuer ihren Körper, die mit unvergleichlicher Hitze in ihrem Bauch und weiter unten zusammenfanden.

»O mein Gott!« Adrienne warf ihren Kopf in das duftende Gras und durchwühlte mit ihren Fingern besitzergreifend seine dunkle Mähne.

Hawk stöhnte, und sein heißer Atem umwehte ihre Brust. »Was machst du mit mir, Mädchen?« Sie war alles, wovon er immer geträumt hatte, bis er sich selbst ernsthaft ins Gewissen geredet hatte, diese Träumereien als Dumme-Jungen-Phantasien aufzugeben.

Doch in diesem Moment fühlte er sich wieder genau wie dieser dumme Junge. Er lachte fast über diese Tatsache. Nach all den Frauen, die er gehabt hatte, *liebte* er diese eine. Die ganze Ungeheuerlichkeit dieser Erkenntnis erstaunte und entzückte ihn; er senkte seine Lippen auf ihre und verlangte wortlos, daß sie seine Liebe erwiderte. Er legte jede Unze seiner Sehnsucht, jeden Fetzen an Verführungskunst, der ihm zu Gebote stand, in diese wortlose Bitte – er küßte sie so tief, daß er nicht mehr wußte, wo er aufhörte und sie begann. Ihre Hüften gaben nach, wenn er gegen sie drängte, und hoben sich hungrig, um ihn zu finden, wenn er sich zurückzog. Urwüchsige Laute entflohen ihren Lippen, die von seinen heißen Küssen geschwollen und verfärbt waren.

»Liebe mich, Adrienne«, forderte er stürmisch. »Liebe mich!«

Ihre einzige Antwort war ein kehliges Stöhnen.

»Sag mir, daß du mich willst, Mädchen«, verlangte er hungrig an ihren Lippen.

»Bitte...«, kam ihre erstickte Antwort, als sie ihre Augen fest zusammenpreßte. *Ich werde ihn in einer Sekunde stoppen. Es wird leichter, wenn ich ihn nicht ansehe.*

»Willst du mich, Adrienne?« fragte Hawk und hörte auf, sie zu küssen. Ihre Bitte reichte nicht als Antwort, er mußte sie die Worte sprechen hören, daß sie, selbst mit geschlossenen Augen, wußte, daß *er* es war auf ihr, daß *er* sie küßte.

Aber sie antwortete nicht, und ihre Augen blieben geschlossen. Hawk stöhnte und küßte sie erneut. Für einen Moment verlor er sich in Form und Geschmack ihrer verlokkenden Lippen. Doch Zweifel hämmerten auf ihn ein. Er wußte, daß er sie in ihrer sinnlichen, trunkenen Erregung wahrscheinlich noch immer heute nacht in sein Bett tragen könnte, wenn er in diesem Punkt nicht weiter beharrte. Doch er wollte Adrienne nicht in diesem unkontrollierten Zustand. Er wollte sie hellwach, völlig bewußt, und er wollte, daß sie ihn bat, sie zu berühren. Er wollte, daß sie ihn, ihm ebenbürtig, mit ehrlichem, schamlosem Verlangen ansah und die Worte sagte. Hawk zog seinen Mund von ihrem weg und atmete schwer.

»Öffne die Augen, Adrienne.« Er zwang sich, still zu liegen, seine Hüften starr gegen die verführerische Wölbung ihres Körpers.

Ein wortloser Moment flacher Atemzüge verging, ihre Lippen Zentimeter voneinander entfernt.

»Sieh mich an. Sage meinen Namen. Jetzt«, befahl Hawk.

Adriennes Augen öffneten sich nur leicht. *Zwing mich nicht, mich zu bekennen... Erbitte nicht soviel!* flehte sie stumm. Und erneut drängte ihr Körper aufwärts und bettelte ihn an, auf sie zu steigen und sie in ihrer trunkenen Erregung zu nehmen, so daß sie morgen so tun könnte, als wäre es nicht ihre Entscheidung gewesen.

»Sieh mich an und sage meinen Namen.« Seine Stimme wurde hart bei diesen Worten. Sein wundervoller, gemeißelter Mund schwebte nur ein Flüstern über ihrem.

Adrienne starrte ihn stumm an. Tränen brannten in ihren Augen und drohten, sich über ihre Wangen zu ergießen.

»Warum kannst du es nicht?« fragte er fordernd, und sein Dialekt war wie grober Sand über zerbrochenem Glas. »Ist es so unmöglich? Sidheach. Das ist alles, was du zu sagen brauchst. Oder James, sogar Lyon. Schloßherr Douglas wäre ausreichend!« Alles – außer Adam.

Adrienne starrte ihn an, und der Abscheu vor ihrer eigenen Schwäche würgte sie. Sie hatte nichts dazugelernt! Noch einen Zentimeter, noch eine kleine Bewegung, und sie wäre verloren wie noch niemals zuvor. *Wohin der Körper geht … wird das Herz folgen … sage seinen Namen, und küsse ihn noch einmal, und dann kannst du deiner Seele auch gleich den Abschiedskuß geben. Dieser Mann hat die Macht, dich auf eine Art und Weise zu vernichten, wie es Eberhard nie vermocht hätte.*

»Was ist nötig, damit du ihn vergißt?«

Und er dachte, es war Adam. Aber es war nicht Adam. Es war Eberhard. Und dieses Mal würde von ihr nichts übrigbleiben, wenn sie sich erneut zum Narren machte.

»Sage meinen Namen, Mädchen, um der Liebe Gottes willen!« dröhnte Hawk. Er zitterte vor knapp gezügelter Leidenschaft und Unglauben, daß sie so lustvoll auf ihn eingehen konnte, so ganz und gar, und trotzdem noch immer seinen Namen verweigerte. »Wenn es überhaupt noch eine Chance für mich gibt, Adrienne, ruf es mir zu! Wenn du noch nicht einmal meinen Namen aussprechen kannst, dann habe ich keine Aussicht, je deine Liebe zu erlangen!«

Seine letzte Bitte war der gequälte Schrei eines verwundeten Tieres; er legte ihr Herz offen.

Der Pulsschlag zuckte in seinem Hals, und sie hob die Hand, um ihre zitternden Finger dort hinzulegen. Härter und härter stählte sie ihr Herz, bis es hinter einem Gletscher aus Erinnerung und Trauer wieder sicher war.

Er schob ihre Hand weg.

»Sag es.« Er preßte seine Forderung durch zusammengebissene Zähne.

»Na, ist das nicht *rüüührend*. Ich werde ihr helfen.«

Olivias Stimme triefte vor Boshaftigkeit. »Nenn ihn einfach des Königs Hure«, säuselte sie. »So haben *wir* ihn immer genannt.«

* * *

Der Sturm, der in ihm tobte, erstarb genau in diesem Moment.

»Ist es wahr?« flüsterte Adrienne schließlich, die Augen geweitet und erfüllt von Schmerz. Von Schmerz und noch etwas anderem. Hawk sah den stummen Schrei in ihren schiefergrauen Tiefen. Er wollte es leugnen, den Alptraum beseitigen. Aber er wollte diese Frau nicht anlügen. Sie mußte ihn mit der ganzen Wahrheit annehmen, oder überhaupt nicht. Wenn sie ihn annahm, wenn er auch nur noch den Hauch einer Chance hatte, würde sie ihn vollständig besitzen. Bitterkeit schoß in ihm hoch und durchtränkte ihn mit einer Verzweiflung, die so allumfassend war, daß er vor Schmerz fast laut geschrien hätte.

»Man nannte mich des Königs Hure«, antwortete er ernst.

Schatten schossen hervor und zuckten über ihre irisierenden Silberaugen. Die Dunkelheit, die er geschworen hatte zu vertreiben, hatte er mit seinen eigenen Händen genährt.

Er rollte sich von ihr ab und erhob sich langsam, dann entfernte er sich in die Nacht, still wie ein Wolf, und ließ sie am Rande des Abgrunds mit seiner ehemaligen Mätresse zurück. Er hoffte, sie würde die boshafte Olivia einfach die Klippen hinabstürzen, aber er wußte, daß damit seine Probleme nicht gelöst wären. Denn wenn er richtig lag, würde seine Frau sich in kürzester Zeit in Adams Bett befinden.

Sie war für ihn verloren.

Besser, er hätte dieses Mädchen niemals kennengelernt, auf daß er niemals den süßen Rausch der Gefühle gekannt hätte, die loslösende Leidenschaft und die befreienden Flügel der Liebe, die daraus hätten erwachsen können.

In jener Nacht wanderte er ziellos umher, verloren in Erinnerungen an jene Zeit, als er unter dem Befehl seines Königs stand. Alles für Dalkeith und für seine Mutter, für Ilyssee und Adrian. Richtig, und für das glückliche Schottland, wenn sein König von Zeit zu Zeit gefährlich närrisch wurde. Nein, er hatte wirklich niemals eine Wahl gehabt.

Hawks Augen suchten den Nachthimmel nach einer Sternschnuppe ab. Er hatte vor, sich bei jeder einzelnen etwas zu wünschen, für den Rest seines Lebens, wenn nötig. Sicher könnten zehntausend Wünsche einen einzigen ungeschehen machen. Doch die Wolkendecke war zurückgekehrt und nicht ein einziges Flackern eines Sternes war zu sehen in der absoluten Dunkelheit, die ihn umgab.

Kapitel 17

»O meine Liebe, ich dachte, Ihr wüßtet!« überschlug sich Olivia.

»Fahrt zur Hölle«, sagte Adrienne leise, als sie sich aufzustehen zwang.

»Ich versuche nur, dir zu helfen –«

»Nein, das tut Ihr nicht. Die einzige Person, der Ihr zu etwas verhelfen wollt, seid Ihr selbst – und zwar zu einer gehäuften Portion meines Mannes.«

»Ach, ja. Dein edler Gatte. Bist du nicht neugierig auf seine Zeit bei Hofe?« säuselte Olivia einladend.

»Glaubt Ihr wirklich, ich wäre so dumm, Euch irgend etwas von dem zu glauben, was Ihr mir über ihn erzählt? Einer Frau wie Euch?«

Olivia verschlug es kurzfristig die Sprache, und sie stand da mit leicht geöffnetem Mund. »Und was genau willst du damit sagen?«

Adriennes schiefergrauer Blick traf kühl auf Olivias stark geschminkte, ovale Augen. »Nur, daß ihr genau die Art Frau seid, die ihren Erfolg mißt an den Männern, mit denen sie ins Bett geht, und an den Frauen, die sie beißt, und eines nahen Tages, in nicht allzu ferner Zukunft, Eurem Anblick nach zu urteilen, werdet Ihr nichts weiter sein als eine aufgeschwemmte unerwünschte alte Frau ohne Freunde. Und womit werdet Ihr Euch dann die Zeit vertreiben?« Noch vor Jahren hätte Olivia wohl zugeschlagen, aber mittlerweile konnte sie beinah nichts mehr aus der Fassung bringen.

»Was erlaubst du dir, *petite salope*!« spie Olivia aus. »Ich bot nur meine Hilfe an –«

»Indem Ihr uns folgt, uns bespitzelt und schließlich seine Vergangenheit anschneidet? Seine Vergangenheit ist vergangen, Olivia.« Adrienne war sich nicht bewußt gewesen, daß sie ihn verteidigte, bis sie sich selbst reden hörte. »Einige Menschen lernen aus ihrer Vergangenheit, werden besser und klüger. Mein Hawk hat das getan. Ihr seid wütend, weil Ihr wißt, daß er nicht mehr der Mann ist, der er einmal war. Wenn es anders wäre, wäre er mit Euch im Garten geblieben, anstatt den Abend damit zu verbringen, sich mit mir zu unterhalten.«

»Unterhalten? Er und ich pflegten ... uns ebenfalls ... auf diese Art zu unterhalten. Er ist nur zeitweilig für einen neuen Körper entflammt. Er wird darüber hinwegkommen. Und dann wird er in mein Bett zurückkehren.«

»Ihr irrt Euch«, sagte Adrienne ruhig. »Und Ihr wißt es. Das ist es, was Euch wirklich aufregt.«

»Alte Hunde lernen keine neuen Tricks, süßes kleines Dummchen«, spöttelte Olivia.

Adrienne schenkte der älteren Frau ein zuckersüßes Lächeln.

»Vielleicht nicht. Aber manchmal geben Hunde ihre alten Tricks ganz auf.«

»Du sprichst wie eine verliebte Frau. Dennoch wolltest du seinen Namen nicht aussprechen«, erklärte Olivia und hob ihre aufgemalten Augenbrauen.

Adriennes Lächeln verblaßte. »Ich spreche sowohl für meinen Gatten als auch für mich, wenn ich vorschlage, daß Ihr Dalkeith bei Tagesanbruch verlaßt, ob Eure Pferde ausgeruht sind oder nicht. Ihr seid hier nicht länger willkommen. Kommt nie wieder her.«

* * *

Ich suche mir aber auch immer wieder den Richtigen aus, oder? brütete sie, als sie sich vorsichtig den Weg durch den Garten bahnte.

Genau wie bei Eberhard, dem bootsdeckgebräunten Eliteplayboy, der sie so fehlerlos manipuliert hatte, war sie auch diesmal auf eine wundervolle Illusion hereingefallen. Wahre Schönheit mußte von innen kommen. Ein Mann, den man des Königs Hure nannte... Nun, welche Art von Schönheit gab es dort?

Schlimmer noch war allerdings der Gedanke daran, was sie vorgehabt hatte, was sie willentlich mit Hawk angestellt hätte, wäre Olivia nicht gekommen. Sein drängendes Bitten hatte ihre Abwehr völlig aufgehoben, und sie wußte ganz genau, hätte Olivia sie nicht gestört, würde sie sogar jetzt noch unter seinem unglaublichen Körper liegen – nichts anderes als eine weitere Eroberung der Hure des Königs.

Vielleicht ist es nicht so, Adrienne. Vielleicht kennst du nicht die ganze Geschichte, ließ eine leise Stimme sich in ihrem Herzen vernehmen.

Vielleicht will ich die ganze Geschichte überhaupt nicht kennen, schäumte sie. Sie ballte die Fäuste, bis sich die Fingernägel schmerzhaft in das weiche Fleisch ihrer Handflächen bohrten. *Ich will nach Hause,* klagte sie wie ein Kind, das sich verlaufen hatte. *Ich will Moonie.*

Das ist das einzige, das es wert ist, dorthin zurückzuwollen, dachte sie.

Frustriert atmete sie aus.

»Adrienne.« Seine Stimme kam so leise aus dem Dunkel

des hinteren Hofes, daß sie zuerst glaubte, sich geirrt zu haben.

Sie wirbelte herum und sah ihm in die Augen. Mondlicht fiel in breiten Strahlen durch die Bäume und warf einen silbernen Balken über sein scharf geschnittenes Gesicht.

»Laß mich in Ruhe, Hawk.«

»Was hat Olivia dir erzählt?« Die Worte klangen, als würden sie ihm gegen seinen Willen entrissen.

»Warum gehst du nicht und fragst sie? Es scheint, als hättet ihr zwei in der Vergangenheit ganz gut miteinander kommuniziert. Eine Art ›wortlose Kommunikation‹, wenn ich mich recht erinnere.«

»Adrienne, nicht«, stöhnte er.

»Warum nicht? Tut die Wahrheit so weh?«

»Adrienne, es war nicht so. Es war nicht ...« Seine Stimme verhallte, und er seufzte.

»Es war nicht was?« sagte sie eisig. Adrienne wartete. Würde er es erklären? Das Wort *Hure* konnte eine Menge unterschiedlicher Bedeutungen haben, von denen keine einzige appetitlich war. Sie wußte, daß er mit schönen Frauen zusammengewesen war, und mit vielen, nach dem zu urteilen, was ihr die Dienstmädchen des Comyn erzählt hatten – aber wie viele? Tausend? Zehntausend?

Als der Hawk nicht antwortete, setzte sie nach: »Bist du Olivias Geliebter?«

»Nein, Mädchen!«

»Warst du es?« zwang sich Adrienne zu fragen.

Hawk seufzte. »Es ist wahr, aber es ist lange her, und du kennst nicht die Umstände –«

Adrienne starrte ihn bohrend an. »Ich will die Umstände nicht kennen, unter denen du mit einer Frau wie ihr zusammen warst! Wenn du nur einen Funken von Urteilsvermögen hättest, hättest du niemals ... ihr Männer seid alle gleich!«

Hawks Stimme verdunkelte sich. »Gib mir eine Chance, Adrienne. Hör mir zu. Es ist nicht fair, mich für Dinge zu hassen, die andere Männer dir angetan haben mögen. Eine einzige Chance – das ist alles, worum ich dich bitte, Adrienne.«

»Ich habe dir schon zu viele Chancen gegeben. Laß mich in Ruhe, Hawk Douglas. Laß mich einfach in Ruhe!« Adrienne drehte sich auf dem Absatz um und rannte zum Schloß, bevor sie sich durch einen Tränenausbruch vor ihm erniedrigen konnte.

* * *

Sie träumte von Hawk und von dem Versprechen, das sie flüchtig in seinen Augen gesehen hatte. Der Hoffnung. Würde er sie noch wollen, wenn er ihre Vergangenheit kennen würde? Adriennes Psyche kämpfte im Schlaf verbissen mit ihren Zweifeln und Ängsten. Konnte sie es wagen, ihn zu lieben? Oder besser nicht? Ihr Herz war immer noch zu aufgewühlt. Ihr Verstand schauderte zurück vor der Möglichkeit weiterer Erniedrigung und Reue. Doch von Tag zu Tag konnte sie der Versuchung, ihren Widerstand aufzugeben, schwerer widerstehen. Wäre sie nur zu Hause in ihrem Kokon der Abgeschiedenheit. Wieder in Sicherheit, aber so einsam...

Ein Traum innerhalb des Traumes ließ sie plötzlich erinnern, wie sie hierhergekommen war, und sie verstand, wie sie nach Hause zurückkehren konnte. Der Weg, dem Hawk zu entkommen und all seinen unendlichen Versprechungen von Leidenschaft und Schmerz.

Die Wucht der Erinnerung ließ sie erwachen. Sie befreite sich aus dem seidenen Laken, durchschritt den Raum und starrte hinaus in die schwarze Nacht.

Eberhards Schachspiel.

Endlich konnte sie sich mit völliger Klarheit daran erinnern, womit sie sich beschäftigt hatte, kurz bevor sie durch die Zeit katapultiert worden war, um auf des Comyns Schoß zu landen.

Sie war in ihrer Bibliothek gewesen und hatte die Figuren von Eberhards Schachspiel aufgehoben.

Dieses verdammte Schachspiel war *wirklich* verflucht. Als sie es aus Eberhards Haus mitgehen ließ, hatte sie sich davor gehütet, die Figuren zu berühren. Eberhard hatte oft über den Fluch Witze gemacht, aber Adrienne zog es vor, Legenden, Flüchen und Mythen aus dem Wege zu gehen. Nachdem sie das Spiel entwendet hatte, hatte sie es eingepackt gelassen, mit der Absicht, es nur dann auszupacken, wenn sie es verkaufen müßte.

Sie wußte, daß sie die schwarze Dame in der Hand gehalten hatte, als sie auf Red Comyns Schoß aufgetaucht war, aber wohin hatte es die Figur danach verschlagen? Sie hatte sie auf jeden Fall nicht mehr. Hatte eines der Dienstmädchen sie an sich genommen? Würde sie dem widerlichen Red Comyn gegenübertreten müssen, um sie zurückzubekommen?

Niedergeschlagen schüttelte sie den Kopf. Die Figur mußte *irgendwo* auf Burg Comyn sein, und wo auch immer sie war, sie mußte alles daransetzen, sie zu finden. Diese Figur könnte sie nach Hause bringen.

Würde sie den Weg zurück zu Burg Comyn finden?

Natürlich, versicherte sie sich selbst.

Nachdem sie zweitausend Meilen über schäbige Seitenstraßen gereist war, würde Adrienne de Simone sich überall zurechtfinden. Aber schnell, solange sie sich noch im Schutz der Nacht befand. Und bevor ihre Entschlossenheit nachließ.

* * *

Dreißig Minuten später war sie fertig. Als sie auf Zehenspitzen durch die Küche schlich, fand sie einen Sack aus Wachstuch und füllte ihn mit knusprigen Broten, Käse und ein paar Äpfeln. Tavis schnarchte in seinem Stuhl bei der Tür, in der Hand ein halbvolles Glas mit – sie schnüffelte vorsichtig – reinem Getreideschnaps, dem Geruch nach zu urteilen. Noch ein kurzer Halt beim Grünen Gemach, wo sie die Stiefel zurückgelassen hatte, die Lydia ihr gegeben hatte, und sie wäre bereit, zu gehen.

Sie schlüpfte aus der Küche, eilte den kleinen Korridor entlang und stieß die Tür zum Grünen Gemach auf. Ihre Augen weiteten sich vor Entsetzen. Da schlief der Hawk, ein weißes Leinenlaken um die Beine gelegt, den Oberkörper frei für die Liebkosung des Morgens. Sein dunkler Kopf warf sich unruhig auf dem weißen Kissen hin und her, und er schlief allein – in seinen Armen das Kleid, das sie an dem Tag getragen hatte, als der Giftpfeil sie traf.

Sie nannten ihn des Königs Hure, ermahnte sie sich. Vielleicht gab es tatsächlich eine königliche Ernennung für einen solchen Posten. Oder vielleicht war er einfach so wahllos, daß er sich den Titel ganz alleine erworben hatte. Es spielte keine Rolle, sie wollte nie wieder eine von vielen sein.

Adrienne erspähte ihre Stiefel auf der Holzkiste am Fuße des Bettes. Die Augen vorsichtshalber abgewandt von ihrem schlafenden Ehemann, nahm sie sie vorsichtig von dem polierten Deckel aus Pinienholz und schlich auf Katzenpfoten zurück zur Tür, die sie leise hinter sich schloß.

Und jetzt kam der schwierige Teil. Überall im Schloß waren Wachen postiert. Sie mußte durch die Gärten fliehen, über die äußere Brücke zum Torhaus und dann durch den Ostturm. Sie war schon vor Schlimmerem davongelaufen, und durch üblere Gegenden. Sie würde es schon schaffen. Sie hatte es noch immer geschafft, wenn es ums Wegrennen ging.

Hawk öffnete die Augen einen Spalt weit und beobachtete, wie sie sich davonstahl. Er brummte düster und veränderte seine Haltung. Die Hände hinter den Kopf gelegt, starrte er einen langen Moment zur Tür.

Sie war dabei, ihn zu verlassen?

Niemals. Nicht, solange er lebte und atmete, und er hatte noch verflucht viel mehr Kampfeswillen, als sie glauben mochte.

Er erhob sich aus dem Bett und schnappte sich seinen Kilt, den er sich locker um die Hüfte knotete.

So war das also, dachte er verbittert.

Die ersten Hinweise auf etwas Unangenehmes in seiner Vergangenheit, und sie wollte wegrennen. Er hatte sie nicht für so sprunghaft gehalten. Er hatte gedacht, da schlummere eine Frau von glühendem Feuer unter ihrem seidig-weichen Äußeren, aber nur ein Hauch aus seiner dunklen Vergangenheit, und sie war bereit, ihn zu verlassen. Nach den Lustgefühlen, die sie so offensichtlich in seinen Armen ausgekostet hatte, dennoch – wegzulaufen.

Na, was hatte sie wohl gedacht, wo zum Teufel er gelernt hatte, Lust zu bereiten?

Oh, nein. Das nächste Mal, wenn seine Frau in seinen Armen läge, und es würde ein nächstes Mal geben, würde er einen von diesen Zigeunertränken einnehmen, um sich freizumachen. Dann würde er ihr wahrhaftig die Vorteile zeigen, die sie aus ebenjener Vergangenheit ziehen konnte, die sie so vehement ablehnte.

Er bot ihr seine Liebe an, frei und offen. Er, der niemals mehr gegeben hatte als körperliche Lust für eine kurze Zeit, für welches Mädchen auch immer, er bot dieser Frau sein Leben an.

Und dennoch wollte sie ihn nicht annehmen.

Und sie wußte nicht im geringsten, was es bedeutete, des

Königs Hure zu sein. Olivia hatte ihr davon erzählen wollen, dort unten, in den Gärten. Olivia, die so skrupellos Hawks Knechtschaft beim König ausgenutzt hatte, indem sie James ersuchte, dem Hawk zu befehlen, ihr die fleischlichen Genüsse zu bereiten, die er ihr zuvor verweigert hatte. Olivia, die James eine völlig neue Möglichkeit gegeben hatte, den Hawk zu erniedrigen. Die Erinnerung daran beschämte ihn und machte ihn wütend. Er verbannte diese Gedanken und die blinde Wut, die sie hervorriefen, durch eine entschlossene Anstrengung seines Willens.

Im Moment war es Adrienne, um die er sich kümmern mußte. Hawk schnaubte. Hatte sie sich auf den Weg gemacht, die Welt in den Armen des Schmieds zu entdecken?

Genau. Er war sich sicher, daß es so war.

In diesem Moment stieß Grimm die Tür auf und streckte den Kopf hinein, eine stumme Frage in den Augen.

»Hält sie sich Richtung Norden?« Hawks Gesicht war verbittert.

»Nein«, rätselte Grimm. »Das hatte ich auch erwartet, aber sie geht nach Osten.«

»Zum Torhaus? Allein?«

»Genau. Sie trägt nur ein kleines Bündel.«

»Er muß sie dort treffen«, überlegte Hawk. »Die Wache folgt?«

»Ja. In einiger Entfernung. Bis du deinen Befehl gibst.«

Hawk drehte ihm den Rücken zu und blickte in die erlöschende Glut. Sein Befehl. Sollte er sie gehen lassen? Konnte er? Und wenn sie sich mit Adam traf, wie wollte er sich zurückhalten, den Schmied nicht mit bloßen Händen zu töten? Nein. Besser, sie aufzuhalten, bevor er ihrem Verrat ins Auge blicken mußte.

»Was hast du über Adam in Erfahrung bringen können?« Hawk trat mit dem Fuß gegen den Kamin.

»Nichts, Hawk. Es ist, als ob er auf einem Feenwind eingeflogen kam und Wurzeln geschlagen hat. Es ist äußerst merkwürdig. Niemand weiß, woher er kam. Ich denke, Esmeralda kann uns am meisten über ihn erzählen, da sie sein Bett wärmt. Aber bis jetzt habe ich sie noch nicht aufspüren können.« Grimm rieb sich nachdenklich das Kinn. »Es scheint, daß Esmeraldas Leute ihr Lager von den Ebereschen im Norden auf die weit östlich gelegenen Weiden verlegt haben.«

Hawk wirbelte auf dem Absatz herum, und seine dunklen Augen sahen Grimm durchdringend an. »Die Roma verlegen nie ihr Lager. Sie bleiben im Sommer immer auf den nördlichen Weiden.«

»Nicht diesen Sommer.« Grimm zuckte mit den Schultern. »Äußerst merkwürdig. Es heißt sogar, daß das Samhain in diesem Herbst an einem neuen Platz gefeiert wird.«

»Seltsam.« Hawk überdachte diese neue Merkwürdigkeit. Aber er verbrachte nur einen Augenblick damit, an die Zigeunersippe zu denken, die auf Dalkeith lagerte – es gab Wichtigeres, womit er sich zu befassen hatte. Seine Frau war dabei, ihn zu verlassen. »Halte sie am Torhaus auf, Grimm. Ich werde in Kürze dort sein.«

* * *

Adrienne wußte, daß man ihr folgte.

Aus dem Schloß zu entkommen war genauso schwierig, wie aus einem Gefängnis zu fliehen. Sie hatte weniger Chancen, den Wachen zu entkommen, als sich erfolgreich ins 20. Jahrhundert zurück zu wünschen. Dieses Mal hatte sie noch nicht einmal einen Revolver.

Es war wie in der Nacht, in der Eberhard starb – einer Nacht, an die sie nie wieder zu denken sich geschworen hatte.

Sie hatte das alles nicht gewollt, doch es war geschehen. Sie hatte nicht einmal gewußt, was vor sich ging, bis zu der Nacht, in der sie schließlich herausfand, weshalb Eberhard sie immer in diese einsamen Ferien geschickt hatte. *So niedlich und leichtgläubig.* Hatte sie nicht gehört, wie er sie in jener Nacht so beschrieb, als sie unerwartet aus London zurückgekehrt war, in der Hoffnung, ihn zu überraschen?

Und überrascht hatte sie ihn wirklich.

Nachdem sie durch die Hintertür der Garage in sein luxuriöses Heim geschlüpft war, belauschte Adrienne eine Unterhaltung, die nicht für ihre Ohren bestimmt war.

Eine Unterhaltung, für deren Mithören er sie umgebracht hätte. Sie hatte noch nicht nach ihm gerufen, als sie die Hand an die Tür zu seiner Höhle legte. Gerards Stimme klang deutlich durch die Tür.

»Hat Rupert sie in London getroffen?«

Adrienne erstarrte. Sie sprachen über sie. Wie konnten sie wissen, daß Rupert in London war? Sie hatte ihn gerade gestern dort getroffen. Sie hatte noch nicht einmal Eberhard angerufen und ihm davon erzählt.

Sie war übernächtigt, es hatte sie den ganzen Tag und die halbe Nacht gekostet, nach Hause zu gelangen. Sie preßte ein Ohr an die Tür und lauschte neugierig.

Eberhard lachte. »Genau, wie wir es geplant hatten. Er hat ihr erzählt, er sei in der Stadt, um für seine Frau ein Geschenk zu kaufen. Du kennst Adrienne, sie hat ihm alles abgenommen. Sie ist so niedlich und leichtgläubig. Du hattest von Anfang an recht mit ihr, Gerard. Sie ist die perfekte Brieftaube. Und sie wird niemals dahinterkommen, was wir machen, bis es uns egal sein kann.«

Adrienne zuckte zusammen, die Hand festgefroren an der Tür.

»Und wenn sie geschnappt wird, Eb? Was wirst du dann tun?«

Eberhards Lachen ließ ihr das Blut gefrieren. »Ah, das ist das Schönste an der Sache. Sie werden die Akten aus dem Waisenhaus ausgraben. Ich nahm mir die Freiheit, sie ein bißchen überarbeiten zu lassen. Sie zeigen nun eine jugendliche Straftäterin, mit einem natürlichen Hang zu kriminellem Verhalten. Sie wird die Sache alleine ausbaden müssen. Es gibt nicht einen Cop in meiner schönen Stadt, der versuchen würde, Herrn Eberhard Darrow Garrett irgend etwas anzuhängen – dem freigebigen politischen Schutzherrn. Ich verlasse nie das Königreich New Orleans. Sie ist diejenige, die immer wieder ein- und ausreist.«

Adriennes Augen waren vor Schreck weit aufgerissen. *Was hatte er gerade gesagt?*

Gerard lachte. »Wir haben letzten Monat eine riesige Lieferung in ihrem Mercedes rausgebracht, Eb. Die Acapulco-Fahrt war einfach brillant.«

Lieferung? Adrienne dachte rasch nach. Lieferung von was? Geräuschlos trat sie von der Tür zurück.

Dumm. Leichtgläubig. Unschuldig. Was war so schlimm daran, unschuldig zu sein? fragte sie sich, als sie durch das dunkle Haus schlich und ihr Schluchzen unterdrückte. Zumindest war Ehre in der Unschuld. Zumindest hatte sie niemals jemandem weh getan, hatte niemals jemanden benutzt. Dann war sie vielleicht ein kleines Kind... leichtgläubig. Vielleicht fehlte ihr auch ein wenig gesunder Menschenverstand. Aber in anderen Belangen machte sie das mehr als wett. Sie hatte ein gutes Herz. Das sollte etwas zählen.

Unterdrückte Tränen schnürten ihr die Kehle zu. Hör auf, tadelte sie sich selbst. Konzentriere dich! Finde die Dame. Mach, daß du nach Hause kommst. Im 20. Jahrhundert werden keine Männer wie der Hawk hergestellt, und nach dem Hawk würde kein Mann je wieder eine Versuchung sein.

Das Torhaus erhob sich drohend vor ihr. Warum hatten sie sie nicht aufgehalten? Sie wußte, sie waren immer noch da. Vielleicht wollte er, daß sie sie gehen ließen. Vielleicht war sie so naiv und unbedarft gewesen, daß er tatsächlich kein Interesse an ihr hatte. Letztendlich würde ein Mann wie er keine Probleme haben, eine willige Frau zu finden.

Was sollte es des Königs Hure stören? Es würde immer eine andere Frau geben.

Wütend trat sie gegen einen Kiesel und beobachtete, wie er gegen die Mauer des Torhauses prallte. Würden sie das Fallgatter hochziehen und das Ausfalltor für sie öffnen? Den roten Teppich ausrollen, um ihren Abschied zu feiern?

Doch als sie in den Bogengang eintrat, trat Grimm aus dem Dunkel.

Sie blieb stehen, erleichtert.

Versuche es noch einmal, sagte sie zu sich. *Schreibe diese Szene noch einmal, Adrienne de Simone. Sie muß lauten: »Sie blieb stehen, wütend, an der Flucht gehindert zu werden.«*

Nein, definitiv erleichtert.

Sie seufzte und ließ die Schultern hängen. »Grimm, laß mich passieren. Es ist mein Leben. Beweg dich.«

Er schüttelte den Kopf. »Tut mir leid, Mylady.«

»Grimm, ich muß zurück nach Burg Comyn.«

»Warum?«

Sie musterte ihn einen Augenblick in dem anbrechenden Tageslicht. Er sah wirklich durcheinander aus, und seine Augen suchten unaufhörlich den nördlichen Außenhof ab, als ob er jemanden erwartete. »Weil ich Heimweh habe«, log sie. Nun ja, vielleicht nicht ganz eine Lüge – sie vermißte Moonie wirklich sehr.

»Ah!« Verständnis dämmerte in seinen angenehmen Gesichtszügen. Er stand vor ihr, breitbeinig, und hatte die muskulösen Arme vor der Brust verschränkt. »Sucht Ihr etwas?«

»Was?« Er konnte es unmöglich wissen! Oder doch? »Grimm, hat Lady Comyn – ich meine, meine Mutter – irgend etwas gesagt über ... nun ja ... etwas von mir, das ich dort zurückgelassen haben könnte ... zu Hause?«

»Zum Beispiel?« fragte Grimm, die Unschuld in Person.

»Ja, zum Beispiel?« wiederholte eine Stimme hinter ihr. Etwas in seiner Stimme hatte sich entscheidend verändert, und zwar zum Schlechten. Des Hawks samtenes Raunen hatte die Kälte von glattem, poliertem Stahl angenommen.

War sie verantwortlich für diese Veränderung?

»Bring sie in das Pfauenzimmer. Verschließ die Tür und bring mir den Schlüssel, Grimm.«

»Nein!« schrie sie, wirbelte herum und sah ihm ins Gesicht. »Ich muß gehen! Ich will zur Burg Comyn!«

»Wonach suchst du, Weib?« fragte er eisig.

Stumm forderte sie ihn mit dem Blick heraus.

Hawk murmelte einen düsteren Fluch. Konnte es wahr sein? Kam sie wahrhaftig aus der Zukunft und suchte nach einem Weg zurück nach Hause? Der Gedanke, daß sie ihn für Adam verlassen könnte, hatte ihn beinahe um den Verstand gebracht.

Aber, brütete er düster, *wenn es die schwarze Dame war, nach der sie trachtete, dann tat sie das mit Sicherheit aus einem ganz bestimmten Grund. Es war sehr wahrscheinlich, daß sie von einem anderen Ort, wenn nicht sogar aus einer anderen Zeit stammte, und daß sie glaubte, die schwarze Dame könne sie von ihm wegbringen.*

Es gibt einen Weg, das herauszufinden, entschied er.

»Ist es das, was du suchst, Mädchen?« fragte er, als er die Schachfigur aus seiner Felltasche zog und vor ihre sich weitenden Augen hielt.

Kapitel 18

»Komm, Mädchen.« Der Befehl war tonlos und unmißverständlich gefährlich. Und selbst jetzt ließ der bloße Klang seiner Stimme sie erschaudern vor Verlangen. Die aufsteigende Hitze nahm ihr den Atem. »Hawk –«

»Nicht.« Das Wort war eine Warnung. »Jetzt. Nimm meine Hand.«

Was hatte er vor? jagte es durch ihren Kopf. Sie spürte, wie Grimm näher an sie herantrat, um sie in Hawks Richtung zu drängen.

»Warte!« Sie streckte eine Hand aus, um ihn fernzuhalten.

»Bewegt Euch, Lady«, sagte Grimm leise.

»Schließ mich nicht in ein Zimmer ein!«

»Wie sollte ich nicht?« spöttelte Hawk. »Wo ich jetzt weiß, daß du an einen Ort zurückkehren wolltest, an dem du scheinbar wenig Freude hattest – dennoch wolltest du lieber dort sein als hier bei mir!«

»Du glaubst nicht, daß ich aus der Zukunft komme!« keuchte sie.

»Ich fange an, es zu glauben«, knurrte er. »Wie, denkst du, habe ich hiervon erfahren?« Die schwarze Dame glänzte in seiner Hand.

Sie zuckte mit den Schultern. »Wie?«

»Du, mein holdes Weib, sprachst darüber, als du vergiftet warst. Als du ängstlich und aufgezehrt versuchtest, sie zu finden – «

»Aber ich erinnerte mich gerade jetzt erst.«

»Dein schlafender Verstand erinnerte sich früher.«

»Aber wie bist *du* daran gekommen?«

Es war Grimm, der es ihr erklärte. »Lady Comyn sah sie aus Eurer Hand fallen, in der Nacht, in der Ihr aufgetaucht seid, wie sie behauptet.«

»Aber wie –«

»Lady Comyn vertraute sie mir nach der Trauung an. Ich gab sie dem Hawk.«

»Sie hat zugegeben, daß du nicht ihre leibliche Tochter bist. Ich kann keinen Grund sehen, weshalb sie in diesem Punkt lügen sollte.« *Es sei denn, Burg Comyn leidet unter irgendeinem seltsamen, ansteckenden Wahnsinn,* dachte er grimmig. »Wird sie dich tatsächlich dahin zurückbringen, wo auch immer du hergekommen bist?« fragte der Hawk vorsichtig.

»Ich glaube schon. Soviel ich weiß, hat sie mich hierhergebracht«, sagte sie, den Blick auf den gepflasterten Pfad gerichtet.

»Und dein Plan war, sie zu nehmen und nach Hause zu gehen, Mädchen? Du plantest, Dalkeith zu verlassen, ganz allein?«

»Nein! Mit deiner Mutter, Hawk!« fuhr sie ihn giftig an. »Natürlich allein.«

»Also warst du auf dem Weg nach Burg Comyn, um dir diese Schachfigur zu verschaffen und zu versuchen, dahin zurückzukehren, wo du hergekommen bist? Dies war dein Plan für heute nacht?« Sie bemerkte nicht den warnenden Ton in seiner Stimme.

»Ja, Hawk. Ich gebe es zu. In Ordnung? Ich wollte es versuchen. Ich bin nicht sicher, ob es klappen wird, aber diese Figur ist das letzte, was ich in der Hand hielt, bevor ich hier landete, und eine Legende besagt, daß das Schachspiel verflucht ist. Ich kann mir nicht vorstellen, wie ich sonst hierhergekommen sein sollte. Wenn sie mich hergebracht hat, könnte sie mich genausogut wieder zurückbringen.«

Der Hawk lächelte kühl. Er drehte die Dame in seiner Hand und untersuchte sie vorsichtig. »Wikingisch«, grübelte er. »Wunderschönes Stück. Gut gearbeitet und gut erhalten.«

»Glaubst du mir jetzt, Hawk?« Sie mußte es einfach wissen. »Daß ich tatsächlich aus der Zukunft stamme?«

»Es sei hier nur soviel gesagt – ich gedenke nicht, irgendwelche Risiken einzugehen.« Er glaubte immer noch nicht so recht, aber fraglos wollte er lieber sichergehen, bevor er es später bereuen mußte.

Er drehte sich abrupt um und stapfte davon in Richtung der Gärten. »Bring sie, Grimm«, rief er über die Schulter, fast beiläufig.

Aber Grimm brauchte sie nicht irgendwohin zu bringen. Tausend Alarmglocken schrillten in ihrem Kopf, und sie rannte hinter ihm her, um ihn einzuholen. Sein behutsamer Ton, sein eiskaltes Verhalten, seine Fragen. Er hatte alles geschickt zusammengefügt, bis es ein vollständiges Bild ergab. Der Hawk war kein Mann, dem es an Intellekt und Zielstrebigkeit fehlte. Sie hoffte nur, daß sie seine Zielstrebigkeit jetzt mißverstand.

»Hawk!« schrie sie.

Hawks Schultern zogen sich zusammen. Er hatte den Zustand des Zornes bereits hinter sich gelassen und war eingetaucht in das Reich eisiger Entschlossenheit. Er wußte, was er zu tun hatte, als er anfing zu rennen, durch die Gärten, über den Außenhof, in den errötenden schottischen Morgen hinein. Bis es getan war, konnte er sich nicht leisten, daß sie ihn berührte, ihm ihre süßen Hände auf die Schultern legte und bettelte. *Ich werde kein Risiko eingehen, wenn es um meine Frau geht.*

»Warte!« Adrienne begann zu rennen, und Angst packte ihr Herz, als sie erkannte, daß er schnurgerade auf das nördliche Ende des Geländes zusteuerte, wo das Schmiedefeuer hell loderte.

»Nein, Hawk!« schrie sie, als er in den Gärten verschwand. Ihre Füße flogen, als sie durch das üppige Grün stürzte und über die Beete mit Anemonen und purpurfarbener Iris raste. Sie sprang über die niedrigen Steinwälle, schlug sich dornige Rosenzweige aus dem Gesicht und riß sich ihre weichen Handflächen auf, bis sie aus den Gärten hervorbrach, nur um ihn Dutzend Längen voraus zu sehen.

Nach Luft schnappend, beschwor sie jedes Quentchen an Laufstärke, das sie besaß. Wenn sie es überhaupt schaffte, würde es knapp werden – zu knapp.

Von einem Fenster hoch oben beobachtete Lydia die Szene.

Gegen den Schmerz in ihren unseligen Muskeln ankämpfend, versuchte Adrienne verzweifelt, Hawk einzuholen, aber es war zu spät – er stand bereits neben Adam an der hell leuchtenden Feuersglut.

Keuchend stürzte sie vorwärts, als Grimms Hand ihr Cape ergriff. Er riß an dem Stoff und zog sie zurück. Der Umhang zerriß, und sie stürzte. Als sie zu Boden fiel, schrie sie: »Hawk, tu es nicht!«

»Vernichte das hier«, befahl Hawk Adam.

»Nein!« kreischte Adrienne.

Adam warf einen kurzen Blick auf die gefallene Schönheit. »Es hat fast den Anschein, daß die Dame anders darüber denkt.«

»Ich bat dich nicht um deine Meinung, Adam Black, und ich gebe einen feuchten Dreck darauf, was die Dame denkt.«

Adam lächelte schelmisch. »Ich nehme an, Ihr habt es nicht geschafft, dem Falken den Fußriemen anzulegen, Lord Hawk?«

»Verbrenn sie, Schmied. Bevor ich mich daran ergötze, dich einzuäschern, anstelle der Dame.«

»Adam! Nein!« flehte Adrienne.

Adam schien die Situation einen Augenblick zu überdenken, dann, mit einem seltsam triumphierenden Blick, zuckte er mit den Schultern und warf die Figur ins Schmiedefeuer.

Für Adrienne, flach auf dem Boden liegend, schien sich alles in Zeitlupe abzuspielen.

Sie beobachtete voller Entsetzen, wie die schwarze Dame durch die Luft segelte und in den glühenden Kohlen versank. Adrienne unterdrückte ein Schluchzen, als die Flammen gierig an der Schachfigur leckten. Ihr einziger Ausweg war zerstört.

Hawk seufzte vor Erleichterung. Adrienne brach auf dem Boden zusammen und starrte blicklos auf die Erde. Die schwarze Dame war verbrannt, das harte afrikanische Holz war kein Gegner für die Glut, die heiß genug war, um Stahl zu schmieden.

Keine Moonie. Kein Weg nach Hause.

Sie war hier im Jahre 1513 – mit ihm – für immer.

Adam gab einen Laut von sich, der um eine Schattierung zu düster war, um als Lachen zu gelten, während er sich näher zum Hawk lehnte. Nahe genug, daß nur der Hawk seine leisen, spottenden Worte vernahm: »Jetzt wird sie schon bald mein Bett wärmen, Hawk, du Narr.«

Hawk zuckte zusammen. Der Schmied hatte recht. Seine Frau würde ihn hassen für das, was er getan hatte.

»Was zum Teufel suchst du überhaupt mitten in der Nacht am Schmiedeofen?« fuhr Hawk ihn an.

Adam grinste verschlagen. »Ich bin ein steter Wanderer der Nacht. Außerdem kann man nie wissen, was für einmalige Möglichkeiten sich bieten werden.«

Hawk knurrte den Schmied an.

Hinter seinem Rücken hörte er, wie Adrienne sich mühsam auf ihre unsicheren Füße rappelte. Schwer ging ihr Atem vom Rennen, vielleicht auch durch den Schock. Ungerührt starrte der Hawk in schroffem Schweigen in das Schmiedefeuer. Adriennes Stimme bebte vor Wut.

»Eins sollt Ihr wissen, Lord Douglas, und das ist alles, was Ihr je zu wissen braucht. Vergeßt es nicht, solltet Ihr eines Tages denken, ich hätte meine Meinung geändert. Ich werde sie nicht ändern. Ich *verachte* Euch. Ihr habt mir etwas genommen, wozu Ihr kein Recht hattet. Und es gibt nichts, was Ihr *jemals* tun könntet, damit ich Euch verzeihe. Ich *hasse* Euch!«

»Verachte mich so, wie du mußt«, sagte er ruhig, immer noch ins Feuer starrend. »Aber jetzt kannst du mich niemals mehr verlassen. Das ist alles, was zählt.«

LUGHNASSADH
(Mittsommer)

Mischt ihr alle, mischt am Schwalle!
Feuer, brenn, und Kessel, walle!

SHAKESPEARE, *Macbeth*

Kapitel 19

Das Zwielicht kroch mit purpurner Ungeduld aus dem Ozean hervor über die Klippen und tauchte die Mauern von Dalkeith in tiefes Karmesin. Von seinem Arbeitszimmer aus beobachtete Hawk durch die geöffneten Türen an der Westseite das Einsickern der Nacht.

Sie stand am Rande der Klippen, bewegungslos, ihr samtenes Cape wurde ruhelos vom Wind hin- und hergerissen. Woran dachte sie nur, während sie blind auf die See hinausstarrte?

Er wußte, woran *er* denken würde – daß selbst der Wind versuchte, sie zu entkleiden. Er quälte sich selbst mit der Erinnerung an die erregenden rosafarbenen Spitzen, von denen er wußte, daß sie unter der Seide ihres Kleides ihre Brüste krönten. Ihr Körper war für diese Zeit geschaffen worden, für anschmiegsame Seide und weichen Samt. Um eine vortreffliche Schloßherrin abzugeben. Um einem stolzen Krieger zur Seite zu stehen.

Was zur Hölle sollte er nur tun? So konnte es nicht weitergehen.

Er hatte versucht, sie zu provozieren, in der Hoffnung, daß sie ihn wütend machte, so daß er den Kopf verlieren und sie mit seinem Körper bestrafen könnte. Doch ein ums andere Mal hatte sie ihm nur kühle Höflichkeit entgegengebracht, wenn er sie bedrängt hatte, und mit einer solchen Art von Entgegnung konnte ein Mann verdammt noch mal nichts anfangen. Er wirbelte weg von der Tür und preßte die Augen zusammen, um all die quälenden Erinnerungen an die Erscheinung seiner Frau auszulöschen.

Wochen waren vergangen seit jenem Tag bei der Schmiede – Wochen, angefüllt mit leuchtenden Tagen und traumhaften Morgendämmerungen, rubinfarbenen Nächten und Mittsommerstürmen. Und in jenen vorüberziehenden Tagen, diesen Juwelen von Schottlands Sommer, gab es tausend Wunder, die er mit ihr teilen wollte.

Verflucht! Er hämmerte mit der Faust auf den Schreibtisch und ließ Papiere flattern und Statuen umfallen. Sie war sein Weib. Es gab für sie keinen Weg zurück, wo auch immer sie hergekommen war. Wann würde sie das endlich begreifen und das Beste daraus machen? Er würde ihr geben, was sie wollte. Alles, außer ihn zu verlassen. Das niemals.

Sein Leben hatte alle Wesenszüge einer vergoldeten Hölle auf Erden, und er konnte keinen Ausweg finden.

So schnell, wie der Zorn ihn befallen hatte, verflüchtigte er sich auch wieder.

Adrienne. Stumm formten seine Lippen ihren Namen. Wie sind wir nur in diese Sackgasse geraten? Wie habe ich das nur anrichten können?

* * *

»Geh mit mir spazieren, Mädchen«, sagte er leise, und sie wirbelte am Rand der Klippen herum, ein atemberaubendes Flackern aus Silber und Kobaltblau. Seine Farben. Die Farben der Douglas. Unwissend, so schien es, trug sie sie häufig, oder wußte sie, daß sie in lebendiger Ausführung das Karomuster des Clans der Douglas zeigte? Und daß kein

Name sie mit größerer Sicherheit als seine Lady ausweisen könnte?

Mit einer Handbewegung ließ er die Wachen wegtreten. Er mußte sich kostbare Momente mit ihr allein erschleichen, bevor er abreiste. Nach Stunden inneren Kampfes hatte er sich zu einigen Entscheidungen durchgerungen. Das erste und wichtigste war seine längst überfällige Visite in Uster, einem seiner vielen Lehensgüter und zugleich das unbequemste. Er konnte einfach nicht länger in seinem Liebeskummer seinen Besitz vernachlässigen. Der Herr hatte sich gelegentlich zu zeigen und hatte sich um die Belange seiner Dorfbewohner zu kümmern.

Davon abgesehen kam er hier nicht weiter. Sollte sie in seiner Abwesenheit Adam wählen, dann konnte er endlich innerlich sterben und fortfahren mit dieser Vortäuschung von Leben. Genauso hatte er die ersten dreißig-und-ein-paar Jahre überlebt. Was für ein Narr war aus ihm geworden, zu erwarten, daß der Rest seines Lebens so anders werden würde?

»Schloßherr Douglas.« Mit dieser Anrede versetzte sie ihm einen Schlag.

Schweigend gingen sie zusammen an der Felskante entlang, in Richtung des Waldes.

»Ich werde eine Weile fort sein«, sagte er schließlich, als sie in den Wald traten.

Adrienne verkrampfte sich. Meinte er das ernst? »Wohin gehst du?« Und wieso störte es sie so sehr?

Er zog scharf den Atem ein. »Uster.«

»Was ist überhaupt Uster?«

»Eines meiner Lehensgüter. Siebzehn Lehensgüter gehören zu Dalkeith. Uster umfaßt die Dörfer Duluth und Tanamorissey, und ihre Bewohner sind ein zügelloser Haufen. Sie haben schon Scherereien gemacht, als noch des Königs Männer Dalkeith hielten.«

Als des Königs Männer Dalkeith hielten.

Als ihr Ehemann des Königs Hure war.

In den letzten Wochen hatte sich die Hitze von Adriennes Wut abgekühlt und einen nagenden Schmerz hinterlassen. Hawk hatte sie weitgehend gemieden, mit Ausnahme der gelegentlichen Zwischenfälle, bei denen er scheinbar versuchte, aus irgendwelchen Gründen mit ihr einen Streit vom Zaun zu brechen. Sie hatte fast damit gerechnet, daß er sie in sein Zimmer einschloß, aber seit jener furchtbaren Nacht hatte er sich vorsichtig in sein Arbeitszimmer an der Seeseite zurückgezogen. Dort hatte er jede Nacht verbracht – so still, so schön, und so allein.

»Hawk?« begann sie zögerlich.

»Ja?«

»Was genau hat des Königs Hure getan?«

Hawk verkrampfte sich. Konnte dies die Chance sein, auf die er gewartet hatte? Vielleicht durfte er trotz allem noch hoffen. Sein Lachen war voll von bitterer Selbstverhöhnung. »Bist du ganz sicher, daß du das wissen möchtest, liebliche Adrienne?«

* * *

Hinter einer riesigen Eiche lauernd, studierte Esmeralda Adriennes silbrig-blonde Mähne, ihre silbrigen Augen und ihr strahlendes Gesicht. Was sah der Hawk nur in diesem dürren, fahlen Mädchen, was er nicht in Esmeraldas üppiger Umarmung finden konnte?

Zum ersten Mal seit Wochen waren die Wachen abgezogen, und das Miststück lief ungeschützt herum, so daß Esmeralda zuschlagen und dann in den Schutz des dunklen Waldes flüchten konnte. Ihr geliebter Hawk würde möglicherweise eine Zeit der Trauer erleiden müssen, aber in Esmeraldas

Armen würde er Trost und süße Leidenschaft finden, sobald die Erde über Adriennes Grab zur Ruhe gekommen wäre.

Sie hob den Pfeil, ihre Hand zitterte. Mit finsterem Blick grub sie die eingekerbte Spitze in ihre Handfläche, bis das Blut über ihre goldbraune Haut floß. Sie verzog vor Schmerz das Gesicht, aber es beruhigte ihre Nerven. Dieses Mal würde sie *nicht* versagen. Esmeralda hatte ihre Waffe sorgfältig ausgesucht. Gift hatte sich als zu unsicher erwiesen – ihr gezogener und gespannter Bogen würde den Pfeil zuverlässig losschicken, mit genügend Wucht, um in Fleisch und Knochen von Adriennes Brust steckenzubleiben.

Esmeralda kniete sich hin und wickelte die lederne Sehne enger. Sie legte den Pfeil in die Kerbe und legte an, als Adrienne auf eine Lichtung trat. Sie kam beinah ins Wanken, als sie den Ausdruck in Hawks Gesicht sah, als er seine Frau anblickte. Er liebte Adrienne, wie Esmeralda *ihn* lieben wollte: mit einer wilden, fordernden, grenzenlosen Leidenschaft. Mit dieser Erkenntnis verflog jegliches Mitgefühl, das Esmeralda für Adrienne hätte empfinden können. Sie spannte den Bogen und zielte auf Adriennes Brust. Mit einem leisen *Wuusch* schnellte der Pfeil von der Sehne.

Esmeralda unterdrückte einen Aufschrei. In letzter Sekunde drehte der Hawk sich um, fast so, als habe er sie im Dunkeln lauern sehen oder den Flug des Pfeils gespürt. Er bewegte sich. Nein!

* * *

»Ummmf!« Adrienne stöhnte, als Hawk ihr einen kräftigen Schlag ins Gesicht versetzte und sie gegen einen Baum schleuderte.

Adrienne rang mit seinem Rücken, aber er war ein unbeweglicher Berg. Beabsichtigte er so, sie zurückzugewinnen?

Nach Wochen vorsichtiger Zurückhaltung brachte er sie in den Wald, um sie zu vergewaltigen?

»Unnf!« Sein Atem zischte leise, und sie stieß härter gegen seinen Rücken. »Was tust du, Hawk?« wollte sie wissen, aber er antwortete noch immer nicht.

Hawk erschauderte und kämpfte gegen die Schmerzen an, während seine Augen die Bäume absuchten. Er spürte, wie ihn die Kräfte verließen, aber er konnte der Schwäche noch nicht nachgeben. Nicht, solange er denjenigen, der versuchte, seine Frau zu töten, nicht gefunden und zur Strecke gebracht hatte. Doch die Sträucher blieben still. Der Attentäter war geflohen, aus welchem Grund auch immer. Hawk spürte, wie Erleichterung ihn durchströmte, als das Blut aus seiner Wunde floß.

Er taumelte und brach vor Adriennes Füßen zusammen, und sie schrie und schrie.

* * *

Im Dunkeln preßte sich Esmeralda eine Faust auf den Mund. Sie konnte spüren, wie Hawks Augen genau den Platz absuchten, an dem sie kauerte. Aber die Schatten waren selbst für seine Augen zu dicht, als daß er sie hätte durchdringen können.

Er drehte sich, und von der Seite konnte sie den Pfeil sehen, der durch die Wucht des Aufpralls immer noch vibrierte, direkt über seinem Herzen. Sie schloß die Augen und schluckte krampfhaft. Sie hatte ihn umgebracht! Der Pfeil war gemeingefährlich gezackt und konnte unmöglich entfernt werden, ohne seinen Brustkorb aufzureißen. Sie hatte ihn absichtlich so geformt, daß er beim Entfernen noch mehr Schaden anrichtete als beim Eindringen. So hatte sie sichergehen wollen, daß er sein Opfer spätestens beim Entfernen tötete. Esmeralda verschmolz mit dem Waldboden und kroch durch das Unterholz, bis sie die Gewißheit hatte, in Sicherheit zu sein. Dann sprang sie auf die Füße und rannte blindlings los, ihr Bogen vergessen auf dem feuchten Boden des Waldes. Äste schlugen ihr ins Gesicht. Ein Schrei sammelte sich und klumpte sich in ihrer Kehle zusammen. Als sie über einen gefällten Baumstamm sprang, schluckte Esmeralda ein bitteres Schluchzen hinunter.

Eine Hand schoß hervor, schnell wie ein Blitz, und brachte sie zum Stehen. Mit schmerzhaftem Griff hielt Adam ihren Hals umfaßt und zog sie zu sich heran.

»Wo bist du gewesen, geliebte Hure?« Seine Augen waren übernatürlich hell.

Sie keuchte ihm ins Gesicht. Adam stierte sie an und schüttelte sie brutal. »Ich sagte, wo bist du gewesen?«

Als sie immer noch nicht antwortete, ließ Adam seine Hand ihren Hals hinauf zu ihrer Kehle gleiten und drückte zu. »Dein Leben bedeutet mir nichts, Zigeunerin.« Seine Augen waren so eisig wie seine Stimme.

Zögernd erzählte Esmeralda ihm alles und flehte Adam an, den Mann zu retten, den sie liebte, seine übernatürlichen Kräfte einzusetzen und sein Leben zu retten.

Also kannte sie seine Identität. Er war nicht überrascht. Die Roma besaßen ein großes Wissen über die urzeitlichen Pfade. »Wenn du weißt, wer ich bin, Zigeunerhure, dann weißt du auch, daß ich einen Dreck auf deine Wünsche gebe – oder auf die eines anderen, nebenbei bemerkt. Und mit Sicherheit kümmert mich nicht dein hübscher Hawk. Tatsächlich ist der Hawk der Hurensohn, den ich gekommen bin zu vernichten.«

Esmeralda erbleichte.

»Komm«, befahl er. Und sie wußte, daß er es nicht so meinte wie früher. Jetzt nicht mehr.

Kapitel 20

»Was soll das heißen, er will mich nicht sehen? Ich wünsche ihn zu sehen, also laß mich hinein«, argumentierte Adrienne. »Es sei denn, natürlich, er hat dir den Befehl gegeben, daß er ausdrücklich *mich* nicht im Zimmer haben möchte«, fügte sie gelassen hinzu. Hawk würde das nie tun.

Grimm rührte sich nicht.

»Das würde er nicht tun! Das kann nicht dein Ernst sein. Er ... er ...« Ihre Stimme verhallte, unsicher. Der Hawk würde sie nicht zurückweisen. Nun ja, bis jetzt hatte er es nicht getan, aber ...

Mit ernstem Blick blockierte der unbeugsame Grimm die Tür.

Adrienne sah ihn forschend an. »Willst du mir erzählen, daß es mir verboten ist, die Gemächer meines Mannes zu betreten?«

»Ich habe meine Befehle, Mylady.«

»Ich bin seine *Ehefrau*!«

»Nun, wenn ihr Euch verdammt noch mal wie seine Ehefrau benommen hättet, wäre er vielleicht jetzt nicht hier drin!«

Grimms Augen blitzten wütend aus seinem scharf geschnittenen Gesicht.

»Oh!« Adrienne trat einen Schritt zurück, erschrocken über seine Wut.

»Ich habe meinem Freund ein schweres Unrecht angetan. Ich wünschte ihm etwas Furchtbares, was ich nun aus ganzem Herzen zurücknehmen würde, wenn ich nur könnte. Doch ich kann nicht.«

»*Du* hast es also gewünscht!« rief Adrienne aus.

Beharrlich fuhr Grimm fort: »Und hätte ich gewußt, wie furchtbar mein Wunsch war, welch weitreichende und schmerzhafte Folgen er nach sich ziehen würde, hätte ich eher mein eigenes Leben gegeben. Ich bin kein Gardehauptmann.« Er spuckte seine Abscheu auf die gepflasterten Steine. »Ich bin kein ehrenwerter Freund. Ich bin der letzte Abschaum. Ich habe Euch meinem besten Freund gewünscht. Mögen die Götter mir vergeben! Und jetzt liegt er da, verwundet von einem Pfeil, der für Euch bestimmt war!«

Adriennes Augen weiteten sich in ihrem fahlen Gesicht. »Ich bin nicht so schlecht«, flüsterte sie.

»Ihr, Mylady, seid eine eiserne Jungfrau ohne Herz. Ihr habt ihm nichts als Schmerz bereitet, seit Ihr hierherkamt. In all den Jahren, die ich mit dem Hawk verbracht habe, habe ich niemals so viel Leid in seinen Augen gesehen, und ich werde das nicht einen Tag länger tolerieren. Er würde den Himmel erklimmen und die Sterne einzeln pflücken, um sie Euch zu Füßen zu legen. Und ich sage ihm, daß Ihr es *nicht* wert seid. Ihr verhöhnt seine romantischen Gefühle, Ihr weicht seiner freimütig angebotenen Liebe aus, Ihr verachtet den Mann selbst. Erzählt mir nicht, Ihr seid nicht so schlecht, Adrienne de Simone. *Ihr* seid das Schlimmste, was diesem Mann je passiert ist.«

Adrienne biß sich auf die Lippe. Grimms Haltung war so einseitig! Was war mit all den unfairen Dingen, die Hawk ihr angetan hatte? Sie war die Unschuldige!

»Er hat meine Dame verbrannt! Er hat meine Freiheit genommen, und er hält mich hier gefangen.«

»Weil Ihr ihm etwas bedeutet und er Euch nicht verlieren will! Ist das etwas so Schreckliches? Er gab seinen Körper, um Euer Leben zu retten. Er stellte sich wie ein Schild schützend vor Euch und nahm den Pfeil, der für Euch bestimmt war. Nun, ich meine, es wäre besser gewesen, wenn er ihn Eure Brust hätte finden lassen. Es würde seine Qualen beenden, und er würde nicht innerlich oder äußerlich verbluten!«

»Ich habe ihn nicht gebeten, mich zu retten!« protestierte sie.

»Das ist genau der Punkt. Ihr *mußtet* ihn nicht darum bitten. Er gab sein Leben aus freien Stücken. Wie er Euch alles geben würde. Doch Ihr verdammt ihn, obwohl Ihr *nichts* wißt über den mächtigen Hawk! Sagt mir, hättet Ihr den Pfeil auf ihn zufliegen sehen, hättet Ihr Euer Leben für seins geopfert? Ich sehe in Euren Augen, daß Ihr es nicht getan hättet. Es tut mir leid, daß ich ihm Euch gewünscht habe, und bei jedem Stern, in jeder Nacht für den Rest meines wertlosen Lebens werde ich wünschen, das Unrecht, das ich getan habe, ungeschehen zu machen. Nun geht mir aus den Augen. Der Hawk wird Euch jetzt nicht empfangen. Vielleicht nie wieder. Und er tut gut daran. Vielleicht wird er in der Zeit ohne Euch auf mehr als eine Art gesund werden.«

Adrienne hob stolz den Kopf und sah ihm in die glühenden Augen. Sie weigerte sich, den Schmerz zu zeigen, der sich um ihr Herz legte. »Sag ihm, daß ich ihm danke, daß er mich geschützt hat. Sag ihm, daß ich morgen wiederkommen werde, und am nächsten Tag und am nächsten, bis er mich empfängt und mir erlaubt, ihm persönlich zu danken.«

»Ich werde ihm nichts dergleichen ausrichten«, sagte Grimm geradeheraus. »Ihr seid nicht gut für ihn, und ich werde ihn nicht nach Eurer Pfeife tanzen lassen.«

»Dann sagt ihm wenigstens, daß es mir leid tut«, sprach sie leise. Und aus ganzem Herzen.

»Ihr habt nicht genug menschliches Mitgefühl, als daß es Euch leid tun könnte, Mädchen. Herz aus Eis in einem Körper aus Feuer. Ihr seid das Übelste. Ihr bringt einem Mann nichts außer einem kurzen Schlückchen Süße und dann ein Faß voll bitterem Dreck.«

Adrienne antwortete nicht, bevor sie über den düsteren Korridor geflüchtet war.

* * *

»Wo ist sie? Geht es ihr gut? Wer paßt auf sie auf?«

Hawk warf sich unruhig im Bett hin und her und trat die Bettdecke weg.

»Es geht ihr gut, Hawk. Zwei Wachen stehen vor dem Pfauenzimmer. Sie schläft.«

Grimm hantierte nervös an der Whiskyflasche, die der Heiler an der Bettkante hatte stehenlassen, und goß sich einen großen Schluck in sein Glas. Er bewegte sich ruckartig und stellte die Flasche neben den Kamin.

Hawk beobachtete Grimm voller Verwunderung. Sein loyaler Freund schien ungewöhnlich angespannt zu sein – wahrscheinlich machte er sich Vorwürfe, daß er nicht zur Stelle gewesen war, um den Anschlag zu verhindern, entschied Hawk. Er betrachtete aufmerksam seine bandagierte Hand. »Sie hat nicht nach mir gefragt, Grimm?«

Die Stille wuchs, bis Hawk widerwillig den Blick von seiner Hand auf Grimms starres Profil richtete. Als Grimm schließlich von den Flammen aufblickte, erschrak der Hawk vor der Traurigkeit, die er in jeder Falte des Gesichtes seines besten Freundes lesen konnte. »Sie hat nicht einmal gefragt, ob ich gesund werde? Wohin der Pfeil getroffen hat? Irgend etwas?« Hawk versuchte, seine Stimme zu beherrschen, aber sie schlug verletzt um.

»Es tut mir leid.« Grimm leerte sein Glas und schürte die rotglühenden Holzscheite im Kamin mit seiner Stiefelspitze.

»Verfluchte Hölle, das Mädchen ist aus Eis!«

»Ruhig, Hawk«, sprach Grimm ins Feuer. »Du hast eine Menge Blut verloren. Du wärst letzte Nacht beinahe gestorben. Wenn du nicht zur Abwehr die Hand gehoben hättest, hätte der Pfeil dir das Herz herausgeholt, anstatt nur deine Hand auf die Brust zu nageln.«

Hawk zuckte mit den Schultern. »Ein winziger Kratzer auf der Brust –«

»Hölle, ein Loch von der Größe einer Pflaume durch deine Handfläche! Der alte Heiler mußte den Pfeil der Länge nach durch deine Hand ziehen, um ihn entfernen zu können. Und du hast ihn selbst gehört. Wenn er sich in deine Brust gebohrt hätte, was ohne dein unverschämtes Glück auch geschehen wäre, hätte er nichts tun können, um dich zu retten, so grausam gezackt, wie die Spitze war. Du wirst ein Leben lang Narben und Schmerzen in dieser Hand mit dir tragen.«

Hawk seufzte mürrisch. Mehr Narben und mehr Schmerz. Na und? Sie hatte sich noch nicht einmal bemüht festzustellen, ob er noch lebte. Sie hätte zumindest so tun können, als ob sie besorgt sei. Einen kurzen Besuch machen, um die Form der Höflichkeit zu wahren. Aber nein. Sie hoffte wahrscheinlich, daß er im Sterben lag, denn mit ihm aus dem Weg wäre sie eine reiche Frau. Lag sie vielleicht in diesem Moment im Pfauenzimmer und zählte ihr Gold und ihre Reichtümer?

»Noch nicht einmal eine Frage, Grimm?« Hawk untersuchte die seidigen Haare um die Bandage herum, die fast seine ganze Hand bedeckte.

»Nicht eine.«

Hawk fragte nicht noch einmal.

»Grimm, pack meine Sachen. Schick die halbe Garde und genug Personal, um das Herrenhaus in Uster vorzubereiten. Ich reise im Morgengrauen. Und hör auf, das verfluchte Feuer zu schüren – es ist verdammt heiß genug hier drinnen.«

Klirrend ließ Grimm den Schürhaken auf den steinernen Kaminsockel fallen. Er drehte sich steif vom Feuer weg und blickte forschend in Hawks Gesicht. »Gehst du allein?«

»Ich sagte dir gerade, du sollst die halbe Garde bereithalten.«

»Ich meinte, was ist mit deiner Frau?«

Hawks Blick fiel zurück auf seine Hand. Er untersuchte sie einen Moment lang, sah dann auf zu Grimm und sagte langsam: »Ich gehe allein. Wenn es sie nicht einmal interessiert, ob ich lebe oder sterbe, dann ist es vielleicht an der Zeit, daß ich aufhöre, es zu versuchen. Auf alle Fälle mag mir eine gewisse räumliche Trennung helfen, das Ganze aus dem richtigen Blickwinkel zu betrachten.«

Grimm nickte steif. »Bist du sicher, daß du mit der Wunde reisen kannst?«

»Du weißt, ich heile schnell. Ich werde beim Zigeunerlager anhalten und mir einige von diesen heißen Umschlägen mit Kamille und Schwarzwurzel besorgen, die sie dafür benutzen –«

»Aber reiten?«

»Ich werde schon zurechtkommen, Grimm. Hör auf, dir Sorgen zu machen. Du bist nicht verantwortlich.« Hawk entging nicht das bittere Lächeln auf Grimms Gesicht. Es tröstete ihn in gewisser Weise, zu wissen, daß sein Freund so treu ergeben war, während es seine eigene Frau nicht kümmerte, ob er tot oder lebendig war. »Du bist ein wahrer Freund, Grimm«, sagte Hawk leise. Er war nicht überrascht, als Grimm aus dem Zimmer eilte. In all den Jahren, die er ihn kannte, waren Worte des Lobes dem Mann immer schon unangenehm gewesen.

* * *

In dem massiven Bett des Pfauenzimmers warf Adrienne sich ruhelos hin und her, die Schlaflosigkeit brachte sie fast um den Verstand. In diesem Augenblick war sie ziemlich sicher, daß sie nie wieder würde schlafen können. Ihre Seele würde keine Ruhe finden vor der bitteren, eisigen Klarheit, die durch ihren Verstand tobte, und alles, was sie getan hatte, seit sie in Dalkeith angekommen war, in einem völlig anderen Licht erscheinen ließ.

* * *

Hawk und Grimm ritten los, als die Morgendämmerung über den üppigen Feldern von Dalkeith aufstieg. Zufriedenheit ergriff Hawk, als er über sein Zuhause blickte. Jetzt, da seine Dienstjahre beim König schließlich geendet hatten, konnte er sich endlich den Bedürfnissen seiner Leute widmen und der Gutsherr sein, als der er geboren wurde. Jetzt wollte er nur noch eines – Adrienne als wahrhaftige Ehefrau in des Wortes ganzer Bedeutung, um an seiner Seite zu helfen, Dalkeith zu regieren. Mehr als alles andere wollte er seine Söhne und Töchter auf diesem Boden gehen sehen.

Hawk verfluchte sich selbst als hoffnungslos romantischen Narren.

»Es wird eine reiche Ernte geben, diesen Samhain«, bemerkte Grimm.

»Ja, das wird es, Grimm. Adam.« Hawk nickte kurz zu dem Schmied hinüber, der sich näherte und das Feld aus Gold mit seiner dunklen Gestalt zerteilte.

»Du verläßt das Spiel? Du gibst deine Niederlage zu, schrecklicher Hawk?« Adam sah höhnisch zu ihm auf.

»Leg dich nicht mit dem Teufel an, Schmied«, warnte Grimm markig.

Adam lachte. »Verfluche den Teufel, und der Teufel wird verdammt sein. Ich fürchte keinen Teufel und beuge mich vor keinem Mann. Außerdem betrifft diese Sache dich nicht, oder zumindest nur ein bißchen – sicherlich nicht so sehr, wie du zu glauben scheinst. Du überschätzt dich maßlos, bärbeißiger Grimm.« Adam hielt des Hawks Blick stand, lächelnd. »Fürchte dich nicht, ich werde mich in deiner Abwesenheit um sie kümmern.«

»Ich werde ihn nicht in ihre Nähe kommen lassen, Hawk«, versicherte Grimm eilig.

»Doch, du wirst, Grimm«, sprach Hawk bedachtsam. »Wenn sie nach ihm *verlangt*, wirst du ihn zu ihr lassen. Unter keinen anderen Umständen.«

Adam blickte selbstgefällig. »Und sie wird nach mir verlangen. Immer und immer wieder, mit ihrer heiseren, süßen Morgenstimme. Und Grimm, du könntest ihr noch von mir ausrichten, daß ich Kaffee von den Zigeunern für sie habe.«

»Das wirst du ihr nicht sagen!« fauchte Hawk.

»Versuchst du, meinen Kontakt zu ihr einzuengen?«

»Ich habe nicht zugestimmt, dir einen Boten zu stellen! Jedoch – was geschehen wird, wird geschehen. Meine Wache steht für sie ein, aber an dich werde ich mich wenden, wenn ihr etwas passiert.«

»Du gibst sie in meine Obhut?«

»Nein, aber ich werde dich verantwortlich machen, wenn ihr etwas angetan wird.«

»Ich würde niemals zulassen, daß irgendeiner von meinen Frauen etwas zustößt – und sie ist jetzt mein, Hawk, du Narr.«

»Nur soweit, wie sie es sein will«, sagte der Hawk leise. *Und wenn sie es tut, werde ich euch beide mit meinen bloßen Händen töten und werde nachts besser schlafen können, innerlich gestorben.*

»Du bist entweder maßlos eingebildet oder unglaublich dumm, schrecklicher Hawk«, sprach der Schmied verächtlich. »Du wirst zurückkehren und die makellose Adrienne in meinen Armen finden. Schon jetzt verbringt sie die meisten Nachmittage mit mir in den Gärten – bald wird sie sie in meinem Bett verbringen«, tönte Adam.

Die Kiefer des Hawk preßten sich zusammen, sein Körper spannte sich, zur Gewalt bereit.

»Sie hat nicht nach dir gefragt, Hawk«, erinnerte Grimm tonlos und trat von einem Fuß auf den anderen.

»Sie hat nicht nach ihm gefragt, Hauptmann der Garde?« fragte Adam erheitert. »Hauptmann der Ehre, Hauptmann der Wahrheit?«

Grimm zuckte zusammen, als Adam ihn forschend mit seinem düsteren Blick ansah.

»Ja«, sagte er knapp.

»Welch verworrenes Netz wir doch weben...«, deklamierte Adam langsam mit einem Anflug von Lächeln auf seinem glänzenden Gesicht.

»Was spielt sich da zwischen euch beiden ab?« fragte Hawk.

»Der Schmied ist ein seltsamer Mann«, murmelte Grimm.

»Geh mit Gott, würde ich dir wünschen, aber ich glaube, daß Gott mit Männern wie uns wenig, wenn überhaupt, verkehrt. Deshalb wünsche ich nur das Lebewohl eines Kriegers. Und hab keine Angst, bei mir ist die bezaubernde Adrienne sicher aufgehoben«, versprach der Schmied, während er das Hinterteil von Hawks Hengst tätschelte.

Schatten flackerten in den Augen des Hawk, als er sich auf den Weg machte. »Paß auf sie auf, Grimm. Sollte es noch weitere Anschläge auf ihr Leben geben, schick mir eine Nachricht nach Uster«, rief er über die Schulter, als er davonritt. Seine Wachen konnten ihr Leben schützen, da war er sich sicher. Aber nun würde es nichts geben, sie von Adam fernzuhalten.

Während Grimm seinem besten Freund nachblickte, sah Adam den stoischen Krieger prüfend an. »Sie hat nicht nach ihm gefragt?« höhnte er leise.

»Wer zum Teufel bist du wirklich?« knurrte Grimm.

Kapitel 21

»Versuch es mit etwas mehr kochendem Wasser«, entschied Lydia, und Tavis gehorchte.

Beide sahen sie in den Topf. Lydia seufzte. »Verflucht noch mal und zum Henker damit!«

»Mylady! Solche Worte von einer Frau in Eurer Stellung, will ich mal sagen«, wies Tavis sie zurecht.

»Es verhält sich keineswegs wie Tee, nicht wahr, Tavis?«

»Nein, kein bißchen, will ich mal sagen, aber das sollte noch lange kein Grund für Euch sein, sich nicht wie eine Lady zu verhalten.«

Lydia schnaubte. »Du bist der einzige, lieber Tavis, der sich traut, meine Manieren zu kritisieren.«

»Weil Ihr für gewöhnlich die Perfektion in Person seid, ärgert es mich mehr als nur ein bißchen, wenn Ihr ausfallend werdet.«

»Komm schon, rühr weiter, Tavis! Tu was.«

Tavis warf ihr einen mißmutigen Blick zu, während er die Mixtur kräftig umrührte. »Diese talentierten Hände wurden gemacht, um die wertvollsten Felle ganz Schottlands zu gerben, nicht, um den Trank einer Lady zu rühren, will ich mal sagen«, muffelte er.

Lydia lächelte bei seinen Worten. Wie er immer wieder von seinen talentierten Händen anfing! Man könnte glauben, sie bestünden aus purem Gold, anstatt aus Fleisch, Knochen und ein paar Schwielen. Sie sah ihn einen Moment lang nachdenklich an, während er das Gebräu umrührte. Der ewig treue Tavis an ihrer Seite. Ihre Morgenstunden und Nachmittage wären nicht so reich ohne diesen Mann. Ihre Abende, nun ja, sie verbrachte ihre Abende nun schon seit so vielen Jahren allein, daß es ihr kaum noch auffiel – zumindest wollte sie sich das glauben machen.

»Warum heiratest du nicht?« hatte sie Tavis vor zwanzig Jahren gefragt, als er noch ein junger Mann war. Aber er hatte nur zu ihr hochgelächelt, während er vor den Trögen kniete, in denen er ein Hirschfell butterweich gegerbt hatte.

»Ich habe hier alles, was ich brauche, Lydia.« Er breitete seine Arme weit aus, als ob er ganz Dalkeith umarmen könnte. »Warum wollt Ihr mich verscheuchen?«

»Aber willst du denn keine Kinder, Tavis Mac Tarvitt?« stellte sie ihn auf die Probe. »Söhne, die deine Gerberei übernehmen? Töchter, um die du dich kümmern kannst?«

Er zuckte mit den Schultern. »Der Hawk ist wie ein Sohn für mich. Ich könnte mir keinen feineren Kerl wünschen, will ich mal sagen. Und jetzt haben wir noch die zwei Kleinen herumspringen, und, nun ja ... Ihr seid wieder ohne Ehemann, Lady Lydia ...« Er verstummte, langsam, und seine starken Hände rieben und kneteten das Fell in der Salzlösung.

»Und was genau hat mein Leben ohne Ehemann mit *dir* zu tun?«

Tavis legte den Kopf auf die Seite und schenkte ihr dieses geduldige, zärtliche Lächeln, das manchmal in ihren Gedanken auftauchte, kurz bevor sie nachts in den Schlaf fand.

»Nur, daß ich hier immer für Euch dasein werde, Lydia. Ihr könnt Euch immer auf Tavis von der Gerberei verlassen, und das kann ich noch tausendmal wiederholen.« Sein Blick war klar und tief, erfüllt von etwas, das sie nicht fassen konnte. Sie hatte bereits zwei Ehemänner in zwei Kriegen verloren, und die geliebten Heiligen wußten, daß immer ein neuer Krieg bevorstand.

Tavis Mac Tarvitt aber, er kam immer wieder zurück. Vernarbt und blutig kam er immer wieder zurück.

Zurück, um neben ihr in der Küche zu stehen, während sie ihre Kräuter und Gewürze trocknete. Zurück, um ihr hilfreich zur Hand zu gehen, wenn sie ihren fruchtbaren, schwarzen Boden umgrub und wenn sie ihre Rosen beschnitt.

Es gab Zeiten, in denen sie beide im Dreck knieten, die Köpfe so eng beieinander, daß sie ein Flattern im Bauch verspürte. Und Zeiten, in denen sie am Kamin in der Küche saß und ihn bat, ihr beim Ausbürsten ihres langen, dunklen Haares zu helfen. Er entfernte zuerst die Nadeln, und dann löste er sanft jede einzelne Flechte.

»Hier tut sich gar nichts, Lydia.« Tavis' Stimme ließ ihre melancholische Träumerei zerplatzen und zwang ihre Gedanken zurück in die Gegenwart.

Sie schüttelte sich burschikos, um ihre Gedanken zurück zu der Aufgabe zu lenken, die es zu lösen galt. Kaffee. Sie wollte Kaffee für ihre Schwiegertochter.

»Vielleicht ist es wie schwarze Bohnen oder getrocknete Erbsen und muß über Nacht einweichen«, befürchtete sie und rieb sich den Nacken. Nichts klappte an diesem Morgen.

Lydia war früh erwacht und hatte an das bezaubernde Mädchen gedacht, das ihren Sohn so geblendet hatte. Sie hatte darüber nachgedacht, wie sich die Situation von *ihrem* Standpunkt aus darstellen mußte. Unheil über Unheil war seit ihrer Ankunft über sie hereingebrochen.

Das war der Grund, weshalb sie in die Speisekammer gegangen war und eine ansehnliche Menge dieser glänzenden, schwarzen Bohnen geholt hatte, nach der es ihrer Schwiegertochter so sehr gelüstete. Das mindeste, das sie tun konnte, war, für Adrienne an diesem Morgen eine Tasse Kaffee zu besorgen, bevor sie ihr mitteilen mußte, daß der Hawk im Morgengrauen nach Uster abgereist war. Oder schlimmer noch, die Nachricht, die Tavis vor einer knappen Stunde erfahren hatte: daß Esmeralda versucht hatte, Adrienne zu töten, und nun selbst tot war.

So war es dazu gekommen ... daß sie in einen Topf voller glänzender schwarzer Bohnen starrte, die in dem kochenden Wasser so gut wie nichts taten.

»Vielleicht sollten wir die Bohnen zerstoßen, Lydia«, sagte Tavis und neigte sich zu ihr. So nah, daß seine Lippen nur wenige Zentimeter von ihren entfernt waren, als er fragte: »Was meint Ihr?«

Lydia strahlte. »Tavis, ich denke, du könntest des Rätsels Lösung gefunden haben. Hol den Mörser und Stößel und laß uns loslegen. Heute morgen möchte ich es ihr wirklich gern ermöglichen, den Tag mit Kaffee zu beginnen.« *Sie wird ihn brauchen.*

* * *

»Die Sache läuft aus dem Ruder, Narr. Eine Sterbliche ist tot«, fauchte König Finnbheara.

»Getötet durch die Hand ihrer eigenen Rasse. Nicht durch meine«, stellte Adam klar.

»Aber wenn *du* nicht dagewesen wärst, wäre es nicht dazu gekommen. Du bist gefährlich nahe dran, alles zu zerstören. Sollte der Pakt je gebrochen werden, dann nur, weil meine Königin sich dazu entschließt, und nicht durch deine Schwachsinnstaten.«

»Auch Ihr hattet Euren Anteil an diesem Plan, mein Gebieter«, erinnerte Adam. »Darüber hinaus habe ich keinem Sterblichen etwas zuleide getan. Ich habe den Zigeunern nur erklärt, daß ich erbost sei. Sie waren es, die gehandelt haben.«

»Du bist sehr geschickt in Haarspaltereien, aber du bist kurz davor, den Frieden zu zerstören, den wir zwei Jahrtausende lang gewahrt haben. Das gehörte nicht zu dem Spiel. Die Frau muß in ihre Zeit zurück.« König Finnbheara entließ ihn mit einer Handbewegung.

* * *

Adrienne ging im Garten spazieren und dachte über die Vorzüge des sechzehnten Jahrhunderts nach, über die ruhige Gelassenheit unverfälschter Natur, als es passierte. Es überkam sie ein fürchterliches Gefühl des Fallens, als ob sich ein riesiger Strudel aufgetan hätte und ein unbarmherziger Whirlpool sie einsog. Als ihr bewußt wurde, daß sie das Gefühl bereits kannte, öffnete Adrienne den Mund und wollte schreien, aber es kam kein Ton aus ihr heraus. Genauso hatte sie sich gefühlt, kurz bevor sie sich auf Comyns Schoß wiedergefunden hatte; als ob ihr Körper in die Länge gezogen und mit unvorstellbarer Geschwindigkeit durch eine gähnende Schwärze gerissen wurde. In ihrem Kopf entstand ein marternder Druck, sie umfaßte ihn mit beiden Händen und betete inbrünstig: *Oh, lieber Gott, nicht noch einmal, bitte nicht noch einmal!*

Das Gefühl, in die Länge gezogen zu werden, verstärkte sich; das Pochen in ihren Schläfen wurde zu einem rasenden Schmerz, und gerade als sie davon überzeugt war, auseinandergerissen zu werden, hörte es auf.

Eine Zeitlang konnten ihre Augen nur Schemen erkennen; graue Schatten, verschwommene Formen von Mobiliar waberten in wellenförmigen Bewegungen. Dann wurde die Welt klar, und sie schnappte nach Luft.

Erschrocken starrte Adrienne auf die flatternden Vorhänge ihres eigenen Schlafzimmers.

Sie schüttelte den Kopf, um klar zu werden, und stöhnte über die Schmerzwellen, die eine solch kleine Bewegung auslöste.

»Schlafzimmer?« murmelte sie sprachlos. Adrienne sah sich völlig entgeistert um. Da war Moonshadow. Sie saß in ihrer üblichen Haltung elegant auf dem überladenen Bett, die kleinen Pfötchen zierlich über das hölzerne Fußteil gelegt, und starrte sie mit genauso erschrockenem Katzengesicht an. Ihre limonengoldenen Augen waren kugelrund vor Staunen.

»Prinzessin!«

Adrienne griff nach ihr.

* * *

Adam machte schnell eine rückholende Geste mit der Hand und blickte seinen König durchdringend an. »Sie bleibt.«

König Finnbheara schnippte ebenso schnell mit den Fingern. »Und ich sage, sie geht!«

* * *

Adrienne blinzelte und schüttelte den Kopf, heftig. War sie zurück in den Gärten von Dalkeith? Nein, sie war wieder in ihrem Schlafzimmer.

Dieses Mal, entschlossen, sich Moonie zu greifen, stürzte sie auf sie los und scheuchte damit die bereits verwirrte Katze auf. Moonies Rücken wölbte sich wie ein Hufeisen, ihre winzigen Schnurrbarthaare sträubten sich vor Empörung, und sie sprang vom Bett und flüchtete auf winzigen geflügelten Pfoten aus dem Zimmer.

Adrienne folgte ihr dicht auf den Fersen. Sollte sie durch irgendeine Wendung des Schicksals eine zweite Chance bekommen, so wollte sie eines: Moonshadow ins sechzehnte Jahrhundert mitnehmen.

* * *

Adam schnippte ebenfalls mit den Fingern. »Glaubt nicht, daß Ihr Euch auf halbem Wege anders entscheiden könnt. Ihr habt zugestimmt, mein König. Es war nicht gerade *meine* Idee.«

* * *

Adrienne stöhnte. Sie war wieder in den Gärten.

Es passierte noch dreimal kurz hintereinander. Und jedes Mal versuchte sie verzweifelt, Moonie zu fangen. Ein Teil ihres Verstandes protestierte, daß so etwas einfach nicht möglich sei, aber ein anderer Teil erkannte, daß sie, wenn es so war, eine gute Chance hatte, ihre geliebte Katze zu holen.

Nach ihrem letzten Zeitsprung hatte sie das verstörte kleine Kätzchen in der Küche fast in die Enge getrieben, als Marie, ihre ehemalige Haushälterin, sich exakt diesen Moment aussuchte, den Raum zu betreten.

»Siiind Sssiiie daaas, Miiiss de Simone?« japste Marie und krallte sich am Türrahmen fest.

Aufgeschreckt drehte sich Adrienne nach der Stimme um. Tausend Fragen und Sorgen überschlugen sich in Adriennes Kopf. Wieviel Zeit war vergangen? Lebte ihre Haushälterin Marie jetzt in dem Haus? Hatte sie ihr Moonie abspenstig gemacht? Aber sie stellte keine Fragen, denn sie wußte nicht, wieviel Zeit ihr noch blieb. Eine Atempause witternd, flitzte Moonie auf die Tür zu. Adrienne stürzte ihr hinterher und fand sich abrupt in den Gärten wieder, zitternd von Kopf bis Fuß.

Adrienne stöhnte laut auf.

Sie hatte sie fast gehabt! *Nur noch ein einziges Mal*, flüsterte sie. *Schickt mich noch ein einziges Mal zurück.*

Nichts.

Adrienne sank wieder auf eine Steinbank, damit sich ihre zitternden Beine erholen konnten, und atmete mehrmals tief durch.

So ein Drama, und das schon so früh am Morgen. Das war schlimmer als ein Tag mit schlechter Frisur. Dies war eine tätliche Beleidigung an einem Kein-Kaffee-Tag.

Sie saß bewegungslos da und wartete. Hoffend.

Nichts. Immer noch im Garten.

Ein Schauer überlief sie. Es war furchtbar gewesen, auf diese Art in der Zeit hin und her geworfen zu werden, aber jedenfalls wußte sie jetzt, daß es Moonie gut ging und daß Marie offensichtlich nicht allzulange gewartet hatte, aus ihrem Zimmer über der Garage in das große Haus umzuziehen. Und obwohl Adriennes Kopf immer noch vom Schleudern schmerzte, fühlte sie Erleichterung bei dem Gedanken, daß ihre Moonshadow nicht als abgemagertes kleines Kätzchen durch ein einsames Haus tappte.

* * *

»Ich bin dein König. Du wirst mir gehorchen, Narr.«

»Ich habe die Frau gefunden, aus diesem Grund könnte man sagen, daß ich dieses Spiel begonnen habe. Erlaubt mir, es zu beenden.«

König Finnbheara zögerte, und Adam stürzte sich auf seine Unentschlossenheit.

»Mein König, sie verschmäht ein ums andere Mal den Mann, der unsere Königin beglückt hat. Sie erniedrigt ihn.«

Der König dachte darüber nach. *Er fordert die Seele einer Frau*, hatte seine Königin verträumt gesagt. In all den Jahrhunderten, die sie miteinander verbracht hatten, hatte er niemals einen solchen Ausdruck auf Aoibheals Gesicht gesehen, es sei denn, er selbst hatte ihn verursacht.

Wut kochte in den Adern des Königs. Er wollte sich genausowenig wie Adam aus diesem Spiel zurückziehen – er hatte jede Sekunde von Hawks Elend beobachtet und genossen.

Finnbheara sah den Narren durchdringend an. »Schwörst du, den Pakt zu ehren?«

»Selbstverständlich, mein Gebieter«, log Adam ohne Mühe.

Ein Sterblicher beglückte meine Königin, brodelte es im König. »Sie bleibt«, sprach er entschlossen und verschwand.

Kapitel 22

»Willkommen, Mylord.« Rushkas Begrüßung klang herzlich genug, aber Hawk spürte ein seltsames Fehlen von Wärme. Schwarze Flecken zeichneten die olivenfarbene Haut unter den müden Augen des alten Mannes, und seine Augen waren rot gerändert, entweder vom Sitzen an einem rauchigen Feuer oder vom Weinen. Und Hawk wußte, Rushka weinte nicht.

Hawk stand schweigend da, während sich der Mann mit einer schwieligen Hand durch das schwarze Haar fuhr. Es war von reichlich Grau und Weiß durchzogen, sein schroffes Gesicht war gutaussehend, jedoch zugleich von den Jahren gezeichnet. Geistesabwesend begann der Mann, sein langes Haar zu flechten, und starrte in die ersterbende Glut, während der Morgen unaufhaltsam das Tal durchströmte.

Der Berg Brahir thronte über diesem Tal, und seine Umrisse ragten rauchblau und purpurn in den hellen Himmel. Hawk ließ sich auf einem der großen Steine an der kreisförmigen Feuerstelle nieder und schwieg. Ein Charakterzug, mit dem er sich bei dieser Zigeunersippe beliebt gemacht hatte.

Eine Frau erschien und brachte zwei dampfende Tassen, bevor sie die beiden Männer wieder ihrer stillen Zweisamkeit überließ.

Der alte Zigeuner nippte nachdenklich an seinem Gebräu,

und erst nachdem er ausgetrunken hatte, sah er den Hawk wieder an.

»Schmeckt dir unser Kaffee nicht?« fragte er, als er bemerkte, daß der Hawk sein Getränk nicht angerührt hatte.

Hawk blinzelte. »Kaffee?« Er sah in seine Tasse. Die Flüssigkeit war aromatisch, schwarz und dampfend. Es roch bitter, jedoch einladend. Er nahm einen Schluck. »Es schmeckt gut«, äußerte er nachdenklich. Mit einer Prise Zimt und geschlagener Sahne würde das Getränk köstlich sein. Kein Wunder, daß sie es mochte.

»Eine Frau, nicht wahr?« Der alte Mann lächelte schwach.

»Du hast mich schon immer durchschaut, Rushka, mein Freund.«

»Ich höre, du hast dir eine Frau genommen.«

Der Hawk sah seinen alten Freund mit stechendem Blick an. »Warum bist du nicht gekommen, Rushka? Als sie krank war, habe ich nach dir schicken lassen.«

»Uns wurde gesagt, es sei Callabron. Wir haben kein Mittel gegen solch ein Gift«, sprach der alte Mann. Rushka entzog sich Hawks bohrendem Blick.

»Ich hätte gedacht, daß du kommen würdest, Rushka, wenn auch nur, um mir das zu sagen.«

Der alte Mann winkte ab. »Das wäre Zeitverschwendung gewesen. Außerdem war ich sicher, daß du mit dringenderen Problemen zu kämpfen hattest. Abgesehen davon ist sie geheilt worden, und Ende gut, alles gut, äh?«

Der Hawk blinzelte. Noch nie hatte sich sein Freund so merkwürdig verhalten. Für gewöhnlich war Rushka liebenswürdig und fröhlich. Nur heute lag eine Schwere in der Luft, so greifbar, daß selbst das Atmen anstrengend zu sein schien.

Und Rushka erzählte nichts. Das allein war schon befremdlich.

Hawk nippte an seinem Kaffee, und seine Augen verweilten auf einer Prozession am hinteren Ende des Tals. Wenn er Antworten wollte, mußte er fragen. »Warum seid ihr nach hier draußen gezogen, Rushka? Ihr habt seit Jahren auf meiner Nordweide bei den Eschen kampiert.«

Rushkas Blick folgte Hawks, und Bitterkeit überschattete seine Augen. »Bist du wegen Zeldie gekommen?« fragte Rushka unvermittelt.

Ich kann Zeldie nicht heiraten, hatte Hawk dem Mann vor zehn Jahren erklärt, als er im Dienst des Königs gebunden war. Die Roma hatten eine Verbindung gewünscht und ihr schönstes Mädchen geboten. Er hatte ausgeführt, daß es ihm einfach nicht möglich sei, sich eine Frau zu nehmen, und während Rushka verstanden hatte, verstand Esmeralda nicht. Zeldie, wie sie sie nannten, war durch seine Ablehnung dermaßen erbost, daß sie umgehend anfing, mit einem Mann nach dem anderen ins Bett zu gehen, wodurch sie sogar ihre eigenen, freizügigen Leute schockierte. Die Zigeuner hielten nicht allzuviel von Jungfräulichkeit – das Leben war zu kurz für irgendeine Art von Enthaltsamkeit, was einer der Gründe war, daß dieses Volk eine solche Anziehungskraft auf ihn ausgeübt hatte, als er ein junger Bursche war. Er war zehn, als er heimlich ein dunkelhäutiges Zigeunermädchen mit einem Ansatz von Brüsten und rosafarbenen Brustwarzen beobachtete, das sich einem Mann hingab. Zwei Sommer danach war sie zu ihm gekommen und hatte ihm erklärt, daß jetzt er an der Reihe sei. Ah, all die Dinge, die er von diesem Volk gelernt hatte.

»Esmeralda und ich gehen getrennte Wege.«

Der alte Mann nickte. »Das hat sie auch gesagt.« Rushka spuckte in den Staub zu seinen Füßen. »Dann ließ sie sich mit *ihm* ein.«

»Mit wem?« fragte Hawk, obwohl er die Antwort schon kannte.

»Wir sprechen den Namen nicht aus. Er ist auf deinem Besitz angestellt, um Metall zu bearbeiten.«

»Wer ist er?« bedrängte ihn Hawk.

»Du kennst den Mann, den ich meine.«

»Ja, aber wer ist er wirklich?«

Rushka rieb sich mit müder Hand die Stirn.

Ja, Hawk erkannte mit Erstaunen, daß Rushka tatsächlich geweint hatte.

»Es gibt Situationen, in denen sich sogar die Roma auf keinen Handel einlassen, gleichgültig, wieviel Gold ihnen für ihre Dienste versprochen wird. Esmeralda war nicht immer so klug. Mein Volk bittet um Vergebung, Mylord«, sprach Rushka leise.

War die ganze Welt verrückt geworden? Hawk wunderte sich, während er den letzten Rest seines Kaffees austrank. Rushkas Verhalten ergab einfach keinen Sinn. Plötzlich erhob sich sein alter Freund und wirbelte herum, um den Strom der Zigeuner zu beobachten, die langsam hinunter ins Tal zogen.

»Was geht hier vor?« fragte Hawk, während er den seltsamen Aufmarsch betrachtete. Es sah aus wie ein Zigeunerritual, aber wenn das der Fall war, dann war es eines, das Hawk noch nie gesehen hatte.

»Esmeralda ist tot. Wir übergeben sie der See.«

Hawk sprang auf. »Die See! Das ist der Tod für einen *Bruhdskar.* Für jemanden, der sein eigenes Volk verraten hat.«

»Das hat sie.«

»Aber sie war deine Tochter, Rushka. Wie?«

Die Schultern des alten Mannes fielen nach vorn, und Hawk konnte den Schmerz in jeder Faser seines Körpers sehen. »Sie versuchte dreimal, deine Lady zu töten«, sagte er schließlich.

Hawk war verblüfft. »Esmeralda?«

»Dreimal. Mit dem Blasrohr und mit dem Bogen. Die Bandage, die du um deine Hand trägst, ist unser Werk. Wenn du uns von deinen Ländereien verbannst, werden wir nie wieder deine Felder verdunkeln. Wir haben deine Gastfreundschaft verraten und dein Wohlwollen mit Füßen getreten.«

Esmeralda. Es paßte. Dennoch konnte er den ehrlichen, mitfühlenden und weisen Rushka nicht für ihre Taten verantwortlich machen. Nein, nicht ihn, und auch keinen anderen der Roma. »Ich würde niemals daran denken, dir den Zutritt zu meinen Ländereien zu verweigern; du wirst jederzeit freien Zugang zu Dalkeith-Upon-the-Sea haben. Ihre Schande ist nicht die deine, Rushka.«

»Ah, das ist sie sehr wohl. Sie dachte, ohne deine neue Braut wärst du frei, sie zu heiraten. Sie war seltsam, obwohl sie meine Tochter war. Es gab Zeiten, da selbst ich mir über das Dunkle in ihrem Herzen Sorgen machte. Doch er brachte sie letzte Nacht zu uns, und als der Mond am höchsten stand, gestand sie. Wir hatten keine andere Wahl, als mit der Ehre zu handeln, die wir allen Betroffenen ... schuldeten.«

Und nun die Prozession zum Meer, bei der jeder Mann, jede Frau und jedes Kind weiße Kreuze aus Eschenholz trug, die geschnitzt und zusammengebunden und mit leuchtend blauen Runen bemalt waren. »Was für eine Art Kreuze sind das, Rushka?« fragte Hawk. In all den Jahren, die er dieses Volk kannte, hatte er so etwas noch nie gesehen.

Rushka versteifte sich. »Eines unserer Rituale bei einer solchen Art von Tod.«

»Rushka –«

»Du bedeutest mir soviel wie mein eigen Fleisch und Blut, Hawk«, sagte Rushka schroff.

Hawk schwieg betroffen. Rushka sprach selten über seine Gefühle.

»Seit Jahren hast du unserem Volk dein Heim geöffnet. Du hast großzügig gegeben, uns mit Würde behandelt und hast dich der Kritik enthalten, obwohl unsere Sitten und Gebräuche anders sind als deine. Du hast mit uns gefeiert und uns erlaubt, zu sein, was wir sind.« Rushka hielt inne und lächelte schwach. »Männer wie dich findet man selten, Hawk. Aus diesen Gründen muß ich dir folgendes sagen, und die Gefahr für meine Rasse soll verflucht sein. Sieh dich vor. Der Schleier ist dünn, und Ort und Zeit sind hier zu nahe. Sieh dich vor, denn wie es scheint, bist du der Angelpunkt des Ganzen. Gib gut acht auf die, die du liebst, und gleich, was du tust, laß sie nicht lange allein. Zu mehreren ist man sicherer, wenn es über uns kommt –«

»Wenn was über uns kommt, Rushka? Werde genauer! Wie kann ich etwas bekämpfen, das ich nicht verstehe?«

»Ich kann dir nicht mehr sagen, mein Freund. Nur soviel: Bis zum Fest der seligen Toten bleibe nah und näher bei denen, die du liebst. Und halte die, denen du nicht vertrauen kannst, weit und weiter fern. Nicht.« Rushka hob eine Hand, um Hawk zu stoppen, als dieser seinen Mund öffnete, um weitere Fragen zu stellen. »Wenn dir mein Volk etwas bedeutet, besuchst du uns nicht wieder, bis wir das heilige Samhain feiern. Oh«, fügte Rushka hinzu, als wäre es ihm nachträglich eingefallen, »die alte Frau meint, ich solle dir sagen, daß die schwarze Dame nicht das ist, was sie zu sein scheint. Sagt dir das etwas?«

Die einzige schwarze Dame, die ihm in den Sinn kam, lag jetzt als Häufchen Asche im Schmiedefeuer. Hawk schüttelte den Kopf. Die alte Frau war ihre Seherin, und mit ihren weitreichenden Visionen hatte sie Hawk als jungem Burschen Ehrfurcht eingeflößt. »Nein. Hat sie noch mehr gesagt?«

»Nur, daß du dies hier brauchen würdest.« Rushka reichte ihm einen Beutel, der mit Lederriemen verschnürt war. »Die Heilsalbe, wegen der du gekommen bist.« Er drehte sich zurück zur Prozession. »Ich muß gehen. Ich muß den Marsch zum Meer anführen. Nimm dich in acht und schütze dich gut, Freund. Ich hoffe, ich sehe dich und all deine Lieben beim Samhain.«

Hawk beobachtete schweigend, wie sich Rushka dem Trauermarsch für seine Tochter anschloß.

Wenn einer der Roma die Regeln verletzte, nach denen sie lebten, wurde er oder sie von der eigenen Sippe bestraft. Es war eine eng geknüpfte Gemeinschaft. Wild konnten sie sein und großzügig in vielen Belangen. Aber es gab Regeln, nach denen sie lebten, und diese Regeln wurden nie in Frage gestellt.

Esmeralda hatte eine Regel mißachtet, die von großer Wichtigkeit war – denjenigen, die den Roma Zuflucht gewährten, durfte auf keine Weise Leid zugefügt werden. Indem sie versucht hatte, Hawks Frau zu töten, hatte sie einen Anschlag auf den Herrn von Dalkeith selbst verübt. Aber da war noch mehr, der Hawk konnte es spüren. Etwas, womit Rushka nicht herausrückte. Esmeralda hatte noch etwas anderes getan, etwas, das ihre Leute in Aufruhr versetzt hatte.

Hawk beobachtete, wie die Prozession zum Meer zog, und flüsterte ein Roma-Gebet für die Tochter seines Freundes.

Hawk ließ sich wieder am Feuer nieder, entfernte seinen Verband und reinigte die Wunde mit Scotch und Wasser. Vorsichtig öffnete er den Ledergürtel und wunderte sich neugierig über das Sortiment von zugestöpselten Fläschchen, das zum Vorschein kam. Er nahm die Salbe, legte sie zur Seite und sortierte den Rest.

Was hatte die Seherin nur gesehen? fragte er sich mürrisch. Denn sie hatte ihm noch zwei weitere Mittel gegeben, wobei er sich geschworen hatte, eines davon nie wieder zu benutzen.

Hawk schnaubte. Eines war ein Aphrodisiakum, das er in jüngeren Jahren einmal versucht hatte. Dieses Mittel bereitete ihm keine allzu großen Sorgen. Was er verachtete, war der andere Trank, der bereitet worden war, um einen Mann in einen Zustand verlängerter, jedoch gleichgültiger sexueller Erregung zu versetzen.

Er drehte das Fläschchen mit der eklig-grünen Flüssigkeit hin und her und beobachtete, wie sich das Sonnenlicht auf dem Facetteschliff der verschlossenen Flasche spiegelte. Schatten tauchten auf und verhöhnten ihn unverhohlen, bis sein unbeugsamer Wille sie in die Hölle zurück verbannte. Schnell strich er die Salbe auf, die den Schmerz linderte und die Heilung beschleunigte. In zwei Wochen würde seine Hand wiederhergestellt sein.

Adam. Obwohl er es nicht ausdrücklich gesagt hatte, hatte Rushka ihm zu verstehen gegeben, daß es Adam war, der Esmeralda letzte Nacht zu ihnen gebracht hatte. Demnach hatte Adam gewußt, daß Esmeralda versucht hatte, Adrienne zu töten.

Was wußte Adam noch?

Und was hatte seinen Freund Rushka, der in den rund dreißig Jahren, die Hawk ihn kannte, nie eine Spur von Angst gezeigt hatte, dazu gebracht, auf einmal so offensichtliche Furcht an den Tag zu legen?

Zu viele Fragen und nicht genug Antworten. Jede davon zeigte anklagend auf den Schmied, der vermutlich just in diesem Moment versuchte, Hawks Frau zu verführen.

Meine Frau, die mich nicht will. Meine Frau, die Adam will. Meine Frau, die es nicht einmal für nötig befunden hat, sich nach meinem Befinden zu erkundigen, als ich verwundet war.

Esmeralda war tot, aber Rushka hatte ihm deutlich gemacht, daß die wirkliche Bedrohung noch da war. Und zwar nahe genug an Dalkeith, um die Roma zu vertreiben. Offensichtlich hatte Adam damit zu tun. Und er hatte seine Frau mittendrin zurückgelassen. *Bleib nah und näher...*

Hawks Verstand rotierte, als er die wenigen Fakten überdachte und hinter der Lösung für seine zahllosen Probleme herjagte. Plötzlich schien die Antwort unerträglich klar zu sein. Er schnaubte, außer Stande zu glauben, daß er nicht früher darauf gekommen war. Aber das Mädel hatte eine Art, ihm dermaßen unter die Haut zu gehen, daß sein Verstand in ihrer Nähe nicht mit der üblichen Logik arbeitete. Nicht länger! Es war Zeit, die Kontrolle zu übernehmen, anstatt den Umständen zu erlauben, weiterhin Amok zu laufen.

Sein Abkommen mit Adam beinhaltete, daß er Adrienne nicht verbieten durfte, den Schmied zu treffen. Aber er konnte es ihr verdammt schwermachen. Er würde sie mitnehmen nach Uster. Weit weg von dem rätselhaften, unwiderstehlichen Adam Black.

Was war schon dabei, wenn sie sich nicht nach ihm erkundigt hatte? Sie hatte vom ersten Tag an klargemacht, daß sie nicht mit ihm verheiratet werden wollte. Sie hatte sich hoch und heilig versprochen, ihn auf ewig zu hassen, und dennoch konnte er schwören, daß ihr Körper empfänglich war für seinen. Er würde sie in Uster ganz für sich haben und wäre in der Lage, diese Theorie zu überprüfen.

Wann genau war er passiv geworden? *Als du dich schuldig fühltest, ihre Dame verbrannt zu haben, erinnerte ihn sein Gewissen. Sie hier gefangenzuhalten, entgegen ihrem Wunsch, wenn sie wirklich aus der Zukunft kommt.* Aber Schuldgefühle waren etwas für Verlierer und Narren. Nicht für Sidheach Douglas. Von Schuld konnte nicht die Rede sein, wenn es um sie ging. »Ich liebe sie«, ließ er den Wind wissen. »Und deshalb habe ich mich selbst zum größten Narren gemacht.«

Zu einem *liebenswerten* Narren.

Zeit, dem abzuhelfen. In diesem erkenntnisreichen Moment fielen Schuld und Passivität von ihm ab. Der Hawk, der sein Streitroß wendete und auf Dalkeith-Upon-the-Sea zuhielt, um seine Frau zu fordern, war der wahre Namensvetter des Sidheach von ehemals, dem Wikinger und Eroberer, der jeden, der sich ihm in den Weg stellte, zermalmte. *Ich handle, ich finde mein Ziel, ich obsiege.*

Er trieb seinen Hengst an. *Verbrämen und fesseln, mein geliebter Falke*, versprach er mit einem düsteren Lächeln.

* * *

Unter einem Eschenzweig versteifte sich Adam. Nicht fair! Nicht fair! Mach, daß du fortkommst! Aber fair oder nicht, er hatte richtig gesehen. Der Hawk hatte umgedreht und war zurückgekommen, um Adrienne mitzunehmen. Das war schlichtweg inakzeptabel. Offensichtlich mußte er drastischere Maßnahmen ergreifen.

* * *

»Wie konnte das geschehen?« Lydia wanderte durch die Küche, ein Flattern aus weinrotem Damast und Besorgnis.

»Ich habe nicht die leiseste Ahnung, Lydia. Ich war im Garten, und plötzlich fand ich mich in meinem Schlafzimmer in meiner eigenen Zeit wieder.«

»In deiner eigenen Zeit«, wiederholte Lydia leise. Adrienne sah ihr gerade in die Augen. »Fast fünfhundert Jahre später.« Lydia legte den Kopf auf die Seite und verfiel in Schweigen, als habe sie eine lebhafte innere Auseinandersetzung auszufechten. Die Stille erstreckte sich über einen längeren Zeitraum, in dem sie die Grenzen ihres Fassungsvermögens abtastete. Lydia hatte immer gedacht, daß Frauen unerklärlichen Vorgängen offener gegenüberstünden und anpassungsfähiger seien als Männer. Vielleicht lag das daran, daß Frauen unmittelbar das unvergleichliche und erstaunliche Wunder der Geburt eines Kindes erlebten. Für eine Frau, die in ihrem eigenen Körper Leben schaffen konnte, schienen Zeitreisen im Vergleich dazu ein geringeres Wunder zu sein. Männer jedoch... Männer versuchten immer eine rationale Erklärung für die Dinge zu finden.

Nachdem der Hawk ihr erzählt hatte, welche sonderbaren Neuigkeiten Grimm auf Burg Comyn erfahren hatte, hatte Lydia Adrienne aufmerksam studiert und besonders auf irgendwelche Zeichen von Labilität oder auffälligem Verhalten geachtet. Durch ihre eingehende Beobachtung war sie jetzt nur noch mehr davon überzeugt, daß Adrienne so sehr bei gesundem Verstand war, wie man nur sein konnte. Sie war zu der Schlußfolgerung gelangt, daß dieses Ereignis in ihrer Vergangenheit, bei dem Adrienne durch irgend etwas zutiefst verletzt worden war, was auch immer das gewesen sein mochte, keineswegs ihrem Verstand geschadet hatte – Adrienne war dadurch gestärkt worden, wie erhitzter Stahl. Oh, Lydia wußte, daß sich da eine sehr einsame junge Frau hinter Adriennes zeitweise sarkastischem Humor und ihrer manchmal kühlen Fassade versteckte, aber Lydia hatte die Erfahrung gemacht, daß finstere Mauern meist einen Schatz hüteten, und ein Schatz war ihre Schwiegertochter wahrhaftig. Lydia hatte sie unglaublich liebgewonnen und war fest entschlossen, von ihrem Sohn und dieser bezaubernden jungen Frau Enkelkinder zu bekommen.

Der Gedanke, daß der gesamte Clan der Comyn an einer seltsamen Geisteskrankheit litt, ergab keinen Sinn. Lydia kannte Althea Comyn noch gut aus der Zeit, die sie vor Jahren zusammen bei Hofe verbracht hatten. Sie war eine praktische, weltkluge Frau, und obwohl sich Althea über die Jahre immer mehr zurückgezogen hatte, war sie doch pragmatisch und nüchtern geblieben.

Lydia hatte schon seit langem den Gutsherrn Comyn in Verdacht, eine abartige Neigung zur Gewalt zu haben. Konnte sie glauben, daß er in einem sinnlosen Akt der Gewalt seine Tochter getötet hatte? Leicht. Er hatte seinen jüngsten Sohn wie ein Opferlamm zur Schlachtbank geführt, um Clans miteinander zu verknüpfen, und hatte ihn an eine der Großnichten des Bruce verkuppelt.

Bei all den krankhaften und widerwärtigen Gewalttätigkeiten des Red Comyn hatte Althea es geschafft, die Nachwirkungen zum Wohlergehen ihres Clans zu mildern. Sie war eine außergewöhnliche Frau, die ihre Kinder und Enkelkinder durch bloßen Willen und Entschlossenheit zusammenhielt.

Und daher war für Lydia der Gedanke, daß die pragmatische Lady Comyn einem Anflug von Hirngespinsten erlegen sei, weniger glaubhaft als die Möglichkeit einer Reise durch die Zeit. Einfach gesagt, Althea Comyn war viel zu sehr kühle Realistin, um irgendeinem Unsinn zu frönen.

Nachdem sie ihre Schlüsse gezogen hatte, lächelte Lydia sanft zu Adrienne, die schweigend und voller Spannung wartete. »Hawk erzählte mir, was Lady Comyn gesagt hat, Adrienne. Daß du nicht ihre Tochter bist. Daß du aus dem Nichts erschienen bist. Tatsächlich habe ich deinen Akzent aufwallen und abebben hören wie eine stürmische, unvorhersagbare Flut.«

Adrienne fühlte sich kurzzeitig etwas gekränkt. »Wirklich?«

Lydia lächelte. »Als du krank warst, verschwand dein Akzent völlig, mein Liebes.«

Adrienne blinzelte. »Warum hat mich nie jemand darauf angesprochen?«

»Vielleicht ist es dir entgangen, aber es war hier nicht besonders ruhig, seit du nach Dalkeith gekommen bist. Nicht ein Tag ist vergangen, der nicht irgendwelche Überraschungen gebracht hätte. Mordversuche, unwillkommene Besucher, ganz zu schweigen von Hawk, der sich wie ein liebestoller Jüngling aufführt. Außerdem hoffte ich, du würdest dich mir eines Tages aus freien Stücken anvertrauen. Jetzt haben mir die Wachen erzählt, daß sie mit eigenen Augen gesehen haben, wie du mehrere Male verschwunden und wiederaufgetaucht bist.« Lydia rieb ihre Handflächen mit entrücktem Blick an dem Rock ihres Kleides. »Aus der Zukunft«, murmelte sie leise. »Mein Sohn glaubte, es handele sich um ein schreckliches Erlebnis, was dich dazu gebracht hat, solchen Wahnsinn zu glauben, und dennoch ...«

»Und dennoch was?« drängte Adrienne.

Lydia blickte Adrienne tief in die klaren, offenen Augen. Sie sahen sich einen langen, forschenden Augenblick an.

Schließlich sagte Lydia: »Nein, nicht die Spur von Wahnsinn in diesem Blick.«

»Ich komme aus einer anderen Zeit, Lydia. Ich bin nicht verrückt.«

»Ich glaube dir, Adrienne«, sagte Lydia einfach.

»Wirklich?« Adrienne kreischte förmlich. »Wieso?«

»Ist das wirklich wichtig? Es sollte genügen zu sagen, daß ich dir glaube. Und wenn hier irgendwann einmal alles wieder normal ist, sollte es jemals dazu kommen, möchte ich, daß du mir davon erzählst. Von deiner Zeit. Ich habe viele Fragen, aber sie werden warten. Zur Zeit gibt es wichtigere Dinge, für die wir einen klaren Kopf behalten müssen.« Lydia runzelte nachdenklich die Stirn. »Wie bist du hierhergekommen, Adrienne?«

»Ich weiß es nicht.« Adrienne zuckte hilflos mit den Schultern. »Wirklich, ich habe keine Ahnung.«

»Der Hawk glaubte, es wäre die schwarze Dame. Lady Comyn sagte, sie sei verhext.«

»Das dachte ich auch.«

»Die schwarze Dame war es also nicht ... hmm. Adrienne, wir brauchen absolute Klarheit. Was genau hast du in dem Augenblick getan, als es geschah?«

»Beim ersten Mal, als ich auf Burg Comyn auftauchte, oder dieses Mal?«

»Dieses Mal«, sagte Lydia. »Obwohl wir das erste Mal ebenfalls untersuchen sollten, um Gemeinsamkeiten zu finden.«

»Nun ... ich spazierte durch die Gärten und dachte an das zwanzigste Jahrhundert. Ich dachte daran, wie sehr –«

»Du dahin zurückwolltest«, beendete Lydia den Satz für sie, mit einer Spur von Bitterkeit.

Adrienne war ebenso überrascht wie gerührt. »Nein. Eigentlich dachte ich daran, wie schön es hier ist. In den neunziger Jahren, mein Gott, Lydia. Die Menschen waren praktisch außer Kontrolle! Kinder, die ihre Eltern töten. Eltern, die ihre Kinder töten. Kinder, die Kinder töten. Alle haben sie Mobiltelefone an den Ohren, und dennoch habe ich niemals eine solche Entfernung zwischen Menschen erlebt, die so krampfhaft versuchen, sich nahe zu sein. Und genau an dem Tag, an dem ich ging, hättest du die Schlagzeilen in den Zeitungen sehen sollen. Ein Junge erwürgte ein kleines Mädchen, weil sie ihn nicht telefonieren lassen wollte. Oh, ich dachte mit Bitterkeit an diese Zeit und verglich sie mit zu Hause, und zu Hause hat eindeutig gewonnen.«

»Kannst du das noch mal sagen?« bat Lydia leise.

»Was?« fragte Adrienne verblüfft. »Oh, Schlagzeilen, Zeitungen, das sind –« Sie hob an zu erklären, aber Lydia unterbrach sie.

»Zu Hause.« Ein strahlendes Lächeln überzog Lydias Gesicht. »Du hast dies hier zu Hause genannt.«

Adrienne blinzelte. »Hab ich?«

Die beiden Frauen sahen sich einen langen Augenblick in die Augen.

»Beim Samhain, Lydia, gib ihr den Kaffee, will ich mal sagen.« Tavis' rauhe Stimme kam von der Tür. »Auf so eine Weise hin und her geschubst zu werden, das macht bestimmt durstig.«

»Kaffee?« Adrienne war obenauf.

»Ah.« Lydia lächelte. Zufrieden mit sich selbst und über alle Maßen entzückt über ihre Schwiegertochter, die Dalkeith-Upon-the-Sea als ihr Zuhause bezeichnet hatte, ohne es überhaupt zu bemerken. Sie füllte schnell einen Porzellanbecher mit der dampfenden Flüssigkeit und stellte ihn stolz vor Adrienne auf den Tisch.

Adriennes Nase bebte, als ihre Geruchsnerven vor Freude hüpften, und sie griff gierig nach dem Becher. Sie schloß die Augen, atmete tief ein und trank.

Und würgte.

Tavis klopfte ihr auf den Rücken und blickte anklagend zu Lydia. »Ich habe es doch gleich gesagt!« sagte er.

Als Adrienne wieder atmen konnte, wischte sie sich die Tränen aus den Augen und blickte mißtrauisch in die Tasse. »Oh, Lydia! Man läßt nicht den Bodensatz – nein, nicht direkt Boden ... eher wie eine Paste. Was habt Ihr gemacht? Die Bohnen zerstoßen und mit Wasser vermischt? Baah!«

»Hatte ich nicht gesagt, daß Ihr es durch ein Sieb schütten müßt«, erinnerte Tavis. »Würdet Ihr so etwas trinken wollen?«

»Nun, in all dem Durcheinander hab' ich's halt vergessen.« Lydia schnappte sich den Becher. »Da du ja so sicher bist, alles richtig zu machen, machst du es!« Sie hielt Tavis den Becher entgegen und ließ dabei dicke, braune Flüssigkeit auf den Boden platschen.

»Fein. Das wäre doch gelacht, will ich mal sagen!« Mit hochmütigem Blick machte er sich auf den Weg zur Speisekammer.

Lydia seufzte. »Adrienne, ich weiß, daß es für dich bisher kein besonders guter Morgen war. Ich wollte Kaffee für dich machen, aber an Stelle von Kaffee, was hältst du von einer Tasse Tee und einem Schwätzchen?«

»Oh – oh«, seufzte Adrienne. »Ich kenne diesen Blick, Lydia. Was ist los? Abgesehen davon, daß ich durch die Zeit geschleudert wurde?«

»Tee?« wich Lydia aus.

»Gespräch«, sagte Adrienne vorsichtig.

Wie sollte sie es am besten anfangen? Lydia war entschlossen, nichts vor ihr zu verbergen. Lügen und Halbwahrheiten hatten die unangenehme Eigenschaft, Mißtrauen hervorzurufen und zu schüren. Wenn Adrienne den Hawk sehen könnte, wie er wirklich ist, würde die Wahrheit hoffentlich keinen Schaden anrichten; aber Lügen, welcher Art auch immer, ganz bestimmt. »Esmeralda ist tot.«

»Das tut mir leid«, bekundete Adrienne sofort. »Aber wer ist Esmeralda?«

»Hawks ... äh ... nun, seine ehemalige Geliebte, das erklärt es wohl am besten –«

»Du meinst, zusätzlich zu Olivia? Und wo hat er *sie* gehalten, nebenbei gefragt? Im Verlies? Im Turm? Im Zimmer neben meinem?«

Lydia zuckte zurück. »So verhält es sich nicht, Adrienne. Er hat sich Monate vor deiner Ankunft von ihr getrennt. Sie lebte bei den Roma, die in den warmen Jahreszeiten auf unseren Weiden lagern. Nach alldem, was ihre Leute heute morgen Tavis erzählten, war sie es, die versucht hat, dich zu töten. Die gute Nachricht ist, du bist jetzt sicher.«

»Habe ich das nicht schon die ganze Zeit gesagt? Ich sagte dir, daß es wahrscheinlich eine der ehemaligen Mätressen jenes Mannes war, oder etwa nicht? Oh!« Sie sprang auf die Füße.

»Adrienne.«

»Was noch?«

Oh, zum Henker, kochte Lydia. *Komm schon, Kopf hoch*, sagte sie zu sich selbst, denn ein Blick in Adriennes Gesicht hatte ihr verraten, daß sie geradewegs auf einen ordentlichen Streit mit dem Hawk zusteuern wollte, und daß sie wütend sein würde wie eine spuckende Todesfee, wenn sie erkannte, daß es keinen geben würde. »Hawk ist im Morgengrauen nach Uster abgereist.«

»Für wie lange?« knirschte Adrienne.

»Das hat er nicht gesagt. Adrienne! Warte! Wir müssen dahinterkommen, was dich hierhergebracht hat!« Aber Adrienne hörte schon nicht mehr hin.

Lydia seufzte, als Adrienne aus der Küche hinausstürmte und ununterbrochen vor sich hin murmelte: »Arroganter, schweinsköpfiger Arschtritt-Neandertaler...«

Kapitel 23

Bitte, was ist dein Problem, Adrienne de Simone? fragte sie sich wütend selbst.

Sie zuckte mit den Schultern und seufzte, bevor sie sich hilflos an einen nahen Rosenstrauch wandte. »Wie es scheint, habe ich etwas für den Mann übrig.«

Der Rosenstrauch nickte vielsagend in der lauen Sommerbrise, und Adrienne schüttete ihrem gebannt lauschenden Publikum bereitwillig das Herz aus.

»Ich weiß, er war mit vielen Frauen zusammen. Aber er ist nicht wie Eberhard. Natürlich, wahrscheinlich gibt es niemanden wie Eberhard, außer vielleicht ein fünfköpfiges Monster aus dem Schlund der Hölle.«

Als der Rosenstrauch ihr nicht den Vorwurf machte, melodramatisch zu sein oder ins Dichterische abzugleiten, gab sie ein wirklich mitleiderregendes Seufzen von sich und fuhr fort. »Ich werde, verdammt noch mal, einfach nicht schlau aus diesem Mann. Zuerst will er mich – ich meine, komm schon, er hat meine Dame verbrannt, um mich hierzubehalten, was offensichtlich nicht wirklich geklappt hat. Aber die Absicht war da. Er rettet mir zum wiederholten Mal das Leben, obwohl es gewissermaßen indirekt seine Schuld war, daß ich überhaupt in Gefahr geriet, dann weigert er sich, mich zu empfangen. Und als ob das nicht schon reichen würde, macht er sich aus dem Staub, ohne auch nur ein Gehab dich wohl!«

Gereizt zupfte Adrienne an dem Rosenstrauch.

»Ich glaube nicht, daß ihm die Notwendigkeit offener und rechtzeitiger Kommunikation wirklich bewußt ist. Rechtzeitig bedeutet *jetzt*. Wo genau *liegt* Uster überhaupt?« Sie überlegte ernsthaft, sich ein Pferd zu suchen und selbst dorthin zu reiten. Wie konnte er es bloß wagen, abzuhauen und sie zurückzulassen? Nicht, daß sie etwas gegen ihre Umgebung einzuwenden hätte – Dalkeith-Upon-the-Sea war sicherlich ein wunderbarer Ort, was aber, wenn sie für immer in ihre eigene Zeit zurückgeschleudert würde und ihn nie wiedersah?

Verdammt, wenn das die Dinge nicht in ein völlig anderes Licht tauchte. Ein paar Soldaten des Krieges, der in ihrer Brust tobte, erhoben sich und verlegten ihr Lager in verräterischer Manier an die Wurzeln dieses Gedankens.

Wie hatte ihr bloß dieser Fehler unterlaufen können zu vergessen, daß sie verschwinden könnte, ohne den Mann, dem sie angetraut war, jemals wiederzusehen? Daß sie es nicht im geringsten unter Kontrolle hatte? Zwanzig weitere Soldaten schlugen sich in dem Spektakel, das sich in ihrem Inneren abspielte, auf die Seite des Hawk. Heiliges Kanonenrohr.

Fragst du dich nicht, Adrienne, wie es sich anfühlen würde, neben ihm zu liegen, in der flirrenden Hitze überwältigender Leidenschaft?

Okay. Sie hatte noch einen Soldaten auf ihrer Seite, und sein Name war Herr Mißtrauen von Furcht.

Verräter! Finster blickte sie auf das neue Feldlager des Hawk. Allein an ihn zu denken ließ in ihr Hitze aufsteigen. Sie ließ ihre Finger durch das perlende, chemiefreie Wasser des Brunnens gleiten.

Sie konnte sich nicht vorstellen, nie wieder diesen herrlichen Brunnen zu sehen, nie wieder die reine Lavendelluft von 1513 zu atmen. Keine Lydia, kein Tavis. Kein Schloß am Meer. Kein Schloßherr Hawk, Mann aus Stahl und glühender Leidenschaft. Nur Seattle und bittere Erinnerungen und Furcht, die sie dazu brachten, ihr Haus nicht zu verlassen. Die neunziger Jahre, Geschäfte, Smog und Ozonlöcher.

Sie bezweifelte, daß Hawk je versuchen würde, sie allein in den Urlaub zu schicken. Er schien die Art Mann zu sein, der seine Frau in Ehren hielt und nahe an seiner Seite, wenn die Frau es zuließ. Nah an dieser traumhaft muskulösen Seite, und unter diesem Kilt...

»Träum einen sündhaften Traum«, seufzte sie leise. Adrienne preßte die Augen fest zusammen und ließ den Kopf in ihre Hände sinken. Unendlich viele Fragen überschlugen sich in ihrem Kopf, und langsam, aber entschlossen half sie dem letzten kleinen Soldaten auf die Beine, staubte ihn ab und nahm ihn bei der Hand, um ihn auf die andere Seite der Schlacht zu führen. Sie hatte ihre Entscheidung getroffen. Sie würde es versuchen.

Langsam hob sie den Kopf, und ihre Augen begegneten Adams stechendem Blick. Wie lange hatte er schon dagestanden und sie mit Verehrung im Blick beobachtet? Dunkle Augen, schwarz wie der Haß. *Was war wohl der Grund dafür?*

»Du haßt den Hawk, nicht wahr, Adam?« fragte sie in einem Aufblitzen kristallklarer Intuition.

Er lächelte voller Hochachtung. »Ihr Frauen seid so. Mit sicherem Blick genau ins Schwarze treffen. Aber Haß verleiht seinem Objekt eine große Wichtigkeit«, höhnte er, während er sich neben ihr auf dem Brunnenrand niederließ.

»Keine Spielchen mit mir, Adam. Beantworte meine Frage.«

»Das würde dir gefallen? Ehrlichkeit von einem Mann?«

»Ja.«

Er zuckte mit seiner wohlgeformten, sonnengebräunten Schulter. »Ich hasse den Hawk.«

»Warum?« fragte Adrienne empört.

»Er ist ein Narr. Er schafft es nicht, deine Schönheit entsprechend zu würdigen, Schönheit.«

»Meine *was*?« Das *Unwichtigste* an ihr überhaupt.

Der Schmied ließ ein blendendes Lächeln aufblitzen. »Er will nur deine Schenkel spreizen und lüstern dann dazwischengleiten, doch taugetränkten Blütenblättern, schlüpfrig von Liebe, würd' *ich* Unsterblichkeit bereiten.«

Adrienne versteifte sich. »Sehr poetisch, aber es besteht kein Grund, unverschämt zu werden, Adam. Und du kennst mich noch nicht einmal.«

»Ich kann mir nicht vorstellen, womit ich meine Zeit lieber verbringen würde, als damit, dich zu erkennen. Im rein biblischen Sinn, da dir meine anderen Anspielungen ja zu anschaulich sind. Ist das hübsch genug für dich?«

»Wer bist du?«

»Ich kann jedermann sein, den du willst.«

»Aber wer bist *du*?« wiederholte sie hartnäckig.

»Ich bin der Mann, den du dein ganzes Leben lang gebraucht hast. Ich kann dir alles geben, was du dir wünschst, noch bevor du dir deines Wunsches bewußt wirst. Ich kann all deine Sehnsüchte erfüllen, all deine Wunden heilen, all dein Unrecht wiedergutmachen. Du hast Feinde? Nicht an meiner Seite. Du hast Hunger? Ich werde dir die köstlichsten Happen suchen und dich mit bloßen Händen füttern. Du hast Schmerzen? Ich werde sie lindern. Böse Träume? Ich werde sie verjagen. Quälende Erinnerungen? Ich werde zurückgehen und sie ungeschehen machen. Verfüge über mich, und ich werde dein sein.«

Adrienne strafte ihn mit einem vernichtenden Blick. »Die

einzigen quälenden Erinnerungen, die ich besitze, haben allesamt mit schönen Männern zu tun. Also schlage ich vor, daß du mir aus den –«

»Du findest mich schön?«

Irgend etwas stimmte nicht mit den Augen dieses Mannes. »Vom Ästhetischen her«, verdeutlichte sie.

»So schön wie den Hawk?«

Adrienne hielt inne. Sie konnte zeitweilig äußerst bissig sein, aber wenn es hart auf hart ging, wich sie ab von ihrer Linie, um nicht die Gefühle anderer Menschen zu verletzen. Adrienne zog es vor zu schweigen, wenn ihre Meinung nicht der erwünschten Antwort entsprach, und in diesem Fall war ihr Schweigen Antwort genug.

Adam preßte die Zähne zusammen.

»So schön wie den Hawk?«

»Männer sind verschieden. Man kann Äpfel nicht mit Orangen vergleichen.«

»Danach habe ich nicht gefragt. Ich fordere dich auf, einen Mann mit einem Mann zu vergleichen. Den Hawk mit mir«, knurrte er.

»Adam, ich werde mich darauf nicht einlassen. Du versuchst mich zu zwingen, etwas zu sagen –«

»Ich erwarte nur eine ehrliche Antwort.«

»Warum ist das für dich so wichtig? Warum kümmert es dich überhaupt?«

Seine Stimmung wechselte, quecksilberartig. »Gib mir eine Chance, Schönheit. Du sagtest, ich sei ästhetisch anziehend. Du kannst Männer nicht miteinander vergleichen, bis du nicht den Genuß erlebt hast, den sie dir bereiten können. Leg dich zu mir, Schönheit. Laß mich –«

»Hör auf!«

»Als du mich beim Schmieden beobachtetest, setzte es dich in Flammen.« Adams intensive schwarze Augen bohrten sich in ihre, durchdringend und tief. Er ergriff ihre Hand und führte sie, die Handflächen nach oben, an seine Lippen.

»Ja, aber dann habe ich –«, sie brach schnell ab.

»Den Hawk gesehen«, spuckte Adam verbittert. »Hawk, der Großartige. Hawk, die lebende Legende. Hawk, der verführerische Bastard. Hawk – des Königs Hure. Erinnerst du dich?«

Sie sah ihn traurig an. »Hör auf, Adam«, sagte sie schließlich.

»Bist du mit ihm ins Bett gegangen?«

»Das hat dich nicht zu interessieren! Und laß meine Hand los!« Sie versuchte ihre Hand wegzuziehen, doch sein Griff verstärkte sich, und als seine Finger ihr Handgelenk streichelten, spürte sie, wie sich Verwirrung ihrer Sinne bemächtigte.

»Antworte mir, Schönheit. Hast du mit dem Hawk geschlafen?«

Sie schluckte verkrampft. *Ich werde ihm nicht antworten*, schwor sie sich hartnäckig, selbst dann noch, als ihre Lippen »nein« murmelten.

»Dann läuft das Spiel noch, Schönheit, und ich kann immer noch gewinnen. Vergiß den Hawk. Denk an Adam«, säuselte er, als er sich mit einem brutalen Kuß ihrer Lippen bemächtigte.

Adrienne schien tiefer und tiefer in ein trübes Meer zu sinken, was in ihr den Wunsch weckte, sich zusammenzurollen und sich in sich selbst zurückzuziehen.

»Adam. Sag es, Schönheit. Verlange nach mir.«

Wo war der Hawk, wenn sie ihn brauchte? »H-H-Hawk«, flüsterte sie gegen Adams strafenden Mund.

Zornbebend zwang Adam ihren Kopf nach hinten, bis sie in seine wütenden Augen sah. Während Adrienne ihn ansah, schienen Adams düstere Züge seltsam zu schimmern, veränderten sich … aber das war nicht möglich, versicherte sie sich selbst. Adams dunkle Augen schienen plötzlich die goldenen Sprenkel des Hawk zu besitzen, Adams Unterlippe wölbte sich plötzlich in Hawks sinnliche Einladung.

»Ist es das, was ich tun muß, um dich zu besitzen?« fragte Adam verbittert.

Adrienne starrte ihn in erschrockener Faszination an. Adams Gesicht verschmolz und formte sich um, und mit jeder Sekunde, die verstrich, sah er ihrem Ehemann immer ähnlicher.

»Muß ich von solchen Kunstgriffen Gebrauch machen? Ist das der einzige Weg, daß du mich willst?«

Adrienne streckte eine zitternde Hand aus, um sein seltsam betäubendes Gesicht zu berühren. »A – Adam, h-hör auf!«

»Setzt das dich in Flammen, Schönheit? Wenn ich sein Gesicht trage, seine Hände? Denn das werde ich, wenn es sein muß.«

Du träumst, sagte sie sich. *Du bist eingeschlafen und hast einen echt schlimmen Alptraum, aber es wird vorbeigehen.*

Adams Hände waren an ihren Brüsten, und Finger von eisigem Feuer jagten eine Flut intensiver Gefühle durch ihr Rückgrat … aber es war kein Genuß.

* * *

Ein Dutzend Schritte entfernt erstarrte der Hawk in der Bewegung, nachdem er die lange Brücke zu den Gärten hochgeeilt war. Linie um Linie, Muskel um Muskel wurde sein Gesicht zu einer Maske aus Wut und Schmerz.

Wie lange war er fort gewesen? Ein Dutzend Stunden? Einen halben Tag?

Die Wunde, die er sich zugezogen hatte, als er ihr Leben

rettete, brannte wütend in seiner Hand, während sein Verlangen nach ihr zornig unter seinem Kilt pulsierte.

Er zwang sich, einige Zeit hinzusehen, um sich unauslöschbar ins Hirn zu brennen, was für ein Narr er doch gewesen war, dieses Mädchen zu wollen, sie zu lieben, sogar, wenn sie ihn betrog.

Der harte, bronzene Körper des Schmieds lag der Länge nach über die wollüstigen Kurven seiner Frau gestreckt, während sie sich auf dem Rand des Brunnens räkelten. Seine Haare waren in ihre silbrigblonde Mähne verwoben, und sein Mund verschloß die kapitulierenden Lippen seiner Frau.

Hawk beobachtete, wie sie wimmerte, wie ihre Hände rasend vor Verlangen den Schmied bearbeiteten ... wie sie an seinem Haar zog, sich außer sich in seine Schulter krallte.

Gras und Blumen wurden unter seinem Stiefel aus der würzigen Erde gerissen, als der Hawk sich abwandte.

* * *

Adrienne kämpfte um ihren Verstand. »Fahr ... zurück ... egal aus welcher Hölle ... d-du g-g-gekommen bist.« Die Worte verlangten ihr den letzten Funken von Energie ab, den sie noch besaß, und ließen sie kraftlos nach Luft schnappend zurück.

Die brutalen Hände gaben sie abrupt frei.

Sie fiel von der Kante und landete mit einem Platsch im Brunnen.

Das kühle Wasser spülte die lähmende Verwirrung unverzüglich fort.

Sie duckte sich in Panik und erwartete die Hand des Schmieds, die sich nach ihr streckte, aber nichts geschah.

»A-Adam?«

Eine Brise des tückischen Windes streichelte ihre fröstelnden Brustwarzen durch den dünnen Stoff ihres Kleides. »Oh!« Sie bedeckte sie hastig mit den Handflächen.

»A-Adam?« rief sie, ein wenig lauter. Keine Antwort. »Wer bist du wirklich?« schrie sie wutentbrannt in den leeren Morgen.

Kapitel 24

In ihrer Depression spielte Adrienne mit dem Gedanken, das Essen dranzugeben. Sie fragte sich, ob es im Jahr 1513 Zigaretten gab, überlegte es sich noch einmal und entschied sich dann, doch zu essen.

Bis sie den Scotch fand.

Gerade zur rechten Zeit, dachte sie, während sie in seinem Arbeitszimmer saß und die Füße auf seinen Schreibtisch legte. Sie goß sich einen ordentlichen Schuß Whisky in einen Trinkbecher aus geschliffenem Kristallglas und nahm einen brennenden Schluck. »Ach«, sagte sie etwas nachdenklich zum Schreibtisch, »sie brennen einen edlen Tropfen, oder etwa nicht?«

Sie verbrachte den Rest des Nachmittags und den Abend in seiner geheiligten Zufluchtsstätte, um sich den Annäherungen des seltsamen Schmiedes, Lydias dauernder Sorge und ihren eigenen Seelenqualen zu entziehen. Sie las in seinen Büchern und beobachtete den Nieselregen, der einsetzte, während sie das Glas mit dem Scotch leerte. Er hat einen erlesenen Geschmack, was Bücher betrifft, dachte sie. Sie könnte sich in einen Mann verlieben, der gerne las.

Später, als sie seinen Schreibtisch durchstöberte, sagte sie sich, daß sie jedes Recht dazu habe, weil sie ja schließlich und letztendlich seine Ehefrau war. Briefe an Freunde, von Freunden, an seine Mutter, während er fort gewesen war, lagen fein säuberlich verschnürt in einem Kistchen.

Adrienne kramte in den Schubladen und fand Miniaturporträts von Hawks Geschwistern. Sie entdeckte Schätze seiner Kindheit, die es ihr warm ums Herz werden ließen: einen Lederball mit oft geflickten Nähten, geschickt geschnitzte Tierfiguren, Steine und Schmuckstücke.

Das zweite Glas Scotch schmeckte ihr bei weitem zu gut. *Genug Scotch, Adrienne, und es ist längst überfällig, etwas zu essen.*

Auf unsicheren Beinen machte sie sich auf zum Hauptsaal.

* * *

»Weib.« Die Stimme war ohne Wärme.

Adrienne fuhr zusammen und schnappte nach Luft. Sie wirbelte herum und sah sich Auge in Auge mit dem Hawk. Aber er war doch nach Uster gegangen, oder? Offensichtlich nicht. Ihr Herz hüpfte vor Freude. Sie war bereit, es zu versuchen, doch irgend etwas in seinem Blick machte sie nervös, und sie hatte nicht die blasseste Ahnung, weshalb. Sie kniff die Augen zusammen und sah ihn forschend an. »Du siehst ungemein streitsüchtig aus«, sagte sie. Ihr entfuhr ein spitzer Angstschrei, als er blitzartig auf sie zustieß. »W-was tust du, Hawk?«

Seine Hände schlossen sich mit stählerner Besitznahme um ihre Handgelenke, während er sie mit seinem kraftvollen Körper gegen die kühle Steinwand des Korridors preßte.

»Hawk, was –«

»Schweig, Mädchen.«

Mit weit aufgerissenen Augen starrte sie in sein Gesicht und forschte nach einer Erklärung für die eisige Feindseligkeit in seinen Augen.

Er zwängte sein muskulöses Bein zwischen ihre Schenkel und spreizte sie brutal. »Du hast getrunken, Weib.«

Sein Atem traf warm auf ihr Gesicht, sie konnte den durchdringenden Gestank von Alkohol riechen. »Und? Du auch! Und ich dachte, du wärst in Uster.«

Seine schönen Lippen verzogen sich zu einem bitteren Lächeln. »Ja, ich bin mir dessen völlig bewußt, daß du dachtest, ich wäre in Uster, Weib.« Sein Akzent schnarrte heiser und verriet das Ausmaß seiner Wut.

»Ich verstehe nicht, warum du auf mich so wütend bist! *Du* bist derjenige, der neun Millionen Mätressen hatte, und *du* bist derjenige, der abgereist ist, ohne sich zu verabschieden, und *du* bist derjenige, der –«

»Was dem einen recht ist, muß dem anderen noch lange nicht billig sein«, knurrte er. Er krallte seine Hand in ihr Haar, riß brutal ihren Kopf zurück und entblößte die blasse Wölbung ihrer Kehle. »Weder beim Alkohol noch bei Liebhabern, Weib.«

»Was?« Er sprach in Rätseln, während sie versuchte, mit ihm ein halbwegs nüchternes Gespräch zu führen. Sie schnappte nach Luft, als er sie zärtlich in die Halsbeuge biß, wo ihr Puls wie wahnsinnig pochte. Wenn sie mit diesem Mann nüchtern schon nicht fertig werden konnte, dann bestimmt nicht beschwipst.

Mit unerträglicher Muße ließ er seine Zunge ihren Hals hinabgleiten und über die obere Wölbung ihrer Brüste. Ihr Mund wurde trocken, und in ihrem Bauch flatterte ein ganzer Schwarm zwitschernder Vögel.

»Lüsternes Weib«, hauchte er gegen ihre makellose Haut.

Adrienne stöhnte leise, teilweise aus Schmerz über seine Worte und teilweise vor Genuß.

»Treulose, grausame Schönheit, womit habe ich das verdient?«

»Womit habe *ich* –«

»Nein!« dröhnte er. »Sprich nicht. Ich werde keine honigsüßen Lügen mehr aus diesem verführerischen Schlangennest ertragen, das du einen Mund nennst. Jawohl, Mädchen, du besitzt das grausamste aller Gifte. Besser, ich hätte dich dem Giftstachel überlassen, oder dem Pfeil. Ich war ein Narr, deinetwegen auch nur einen Moment des Schmerzes durchlitten zu haben.«

Träume ich wieder? fragte sie sich. Aber sie wußte, daß es nicht so war, denn noch nie war sie sich in einem Traum so sehr jedes Zentimeters ihres eigenen Körpers bewußt gewesen, ihres treulosen Körpers, der darum bettelte, näher an diesen wütenden Mann zu kommen, diesen Mann, der selbst in seiner Rage erotische Anziehungskraft verströmte.

»Sag mir, was er dir zu geben hat, das ich nicht habe! Sag mir, wonach du bei diesem Manne lechzt. Und nachdem ich dir jeden Zentimeter von dem gezeigt habe, was ich dir zu geben habe, kannst du mir sagen, ob du immer noch denkst, daß er mehr hat als ich.«

»Der Schmied?« fragte sie ungläubig.

Er ignorierte ihre Frage. »Ich hätte das schon vor langer Zeit tun sollen. Du bist *meine* Frau. Du wirst *mein* Bett teilen. Du wirst *meine* Kinder tragen. Und mit absoluter Sicherheit wirst du, wenn ich erst einmal mit dir fertig bin, nie wieder dieses Wort aussprechen. Ich habe dir einmal die Gesetze des Hawk erklärt. Jetzt erinnere ich dich zum letzten Mal daran. *Schmied* und *Adam* sind zwei Worte, die du mir gegenüber nie wieder erwähnen wirst. Solltest du es dennoch tun, werde ich dich so ausgeklügelt und grausam strafen, daß du dir wünschen wirst, nie geboren worden zu sein.«

Die Worte waren mit solch weißglühender und dennoch vorsichtig kontrollierter Wut gesprochen, daß Adrienne nicht einmal anfing zu fragen, an welche Art von Bestrafung er dachte. Sie wußte instinktiv, daß sie es nie herausfinden wollte. Als sie die Lippen öffnete, um zu sprechen, rieb Hawk seinen Körper gegen ihren und preßte sein hartes Geschlecht unnachgiebig zwischen ihre Schenkel. Die Worte, die sie vorhatte zu sagen, wurden in einem leisen *wuusch* ausgeatmet, das zu einem heiseren Stöhnen wurde. Adrienne wollte mit ihm verschmelzen, sich in völliger Hingabe seinem Körper entgegenbäumen. Sie konnte es noch nicht einmal ertragen, neben diesem Mann zu stehen, ohne ihn zu begehren.

Sein Lächeln war höhnisch und grausam. »Fühlt er sich so an, Mädchen? Hat er soviel, dich zu beglücken?«

Kein anderer Mann hat das, dachte sie fiebernd, während ihre Lippen sich ihm gierig entgegenstreckten. Hawk brummte leise, während er seinen Mund in einem unbarmherzigen, strafenden Kuß auf ihren legte.

Adrienne spürte seine Hand, die ihr Kleid anhob, und erkannte, daß der Hawk in seiner momentanen Wut dabei war, sie zu nehmen, genau hier in dem düsteren und kühlen Flur.

Beschwipst oder nicht, das war nicht das, was Adrienne geplant hatte, um ihre wohlbehütete Unberührtheit aufzugeben. Sie begehrte ihn, aber nicht so. Niemals so. »Stopp! Hawk, was auch immer du denkst, das ich getan habe – ich habe es nicht getan!« rief sie.

Er brachte sie mit seinem Mund zum Schweigen, sein Kuß war heiß, gierig und grausam. Sie begriff, daß er sie mit seinem Körper strafte, daß er nicht vorhatte, sie zu lieben, aber sie konnte seiner Zunge nicht widerstehen und konnte nicht verhindern, daß sie seinen Kuß atemlos erwiderte.

Hawk senkte den Kopf und wanderte mit seinen Zähnen ihren Hals hinab, dann reizte er ihre verhärteten Brustwarzen durch ihr Kleid hindurch. Adrienne war so gefangen in ihrer Lust, daß sie nicht merkte was er tat, bis es zu spät war.

Sie spürte ein rauhes Seil an ihren Handgelenken, als er ihre Arme herunterzog und sie umdrehte, um ihre Hände hinter ihrem Rücken festzubinden.

»Du Hurensohn!« zischte sie.

»Hurensohn«, wiederholte er nachdenklich. »Was hast du gegen meine Mutter?«

»Ich habe etwas gegen dich, wenn du so bist! Hawk, warum tust du das? Was habe ich getan?«

»Ruhe, Mädchen«, befahl er leise, und sie lernte jetzt, daß sie sich in höchster Gefahr befand, wenn seine Stimme sanft und geschmeidig war wie eingeöltes Leder. Es war die erste von vielen Lektionen, die er sie lehren würde. Als die seidene Haube über ihr Gesicht glitt, kreischte sie vor Wut und trat mit den Füßen nach ihm. Sich wehrend, betend, in seinen Armen kämpfend, fluchte sie hemmungslos.

»Weib«, sprach er durch die Seidenhaube in ihr Ohr, »du gehörst zu mir. Bald wirst du dich nicht mehr erinnern, daß es eine Zeit gab, in der es nicht so war.«

* * *

Adam stand im Schatten der Eschen und beobachtete, wie der Hawk mit der verhüllten Frau, die sich gegen seinen Griff zur Wehr setzte, durch die Nacht schritt. So glaubte er also, Adam Black entkommen zu können. Glaubte Hawk, er könne sie fortschaffen? Schlau. Adam hatte diesen Punkt nicht bedacht. Hawk hatte sich offensichtlich entschlossen, in bezug auf ihre Abmachung alle Register zu ziehen.

Dieser Kerl fing an, ihn wirklich wütend zu machen.

Nein, das war keineswegs das, was Adam erwartet hatte, als er seinen Auftritt im Garten inszenierte.

Der Mann war also doch abgebrühter, als er vermutet hatte. Er hatte seinen Gegner weit unterschätzt. Er hatte angenommen, der Hawk sei zu anständig und zu *nett*, um zu wissen, wann ein Mann einer Frau gegenüber hart und unnachgiebig wie Stahl sein mußte. Er hatte damit gerechnet, daß der noble Hawk so verletzt sein würde, sie mit dem Schmied zu sehen, daß er sie verfluchen und ihr abschwören würde, sich vielleicht von ihr scheiden ließe – und jede dieser Reaktionen, so hatte er geplant, würde sie zu seinem lodernden Schmiedefeuer unter den Eschen treiben. Er hatte geglaubt, offensichtlich irrtümlicherweise, daß der Hawk zumindest ein oder zwei Charakterschwächen hatte.

»Schweig, Weib!« hallte der Bariton des Hawk in der Dunkelheit wider. Adam schauderte. Kein Sterblicher sollte eine solche Stimme haben.

Na gut, das hatte halt nicht geklappt. Er würde schwerere Geschütze auffahren müssen, denn wenn ein solcher Mann eine Frau fortschaffte und sie einige Zeit bei sich hielt, würde die Frau mit Sicherheit ihm gehören, wenn er mit ihr fertig war.

Und Adam verlor niemals ein Spiel. Und bestimmt nicht dieses.

Er trat aus dem Schatten heraus, bereit, dem Hawk entgegenzutreten, als er ein barsches Flüstern hinter sich vernahm.

»Narr!«

»Was ist jetzt schon wieder?« knurrte Adam und drehte sich um, um König Finnbheara anzusehen.

»Die Königin verlangt nach deiner Anwesenheit.«

»Jetzt?«

»Jetzt sofort. Sie ahnt etwas. Ich glaube, es ist wieder diese neugierige kleine Aine. Du wirst dich von diesem Spiel zurückziehen müssen, zumindest lange genug, um das Mißtrauen der Königin zu entkräften. Komm.«

»Ich kann jetzt nicht.«

»Du hast keine Wahl. Sie wird sonst zu dir kommen. Und dann bleibt uns überhaupt keine Chance mehr.«

Adam stand einen langen Moment still und spürte, wie seine Wut sich durch seinen Körper brannte, eine Aschespur der Entschlossenheit zurücklassend. Er mußte äußerst vorsichtig sein, wenn seine Königin im Spiel war. Es würde nicht gut für ihn ausgehen, wenn er sich auf irgendeine Weise ihren Launen oder ihrem Willen in den Weg stellte.

Er erlaubte sich einen langen Blick über die Schulter auf die sich entfernende Gestalt zu Pferde. »Sehr wohl, mein Gebieter. Durch diese vermodernde Hölle, außer meinem Willen niemandem verpflichtet als der *schönsten* Königin, laßt uns voranschreiten.«

Kapitel 25

Sie hörte erst auf zu schreien, als ihr die Stimme versagte. *Dumm*, sagte sie sich. *Was hatte sie damit erreicht? Nichts. Du bist zusammengeschnürt wie ein Hühnchen, das gerupft werden soll, und jetzt kannst du nicht einmal mehr Protest piepsen.*

»Nimm nur die Haube ab, Hawk«, bettelte sie mit sandigem Flüstern. »Bitte!«

»Regel Nummer neun. Mein Name ist von jetzt an Sidheach. *Sidheach*, nicht Hawk. Wenn du ihn benutzt, wirst du belohnt werden. Wenn nicht, werde ich keine Schonung gewähren.«

»Warum willst du, daß ich diesen Namen benutze?«

»Dadurch weiß ich, daß du begreifst, wer ich wirklich bin. Nicht der legendäre Hawk. Der Mann. Sidheach James Lyon Douglas. Dein Gemahl.«

»Wer hat dich zuerst Hawk genannt?« fragte sie heiser.

Er unterdrückte einen prompten Fluch, und sie spürte seine Finger an ihrer Kehle. »Wer mich zuerst Hawk nannte, macht keinen Unterschied. Jeder tat es. Aber der König hat mich ausschließlich so genannt«, knirschte er. Er fügte nicht hinzu, daß er in seinem ganzen Leben noch keiner Frau die Erlaubnis gegeben hatte, ihn Sidheach zu nennen. Nicht einer.

Er band die Haube auf und nahm sie ihr vom Gesicht, dann goß er ihr kühles Wasser in den Mund und linderte ein wenig das Brennen, das ihre Stimme so rauh machte. »Versuche heute abend nicht mehr zu schreien, Mädchen. Deine Kehle wird bluten.«

»König James benutzte nur diesen Namen?« fragte sie schnell.

Ein weiterer Seufzer. »Ja.«

»Warum?«

Sie konnte fühlen, wie sich sein Körper hinter ihrem Rükken verspannte. »Weil er sagte, daß ich sein gefangener Falke sei, und es war die Wahrheit. Er kontrollierte mich fünfzehn Jahre lang, so sicher, wie ein Falkner seinen Vogel kontrolliert.«

»Mein Gott, was hat er dir *angetan*?« flüsterte sie, erschrocken über die eisigen Tiefen in seiner Stimme, wenn er von seinem Dienst sprach. Der Hawk von jemand anderem kontrolliert? Unvorstellbar. Aber wenn die Drohung, Dalkeith, seine Mutter und seine Geschwister zu vernichten, über seinem Kopf geschwebt hatte? Die Drohung, Hunderte Angehörige seines Clans zu töten? Was würde der noble Hawk wohl tun, um dies zu verhindern?

Die Antwort fiel ihr nicht schwer. Ihr starker, kluger, ehrenhafter Ehemann würde tun, was immer er tun mußte. Jeden anderen Mann hätte der Hawk getötet. Aber man konnte nicht einfach den König von Schottland töten. Nicht, ohne daß der eigene Clan von der Armee des Königs völlig ausgelöscht werden würde. Gleiches Ergebnis, keine Wahl. Eine Strafe von fünfzehn Jahren, alles wegen eines abgewiesenen und verdorbenen Königs.

»Kannst du mich nicht so annehmen, wie ich jetzt bin, Mädchen? Es ist vorbei. Ich bin frei.« Seine Stimme war so leise und so voller Schmerz, daß ihr fröstelte. Seine Worte warfen sie aus dem Gleichgewicht; es war genau das, was sie selbst hätte sagen können, wenn der Mann, den sie liebte, sie mit ihrer Vergangenheit konfrontieren würde. Ihr Ehemann verstand Schmerz, und vielleicht Scham und ganz gewiß Reue. Welches Recht hatte sie, jemanden für eine dunkle Vergangenheit zu richten und zu verdammen? Wenn sie ehrlich zu sich selbst war, mußte sie sich sogar eingestehen, daß ihre Vergangenheit das Ergebnis ihrer eigenen, naiven Fehler gewesen war, wohingegen sein schmerzvoller Leidensweg einer war, den man ihn gezwungen hatte zu gehen, um seinen Clan und seine Familie zu schützen.

Sie wollte den Mann berühren und heilen, der jetzt so steif und weit entfernt von ihr dasaß, doch sie war sich nicht sicher, wie sie es anfangen sollte. Soviel war klar – er war nicht des Königs Hure gewesen, was auch immer das bedeuten mochte, weil er es sein wollte; diese Erkenntnis verschaffte ihr größte Erleichterung. Mehr als alles andere wollte sie diesen ungestümen, stolzen Mann verstehen. Wollte die Schatten aus seinen schönen dunklen Augen vertreiben. Sie zuckte unwillkürlich zusammen, als sie spürte, wie Seide ihr Kinn streifte.

»Nein! Setz mir nicht wieder die Haube auf. Bitte.«

Hawk ignorierte ihre Proteste, und sie seufzte, als er die Bänder wieder verschnürte.

»Wirst du mir nun sagen, warum?«

»Warum was?«

»Warum ›verbrämst‹ du mich jetzt?« Was hatte sie getan, um seinen Zorn zu reizen?

»Ich hielt mich zurück, Mädchen. Ich gab dir, was kein anderer Mann dir gegeben hätte. Ich gewährte dir Zeit, mich aus freien Stücken zu wählen. Doch es scheint, als sei dein Wille äußerst töricht und müßte überredet werden. Du wirst mich wählen. Und wenn du es tust, wird keines anderen

Mannes Namen mehr auf deinen Lippen sein, keines anderen Mannes Schaft zwischen deinen Schenkeln, keines anderen Mannes Gesicht vor deinem geistigen Auge.«

»Aber –« Sie wollte wissen, warum ihre Zeit so plötzlich abgelaufen war. Was hatte ihn dazu gebracht, jetzt zuzuschlagen?

»Kein Aber. Keine weiteren Worte, Mädchen. Es sei denn, du wolltest, daß ich dir auch noch den Mund verbinde. Von diesem Zeitpunkt an wirst du lernen zu sehen, ohne die Hilfe jener schönen, lügenden Augen. Vielleicht bin ich kein kompletter Narr. Vielleicht wirst du mit deinem inneren Blick die Wahrheit erkennen. Dann wiederum, vielleicht auch nicht. Aber deine erste Lektion ist, daß mein Aussehen nichts damit zu tun hat, wer ich bin. Wer ich in meiner Vergangenheit gewesen sein mag, hat nichts mit dem zu tun, der ich bin. Wenn du mich schließlich klar erkennst, dann, und nur dann, wirst du wieder mit deinen Augen sehen.«

* * *

Sie erreichten Uster kurz nach Morgengrauen. Indem er sein Pferd durch die Nacht hetzte, hatte Hawk eine Reise von zwei Tagen in weniger als einem geschafft.

Er führte sie zum Gutshaus, vorbei an dem gaffenden Personal, die Treppe hinauf und ins Schlafzimmer. Ohne ein Wort durchtrennte er die Fesseln an ihren Handgelenken mit einem Dolch, schubste sie zum Bett und verriegelte hinter sich die Tür, als er ging.

* * *

In der Sekunde, als Adriennes Hände frei waren, riß sie sich die Haube vom Kopf. Sie hatte vorgehabt, sie in winzige seidene Fetzen zu zerreißen, kam allerdings zu der Einsicht, daß er wahrscheinlich etwas anderes benutzen würde, wenn sie die Haube zerstörte. Davon abgesehen, sann sie, hatte sie nicht vor, mit ihm zu kämpfen. Sie hatte genug Probleme am Hals, indem sie versuchte, sich ihren eigenen Gefühlen zu stellen; laß ihn tun, was er glaubt, tun zu müssen. Es gab ihr mehr Zeit, sich mit den neuen Gefühlen in ihrem Inneren vertraut zu machen. Lieber Himmel, war er wütend auf sie. Sie war sich nicht sicher, was genau ihn so wütend gemacht hatte, aber ihr Entschluß stand noch immer fest. Im Angesicht seiner Wut hatten ihre Soldaten nicht ihre Meinung geändert. Sie standen alle stolz auf der Seite des Hawk, und sie stand geschlossen an ihrer Seite.

Er hatte vor, sie ohne Gefühl zu verführen? Ihren inneren Blick auf ihn zu öffnen?

Er brauchte nicht zu wissen, daß er schon geöffnet worden war und daß sie schamlos jede Sekunde der Verführung erwartete.

* * *

Der Hawk wanderte langsam durch die Straßen von Uster. Zu dieser späten Stunde waren sie beinahe verlassen, nur wer mutig war, völlig verblödet oder Böses im Schilde führte, ging spät nachts durch die Straßen, wenn dichter Nebel sich senkte. Er fragte sich, zu welcher Kategorie er wohl gehörte.

Viel war begonnen worden an diesem Tag, doch viel mehr blieb noch zu tun. Er hatte den größten Teil des Morgens damit verbracht, die Bücher des Müllers durchzusehen, und hatte mit wütenden Dorfbewohnern gesprochen, die dem Mann vorwarfen, ihr Getreide zu vertauschen. Es gab nur einen Müller, und er war von den Männern des Königs eingesetzt worden, bevor Hawk von seinem Dienstversprechen befreit worden war. Da er der einzige war, hatte er absolute Gewalt über das Getreide der Dorfbewohner und hatte, in betrügerischem Einverständnis mit dem Verwalter, tatsächlich mit falschen Gewichten betrogen, gutes Getreide gegen schimmeliges Mehl vertauscht und damit drei Ortschaften weiter nördlich einen ordentlichen Profit gemacht.

Hawk seufzte. Das war nur das erste von einem Dutzend weiterer Probleme gewesen, um die er sich zu kümmern hatte. Er würde vierzehn Tage lang zu Gericht sitzen müssen, um all das aufzuarbeiten, was unter seiner milden Vernachlässigung fehlgegangen war, während er aufgrund seines Dienstes bei König James abwesend gewesen war.

Aber er hatte Zeit, den vielen Unannehmlichkeiten der Dorfbewohner abzuhelfen, und genau das würde er tun.

Seine Leute waren außerordentlich erfreut gewesen, daß er endlich wieder einmal da war, um sich um ihre Angelegenheiten zu kümmern. Vom heutigen Tag an hatten drei Männer in Uster die Gerätschaften und Rechte eines Müllers. Der Hawk lächelte. Wettbewerb würde seinen Leuten guttun.

Rainfarn und Minze wehten aus der Tür eines offenen Lokals, als er vorbeiging. Eine Frau stand im Türrahmen und winkte ihn heran, bekleidet nur mit einem dünnen Etwas aus fleckiger, zerknitterter Seide. Der Hawk hob amüsiert eine Augenbraue und lächelte, aber er lehnte dankend ab und ging weiter die Straße hinunter. Seine Augen wurden dunkel und verbittert. Zu Hause wartete mehr auf ihn, als er bewältigen konnte.

* * *

Adrienne setzte sich mit einem Ruck auf, als sie hörte, wie der Hawk die Tür zu ihrem Zimmer aufstieß. Sie hatte sich die süße Verführung vorgestellt, die er für sie bereithielt, und brauchte ihre ganze Willenskraft, um ihre freudige Erregung bei seiner Rückkehr zu verbergen.

»Oh, du bist zurück«, sprach sie affektiert, in der Hoffnung, ihr Entzücken erfolgreich verschleiert zu haben.

Er durchquerte den Raum mit zwei furchteinflößenden Schritten, nahm sie in die Arme und sah mit düsterem Blick auf sie herab. Unerbittlich senkte er den Kopf auf ihre Lippen, doch sie drehte ihr Gesicht zur Seite. Unbeeindruckt streifte er mit seinen Zähnen über ihren Hals, bis er die Stelle erreichte, wo ihr verräterischer Puls in Synkopen pochte. Der Atem blieb ihr in der Kehle stecken, als er an ihr nippte und seine Zunge ihren Halsstrang hinaufjagte. Wenn seine bloße Anwesenheit sie schon erschaudern ließ – seine Küsse würden ihr völliger Untergang sein. Seine rauhen Bartstoppel scheuerten an ihrer Haut, als er ihren Kopf zurückzog und zärtlich an ihrem Ohrläppchen knabberte. Adrienne seufzte genießerisch und fügte dann aus Protest ein kleines Quietschen hinzu, nur um überzeugend zu sein.

»Du wirst den Schmied vergessen, Mädchen«, versprach er. Ein kurzes Ziehen an ihrem Haar zwang sie, ihm in die Augen zu sehen.

»Ich hatte sowieso nicht vor, mich an ihn zu erinnern. Er ist nichts weiter als ein aufdringlicher, anmaßender, freiheitsberaubender Schurke.«

»Netter Versuch, Weib«, sagte Hawk trocken.

»Was meinst du damit, netter Versuch? Warum bist du so besessen von dem Schmied?«

»*Ich*? Du bist diejenige, die von dem Schmied besessen ist!« Er griff nach der Haube.

»Du bist so dickköpfig, daß du noch nicht einmal die Wahrheit siehst, wenn sie direkt vor dir liegt.«

»Oh, aber das ist genau der Punkt, Mädchen. Ich sah die Wahrheit klar und deutlich mit meinen eigenen Augen an jenem Tag im Garten. Jawohl, nur zu deutlich, und die Erinnerung daran kocht in meinem Verstand, verspottet mich. Ich war gerade verwundet worden, um dein launisches Leben zu retten, aber das bereitete dir keine Sorgen. Nein, du hattest andere süße Pläne in Arbeit. Und meine Abwesenheit machte es dir nur noch leichter. Nur ein paar Stunden fort von deiner Seite, und schon liegst du neben ihm auf dem Brunnen. *Mein* Brunnen. *Mein* Weib.«

Das war es also, dachte sie. Er war zurückgekehrt und hatte den Schmied gesehen, als er mit ihr diese nebulösen, furchteinflößenden Dinge angestellt hatte, gegen die sie verzweifelt angekämpft hatte. Er hatte dagestanden und zugesehen, wie der Schmied sie praktisch vergewaltigte, und hatte in seiner Vorstellung geglaubt, sie sei willig gewesen. Er hatte nicht einmal daran gedacht, ihr zu helfen.

»Vielleicht bin ich nicht die einzige, die nicht klar sehen kann«, sagte sie beißend. »Vielleicht sind hier zwei im Raum, die von ein wenig innerer Einkehr profitieren könnten.«

»Was sagst du da, Mädchen?« sprach Hawk leise.

Sie wollte seine Beschränktheit nicht mit einer Antwort würdigen. Ein Mann hatte sie beinahe vergewaltigt, und in seiner Eifersucht hatte ihr Ehemann einfach zugesehen. Je mehr sie ihre Unschuld beteuerte, um so schuldiger würde sie erscheinen. Und je mehr sie darüber nachdachte, um so wütender machte es sie. »Ich schlage lediglich vor, daß du selbst das innere Auge findest, Gatte«, sagte sie, ebenso leise.

Ihre stille Würde gab ihm zu denken. Kein Quäken oder Lügen oder Kriechen. Keine Rechtfertigungen. Konnte es sein, daß er das, was er am Brunnen sah, mißverstanden hatte? Vielleicht. Aber er würde ihre Erinnerungen an den Schmied auslöschen, das schwor er.

Er lächelte düster und verhüllte sie wieder mit der Seidenhaube. Ja, wenn er fertig war, würde sie vergessen haben, daß Adam Black überhaupt existierte.

Das, so wußte er, konnte er tun. Man hatte es ihn gelehrt. Zuerst die Zigeuner und dann die Herzogin von Courtland. »Sex ist nicht nur ein zeitweiliges Vergnügen«, hatte sie ihn instruiert. »Es ist eine Kunst, der man mit geübter Hand und sicherem Gespür nachgeht. Ich werde dich darin ausbilden, in dem subtilsten Raubzug durch menschliche Niederungen. Du wirst der beste Liebhaber sein, den das Land je gekannt hat, wenn ich dir alles gezeigt habe. Mit Leichtigkeit, denn es steht außer Frage, daß du der Schönste bist.«

Und die Lektionen hatten begonnen. Sie hatte recht gehabt – es gab tatsächlich vieles, das er nicht wußte. Und sie zeigte es ihm; dieser Punkt hier, diese Wölbung dort, diese Art der Bewegung, tausend Stellungen, alle Kunstgriffe, seinen Körper zu benutzen, um viele verschiedene Arten von Vergnügen zu bereiten, und schließlich all die Spiele der Phantasie, die damit einhergingen.

Er lernte schnell und prägte sich diese Kunst in sein Gedächtnis ein. Und nach einer Zeit verlor sich sein gieriger jugendlicher Hunger in einem bedeutungslosen Ozean aus Eroberungen und Mätressen.

Oh, er war der Beste, keine Frage. Er ließ die Frauen um seine Aufmerksamkeit betteln. Die Legende des Hawk wuchs. Dann, eines Tages, sprach eine Frau, die Hawk zum wiederholten Male abgewiesen hatte – Olivia Dumont – bei König James vor und bat um seine Liebesgunst, als wäre er ein Stück Besitz, das man verleihen konnte.

Und als wäre er königliches Eigentum, hatte James ihn versprochen und drohte mit den immer gleichen fürchterlichen Konsequenzen für Dalkeith, sollte er nicht gehorchen.

Wie James es geliebt hatte – besonders als er erkannte, wie

sehr es den Hawk erniedrigte. Und also hatte der König gesprochen: *Du wirst sein, was auch immer. Wir wollen, daß du bist, und sei es ein so niedriges Ding wie Unsere Hure, um Unsere bevorzugten Damen zu beglücken.* Andere Männer wurden in die Schlacht geschickt. Der Hawk wurde zu Olivia ins Bett geschickt. Doppelt erniedrigend.

Viele Männer hatten den Hawk beneidet, den Liebhaber so vieler schöner Frauen. Doch noch mehr Männer hatten den Hawk für sein überragendes Können und für seine Manneskraft gehaßt, und für die Legenden, die die Damen um ihn woben.

Schließlich war James es müde geworden, die Legenden zu hören. Seiner Damen überdrüssig, die nach dem schönen Mann schrien, hatte er den Hawk auf absurde und riskante Missionen ins Ausland geschickt. Ein Kronjuwel aus Persien zu stehlen. Eine alte Erbin in Rom um ein unschätzbares Kunstobjekt zu betrügen. Von welchem noch so merkwürdigem Schatz der raffgierige James auch zu hören bekam, der Hawk wurde geschickt, um ihn zu besorgen, mit fairen oder unfairen Mitteln. Des Königs Hure war schlichtweg das: ein Mann, der des Königs »Schmutzarbeit« erledigte, was auch immer sein launischer König sich wünschte.

Nun kehrten seine Augen zurück zu dem Mädchen, das schweigend vor ihm stand. Sie war so anders als alle, die er je gekannt hatte. Vom ersten Tag an, als er sie gesehen hatte, hatte er gewußt, daß sie wahrhaftig frei war von Künstlichkeit oder koketten Ausflüchten. Obschon sie versteckte Tiefen haben mochte, waren sie weder arglistiger noch egoistischer Natur, sondern geboren aus Leid und Einsamkeit, nicht aus Heimtücke. Er hatte erkannt, daß sie ein reines Herz hatte, so rein und wirklich und voller Möglichkeiten, wie es seine Begegnungen mit den Zigeunern gewesen waren, und daß dieses Herz bereits einem Mann gegeben worden war, der es nicht verdiente! Dem Schmelztiegel des Betruges und abartiger Künste. Adam Black.

So oder so, wessen auch immer es bedurfte, er würde um sie werben und sie gewinnen. Er würde sie ihren Irrtum erkennen lassen – daß sie ihr Herz dem falschen Mann gegeben hatte.

Ihre Augen waren verschlossen, von ihm und für ihn, bis sie erneut lernte, mit diesem reinen Herzen zu sehen, das sich in ein Versteck zurückgezogen hatte. Er wollte es aufwecken, aufrütteln und zwingen, herauszukommen und der Welt erneut ins Angesicht zu sehen. Und wenn sie gelernt hatte, ihn so zu sehen, wie er wirklich war, dann könnte sie ihn wieder mit ihren Augen ansehen.

Adrienne stand stocksteif und unsicher da. Es war seltsam, zu wissen, daß er im Raum war, aber nicht zu wissen, wo und was er gerade tat. Er könnte gerade jetzt vor ihr stehen, sein Körper nackt und glänzend im Licht der Öllampen. Sie stellte ihn sich vor, beleuchtet vom warmen Licht der Kerzen. Sie liebte die Feuer und das Licht dieses Jahrhunderts. Welche Romantik konnte unter den fluoreszierenden Lichtern ihrer Zeit leben und atmen?

Sie beklagte die Haube, da sie ihr verwehrte, ihn zu sehen, aber sie entschied, daß es so besser war. Wenn sie ihn sehen konnte, bedeutete das, daß er ihre Augen sah, und die würden bestimmt ihre Faszination verraten, wenn nicht sogar ihre Hingabe.

Sie spürte das Flüstern eines Lufthauchs. War er zu ihrer Linken? Nein, zu ihrer Rechten.

»Das erste Mal ist, um all deine Erinnerungen an einen anderen Mann auszulöschen.«

Er umkreiste sie. Ihr Herz hämmerte. Bei jedem anderen Mann wäre es bedrohlich gewesen, nicht sehen zu können, aber nicht beim Hawk. Denn bei aller Wut hatte er sich als von Grund auf ehrenhaft erwiesen. Sie wußte, daß er sie verhüllt hatte, um ihre Liebe und ihr Vertrauen zu gewinnen – nicht, um sie zu beherrschen oder zu unterwerfen. Da war nichts Bedrohliches in der Tatsache, daß er ihr die Sicht auf ihn genommen hatte; mit seiner Seidenhaube hatte er ihr Herz geöffnet. Ihr Mangel an Sehkraft versetzte all ihre übrigen Sinne in einen Zustand hochgradiger Empfindsamkeit.

Als seine Hand ihren Hals der Länge nach liebkoste, verschluckte sie einen Seufzer der Wonne.

Hawk fuhr fort, sie zu umkreisen; er war an ihrer Seite, in ihrem Rücken, und, anscheinend eine Ewigkeit später, vor ihr. Ihre Ohren bemühten sich um Hinweise, ihr Körper zitterte vor Spannung, Fragen, Warten.

»Das zweite Mal wird sein, um zu lehren. Dich zu lehren, wie es sich anfühlt, von einem Mann wie mir geliebt zu werden. Das ist etwas, das du nie vergessen wirst.«

Sein Atem föhnte ihren Nacken, seine Finger griffen nach einer Strähne ihres Haares. Sie hörte nichts als stoßweises Atmen – seines oder ihres, sie war sich nicht sicher. Sie versteifte sich, als seine Hand über die Wölbung ihrer Hüfte strich und sie einen heftigen Stromstoß verspürte, der durch ihren Körper jagte.

»Das dritte Mal wird für die Fußriemen und Fesseln sein. Ich verspreche dir, dies wird deinem Widerstand ein Ende bereiten.«

Er ließ seine Finger ihren Hals hinabgleiten, über ihre Brüste, von Brustwarze zu Brustwarze, und dann hinunter über ihren angespannten Bauch. Seine flüchtige Liebkosung fächelte zwischen ihren Beinen und war verschwunden, einen schmerzenden Hunger zurücklassend.

»Aber das vierte Mal, ah, das vierte Mal, wenn ich deine süßen Schreie höre, das wird für mich sein, Mädchen. Für das Warten und das Verlangen und die Qualen, dich zu begehren. Nur für mich.«

Seine Hände waren auf ihren Schultern, die Seide ihres Kleides über ihre Haut streifend. Er löste die winzigen Perlmuttknöpfe an ihrem Nacken mit etwas, das sich anfühlte wie... Zähne? Oh! Seine Zunge flatterte gegen die empfindsame Haut ihres Nackens und wanderte tiefer.

O du lieber Himmel, dieser sinnliche Strich seiner Lippen konnte ihr völliger Untergang sein. Der rauhe Samt seiner Zunge folgte der Länge nach ihrem Rückgrat, dann noch tiefer. Sie erschauderte.

Mit schwachen Knien schwankte sie in Schweigen. Keinen Ton, ermahnte sie sich selbst. Keinen guten Ton, sowieso. Nur Protestieren.

Gerade als sie sicher war, daß sie sich nicht eine Sekunde länger zurückhalten konnte, trat er zurück, und sie spürte, wie er einen leichten Lufthauch hinter sich herzog. Sie drehte sich um und versuchte, ihm in der Stille zu folgen.

Der Rücken ihres Kleides war offen, ihre Haut feucht von seinen Küssen. Sie wartete in stummer Vorahnung. *Wo war er?*

Da, dachte sie, als sie plötzlich spürte, wie er den Stoff ihres Kleides packte. Er riß an ihrem Kleid, und es fiel mit einem Rascheln von Seide zu Boden. Das Leibchen fiel als nächstes. Und dann blieb nichts außer Strümpfen, einem Spitzenkorsett und Pantoffeln.

Hawk war dankbar, daß sie verhüllt war, so daß sie das Zittern seiner Hände nicht sehen konnte, als er auf seine Knie glitt und langsam einen Strumpf entfernte, ihn Zentimeter für Zentimeter hinabrollte, vor ihr kniend. Er setzte ehrfurchtsvolle Küsse entlang ihres langen, seidenweichen Beines. Von dem geschmeidigen Schenkel über ihre Kniekehle hin zu den schlanken Fesseln überhäufte er ihre Beine, erst das eine, dann das andere, mit heißen Küssen und versicherte sich, daß er nicht einen köstlichen Zentimeter ihrer cremefarbenen Haut ausließ, nach der er sich so sehr verzehrt hatte.

Sie ließ nicht ein Wimmern vernehmen, aber er verstand ihr Spiel. So wie sie ihn haßte, würde sie mit Sicherheit kein Geräusch der Wonne von sich geben, wenn er es ihr nicht aus der Kehle riß. Und um das zu tun, mußte er einen klaren Kopf bewahren. Er durfte nicht die Kontrolle verlieren und anfangen, über diese schimmernden Locken und über das verlokkende Fleisch zwischen ihren Schenkeln nachzudenken, nur Zentimeter von seinem Mund entfernt, oder über die weiche Knospe, die darin eingebettet war, dem Zentrum ihrer Lust. Von seiner Position zu ihren Füßen aus weidete er sich an jeder Linie und jeder Wölbung ihres perfekten Körpers. Seine Augen fuhren über ihre festen Schenkel, über ihren festen, leicht gerundeten Bauch, über ihre cremefarbenen Brüste zu der alabasterfarbenen Säule ihres Halses, wo sie auf die schwarze Seidenhaube trafen.

Adrienne wußte, wenn nicht bald etwas passierte, würden ihre Beine einfach unter ihr nachgeben, und sie würde auf sein Gesicht fallen. *Keine schlechte Idee*, offerierte ihr Verstand. Sie war geschockt. Bestürzt. Doch andererseits ...

Sie schaukelte leicht nach vorn.

Hawk stöhnte, als ihre schimmernden Locken seine unrasierte Wange berührten. Zu ihren Füßen kniend, preßte er die Augen zusammen, um den Anblick und das Verlangen von sich zu weisen, ohne sich bewußt zu sein, daß seine Zunge seine Lippen benetzte und sein Mund danach verlangte ...

Sich schüttelnd, stöhnte er und sprang auf. Und dann lagen seine Hände auf ihrem Körper, und er wußte, daß er sich in ernsten Schwierigkeiten befand. *Wohin zum Teufel hatte es den Hawk verschlagen?* fragte er sich, als er sie grob aufs Bett schleuderte. Wo war der Lothario? Der legendäre Herr der

Kontrolle, der sie bis ins unerträgliche reizen und ihre Gegenwehr ersticken würde? Wohin zum Teufel hatte sich sein Wille verzogen? *Welcher Wille?* fragte er sich, denn er war verloren in dem grünen Feld der Unschuld, süßer und üppiger, als er es je kennengelernt hatte.

Adrienne stöhnte, als sein Körper ihren bedeckte und sie in das weiche Bett hineinpreßte. Er war jeden Zentimeters ein heißer, begehrender Mann. *Oh himmlisch*, schnurrte die Frau in ihr. *Nimm mich*, wollte sie schreien. Aber nicht so einfach, sie wollte nicht zu schnell nachgeben.

Mit einer schnellen Bewegung riß der Hawk ihr die Haube vom Kopf und küßte sie, seine Hände in ihrem Haar begrabend. Er küßte sie so innig, daß sie das Atmen vergaß und die letzten Überbleibsel ihrer Furcht.

Sie hatte einige wenige Männer vorher geküßt. Mehr als einige wenige. Scheue Küsse, leidenschaftliche Küsse. Eberhard-Küsse, die sie kalt ließen. Ein Mann küßte nicht so, es sei denn, er war bis über beide Ohren verliebt.

Er liebte sie. Die Erkenntnis bebte in ihr, direkt unter ihrer Haut, dann sickerte sie tiefer und durchdrang sie völlig. Wie überwältigend, zu erfahren, wie sehr er sie liebte. Keine Frage. Er umfaßte mit seinen starken Händen schützend ihr Gesicht, als sei sie das Wertvollste im ganzen Universum. Sie öffnete die Augen und traf auf seinen verwirrten Blick und versuchte, mit ihrem silbrigen Schweigen all das auszudrükken, was sie empfand, weil sie die Worte nicht aussprechen konnte. Sie wußte nicht wie. Keine Übung.

Als er sie neben sich schob und seine harte Erregung zwischen ihre Beine stieß, tat sie es, machte all die Laute, die sie sich geschworen hatte, nicht preiszugeben. Sie schrie. Das war es also. Das war es, was Menschen wahnsinnig machte vor Leidenschaft und Lust und Verlangen.

Das war es, was Shakespeare in einem Moment seines

Lebens widerfahren war, um Romeo und Julia zu schreiben, um solch süße Verse der Liebe zu verewigen. Das war es, was der Hawk mit Walhalla gemeint hatte.

Sie wölbte sich ihm entgegen, die Muskeln tief in ihrem Inneren entflammt, nach etwas brennend, schmerzend und leer.

»Ari«, hauchte er, als er seinen Kopf senkte, um eine ihrer Brustwarzen in seinen Mund zu saugen. Er küßte und zog und quälte sie. Dann entließ er die erregte Wulst und blies kühle Luft über die aufgeheizte Spitze. Nippte leicht daran und rieb dann zärtlich seinen rauhen Bartschatten darüber. Ein Blitz von Feuer brach in ihr aus, ausstrahlend von ihren Brüsten und ihren ganzen Körper überflutend mit Wellen des Verlangens.

Er überhäufte sie mit Küssen, während er tiefer streifte, über ihren Bauch glitt, über die Wölbung ihrer Hüften, über ihre Schenkel. Als er direkt über ihrer honigsüßen Hitze innehielt, war sein bloßer Atem, der ihre sensible Haut streichelte, die reinste Folter.

Ein Herzschlag wurde zu Dutzenden, und sie wartete, erstarrt, auf seine nächste Liebkosung.

Als er seinen Kopf senkte, wimmerte sie auf. Er plazierte Küsse auf die satinweichen Innenseiten ihrer Beine, dann kostete er das wahre Zentrum ihrer Lust. Als seine Zunge hervorschnellte und immer wieder über ihren winzigen, prallen Lustknorpel strich, schrie sie auf, und ihr ganzer Körper bäumte sich ihm entgegen. Sie fühlte, wie sie auf etwas zusteuerte, sich emporschwang zu etwas, das sich außerhalb ihrer Reichweite befand und dann ... oh!

Wie konnte es sein, daß sie niemals zuvor etwas Vergleichbares verspürt hatte? Der Hawk schleuderte sie in den Sternenhimmel, ließ sie zwischen den Planeten kreisen und die Milchstraße entlanggleiten, hin zu einer Stern werdenden

Supernova. Er ließ ihr Universum von einem Ende zum anderen erbeben. Und als er sie schließlich zärtlich zurückholte, zitterte sie unter ihm vor Entzückung und Ekstase, in dem Wissen, daß sie nie wieder sein würde, was sie gewesen war. Etwas in ihr war geweckt worden und blinzelte mit hellen Augen in die ungewohnte, blendende Helligkeit und atemberaubende Intensität dieser neuen Welt.

Sie lag da, keuchend und ein wenig ängstlich, aber bereit. Bereit, sich wahrhaftig und vollständig ihrem Ehemann zu schenken und ihre Ehe so erhaben werden zu lassen, wie sie es sich nur vorstellen konnte. Bereit, es zu versuchen, anzufangen ihm zu sagen, was sie für ihn empfand. Wie sehr sie seine Sensibilität und sein Mitgefühl bewunderte. Wie sehr sie seine Stärke und Furchtlosigkeit verehrte. Wie sehr sie selbst seine dreisten und leidenschaftlichen Wutausbrüche schätzte. Wie glücklich sie war, seine Frau zu sein. »Hawk –«

»Ari, Ari ... ich ... nein. Ich werde nicht ...« Sein Gesicht war wütend und wild, und sie streckte die Hand aus nach ihm. Aber sie verfehlte ihn.

Denn der Hawk versteifte sich mit einem Schrei des Schmerzes und sprang aus dem Bett. Sprang weg von ihr und rannte praktisch aus dem Raum, ohne sich umzusehen.

Der Raum verfiel in Stille, bis auf das Klicken eines Schlosses.

In völliger Konfusion starrte Adrienne zur Tür.

Es war, als wäre sie auf Rosen gebettet worden und würde im Schlamm aufwachen.

Wie konnte er nur aufstehen und sie allein lassen, nachdem *das* geschehen war?

Kapitel 26

Sidheach James Lyon Douglas wankt nicht, ermahnte er sich. Verliert nicht die Kontrolle. Fängt nicht beinahe an, wie ein liebeskranker Jüngling durch die Welt zu schweben, nur weil er einer Frau den Orgasmus ihres Lebens verschafft hat.

Aber es war nicht der Orgasmus. Noch nicht einmal die Art, wie sie an seinem Körper gebebt hatte, oder wie bezaubernd sie ausgesehen hatte, als sie, feucht vor Liebe, unter seiner Zunge aufgestöhnt hatte.

Es war die Tatsache, daß er kurz davor gewesen war, etwas zu tun, was er in seinem ganzen Leben noch nie getan hatte – seinen Samen außerhalb einer Frau zu verlieren. Das und noch mehr; es war die Tatsache, daß er sie liebte und daß sie noch immer nicht seinen Namen gesagt hatte. Nicht einmal auf dem Höhepunkt ihrer Leidenschaft hatte sie seinen Namen geschrien. Nichts. Nach allem, was er wußte, konnte sie an Adam gedacht haben. Das war zum Teil der Grund gewesen, weshalb er ihr die Haube hatte abziehen müssen. Anfangs schien die Sache mit der Haube eine gute Idee gewesen zu sein, aber sie mußte einfach verschwinden.

Das nächste Mal, wenn er sie liebte, sollten ihre Augen offen sein und ihn sehen, vom Anfang bis zum Ende – und beenden würde er es. Sein pochender Schaft war nicht in der Lage, diese Tortur noch einmal durchzustehen.

Aber er wollte ihr nicht seinen Samen schenken, bevor er nicht wußte, daß sie zu ihm gehörte. Wollte sich nicht fragen müssen, wessen Kind sie trug.

Und dann erinnerte er sich an das Fläschchen, das der alte Zigeuner ihm gegeben hatte. Er dachte lange darüber nach und fragte sich, ob jetzt die Zeit gekommen war, den Trank einzusetzen.

Es blieb ihm wohl keine Wahl, grübelte er, obwohl er die Nebenwirkungen haßte. Die Art, wie es ihn kalt und abwesend machen würde, inmitten der größten Leidenschaft, die er je erlebt hatte.

* * *

Das nächste Mal, als er zu ihr kam, war in Schweigen, von Anfang bis Ende.

Eine knappe Viertelstunde vorher hatte er mit angeekelter Miene den Stöpsel mit seinen Zähnen aus der Flasche gezogen. Er hatte sich geschworen, nie wieder diesen Trunk einzunehmen, aber dieses Mal war es notwendig. Er mußte sie dazu bringen, ihn zu wollen, mußte sie durch ihr Verlangen an ihn binden, so daß er beginnen konnte, daran zu arbeiten, daß sie ihn liebte. Und er brauchte einen klaren Kopf, um das zu tun.

Letzte Nacht hatte er sich beinahe selbst zum Narren gemacht. Er hatte die Kontrolle verloren. War kurz davor gewesen, sich über sie zu ergießen, sowohl mit seinem Körper als auch mit seinem Herzen; törichte Worte von Liebe und Saat und der Hoffnung auf Kinder und auf ein gemeinsames Leben.

Also warf er den Kopf zurück und schluckte den bitteren Inhalt der Flasche. Und wartete.

Erst als er spüren konnte, wie sich die unheimlichen Finger

des Tranks durch seinen Körper zogen, erst dann ging er zu ihr.

Er zog sie nackt aus und legte sie auf den Fußboden. Sie unternahm keinen Versuch, ihm Einhalt zu gebieten; sie blieb stumm, mit einem unergründlichen Ausdruck in den Augen. Es war stumme Faszination, aber das wußte er nicht. Ihre Augen wanderten liebevoll über jeden Zentimeter seines Körpers, während er überall hinsah außer in ihr Gesicht. Sie staunte über das sensationelle Gefühl eines kühlen Fußbodens unter ihrem Rücken und eines heißen Mannes vor ihr, aber er schien dieses Mal irgendwie verändert zu sein, als er sie mit seinen Händen und seinem Mund zu diesem leuchtenden Ort im Himmel brachte, nicht einmal, sondern gleich ein halbes dutzendmal. Mit perfekter Kunstfertigkeit, fast beängstigend kontrolliert, während sie stöhnend unter ihm lag.

Es gefiel ihr nicht ein bißchen.

Als er sich von ihr abwandte, fühlte sie sich auf seltsame Art betrogen. Als ob er nicht wirklich bei ihr gewesen wäre. Was bedeutete es schon, wenn er ihr so lustvolles Vergnügen bereitete. Sie wollte dieselbe Sonne in seinen Augen glühen sehen, dieselbe unkontrollierbare, wilde Leidenschaft, die weißglühend zwischen ihnen brannte.

»Hawk!« rief sie zu seinem Rücken.

Er versteifte sich und hielt einen langen Augenblick inne. Die Muskeln in seinen Schultern und in seinem Rücken spannten sich. Er schien so unberührbar.

»Oh. Es ist nichts ...«, sagte sie leise, die Augen glänzend und bis zum Rand gefüllt mit Schmerz.

* * *

Stunden später spülte sich der Hawk den Mund zum fünften Mal aus und spie in ein Becken. Nun, das war ein Desaster von epischen Ausmaßen gewesen. Es hatte ihn mehr verletzt, als es ihm geholfen hatte. Der Trunk hatte seine gewaltige Erektion aufrechterhalten und nicht zugelassen, irgend etwas zu vergießen.

Gab es so etwas wie ein Feuer, das gefror?

Er würde diesen Trank nie wieder zu sich nehmen. Nicht bei seiner Frau.

Als er schließlich den fauligen Geschmack aus seinem Mund bekommen hatte, zog er sich an und machte sich auf den Weg zum Versammlungssaal des Dorfes, um weitere Fälle zu hören. Noch mehr Schiedssprüche und mehr Menschen mit Bedürfnissen, um die er sich kümmern mußte. Und die ganze Zeit über würde er sich fragen, ob er, der über zahlreiche Herrenhäuser, Dörfer, Festungen und Männer herrschte, jemals in der Lage sein würde, seine eigene Frau dazu zu bringen, seinen Namen auszusprechen.

Sidheach.

Das war alles, was er wollte.

* * *

Adrienne lief ruhelos im Zimmer auf und ab. Was war an diesem Nachmittag nur geschehen? Sie fühlte sich schmutzig, als ob sie von einem Fremden zu intim berührt und nicht von ihrem Ehemann geliebt worden wäre. Nicht wie in der Nacht zuvor, als sie diesen Blick in seinen Augen gesehen hatte, diese Wärme und Zärtlichkeit, gepaart mit seinem epischen Verlangen. Er war irgendwie gleichgültig gewesen an diesem Nachmittag. Als er in ihr gemeinsames Zimmer zurückgekehrt war, um sich anzuziehen, bevor er sie wieder verließ, war er noch immer beängstigend distanziert gewesen. Hatte er etwas getan, irgendeine Droge eingenommen, um ihn ...?

Jene Fläschchen, die sie gesehen hatte. In dem Lederbeutel, der letzte Nacht auf dem Nachttisch gelegen hatte.

Sie schob ihr Kinn vor, als sie zum Nachttisch stampfte. Nicht da.

Wo hatte er sie verstaut? Ihr Blick flog zu den Kleidungsstücken, die er über den Stuhl geworfen hatte, als er sich an diesem Nachmittag umgezogen hatte. Sie wühlte sich durch den Haufen, fand schließlich, wonach sie suchte, und ließ den kleinen Lederbeutel zu Boden plumpsen. Ein Fläschchen war leer, ein volles war übrig. Ha! Das und die Heilerde, die er benutzte, wenn er an seiner Hand den Verband wechselte.

Ein leeres Fläschchen. Hmpf! Nun, das Spiel konnten auch zwei spielen, und er sollte den Tag verwünschen, an dem er das Fläschchen hatte herumliegen lassen. Warte nur, er würde schon sehen, wie kalt *sie* sein konnte!

* * *

Als der Hawk in jener Nacht zum Herrenhaus zurückkehrte, war er felsenfest davon überzeugt, daß er sich im falschen Haus befand. Seine Frau erwartete ihn in dem verschlossenen Schlafzimmer, splitternackt, mit einem wilden Ausdruck in den Augen, der ihm deutlich sagte, daß er träumte oder sich verirrt hatte oder verrückt geworden war.

»Hawk«, schnurrte sie, als sie auf ihn zuglitt.

»Adrienne?« fragte er vorsichtig.

Seine Frau war so verdammt schön. Und für eine Sekunde war es ihm egal, warum sie sich so benahm. Er war des Wartens überdrüssig und der unerfüllten Sehnsucht müde. Also schwang er sie auf seine Arme und küßte sie, und sein heißer Mund bewegte sich gierig auf ihrem.

Dann sah er das Fläschchen, das auf dem Boden neben dem

Bett lag, so als wäre es gleich nach der Einnahme fallen gelassen worden.

Hawk stieß einen frustrierten Atemzug aus und erlaubte sich noch einen einzigen verzehrenden, endlosen Blick auf die geröteten Wangen seiner Frau, ihre traumhaften Brüste und Kurven. Ein kurzer Blick in ihre unnatürlich geweiteten Augen und auf ihren sinnlichen Mund, der sich ihm feilbot und bettelte, geküßt zu werden.

»Mädchen, hast du den Trank genommen?« fragte er müde.

»Uuuh – hmm«, gab sie gedehnt von sich, als sie sich nach seinen Lippen streckte.

Er ließ sie mit einem Plumps aufs Bett fallen. Der Liebestrank. Er rechnete, daß es ungefähr zwölf Stunden dauern würde, bevor er sicher sein konnte, daß sie wieder zu ihrem normalen, kratzbürstigen Selbst zurückgefunden hatte.

Es würde ihr recht geschehen, wenn er sie jetzt gleich nahm, zum Teufel mit der Ehrenhaftigkeit, dachte er düster.

Unglücklicherweise gab es keine Umstände, unter denen Ehrenhaftigkeit zum Teufel geschickt werden konnte. Nicht einmal, wenn sein zuckender Schaft ihn sich fragen ließ, was zur Hölle Ehrenhaftigkeit damit zu tun hatte, die eigene Frau zu nehmen.

Oh, sie würde ihn mit Sicherheit umbringen wollen, wenn sie ihn das nächste Mal sah.

Er verriegelte die Tür und postierte vier Wachen davor, denen er drohte, jeden zu töten, der, aus welchen Gründen auch immer, während der nächsten zwölf Stunden diesen Raum betrat.

Dann setzte sich der legendäre Hawk auf die Treppe, um abzuwarten.

Als er das nächste Mal zu ihr kam, war sie wirklich wütend. »Was war in dem Fläschchen?« tobte sie.

Hawk konnte sich ein Lächeln nicht verkneifen. Er versuchte sich abzuwenden, bevor sie es sehen konnte, aber es gelang ihm nicht.

»Oh! Du denkst, das ist komisch, wie? Ich lasse dich wissen, daß du mich eine ganze Nacht hier drin allein gelassen hast, mit dem Gedanken... o mein Gott! Du hast keine Ahnung, wie sehr ich mich verzehrte nach –«

»Nicht nach mir, Mädchen.« Seine Augen waren verdüstert. »Nicht ich war es, nach dem dich verlangte. Du hast einen Liebestrank eingenommen, den die Zigeuner gebraut haben. Ich hatte nicht vorgehabt, ihn dir zu verabreichen oder ihn selbst zu benutzen. Ich hatte sie nicht einmal um das Gebräu gebeten. Und du durchwühltest –«

»Du hast einen Trank eingenommen, um mir gegenüber kalt zu bleiben!« rief sie. »Du hast mich verletzt!«

Hawk starrte sie konsterniert an. »Dich verletzt? Niemals! Ich würde dich nie verletzen, Mädchen!«

»Das hast du aber!« Ihre Augen waren weit und glänzend, und ihre Lippe bebte.

Im selben Moment war er an ihrer Seite. »Wie habe ich dich verletzt? Sag es mir einfach, und ich werde es wiedergutmachen.«

»Du warst kalt. Du hast mich berührt, und es war, als wärst du ein Fremder.«

Hawks Herz jubilierte. Verlangen durchströmte ihn in heißen Wellen. Sie liebte seine Berührungen.

»Du liebst es, von mir berührt zu werden?« hauchte er, bevor er einen Kuß von ihren schmollenden Lippen stahl.

»Nicht, wenn du es so tust wie gestern!« Da war eine Furche der Bestürzung zwischen ihren bezaubernden Augenbrauen, und er küßte sie fort.

»Nebenbei bemerkt, wenn ich davon ausgehe, daß du mit mir schlafen willst, warum hast du nicht einfach die Gelegenheit ergriffen, als ich so willig war?« seufzte sie, als er zärtliche Küsse über ihre Augenlider verteilte und ihre Wimpern zuflatterten. Seine Lippen waren warm und unendlich zärtlich, als er ihre Nasenspitze küßte, dann nicht ganz so zärtlich, als er ihren Mund mit seinem forderte.

»Wenn ich dich liebe, dann nicht, weil irgendeine Droge dich berauscht, sondern, weil du von mir berauscht bist. So sicher, wie ich von dir verhext bin.«

»Oh«, hauchte sie, als er ihr Haar öffnete und es über ihre Schultern fallen ließ.

»Warum hast du es zusammengebunden?« Er kämmte mit seinen Fingern durch ihre dichte Mähne.

»Der Trank war furchtbar. Selbst mein eigenes Haar, das mir über die Haut strich, war unerträglich.«

»Sie ist auch für mich kaum zu ertragen, deine Mähne«, sagte Hawk und ließ ihr Haar sanft durch seine Finger gleiten. Seine Augen verschleierten sich, tief erfüllt von sinnlicher Verheißung. »Du hast keine Ahnung, wie oft ich mir vorgestellt habe, dieses silbriggoldene Feuer ausgebreitet auf meinem Schaft zu spüren, Mädchen.«

Verlangen überkam Adrienne, als sie das Bild vor Augen hatte, das seine Worte heraufbeschworen.

Er schob sie langsam zum Bett, ermutigt durch den Schleier der Begierde in ihren Augen.

»Der Gedanke beschäftigt dich, Mädchen?« raunte er selbstzufrieden.

Sie schluckte vernehmlich.

»Du brauchst es mir nur zu sagen, flüstere mir zu, was dich beglückt. Ich werde dir alles geben.«

Sie nahm all ihren Mut zusammen. »Dann küß mich, Gatte. Küß mich hier... und hier... ooh!« Er gehorchte so schnell. Seine Lippen waren heiß, weich und fordernd. »Und hier ...« Ihr versagte die Stimme, als er ihr das Kleid vom Körper strich und sie unter sich auf das Bett taumeln ließ.

»Ich möchte dieses Bett mit Tüchern verhängen und dich ein Jahr lang hier festhalten«, murmelte er gegen die weiche Haut ihrer Brust.

»Ich bin einverstanden«, flüsterte sie.

»Solltest du nicht eigentlich gegen mich ankämpfen?« Hawk zog sich zurück und sah sie forschend an.

»Uuuhm ...«

»Ja, mach weiter«, ermutigte er sie. Er wußte, daß seine Augen vor Freude tanzten, er wußte, daß er genau jetzt einen völlig trotteligen Gesichtsausdruck hatte. War es möglich? Die Zähmung hatte begonnen und wirkte?

»Berühre mich nur.« Sie runzelte die Stirn. »Frag nicht soviel!«

Er erbebte leise lachend mit dem Versprechen unendlicher Leidenschaft. »Oh, ich werde dich berühren, Mädchen.«

* * *

»Es geht zu weit. Du steckst zu tief drin.«

»Ich weiß nicht, was Ihr meint.«

»Ich habe intensiv nachgedacht, Narr. Wir müssen dem ein Ende setzen. Königin Aoibheal hat Verdacht geschöpft. Selbst deine Anwesenheit an ihrer Seite hat ihr Mißtrauen nicht verscheucht. Ich für meinen Teil wünsche nicht, die Folgen ihres Zornes auszubaden. Die Frau muß zurück in ihre Zeit.«

König Finnbheara machte eine Handbewegung.

* * *

Und der Hawk brach auf dem Bett zusammen. Bestürzt blickte er sich in dem leeren Zimmer um.

Mit einem dumpfen Aufschlag plumpste Adrienne auf den Boden ihrer modernen Küche.

* * *

»Hast du gesehen, was ich gesehen habe?« schnaufte König Finnbheara.

Adam war verblüfft. »Sie war nackt. Er stöhnte. Sie war – o Scheiße!«

Der König nickte nachdrücklich, als sie beide wild gestikulierten. »Sie bleibt.«

Es war eine der goldenen Regeln. Einige Dinge durften nicht unterbrochen werden.

* * *

»Du kommst wirklich aus der Zukunft, nicht wahr?« flüsterte Hawk heiser, als Adrienne wenige Augenblicke später ein Stück weiter entfernt von ihm auf dem Bett wiederauftauchte. Während Adrienne sich in seinem Arbeitszimmer betrunken hatte, hatte Lydia ihm von ihrem Verschwinden im Garten erzählt. Der Hawk hatte versucht, sich einzureden, daß Lydia sich irrte, aber seine Wachen hatten bestätigt, daß sie beobachtet hatten, wie seine Frau mehrere Male kurz hintereinander verschwunden und wiederaufgetaucht war.

Also konnte sie immer noch in ihre eigene Zeit zurückkehren, auch ohne ihre Schachfigur. *»Die schwarze Dame ist nicht das, was sie zu sein scheint.«* Die Seherin hatte die Wahrheit gesprochen.

Adrienne nickte, noch benommen von ihrem abrupten

Transfer durch die Zeit. »Und ich kann es nicht unter Kontrolle bringen. Ich weiß nicht, wann es erneut geschehen wird!« Ihre Finger krallten sich krampfhaft in die wollene Bettdecke, als ob ein entschlossenes Festhalten sie davor bewahren könnte, erneut entführt zu werden.

»Bei allen Heiligen«, hauchte er langsam. »Die Zukunft. Eine andere Zeit. Eine Zeit, die noch nicht geschehen ist.«

Sie starrten sich an, sprachlos, und der Moment zog sich in die Länge. Seine rabenschwarzen Augen waren von Schatten verhüllt, die bezaubernden goldenen Sprenkel völlig verschwunden.

Plötzlich erkannte Adrienne nur zu klar, daß sie *nie wieder* ins zwanzigste Jahrhundert zurück wollte. Sie wollte nicht für den Rest ihres Lebens ohne ihn sein. Verzweiflung ergriff ihr Herz mit kalter Hand.

Es war zu spät. Wie sehr sie ihn liebte! Die Plötzlichkeit, mit der sie daran erinnert worden war, daß sie keine Kontrolle darüber hatte, wie lange sie bleiben konnte; das Wissen, daß sie in ihre Zeit geschickt werden konnte, um nie wieder zurückzukehren; die Tatsache, daß sie keine Ahnung hatte, wie oder ob sie von sich aus zurückkehren konnte, versetzte sie in Schrecken.

Zurück in die kalte, leere Welt des zwanzigsten Jahrhunderts geschickt, nein, *verdammt* zu werden, mit dem Wissen, daß der Mann, den sie liebte, fast fünfhundert Jahre vor ihrer Geburt gestorben war, o lieber Gott, *alles*, nur das nicht.

Von Ehrfurcht ergriffen über ihre Erkenntnisse, blickte sie ihn an, die Lippen leicht geöffnet, verwundbar.

Hawk spürte den Wandel in ihr, eine Art wortlose Öffnung war gerade eben in jenem Teil von Adrienne vor sich gegangen, zu dem er schon so lange versucht hatte vorzudringen. Sie betrachtete ihn mit demselben losgelösten Gesichtsausdruck, den er in jener Nacht auf den Klippen von Dalkeith gesehen hatte, als sie sich beim Anblick einer Sternschnuppe etwas gewünscht hatte.

Das war alles, was Hawk zu sehen brauchte. Er war unverzüglich bei ihr. Das Bewußtsein, daß sie jeden Moment von ihm gerissen werden könnte, machte Zeit unendlich kostbar. Die Gegenwart war alles, was sie hatten, und es gab keine Garantien für ein Morgen.

Er forderte ihren Körper, ergoß sich über sie wie ein Sturm entfesselter Leidenschaft. Er küßte und kostete, verzweifelt befürchtend, daß ihre Lippen jeden Augenblick den seinen entrissen werden könnten. Adrienne erwiderte seine Küsse mit völliger Hingabe. Hitze loderte zwischen ihnen, wie sie hätte lodern sollen, wie sie von Anfang an hätte lodern müssen, hätte sie sich getraut zu glauben, daß eine solche Leidenschaft, eine solche Liebe möglich war.

Auf das Bett zurückfallend, schmolz sie unter ihm. Sie legte ihre Arme um seinen Hals und zog seinen Kopf näher heran.

»Liebe mich ... oh, liebe mich«, flüsterte sie.

»Immer«, versprach er in ihre weit geöffneten Augen. Er umfaßte ihre Brüste, überhäufte sie mit Küssen und genoß, wie ungehemmt sie auf ihn einging. Dieses Mal war alles anders. Sie sah wirklich *ihn*, Sidheach, nicht irgendeinen anderen Mann, den sie früher gehabt hatte, und in seinem Herzen brach Hoffnung hervor. War sie auf dem Weg, sich nach ihm zu sehnen, wie er sich nach ihr sehnte? Konnte es sein, daß sein Weib einen solchen Hunger nach ihm verspürte, der sich mit seinem messen konnte?

»Oh, bitte ...« Ihr Kopf fuhr zurück in die Kissen. »Bitte ...«, hauchte sie.

»Willst du mich, Adrienne?«

»Ja, mit jeder Faser meines Körpers ...« – *und meiner Seele*, wollte sie hinzufügen, aber er bemächtigte sich ihres Mundes mit tiefen, heißen Küssen.

Sie wollte ihn, mit offenen Augen, wollte ihn sehen. Er konnte erkennen, dieses Mal war es Wirklichkeit.

Als sich ihre Hand um seinen pulsierenden Phallus schloß, entriß sie seiner Kehle ein lautes Stöhnen.

»Ich sah dich, weißt du«, flüsterte sie, ihre Augen verklärt und voller Leidenschaft. »Im Grünen Gemach. Du lagst flach auf dem Rücken.«

Er blickte sie an in stummer Faszination, und die Muskeln in seinem Nacken arbeiteten ungestüm, während er sich bemühte, etwas Verständliches zu sagen, irgend etwas, doch er brachte nur ein heiseres Raunen heraus, als sich ihre Hand fester um ihn legte. Sie hatte ihn also beobachtet? Genauso wie er ihr bei jeder sich bietenden Gelegenheit nachspioniert hatte?

»Du lagst da schlafend wie ein Wikinger-Gott, und dabei habe ich ihn zum ersten Mal gesehen.« Zur Verdeutlichung preßte sie sanft ihre Hand zusammen. Er stöhnte auf. Ermutigt durch seine Reaktion, schob Adrienne ihn zurück und verteilte Küsse über seine ausgeprägte Brust. Sie ließ ihre gierige Zunge über seinen Unterleib gleiten und kostete der Reihe nach jeden seiner ausgeprägten Muskelstränge. Sie erkundete seine kräftigen Schenkel und seine pulsierende Männlichkeit und hielt inne, um einen quälenden Kuß auf die samtene, rosafarbene Spitze seines Schaftes zu plazieren, der einen Zuchthengst neidisch gemacht hätte.

»Fandest du es einigermaßen ... annehmbar?« stieß er hervor. »Was du damals gesehen hast, und jetzt siehst?«

»Hhmm ...« Sie gab vor, seine Frage zu überdenken, dann strich sie mit einem langen, samtweichen Lecken über seinen Schaft, von der Wurzel bis zur Spitze. »Geht.«

Er warf mit einem Lächeln seinen dunklen Kopf zurück und stöhnte laut. »Geht... geht? Ich werde dir zeigen ...« Seine Worte verstummten, als er sie grob in seine Umarmung zog. Sein Mund eroberte ihren, und er rollte sie auf den Rükken.

Zu spät, um zurückzuziehen oder sich über Samen oder Kinder den Kopf zu zerbrechen, weit entfernt von rationalen Gedanken jeglicher Art und verloren in einem nach Moschus duftenden Wahnsinn namens Adrienne, der betörenden Zauberin, die ihn besaß, glitt er zwischen ihre Beine.

Kurz bevor er sich ihrer verlockenden Erregung ergab, sprach er: »Ich habe dich immer geliebt, Mädchen.« Ruhig und königlich.

Tränen schimmerten in ihren Augen und rollten ihre Wangen hinunter. Er berührte einen glänzenden Tropfen mit dem Finger und staunte einen Moment lang über das erhebende Gefühl, daß sie ihn letztendlich angenommen hatte. Dann, nicht mehr in der Lage zu warten, tauchte er in sie ein. Mehr Tränen benetzten ihre Augen bei dem plötzlichen Schmerz. Über ihr, kaum eingedrungen, preßte der Hawk die Kiefer zusammen und erstarrte. Er starrte einen sprachlosen Moment auf sie herab, verblüfft und voller Ehrfurcht.

»Bitte«, drängte sie. »Hör jetzt nicht auf. Bitte, ich will.«

»Adrienne«, hauchte er, sein Gesicht unerforschlich. »Unberührte«, murmelte er sprachlos. Ebenholzfarbene Augen trafen für einen atemlosen Moment ihren Blick, während sein Körper starr auf ihrem lag.

Dann spürte sie, wie ein unfreiwilliges Zucken ihn überkam, wie er die Schwelle übertrat und mit barbarischer Intensität in sie eindrang. »Mein«, gelobte er ungestüm, und seine schwarzen Augen blitzten auf. »Nur mein. Erster... Bester... und Letzter.« Sein eindrucksvoller Kopf bog sich zurück, und sie begrub ihre Hände tief in seinem Haar. Erneut spürte sie den unfreiwilligen Schauer, der ihn von Kopf bis Fuß durchströmte.

Da war momentaner Schmerz, aber Hitzewellen traten

sofort an dessen Stelle, und die Sterne riefen ihren Namen und forderten sie auf, auf Flügeln zu ihnen zu kommen. Dieses Mal war der Ruf sogar noch intensiver und schallte tief aus ihrem Innern, wo sein heißer Schaft sie durch und durch erfüllte. Eine instinktive Stimme sagte ihr, wie sie sich zu bewegen hatte, wie sie genießen und ihm im gleichen Atemzug Genuß bereiten konnte.

»Nicht... bewegen«, flüsterte er mit zusammengebissenen Zähnen in ihr Ohr, als er dagegen ankämpfte, sich sofort in dem Moment zu ergießen, als ihre schlüpfrige Enge ihn umhüllte. Er war über alle Maßen erregt, halb wahnsinnig vor Leidenschaft, die noch gesteigert wurde durch die Erkenntnis, daß der Schmied nie dort gewesen war, wo er sich jetzt befand. Nicht einmal der legendäre Ever-hard, wer immer das auch sein mochte. Er war ihr erster Mann, ihr erster und einziger Geliebter.

»Ich kann nicht dagegen an... es fühlt sich zu... herrlich!...« Ihre Hände streichelten seinen Rücken, dann fuhren ihre Fingernägel sanft über die bronzene Haut seiner Schultern, als er sich langsam in ihr hin- und herbewegte.

»Hör auf, dich zu bewegen, Mädchen!«

»Ich dachte, auch ich sollte mich... bewegen«, murmelte sie, fast besinnungslos. »Bitte...«

»Bleib ruhig. Ich will es dir zuerst langsam zeigen. Dann wird das nächste Mal für die wilde, stürmische Liebe sein.«

»Wilde, stürmische Liebe, *jetzt*«, verlangte sie ziemlich unmißverständlich, und es zerriß das Seil, das ihn so angespannt im Zaum gehalten hatte. Er hob ihre Beine und drang tief in sie ein und befreite das wenige, das von seinem Verstand übriggeblieben war, von der Besorgnis um ihre jungfräuliche Empfindsamkeit. Er nahm sie so, wie er es von dem Moment an gewollt hatte, als er sie zum allerersten Mal gesehen hatte. Stürmisch und fordernd. Hart und verlangend, mit Besitznahme. Hungrig und fast brutal brandmarkte er sie zu seinem Eigentum.

Adrienne wand sich unter ihm, und ihre Fingerspitzen reckten sich nach den Sternen, als sie sich in tausend winzige Punkte auflöste. Sie spürte, wie er sich versteifte und dann heftig in ihr pulsierte. Sie explodierten gleichzeitig in perfektem Rhythmus, in perfekter Harmonie.

Hawk lag lange Zeit schwer atmend über ihr, während sie ihren Ehemann zufrieden liebkoste. Sein seidiges Haar hatte sich aus dem Band gelöst. Sie streichelte über die weiche Haut seines festen, muskulösen Hinterns. Schöner Mann, fuhr es ihr durch den Kopf, und der Gedanke enthielt nicht länger eine Spur von Angst. Schweigend strich sie ihm durch das Haar und staunte über ihr Leben und darüber, wie reich es war, mit ihm an ihrer Seite.

Es geschah schweigend, als er sich schließlich von ihr erhob und ans Fenster trat, hinausblickend in die Nacht von Uster.

»O Mädchen, was habe ich getan?« flüsterte er an die gläserne Fensterscheibe.

Stille in seinem Rücken. Liebevoll wanderte Adriennes Blick über jeden Zentimeter ihres Mannes.

»Ich hielt dich für wankelmütig und zänkisch. Ich hielt Euch, geliebtes Falkenweib, für die schlimmste, treuloseste Viper. Meine dunklen Phantasien flatterten in meinem Herzen mit dornenbesetzten Flügeln. Und ich hätte mich nicht mehr irren können.«

Immer noch Schweigen. Er wußte nicht, daß sich hinter ihm die Lippen seiner Frau zu einem zärtlichen Lächeln formten.

»Mädchen von den weit entfernten Gestaden der Zukunft, du wurdest abgesetzt in dem Schoß eines Mannes, mit mir verheiratet, ohne mich je gesehen zu haben, und hast Höllen durchlebt, noch bevor du überhaupt zu mir gekommen bist. Ich habe dir noch eine weitere Hölle hinzugefügt. Erfüllt von meinem – o Weib, was habe ich getan, o Gott, was habe ich dir angetan?«

»Du liebtest mich.«

Es war keine Frage gewesen, aber er antwortete prompt. »Das tue ich. Mehr als das Leben. Mein Herz. Es war nicht einfach eine nette Redewendung, als ich dich so anredete, sondern es kam aus meiner Seele. Ohne mein Herz könnte ich nicht leben. Und ohne dich könnte ich nicht atmen.«

»Bist du ein Mann, der mehr als ein Herz besitzt?«

»Nein, nur dies eine. Aber jetzt ist es verbittert und dunkel durch den Schmerz, den ich dir bereitet habe.«

Er starrte aus dem Fenster in die bodenlose Nacht. Jungfrauenblut an seinem Schaft. Jungfrauentränen an seinen Händen. Ein jungfräuliches Weib, das nie mit Adam geschlafen hatte, und in all ihren Jahren mit keinem anderen Mann. Ein bebendes Geschenk, das sie zu vergeben hatte, und er hatte es mit seiner dunklen Leidenschaft von ihr erzwungen.

»Sidheach.« Das Wort war ein sanftes Streicheln ihrer Lippen.

Es mußte seiner Phantasie entsprungen sein. Hawk glaubte, sein Leben lang die Qual erdulden zu müssen, vergeblich auf ein Wort zu warten, von dem er dachte, daß es nie über ihre Lippen kommen würde. »Ich habe dich so mißbraucht, mein Herz. Ich werde es wiedergutmachen, ich schwöre es dir, ich werde einen Weg finden ...«

»Sidheach.« Er spürte ihre Hände an seinen Seiten, ihre Arme, die ihn von hinten umschlangen. Sie konnte ihm die Wahrheit nicht länger vorenthalten. Sie mußte es ihm sagen, mußte die Zeit auskosten, die die launischen Götter ihnen erlaubten, zu genießen. Sie schmiegte liebevoll ihre Wange an seinen Rücken und spürte einen Schauer, der sich durch seinen kraftvollen Körper stahl.

»Träume ich einen wirren Traum?« flüsterte er heiser.

»Ich liebe dich, Sidheach.«

Er wirbelte herum, um ihr ins Gesicht zu sehen, die Augen dunkel und erschrocken. »Sieh mich an und sag es!« dröhnte er.

Adrienne nahm sein geheimnisvoll schönes Gesicht in beide Hände. »Ich liebe dich, Sidheach, Ehemann aus Fleisch und Blut. Das ist der einzige Grund, weshalb ich dich jemals so gut hassen konnte.«

Ein Freudenschrei brach aus seinen Lippen hervor, aber seine Augen waren immer noch ungläubig.

»Ich liebe dich seit jener Nacht am Meer. Und haßte dich um so mehr für jede ihrer Sekunden.«

»Aber des Königs Hure –«

»Kein weiteres Wort. Ich bin eine selbstsüchtige Frau. Adriennes Ehemann, das ist es, was du jetzt bist. Niemand anderes. Aber ich danke dem guten König, daß er deine Fähigkeiten so perfektioniert hat«, neckte sie ihn frech. Einige Wunden heilten besser von allein, ohne darin herumzustochern. Und es ängstigte sie nicht mehr, weil sie begriffen hatte, daß es der edle, ritterliche Teil in ihm gewesen war, der ihn gezwungen hatte zu tun, was auch immer er tun mußte, um jene zu schützen, die er liebte. Obwohl weder er noch Lydia ihr viel erzählt hatten, hatte sie sich ein paar Dinge selbst zusammenreimen können.

Er lachte über ihre Verwegenheit und wurde dann schnell wieder ernst.

»Ich muß dich noch einmal heiraten. Ich will das Eheversprechen. Zwischen uns, nicht über einen Stellvertreter.« War es Magie, die sie durch die Zeit geschleudert hatte? Als sie eben aus seinen Armen entschwunden war, hatte er es endlich begriffen, daß seine Frau von den fernen Ufern der Zeit zu ihm gekommen war. Und was konnte das sein, außer Magie? Eine Magie, die er nicht beherrschen konnte.

Aber vielleicht konnten sie ihre eigene kleine Magie heraufbeschwören. Es gab Legenden, daß Eheversprechen, die im Kreis der Samhain-Feuer gelobt wurden, an jenem kraftvollen Abend vor dem Fest der Seligen Toten, bindend waren, weit über das menschliche Denkvermögen hinaus. Was, wenn sie in einer solchen geheiligten Nacht vor den mystischen Zigeunern das Ehegelübde ablegten? Konnte er sein Weib über die Grenzen der Zeit hinweg an sich binden? Er würde alles versuchen.

»Ja«, hauchte sie entzückt, »so sei es.«

»Es tut mir nur leid, daß ich es mir anfangs habe entgehen lassen. Hätte ich gewußt, daß du es warst, die auf Burg Comyn auf mich wartete, wäre ich selbst gekommen, mein Herz. Am allerersten Tag der Verlobung.«

Aber seine Augen waren immer noch bekümmert, und sie hob eine Hand, um die Schatten zu vertreiben. Er ergriff sie und setzte zärtlich einen Kuß auf ihre Handfläche, dann verschloß er ihn mit ihren Fingern.

»Vertraust du mir, Mädchen?« fragte er leise.

Vertrauen. Etwas so Zerbrechliches, Zartes, unendlich Kostbares.

Der Hawk beobachtete sie, wie die Gefühle über ihr ausdrucksstarkes Gesicht huschten, das jetzt ihm gegenüber so wunderbar offen war. Er wußte, daß sie an jene schwarzen Zeiten dachte, über die sie nie gesprochen hatte. Eines Tages würde sie ihm all ihre intimsten Gedanken und Ängste anvertrauen, und sie würde zu der Erkenntnis gelangen, daß gleichgültig, was in ihrer Vergangenheit geschehen war, es niemals seine Gefühle für sie ändern würde.

Adrienne sah liebevoll den Mann an, der ihr gezeigt hatte, wie sie wieder vertrauen konnte. Den Mann, an den sie hoffnungslos und hilflos ihr Herz verloren hatte. Diesen Mann, der Ehre, Tapferkeit, Leidenschaft und Ritterlichkeit im Überfluß besaß. Weder ihre noch seine Vergangenheit hatten irgendeine Bedeutung für diese Liebe, die sie füreinander empfanden. »Dir vertrauen, Sidheach? Mit meinem ganzen Herzen und noch darüber hinaus.«

Sein Lächeln war zum Erblinden. »Adrienne ...«

»Mylord?« Ihre Stimme war weich und warm und sorglos, wie die eines kleinen Mädchens.

Als er sie in seine Arme schloß, erschauderte sie vor Verlangen. »Mylord!«

* * *

Adrienne sah nicht, daß sich über ihr seine Augen verdunkelten. Wie sollte er sie beschützen? Wie konnte er für ihre Sicherheit garantieren? Wie schnell konnte er Adam erreichen und herausfinden, was vor sich ging? Denn gleichgültig, welche verwinkelten Gassen sein Verstand auch durchwanderte auf der Suche nach einer Erklärung für die seltsamen Vorkommnisse, in die seine Frau verstrickt war – er schien sich immer im Kreis zu drehen, und jedesmal stoppte er mit knirschenden Schuhsohlen direkt vor diesem verfluchten Schmied. Und es war nicht bloße Eifersucht, obwohl der Hawk unumwunden zugeben würde, daß er eine abgrundtiefe Abneigung für diesen Mann empfand.

Es war nicht die schwarze Dame, die Adrienne zu ihm gebracht oder sie ihm so grausam entrissen hatte. Das war eine Tatsache.

Was war es dann?

Jemand oder etwas anderes hatte die Macht. Die Macht,

den Herrn von Dalkeith mit einem Schlag zu vernichten – indem man ihm seine geliebte Frau nahm. Was für ein Spiel, welch furchtbarer, perverser Zeitvertreib fand auf dem Boden von Dalkeith statt? Welche Macht hatte ein Interesse daran, und warum?

Ich kam hierher, um dich zu hassen, Hawk. Aber ich kam nicht, um die Frau zu hassen, die du als dein Weib beanspruchst. Adams Worte hallten in seinem Kopf wider, und er begann, die groben Linien einer sorgfältig inszenierten Rache zu erahnen. Aber das würde bedeuten, daß Adam Black über Kräfte verfügte, an deren Existenz der Hawk niemals wirklich geglaubt hatte. Erinnerungen an Zigeunergeschichten, die er als junger Bursche gehört hatte, tauchten in seinem schwirrenden Kopf auf und warfen Fragen und Zweifel auf. Geschichten von Druiden und Pikten und, genau, von verruchten und boshaften Feen. Lydia hatte immer gesagt, daß jede Legende in gewissem Maße auf Tatsachen basierte, wobei die mythischen Elemente einfach nur dazu dienten, das Unerklärliche zu erklären, aber deshalb nicht unbedingt unwahr sein mußten.

Oh, seine Liebe stellte die Grenzen seines Glaubens an die natürliche Welt auf die Probe und ließ ihn sich weit öffnen.

Und wenn er einräumte, an eine solche Magie wie Zeitreisen zu glauben, welche Art von Magie konnte er als zu übersteigert verwerfen? Keine. Er konnte keine Möglichkeit, wie überirdisch auch immer, ohne intensive Prüfung verwerfen.

Adam Black war in der Lage gewesen, das vormals unheilbare Gift Callabron unschädlich zu machen. Adam Black schien immer verdammt viel zu wissen. Adam Black hatte freimütig zugegeben, nach Dalkeith gekommen zu sein, um sich zu rächen.

Die Roma hatten sich weit vom Feuer des Schmieds entfernt. Die Roma, die an Mythen und Legenden *glaubten*.

Und der Hawk, Adam zu Dank verpflichtet für das Leben seiner Frau, hatte sich gezwungen, all die Merkwürdigkeiten zu übersehen, und hatte sie seiner tiefen Abneigung dem Schmied gegenüber zugeschrieben und sich eingeredet, in den aufgeblähten Umrissen harmloser Wolken Drachen zu sehen.

Er würde sie niemals gehenlassen, aber jemand oder etwas konnte sie ihm in der Laune eines Augenblicks entreißen.

Er würde danach suchen, es zerstören und sie befreien – das schwor er bei seinem Leben.

Denn für ihn gab es kein Leben ohne sie.

Kapitel 27

Obwohl der Hawk darauf bestand, früh am nächsten Morgen aufzubrechen, sorgte er ebenfalls dafür, daß sie sich auf ihrem Heimweg nach Dalkeith Zeit für zärtliche Stunden nehmen konnten. Er schickte die eine Hälfte seiner Garde voraus und befahl der anderen, gebührenden Abstand von ihm und seiner Lady zu halten, damit sie ihre Zweisamkeit genießen konnten. Er würde später nach Uster zurückkehren und seine Amtsgeschäfte zu Ende bringen, nachdem diese Schlacht geschlagen war.

Adrienne war begeistert von seiner dringenden Eile, nach Dalkeith zurückzukehren und ihr Gelübde zu besiegeln. Genauso begeistert war sie von der Dreitagesreise mit langen Aufenthalten in kühlen Becken mit blubberndem Quellwasser; ausgedehnten Zwischenspielen der Leidenschaft auf federndem Moos unter dem Baldachin hell flatternder Blätter. Momente, in denen er sie neckte, zärtlich bedrängte und lehrte, bis sich die errötende Jungfrau mit ihrer neu entdeckten Weiblichkeit vertraut gemacht hatte und begeistert das Gefühl der Macht auskostete, die eine Frau über ihren Mann besitzt. Sie wurde schnell zu einer Expertin der subtilen Wege, zu berühren und zu sprechen, eine Lippe zu benetzen und mit den Augen zu verführen. Sie kannte die verstohlenen Liebkosungen und ihre unverzüglichen Erwiderungen, die ihren süßen, schönen Mann in einen pulsierenden, unbarmherzigen Wilden verwandelten.

Mit Erstaunen hatte sie bemerkt, daß der Herbst mit meisterlicher Inspiration die Hügel gefärbt hatte; Blätter in leuchtenden Schattierungen von Kürbisgelb, Weinrot und hellem Bernstein raschelten knisternd unter den Hufen ihrer Pferde, während sie unter Zweigen von Erntegold dahinritten. Eichhörnchen pfiffen und jagten mit Sprüngen, die die Schwerkraft verhöhnten, durch die Bäume. Schottland in seiner ganzen majestätischen Pracht, behaucht von Liebe, die die einfachen Geschenke der Natur zu einem Wandteppich voller Wunder färbte. Adrienne war niemals aufgefallen, daß die Welt so schön war.

Sie würde die gemächliche Rückkehr nach Dalkeith als ihre Hochzeitsreise in Erinnerung behalten; als eine Zeit phantastischer Leidenschaft und zärtlicher Romanze. Eine Zeit glückseliger Heilung und Liebe. Einfach gesagt, die schönsten Tage ihres Lebens.

* * *

Am Abend des zweiten Tages, als sie auf einem Tartan der Douglas' aus Blau- und Grautönen lagen, wurde Adrienne plötzlich und ohne ersichtlichen Grund von einem wehmütigen Schmerz gequält, und sie konnte ihre Zunge nicht im Zaum halten. Sie nahm das Gesicht des Hawk fest in beide Hände und küßte ihn stürmisch, heiß und verlockend, dann zog sie sich zurück und sagte: »Solltest du mir jemals wieder den Zutritt zu dir verweigern, mein Gemahl, werde ich die Mauern von Dalkeith eigenhändig Stein für Stein niederreißen, um zu dir zu gelangen.«

Der Hawk schüttelte den Kopf, seine Gedanken von dem verführerischen Kuß durcheinandergewirbelt und völlig verwirrt durch ihre Worte. Er bemächtigte sich ihrer Lippen mit einem langen, ebenso feurigen Kuß, und als sie leise keuchend unter ihm lag, sagte er: »Wenn du es jemals wieder versäumen solltest, dich nach meinem Befinden zu erkundigen, nachdem ich verwundet wurde, werde ich Dalkeith einen steinernen Turm hinzufügen und dich darin einsperren, meine gefangene Liebessklavin, damit du mir nie wieder irgend etwas verweigern kannst.«

Jetzt war sie an der Reihe, ihn mit verblüfftem Gesichtsausdruck anzustarren, ihre Lippen voll und rosig von der Leidenschaft seines Kusses. »Meinst du, nachdem du von dem Pfeil verwundet wurdest? Da habe ich versucht, dich zu sehen. Grimm hat es nicht zugelassen.«

Hawks Blick kämpfte mit ihrem. »Grimm sagte, du wärst nicht ein einziges Mal gekommen. Er sagte, du würdest tief und fest im Pfauenzimmer schlafen, und deine einzige Sorge wäre, wie schnell ich wohl sterben würde und dich freigäbe.«

Adrienne stöhnte auf. »Niemals! Ich war direkt vor deiner Tür und habe mit ihm gestritten. Er hat geschworen, daß du mir den Zutritt verweigertest!«

»Ich habe dir niemals den Zutritt verweigert. Nein, ich habe dir meine Seele geöffnet und dich hineingebeten. Jetzt erzählst du mir, du seist in jener Nacht gekommen und Grimm habe dir erzählt, ich hätte den Befehl gegeben, dir den Zutritt zu verweigern?«

Adrienne nickte, die Augen weit aufgerissen.

Dunkle Wut huschte über das Gesicht des Hawk, als er sich an die Seelenqualen erinnerte, die er in dem Glauben durchlitten hatte, daß sie nicht genug für ihn empfand, um sich zu erkundigen, ob er überhaupt noch atmete. Plötzlich verstand er das ungewöhnliche Verhalten seines Freundes in jener Nacht. Die Art, wie Grimms Blick seinem auszuweichen versuchte. Sein nervöses Verhalten, wie er das schon brennende Feuer geschürt und dann ziellos in den knisternden Scheiten herumgestochert hatte. »Grimm, welch falsches Spiel treibst du?« murmelte er. Konnte Grimm Adrienne etwa Böses wünschen? Oder hatte Grimm einfach nur versucht, ihn, seinen Freund und Waffenbruder, vor weiterem Unheil zu schützen?

Gleichgültig, sein Handeln war inakzeptabel. Ungeachtet ihrer langjährigen Freundschaft – Lügen konnten niemals toleriert werden. Und Grimms Lügen hatten einen Keil zwischen ihn und seine Frau getrieben, der Hawk dazu veranlaßt hatte, nach Uster aufzubrechen. Was, wenn er nicht wegen Adrienne umgekehrt wäre? Wie weit hätten Grimms Lügen sie beide voneinander getrennt? Was hätte Adam seiner Frau angetan, wenn er nicht zu ihr zurückgekehrt wäre?

Des Hawks Mund verhärtete sich. Adrienne legte die Hand auf seine Wange und sagte leise: »Hawk, ich glaube nicht, daß er etwas Böses im Schilde führte. Er schien zu versuchen, dich zu beschützen. Er sagte, ich hätte dir nichts als Schmerz gebracht, und daß es alles seine Schuld sei.«

»*Seine* Schuld?«

»Wegen der Sternschnuppe.«

Hawk schnaubte vernehmlich. »Sternschnuppenwünsche gehen nicht in Erfüllung, Mädchen. Das weiß doch jedes dumme Kind.«

Adrienne sah ihn schelmisch an. »Aber er sagte, daß er dir die perfekte Frau gewünscht habe.« Sie warf sich in Positur. »Und ich erfülle doch wohl die Anforderungen«, neckte sie ihn.

»Jawohl, das tust du«, brummte der Hawk. Mit einem schelmischen Lächeln umfaßte er eine ihrer Brüste und drückte sie zurück auf den Tartan, wo ihre Leidenschaft aufs neue begann. Sein letzter zusammenhängender Gedanke, bevor er sich in der Schönheit und den Wundern seiner Frau verlor, war, daß Grimm ihm einige Antworten schuldete – und seiner Frau eine Entschuldigung. Und daß er wohl zugeben mußte, daß Wünsche bei Sternschnuppen womöglich doch in Erfüllung gingen. Ungewöhnlichere Dinge waren in letzter Zeit geschehen.

* * *

Am letzten Tag ritt Hawk wie der Teufel. *Drei Tage gestohlen*, dachte er düster, seine Frau in einer besitznehmenden Umarmung eng an seine Brust gedrückt, und strich ihr mit der Wange über das weiche Haar.

In den Wäldern hatte er genau gespürt, daß ihr Feind, wer auch immer es war, nicht wußte, wo sie in jenem Augenblick waren. Also hatte er es so lange wie möglich ausgedehnt und seine Sorgen von seiner Frau ferngehalten, um ihr Vergnügen nicht zu schmälern.

Abgesehen davon fiel er jedes Mal vor Erschöpfung fast in den Tiefschlaf, nachdem seine fordernde junge Frau ihren Spaß mit ihm gehabt hatte. Das war das verdammt Seltsamste. Niemals war er so gesättigt und befriedigt zu Boden gegangen. Oh, aber diese Frau besaß tatsächlich magische Kräfte.

Nun aber wandte sich sein Verstand voller Ernst der Sache zu, die vor ihnen lag. Bis zum Fest der Seligen Toten, hatte Rushka gewarnt. Das Samhain war morgen, der Tag nach Samhain war das Fest der Seligen Toten – oder Allerheiligen, wie es auch genannt wurde.

Am Samhain war es für jeden gefährlich, allein zu sein. Man sagte, daß das Feenvolk in einer solchen Nacht in seiner ganzen Herrlichkeit die Erde bevölkerte. Man sagte, daß die Niedertracht am Samhain im Überfluß Einzug hielt, was der

Grund dafür war, daß die Clans Doppelfeuer aus Birke, Eberesche, Eiche und Kiefernhölzern entfachten und um sie herum tiefe Gräben zogen. Dann versammelten sich alle, jeder Mann, jede Frau, jedes Kind, und feierten zusammen in dem schützenden Schein der Flammen. Innerhalb dieses Ringes wollte er seiner Frau sein Leben geloben und versuchen, zusammen mit ihr einen eigenen Zauber entstehen zu lassen.

Er konnte es geradezu in den Knochen fühlen, daß irgend etwas mächtig schiefgehen würde.

SAMHAIN
(Ernte)

Denn nichts wär mir des Weltalls weite Hall,
wärst du nicht, meine Rose, drin mein All.

SHAKESPEARE, *Sonett CIX*

Kapitel 28

Adam zischte, als er die Feen-Insel Morar verließ. Die Zeit, normalerweise für ihn ohne Bedeutung, war an ihm vorbeigejagt, einen kostbaren Tag nach dem anderen. Wenn er ein sterbliches Spiel spielte, wurde Zeit zu einer nervenden Angelegenheit. Viel zu lange hatte er sein Treiben auf Dalkeith vernachlässigt, aber es hatte ihn einige Zeit gekostet, seine Königin davon zu überzeugen, daß er nichts Übles im Schilde führte.

Nun konzentrierte der weitsichtige Adam seine Aufmerksamkeit in Richtung Dalkeith, um die Veränderungen in seinem Spiel zu erforschen. Er verkrampfte sich und zischte erneut. Wie konnten sie es wagen?

Als seine Königin die unseligen Worte gesprochen hatte, die das Schicksal des Hawk besiegelten, hatte Adam lange und sorgfältig nach dem perfekten Werkzeug der Rache gesucht. Er war durch die Jahrhunderte gewandelt, zuhörend, beobachtend, und hatte schließlich nach reiflicher Überlegung die perfekte Frau auserwählt. Adam pfuschte nicht oft im Leben Sterblicher herum, aber wenn er es tat, entstanden Legenden. Und das gefiel Adam.

Einige nannten ihn Puck. Ein Barde würde ihn Ariel nennen. Wieder andere kannten ihn als Robin Goodfellow. Die Schotten nannten ihn den *sin siriche du* – den schwarzen Elf.

Gelegentlich nahm Adam das Äußere eines anstürmenden und enthaupteten Reitersmannes an, oder eines fratzenhaften Gespenstes mit einer Sense, nur um lange in den Erinnerungen der Sterblichen fortzuleben. Doch welchen Blendwerks er sich auch bediente, *immer* bekam er, was er sich vorgenommen hatte. Und er war sich auch dieses Mal seines Erfolgs so sicher gewesen! Die Frau war nicht nur im magischen New Orleans aufgewachsen, sie hatte den Männern so vehement abgeschworen, daß er sie durch die Jahrhunderte hindurch gehört hatte. Adam hatte sie wochenlang beobachtet, bevor er seine wohlüberlegte Wahl getroffen hatte; er hatte sie studiert, alles erfahren, was es Wissenswertes über die faszinierende Adrienne de Simone zu erfahren gab. Dinge, die selbst ihr geliebter Ehemann nicht von ihr wußte. Er war überzeugt gewesen, daß sie die eine Frau war, die garantiert den legendären Hawk hassen würde.

Jetzt, als Adam sich auf Dalkeith-Upon-the-Sea zubewegte, enthüllte sein weitsehender Blick eine selige Adrienne, die sich in Gedanken träumerisch mit Heiratsplänen beschäftigte.

Doch der Hawk, ah ... der Hawk war im Augenblick nicht so unbekümmert. Er spürte, daß etwas nicht stimmte. Er würde vorbereitet sein.

Adam hatte Adrienne hergebracht, damit sie den Hawk abwies, und natürlich, damit er die Schönheit für sich selbst beanspruchen konnte. Selten wurde solch ein aufregendes sterbliches Wesen geboren wie diese Frau. Selbst der König hatte sich über ihre Makellosigkeit geäußert. Welch süße Rache, den Hawk mit einer Frau zu verheiraten, die ihn niemals lieben würde, während Adam sie zu der Seinen machte. Den Mann zum Hahnrei zu machen, der den Elfenkönig erniedrigt hatte. Aber es schien, als habe er sich in Adrienne genauso getäuscht wie in dem Hawk. Er hatte sie beide unterschätzt.

Sie liebte den Hawk so intensiv, wie er sie liebte. Adam hielt kurz an und grinste durchtrieben, als ihm ein phantastischer Einfall kam. Was für eine lächerliche Rache wäre es doch gewesen, den Hawk lediglich zum Hahnrei zu machen.

Eine neue und wahrhaft vernichtende Möglichkeit tat sich ihm plötzlich auf.

* * *

Lydia und Tavis saßen auf der gepflasterten Terrasse von Dalkeith, als Hawk und Adrienne spät in jener Nacht eintrafen.

Vom Dunkel verschluckt, unterhielten sie sich leise und nippten an süßem Portwein, während sie beobachteten, wie das junge Paar einritt, abstieg und sich an die Hand nahm, um auf die Terrasse zuzusteuern. Lydias Augen glänzten vor Freude.

Adrienne sagte etwas, das den Hawk zum Lachen brachte. Als er sie mit einer langsamen Bewegung anhielt und küßte, zog sie ihm das Band aus dem Haar und warf es hoch in die Nacht. Was als ein zärtlicher Kuß begann, vertiefte sich stürmisch. Lange Momente verstrichen, in denen sich der Kuß entfaltete. Anhaltend und wild und heiß küßten sich der Herr von Dalkeith-Upon-the-Sea und seine Lady. Unter einem fast vollen Mond. Auf der Wiese direkt vor der Terrasse küßten sie sich.

Und küßten sich.

Lydias Lächeln wurde schwächer, und sie bewegte sich unruhig auf ihrem Sessel. Sie zwang sich, tief und schwer einzuatmen, und befahl ihrem Herzen, mit diesem lächerlichen Donnern aufzuhören. Sie hatte geglaubt, ihr Körper habe derartige Leidenschaft längst vergessen. Wohl kaum.

»Das ist ein Kuß, will ich mal sagen.« Tavis' ausgeprägter Dialekt rollte über sie.

»Da – das... ist es.« Lydia schluckte. Wie lange war es her, daß ein Mann sie so geküßt hatte?

Tavis rutschte unmerklich näher, und Lydia sah ihn barsch an.

Dann wurde ihr Blick nachdenklich.

Tavis Mac Tarvitt war ein gutaussehender Mann, bemerkte sie. Wie war es möglich, daß ihr das bisher entgangen war? Und warum dieses verstohlene Lächeln auf seinem Gesicht? »Warum lächelst du?« fuhr sie ihn an.

»Das ist eine schöne Nacht für Dalkeith, will ich mal sagen«, antwortete er versöhnlich. »Sie sind nach Hause gekommen. Und für mich sieht es ganz danach aus, als hätten wir hier bald kleine Kinder herumlaufen, und das will ich mal ausdrücklich sagen.«

»Hmpf.« Lydia schnaufte. »Bist du mittlerweile dahintergekommen, wie man Kaffee macht, alter Mann? Ich hätte liebend gern eine Tasse Kaffee für sie morgen früh.«

»Mylady.« Sein sanfter Blick belehrte sie. »Ich bin ein Mann mit begabten Händen, erinnert Ihr Euch? Natürlich kann ich Kaffee machen.«

Begabte Hände. Die Worte verweilten einen Augenblick länger in ihren Gedanken, als ihr lieb war. Und sie warf verstohlen einen flüchtigen Blick auf diese Hände. Gute Hände waren das, in der Tat. Breit und stark, mit langen, wohlgeformten Fingern. Geschickt. Sie gerbten weiche Häute und beschnitten behutsam junge Rosen. Sie bürsteten sanft ihr Haar und machten Tee. Mit welch anderen Vergnügungen mochten sie eine Frau sonst noch überhäufen? fragte sie sich. *Ach Lydia, du hast viele gute Jahre vergeudet, oder etwa nicht?* Endlich fand die wahre Stimme ihres Herzens, die all die Jahre geschwiegen hatte, ihre Sprache wieder.

Vorsichtig rutschte Lydia näher an Tavis heran, so daß ihre Arme sich leicht berührten, als sie nebeneinander ruhten. Es war eine leise Berührung, aber sie war gedacht, ihm vieles zu sagen. Und das tat sie.

Tiefer in der Nacht, als Tavis Mac Tarvitt eine alternde, jedoch immer noch starke und tüchtige Hand auf ihre legte, gab Lydia of Dalkeith vor, es nicht zu bemerken.

Doch gleichwohl schlang sie ihre Finger eng um seine.

* * *

Es war früh am Morgen, die Stunde, wenn der kühle Mond für kurze Zeit mit der Sonne ein Tandem bildet, als Adrienne spürte, wie der Hawk aus dem handgehauenen Bett im Pfauenzimmer schlüpfte. Ihr fröstelte in der anflutenden Kühle, bevor die Bettdecken wieder kuschelig ihren Körper umhüllten. Sein würziger Geruch hing in den Laken, und sie begrub ihre Nase darin.

Nachdem sie letzte Nacht heimgekehrt waren, hatte der Hawk sie auf die Arme gehoben und drei Stufen auf einmal genommen, als er seine errötende Frau an gaffenden Dienstboten vorbei ins Pfauenzimmer trug. Er hatte ein dampfendes Bad ins Herrenschlafzimmer befohlen, und sie hatten ausgiebig in aromatisierten, sinnlichen Ölen gebadet, die sich um ihre Körper legten. Er hatte sie stürmisch und besitzergreifend auf einem Berg von Decken vor dem Feuer geliebt, und eingeölt von der duftenden Melange, glitten und schlüpften ihre Körper in genießerischer Reibung übereinander.

Adrienne war von der Hand ihres Mannes gefordert und geprägt worden. Erobert und hingerissen und bis zum äußersten verschlungen. Sie hatte willentlich alle bewußten Gedanken fortgeschickt und war zu einem Tier geworden, um sich mit ihrem wilden, schwarzen Hengst zu paaren. Als er sie zum Bett getragen hatte, hatte sie ihre Hände über seinen Körper gleiten lassen, über sein Gesicht, das immer noch lustvoll nachglühte, um sich jede Linie und jede Rundung einzuprägen, um diese Erinnerung in ihren Händen zu bewahren.

Doch zwischen dem überwältigenden Liebesakt und dem Einschlafen hatte sich zwischen den Liebenden ein Schweigen breitgemacht. Es lag dort wie der Fehdehandschuh eines Fremden, der auf ihr Bett geworfen worden war. Sie hatte gefühlt, wie es zu einer Faust der Stille anwuchs, als sie sich in Ängsten verlor, über die sie keine Kontrolle hatte.

Verzweifelt hatte sie ihre Finger in die des Hawk verflochten. Vielleicht, wenn sie ihn nur fest genug hielt, vielleicht könnte sie ihn mit sich nehmen, wenn sie in die Zukunft zurückgerissen wurde.

Viele verkrampfte Stunden lang hatte sie vorgegeben zu schlafen. Aus Furcht vor dem Schlaf.

Und genau jetzt, als er aus dem Bett schlüpfte, fühlte sie die Angst zurückkehren.

Aber sie *konnte* nicht jeden Tag, jede Minute, seine Hand halten!

Sie rollte sich schweigend auf die Seite, lugte unter dem Stapel von Decken hervor und staunte.

Er stand an dem Bogenfenster, den Kopf geneigt, als ob er dem aufgehenden Morgen lauschte und Geheimnisse in den Schreien der aufwachenden Möwen hörte. Seine Hände spreizten sich um die steinerne Umrandung des Fensters, und die letzten Strahlen des Mondlichts streichelten seinen Körper mit gegossenem Silber. Als er in die Morgendämmerung blickte, waren seine Augen dunkle Schatten. Sein markantes Profil hätte aus demselben Stein gemeißelt sein können, aus dem auch Dalkeith-Upon-the-Sea erbaut war.

Sie schloß die Augen, als er nach seinem Kilt griff.

Als er das Pfauenzimmer verließ, öffnete das Schweigen die Faust und legte seine Finger um Adriennes Herz.

* * *

Hawk stand im Flur im ersten Stock, und seine Augen waren düster vor Wut.

Wut über seine eigene Hilflosigkeit.

Sie nach Dalkeith zurückzubringen war ein Fehler gewesen. Ein großer Fehler. Er wußte es. Die Atmosphäre innerhalb von Dalkeith schien aufgeladen, als ob jemand Brennöl über das ganze Schloß geschüttet hätte und nun auf der Lauer läge, bereit, eine kleine Kerze fallen zu lassen und dann zurückzutreten, um zu beobachten, wie ihre Leben von dem Inferno verzehrt wurden. Kein Zweifel blieb in seinem Verstand – Dalkeith war für seine Frau nicht sicher.

Aber sie war auch in Uster verschwunden.

Dann mußten sie eben weiter fortgehen. China vielleicht. Oder Afrika. Jedenfalls schnell wie der Teufel raus aus Schottland.

Zur Hölle damit! Dalkeith war sein Zuhause. *Ihrer beider* Zuhause.

Dalkeith-Upon-the-Sea war sein ganzes Leben gewesen. Er hatte soviel ertragen, um diese Zeit zu erleben, um nach Hause zu kommen. Ihre Söhne auf den Klippen spielen zu sehen. Ihre Töchter durch den Garten rennen zu sehen, kleine Füße, die über Moose tappten und über gepflasterte Pfade; ihre Kinder an einem warmen Tag in einem klaren, blauen See zu baden; in einer wohlriechenden Sommernacht seine Frau unter funkelnden Sternen im Springbrunnen zu verführen.

Er hatte es verdient, den Rest seiner Jahre damit zu verbringen, mit Adrienne über diese Hügel und Täler zu spazieren, das Meer und das Land im ewigen Lauf der Jahreszeiten beobachten zu dürfen, ein Heim zu bauen, reich an Liebe und Erinnerungen und Abenteuern. All seine Träume – verflucht – er war ein egoistischer Mann! Er wollte alles. *Hättest wegbleiben sollen, Hawk, und du weißt es. Was ließ dich glauben, du könntest etwas bekämpfen, das du noch nicht einmal kennst?* Er preßte die Augen zusammen und schwankte in der Dunkelheit. Dalkeith für sie aufgeben? Sein Kopf fiel vornüber, gebeugt von der Last erdrückender Entscheidungen. Ein Seufzer, der ein Freudenfeuer hätte erlöschen lassen, bebte durch seinen Körper. Ja. Er würde sie an Samhain heiraten. Dann würde er sie so weit von hier fortbringen, wie es nötig war. Er hatte bereits begonnen, sich in verbissenem Schweigen zu verabschieden. Abschiede brauchten ihre Zeit, und es gab viel, dem er auf Dalkeith-Upon-the-Sea Lebewohl sagen mußte.

Riskieren, dort zu bleiben, wo welche Kräfte auch immer seine Frau bedrohten? Das kam nicht in Frage. »Wir können nicht bleiben«, sprach er zu dem schweigenden, wartenden Raum – dem Raum, von dem der Abschied am schwersten werden würde. Seiner Kinderstube. »Weglaufen ist das einzig Kluge in diesem Fall. Es ist der einzig sichere Weg, sie zu beschützen.«

Er rieb sich die Augen und lehnte sich gegen den Türpfosten, kämpfend, die Emotionen zu zähmen, die ihn durchströmten. Er war gefangen, über jede Vorstellungskraft hinaus gebunden an die Frau, die unschuldig in seinem Bett schlief. Diese Nacht, die er mit ihr verbracht hatte, war alles gewesen, was er sich je erträumt hatte. Die unglaubliche Intimität, mit einer Frau zu schlafen, deren geheimste Gedanken er lesen konnte. Es war nicht nur ein Liebesakt gewesen – heute nacht, als ihre Körper in Leidenschaft miteinander verschmolzen waren, hatte er eine solche Nähe zu ihr verspürt, daß es ihn aus dem Gleichgewicht geworfen hatte. In diesem Moment hatte er seine Werte umgestoßen und verschoben und neue Prioritäten gesetzt. *Sie kommt zuerst.*

Hawks Kiefermuskeln spannten sich, und er fluchte leise. Sein Blick wanderte liebevoll über die Wiegen, die geschnitzten Spielsachen, die weichen Wolldecken und die hohen Fenster, die sich einer samtenen Morgendämmerung öffneten. Er könnte ihr ein Kind geben – Hölle, sie könnte schon eins tragen. Und jemand oder etwas könnte sie und das Kind geradewegs seinen Armen und seinem Leben entreißen. Es würde ihn vernichten.

Dalkeith würde auch ohne ihn blühen; Adrian würde einen feinen Schloßherrn abgeben. Lydia würde ihn aus Frankreich zurückbeordern. Ilyssee würde der Mutter Gesellschaft leisten, und Adrian würde heiraten und Kinder in diese Kinderstube bringen.

Er bräuchte sich keine Vorwürfe zu machen. Er könnte mit Adrienne in einer Bauernhütte leben und Kinder haben und wäre genauso glücklich.

Der Hawk blieb noch einen Moment länger stehen, bis der Hauch eines Lächelns über seine Lippen flog.

Er schloß die Tür zu seinem alten Traum mit einem sanften Lächeln und einer Ehrfurcht, die nur ein liebender Mann völlig nachvollziehen kann. Ein Raum war niemals sein Traum gewesen.

Sie war sein Traum.

* * *

»Hawk!« Lydias Unterlippe bebte vor unausgesprochenem Protest. Sie wandte ihren Blick ab, um einen verschlungenen Rosenzweig zu untersuchen.

»Es muß sein, Mutter. Nur so kann ich Gewißheit haben, daß sie sicher ist.«

Lydia beschäftigte ihre Hände mit dem vorsichtigen Abknipsen vertrockneter Blätter und beschnitt ihre Rosen, wie sie sie seit dreißig Jahren beschnitten hatte. »Aber abzureisen! Heute nacht!«

»Wir können es nicht riskieren, zu bleiben, Mutter. Ich habe keine andere Wahl.«

»Aber Adrian ist nicht einmal hier«, protestierte sie. »Du kannst nicht auf den Titel verzichten, wenn niemand da ist, ihn zu übernehmen!«

»*Mutter.*« Hawk bemühte sich nicht weiter, zu erläutern, wie absurd ihr Protest war. Ihrem ängstlichen Gesichtsausdruck nach zu urteilen, war ihr selbst bewußt, daß sie lediglich nach jedem Strohhalm griff, den sie zu fassen bekam.

»Du redest davon, mir meine Enkelkinder wegzunehmen!« Lydia kniff die Augen fest zusammen und kämpfte gegen die Tränen an.

Hawk beobachtete sie mit einer Mischung aus inniger Liebe und amüsierter Geduld. »Es sind Enkelkinder, die noch nicht einmal geboren sind. Und es sind welche, die wir nie haben werden, wenn ich sie an das verliere, was auch immer sie in der Gewalt hat.«

»Du könntest sie weit wegbringen von diesen Ufern und sie *trotzdem* verlieren, Hawk. Bis wir nicht herausgefunden haben, was Macht über sie hat, wird sie niemals wirklich sicher sein«, argumentierte Lydia hartnäckig. »Sie und ich hatten uns vorgenommen, die Einzelheiten jeder ihrer Reisen zu erforschen, um Ähnlichkeiten zu entdecken. Hast du das getan?«

Mit verschlossenem Blick schüttelte Hawk den Kopf. »Noch nicht. Um die Wahrheit zu sagen, ich wollte es nicht ansprechen. Sie spricht nicht darüber. Ich halte mich zurück. Sobald wir verheiratet und fortgegangen sind, wird Zeit sein, darüber zu reden.«

»Hawk, vielleicht die Zigeuner –«

Hawk schüttelte ungeduldig den Kopf. Er hatte diese Möglichkeit schon am Morgen ausgelotet. Es war sein letzter Hoffnungsschimmer gewesen. Er hatte Rushka auf dem südwestlichen Hügelkamm mit seinen Leuten gefunden, die gerade dabei waren, die Gräben auszuheben und die sieben Hölzer für das Feuer zu sammeln. Doch Rushka hatte es schlichtweg abgelehnt, in irgendeiner Form über seine Gemahlin zu reden. Noch war es dem Hawk gelungen, ihn in ein Gespräch über den Schmied zu verwickeln. Verdammt irritierend, daß er noch nicht einmal Antworten von denen erzwingen konnte, die wegen seiner Gastfreundschaft auf ihn angewiesen waren. Aber die Roma – nun, die Roma waren in Wahrheit auf keines Mannes Gastfreundschaft angewiesen. Wenn die Dinge schwierig wurden, zogen sie um zu einem besseren Ort. Absolute Freiheit war das.

Genausowenig war es dem Hawk übrigens gelungen, den verfluchten Schmied ausfindig zu machen.

»Mutter, wo ist Adam?«

»Der Schmied?« fragte Lydia teilnahmslos.

»Genau. Der Schmiedeofen war kalt. Sein Planwagen ist weg.«

»Ehrlich gesagt, ich habe ihn nicht mehr gesehen seit... laß mich überlegen... wahrscheinlich seit ihr zwei nach Uster abgereist seid. Warum, Hawk? Glaubst du, er hat etwas mit Adrienne zu tun?«

Hawk nickte langsam.

Lydia unternahm einen erneuten Versuch. »Nun gut, aber sieh doch! Wenn du Adrienne fortnimmst und Adam hat etwas damit zu tun, kann er euch einfach folgen. Besser, hierzubleiben und zu kämpfen.«

Sie hielt den Atem an, als Hawk sie böse ansah. »Mutter, ich werde nicht riskieren, sie zu verlieren. Es tut mir leid, daß dir das nicht gefällt, aber ohne sie... aah, ohne sie...« Er verfiel in brodelndes Schweigen.

»Ohne sie was?« fragte Lydia schwach.

Der Hawk schüttelte nur den Kopf und ging fort.

* * *

Adrienne ging auf der Suche nach dem Hawk langsam über den Außenhof. Sie hatte ihn nicht mehr gesehen, seit er früh morgens das gemeinsame Bett verlassen hatte. Obwohl sie wußte, daß sie bald neben ihm stehen und ihr Eheversprechen geloben würde, konnte sie das Gefühl nicht abschütteln, daß irgend etwas schiefgehen würde.

Sie näherte sich den moosbewachsenen Steinen des Rundturms. Der Anblick erinnerte sie an den Tag, an dem der Hawk ihr die erste Lektion erteilt hatte, wie ein Falke gezähmt wurde.

Wie *wundervoll* wurde ein Falke gezähmt.

Sie öffnete die Tür und spähte hinein, und ein leichtes Lächeln formte sich auf ihren Lippen. Wie erschrocken und fasziniert sie an jenem Tag von Hawk gewesen war. Wie versucht und voller Hoffnung, jedoch unfähig zu vertrauen.

War das ein Flügelschlag, den sie gehört hatte? Sie blinzelte in die Dunkelheit, dann ging sie hinein.

Ein Teil von ihr war nicht überrascht, als sich die Tür schnell hinter ihr schloß.

Als sie in Dunkelheit getaucht war, hatte sie plötzlich verstanden. Dies war die Gefahr, die sie so gefürchtet hatte – was oder wer auch immer hinter ihr war.

Adrienne hatte auf einmal das Gefühl, als ob sie seit letzter Nacht auf der Schneide einer Rasierklinge balancierte; in der Erwartung eines schrecklichen Ereignisses. Nun verstand sie genau, was sie die ganze Nacht wachgehalten hatte – es waren wieder einmal ihre Instinkte gewesen, die sie vor der drohenden Verdammnis gewarnt hatten, die ihr zugerufen hatten, daß es nur eine Frage der Zeit sei, bis ihre Welt zerbräche.

Und wer auch immer hinter ihr war, war der Vorbote ihrer Vernichtung.

»Schönheit.«

Adams Stimme. Adriennes Körper wurde starr. Ihr Kiefer verspannte sich, und ihre Hände wurden zu Fäusten, als er sie in der Dunkelheit packte und seine Hüften hart gegen die Wölbung ihres Hinterteils preßte. Sie taumelte nach vorn, aber er zog seine Arme enger um sie zusammen und zerrte sie zurück an seinen Körper.

Als seine Lippen an ihrem Hals knabberten, versuchte sie zu schreien, aber sie brachte keinen Ton heraus.

»Du wußtest, ich würde kommen«, hauchte er gegen ihr Ohr. »Oder etwa nicht, du Bezaubernde?«

Adrienne wollte protestieren, schreiend leugnen, aber ein Teil von ihr hatte es gewußt – in ihren Eingeweiden, auf einer tief unterbewußten Ebene. In diesem Augenblick standen all ihre seltsamen Begegnungen mit Adam Black plötzlich kristallklar vor ihrem inneren Auge. »Du hast mich vergessen lassen«, zischte sie, als die Erinnerungen sie überkamen. »Die seltsamen Dinge, die du getan hast – als du am Brunnen Hawks Gesicht angenommen hast – du hast mich vergessen lassen«, klagte sie ihn an.

Adam lachte. »Ich habe dich auch vergessen lassen, daß ich dich nach Morar mitgenommen habe. Erinnerst du dich jetzt, mit mir im Sand gelegen zu haben, Schönheit? Ich gebe sie dir zurück, diese gestohlene Zeit. Erinnerst du dich, daß ich dich berührt habe? Erinnerst du dich, daß ich dich in meine Welt geholt habe, um dich zu heilen? Auch damals habe ich dich berührt.«

Adrienne erschauderte, als die Erinnerungen aus dem Nebel in ihren Geist traten.

»Ich nehme von dir, woran du dich nicht zu erinnern brauchst, Schönheit. Ich könnte dir Erinnerungen nehmen, die du liebend gern loswerden würdest. Soll ich, Schönheit? Soll ich dich für immer von Eberhard befreien?« Adam preßte in einem lang andauernden Kuß seine Lippen auf ihren Hals. »Nein, ich hab's, ich werde jede Erinnerung auslöschen, die du an den Hawk hast – ich werde machen, daß du ihn haßt, ihn dir zum Fremden machen. Würde dir das gefallen?«

»Wer bist du?« Adrienne würgte, als ihr die Tränen in die Augen schossen.

Adam drehte sie langsam in seinen Armen, bis sie ihn ansah. Sein Gesicht in dem gräulichen Zwielicht war eisig und zweifellos nicht menschlich. »Der Mann, der deinen Ehemann und ganz Dalkeith vernichten wird, wenn du nicht genau das tust, was ich dir sage, bezaubernde Adrienne. Ich schlage vor, du hörst mir sehr, sehr genau zu, wenn du ihn liebst.«

* * *

Hawk konnte Adam nicht finden. Er konnte Grimm nicht finden. Und jetzt konnte er seine Frau nicht finden. Was für ein grausam verfluchter Hochzeitstag war das überhaupt?

Der Hawk schritt über den unteren Außenhof und rief ihren Namen, die Hände zu Fäusten geballt. Auf dem Hügelkamm hatten die Leute schon angefangen, sich zu sammeln. Clanmitglieder kamen in Gruppen meilenweit aus der Umgebung. Bei Einbruch der Dämmerung würden fast siebenhundert Plaidtücher an Dalkeiths Ufern sichtbar sein; die Douglas waren ein großer Clan mit vielen Lehensbauern, die das Land bestellten. Früher am Morgen hatte der Hawk seine Garde in die Hügel und Täler geschickt, um die Hochzeit des Schloßherrn an diesem Abend anzukündigen und sich so der Anwesenheit auch des letzten seiner Leute zu versichern, ob jung oder alt.

Aber es würde keine Hochzeit geben, wenn er seine Frau nicht fand.

»Adrienne!« rief er. Wohin zum Teufel war sie gegangen? Nicht im Schloß, nicht in den Gärten ... nicht auf Dalkeith?

Nein!

»Adrienne!« brüllte er, und er begann zu rennen. Ihren Namen rufend, raste er am Falkenturm vorbei.

»Hawk, ich bin hier!« hörte er sie hinter sich rufen.

»Adrienne?« Er kam rutschend zum Stehen und drehte sich um.

»Ich bin genau hier. Tut mir leid«, fügte sie hinzu, als sie die Tür zum Turm schloß und hinaustrat.

»Laß mich *nie* wieder allein, ohne mir zu sagen, wo du hingehst. Hast du mich nicht rufen hören?« knurrte er, und Angst ließ seine Stimme grob werden.

»Ich sagte, es tut mir leid, Hawk. Ich muß vor mich hin geträumt haben.« Sie blieb stehen, wo sie stand.

Hawks Herz zog sich ihm in der Brust zusammen. Er hatte sie gefunden, aber warum hatte das nicht seine Angst beseitigt? Irgend etwas nagte an ihm – etwas nicht Faßbares, dennoch so real und so tückisch wie die gezackten Klippen von Dalkeith. Da war eine fast fühlbare Atmosphäre von Falschheit, die in der Luft um den Turm herum schwebte.

»Mädchen, was stimmt nicht?« fragte er. Jeder Muskel in ihm spannte sich an, als sie aus dem Schatten heraustrat, der die Ostseite des gedrungenen Turms verdunkelte. Ihr Gesicht war durch die absteigende Sonne zur Hälfte tief überschattet, die andere Hälfte war in dem verblassenden Licht sichtlich bleich. Hawk durchlitt einen flüchtigen Moment unmöglicher Visionen; als ob die eine Hälfte ihres Gesichts lächelte, während die andere angespannt zu einer Grimasse des Schmerzes verzogen war. Die makabre Illusion jagte einen Speer böser Vorahnung durch sein Herz.

Er streckte ihr die Hände entgegen, und als sie sich nicht aus ihrer seltsamen Maskerade aus Licht und Dunkelheit herausbewegte, ging er mit langen Schritten vehement auf sie zu und zog sie in seine Arme.

»Was fehlt dir, geliebtes Weib?« fragte er und sah auf sie hinunter. Aber er hatte sie nicht weit genug nach vorn gezogen. Der verhaßte Schatten beanspruchte noch immer ein ganzes Drittel ihres Gesichtes und verbarg ihre Augen vor ihm. Mit einem groben Fluch trat er zurück, bis sie frei war von Dunkelheit. Jener Schatten, jener verfluchte Schatten vom Turm hatte ihm das Gefühl gegeben, daß sie zur Hälfte substanzlos wurde und womöglich direkt in seinen Armen zerschmelzen könnte, und er wäre hilflos, es zu verhindern. »Adrienne!«

»Es geht mir gut, Hawk«, sagte sie leise und schlang ihre Arme um seine Taille.

Als das schwächer werdende Licht ihr Gesicht badete, kam er sich plötzlich töricht vor und wunderte sich, wie er auch nur für einen Moment gedacht haben konnte, daß da ein Schatten ihr liebliches Gesicht verfinsterte. Da war kein Schatten. Nichts als ihre weiten Silberaugen, die bis zum Rand gefüllt waren mit Liebe, als sie ihn anblickte.

Ein bebender Augenblick verstrich, dann trat ein süßes Lächeln auf ihre Lippen. Sie kämmte ihm eine Strähne schwarzen Haares aus dem Gesicht und küßte zärtlich sein Kinn. »Mein wunder, wunderschöner Hawk«, murmelte sie.

»Rede mit mir, Mädchen. Sag mir, was dich so quält«, sagte er barsch.

Sie schenkte ihm ein Lächeln, das so blendend war, daß es seine Gedanken durcheinanderwirbelte. Er fühlte, wie seine Sorgen wie Blütenblätter im Wind davongetragen wurden von den leisen Versprechungen, die unausgesprochen in diesem Lächeln lagen.

Er strich mit seinen Lippen leicht über ihre und spürte diesen Ruck unmittelbarer Reaktion, der vom Kopf bis in die Zehen durch seinen Körper kribbelte. *Was für Schatten?* Törichte Ängste, törichte Vorstellungen, erkannte er mißmutig. Ein läppischer Schatten fiel über ihr Gesicht, und der große Hawk durchlitt Visionen von Verdammnis und Trostlosigkeit. Bah! Keine Frau konnte so lächeln, wenn irgendwelche Sorgen sie plagten.

Er nahm ihre Lippen in einem brutalen, strafenden Kuß. Strafend für die Angst, die er verspürt hatte. Strafend, weil er sie brauchte.

Und sie schmolz dahin wie flüssige Flammen und preßte sich mit feuriger Dringlichkeit an seinen Körper. »Hawk...«, flüsterte sie an seinen Lippen. »Mein Gatte, meine Liebe, nimm mich... noch einmal, bitte.«

Verlangen schoß ihm durch die Adern und wischte alle Spuren seiner Panik fort. Er brauchte keine weitere Ermutigung. Sie hatten noch ein paar Stunden übrig, bis der Mann Gottes sie unter dem Mantel des Samhain miteinander verbinden würde. Er zog sie zum Turm.

Adrienne verkrampfte sich unwillkürlich. »Nein, nicht im Turm.«

Also ging er mit ihr zu den Stallungen. Zu einem großen Berg süßen, purpurfarbenen Klees, wo sie die letzten Stunden des Nachmittags, ihres Hochzeitstages, verlebten. Wie ein Bettler, der seine letzten kostbaren Münzen für ein opulentes Mahl hergibt.

Kapitel 29

Adriennes Hochzeitskleid übertraf all ihre Kindheitsträume. Es war aus saphirblauer Seide und eleganter Spitze gefertigt, an Hals, Ärmeln und Saum mit flimmernden Silberfäden bestickt, die in sich verschlungene Rosen darstellten. Lydia hatte es stolz aus einer versiegelten, mit Zedernholz durchwirkten Eichentruhe hervorgeholt; nur einer weiteren von Hawks schlauen Erfindungen. Sie hatte es ausgelüftet, in der verschlossenen Küche über Kübeln mit kochendem Wasser bedampft, und es dann leicht mit Lavendel parfümiert. Das Kleid lag an Busen und Hüften eng an und fiel in Strudeln kostbaren Stoffes zu Boden.

Es war von den Zigeunern bestickt worden, erzählte ihr Lydia, als sie und ein Dutzend Dienstmägde an Adrienne herumfummelten. Für Lydias Hochzeit mit Hawks Vater. Lydias Hochzeit war auch auf Dalkeith-Upon-the-Sea gefeiert worden, am Beltanefest, vor den gleichen Doppelfeuern, die an Samhain entfacht werden.

Aber nun war Lydia vorausgegangen, den Hügelkamm hinauf. Die Dienstmädchen waren ebenfalls fort, nachdem Adrienne sie vor einer Viertelstunde weggescheucht hatte. Es hatte Adrienne all ihre Courage abgefordert, die letzten paar Stunden zu überstehen.

Lydia war so ausgelassener Stimmung gewesen, sie war

praktisch durch den Raum getanzt, und Adrienne hatte sich innerlich so hölzern gefühlt – sich zwingend, so zu tun, als ob. Sie war dabei, etwas zu tun, was Lydia und Hawk unweigerlich dazu bringen würde, sie zu verachten, doch sie hatte keine andere Wahl.

Wie sollte sie den Ausdruck in ihren Gesichtern ertragen, wenn sie es tat? Wie sollte sie den Haß und den Verrat aushalten, den sie in ihren Augen sehen würde?

Adrienne stand allein in Lydias entzückendem Schlafzimmer, inmitten langsam abkühlender Bügeleisen, verworfener Unterwäsche und halbvoller Teetassen, die in nervöser Erwartung nicht ausgetrunken worden waren.

Der Zeitpunkt rückte näher.

Und ihr Herz gefror, Atemzug um bitteren Atemzug. Ihr fröstelte, als ein frischer Lufthauch durch das geöffnete Fenster von Lydias Schlafzimmer hereinzog. Sie durchquerte den Raum, um es zu schließen, doch sie erstarrte, eine Hand an den kühlen steinernen Fensterrahmen gelegt. Hypnotisiert blickte sie in die Nacht.

Ich werde mich an das hier erinnern, immer.

Sie sog Dalkeith in sich auf und vertraute jedes kostbare Detail ihrem Gedächtnis an. Der volle Mond hielt sie in Bann, indem er den Hügelkamm in silbriges Leuchten tauchte. Er schien näher an der Erde zu sein und so viel größer als üblich. Vielleicht könnte sie in den Himmel spazieren und direkt neben dem Mond stehenbleiben – vielleicht ihm einen Stoß versetzen und zusehen, wie er über den Horizont rollte.

Adrienne staunte über diese Schönheit. *Dieser Ort war Magie.*

Sie hatte vom Fenster aus einen perfekten Blick auf das Fest. Der Hügel war belebt von Hunderten von Menschen, die um die Feuer herum auf hellen Tartans verteilt waren, redend, feiernd und tanzend. Wein, Ale und Scotch flossen in

Strömen, als die Menschen die zu erwartende Ernte feierten. Eine reiche Ernte, dafür hatte ihr Ehemann gesorgt.

Kinder spielten Kinderspiele, rannten und kreischten und liefen zu ihren Eltern. Und die Musik... oh, die Musik schwebte hinauf zu dem offenen Fenster und vermischte sich mit dem leisen Grollen des Ozeans. Der kräftige, hypnotische Rhythmus der Trommeln, die Pfeifen und die wilden Gesänge.

Zwischen den beiden Feuerkreisen konnte sie ihn ausmachen; der Herr von Dalkeith-Upon-the-Sea tanzte mit seinen Leuten, den Kopf in den Nacken geworfen, fügte er dem Gesang seine tiefe samtig-heisere Stimme hinzu. Ihr Ehemann. Zumindest hatte sie ihn eine Weile lieben dürfen – vielleicht nicht für immer, aber...

Das Trommeln wurde intensiver, und sie beobachtete ihn, wie er das Feuer umkreiste. So primitiv und wild, und doch so zärtlich und liebevoll.

Ich bewundere diesen Ort, dachte sie. *Wenn ich jemals von einem Ort geträumt hätte, wo ich hingehen wollte, damals, im zwanzigsten Jahrhundert, ich hätte von diesem hier geträumt.*

Einen langen Moment preßte sie ihre Stirn gegen die kühle Steinmauer und hielt die Tränen zurück. »Ich liebe ihn mehr als das Leben«, flüsterte sie laut.

Und *das* war der entscheidende Punkt gewesen.

* * *

»Nein.« Der Hawk hob die Hände in gespieltem Protest. »Du mußt mir noch Kräfte lassen, zu heiraten und mein Weib ins Bett zu bringen heute abend«, neckte er eine lachende Frau, die versuchte, ihn zu einem weiteren Tanz zu verleiten.

Trotz der enttäuschten Blicke und der frechen Bemerkungen über seine Manneskraft machte der Hawk sich auf den Weg den Hügel hinauf. Er hatte Lydia mit Tavis in diese Richtung wandern sehen, während er tanzte. Er blieb stehen und sah zurück zum Schloß, wobei seine Augen aufmerksam die Fenster absuchten. Da war es. Lydias Zimmer, und die Silhouette seiner Frau hob sich gegen den hell erleuchteten Raum ab. Er beobachtete, wie sie sich umdrehte. Sie war auf dem Weg.

Ein Frösteln kroch ihm das Genick hoch, als er ihren Rükken betrachtete. Er beobachtete sie einige Zeit, und als sie sich nicht bewegte, fragte er sich, was sie wohl täte.

Ich hätte darauf bestehen sollen, daß sie die Wachen bei sich läßt.

Werden sie mir das Kleid zuknöpfen? hatte sie ihn neckisch gefragt, und ein Strudel von Eifersucht bei dem Gedanken, eine seiner Wachen könnte die seidige Haut seiner Gattin berühren, hatte die Sache erledigt.

Er konnte jeden ihrer Schritte vom Schloß hierher beobachten, und das Schloß selbst war noch nicht völlig verlassen. Bis zum Hügel war es ein kurzer Weg, fünf Minuten oder weniger. *Ihr konnte nichts passieren.* Dennoch sorgte er sich ...

»Hast du Grimm gesehen?« Lydia berührte leicht seinen Arm, um auf sich aufmerksam zu machen.

Hawk riß seinen Blick vom Fenster los. »Nein. Du?«

»Nein. Und das bereitet mir Sorge. Er ist dein bester Freund, Hawk. Ich dachte, er wäre hier. Was mag ihn abgehalten haben?«

Hawk zuckte mit den Schultern und sah schnell wieder zum Schloß. Ah, endlich. Die Kerzen waren aus, und seine Frau war auf dem Weg. Lydias Zimmer war völlig dunkel. Plötzlich schien Grimm unwichtig. Selbst seine Irritationen über Grimms Lügen fielen von ihm ab bei dem Gedanken an seine geliebte Adrienne.

Heute nacht werde ich sie bis in alle Ewigkeit an mich binden, gelobte er schweigend.

»Hawk?« Lydia wedelte mit der Hand vor seinem Gesicht, und unter Anstrengung riß er seinen Blick vom Schloß los. »Hmm?«

»Meine Güte«, seufzte Lydia. »Wie *sehr* du mich doch an deinen Vater erinnerst, wenn du so aussiehst.«

»Wenn ich wie aussehe?« fragte Hawk gedehnt und beobachtete die Vordertreppe, um den ersten Blick auf seine Frau erheischen zu können.

»Wie ein wilder Wikinger, der geschaffen ist, zu erobern und Gefangene zu machen.«

»Ich bin der Gefangene hier, Mutter«, schnaubte der Hawk. »Diese Frau hat mich wohl verwünscht, glaube ich.«

Lydias Lachen klingelte fröhlich. »Gut. Es scheint, als sollte es also so sein.« Sie gab ihm einen aufmunternden Kuß. »Sie wird jeden Moment hiersein.« Lydia strich sein Leinenhemd glatt, das nicht glatt gestrichen zu werden brauchte, glättete sein perfektes Haar, das nicht geglättet zu werden brauchte, und führte sich allgemein auf wie eine aufgescheuchte Henne.

»Mutter«, knurrte er.

»Ich will nur, daß du dich von deiner besten Seite ...« Lydia brach ab und unterdrückte ein nervöses Lachen. »Sieh mich nur an, eine ängstliche Mutter, völlig aufgelöst bei der Hochzeit ihres Sohnes.«

»Sie hat mich bereits in schlimmerer Verfassung gesehen und liebt mich trotzdem. Und was fuchtelst du an mir herum? Ich dachte, wir hätten uns ausgesprochen. Welche Pläne verfolgst du jetzt?« bestürmte er sie. Er kannte sie zu gut, um zu glauben, daß sie stillschweigend vor seinen Plänen kapituliert hatte, an diesem Abend abzureisen.

»Hawk«, protestierte Lydia. »Du tust mir weh!«

Hawk schnaubte. »Ich frage dich nochmals, welche heimtückische Intrige hast du angezettelt, um uns hier zu behalten? Hast du den Wein mit Drogen versetzt? Hast du skrupellose Söldner angeworben, um uns in meinem eigenen Schloß gefangenzusetzen? Nein, ich hab's – du hast einen Boten zu den Mac Leods geschickt und sie wissen lassen, daß jetzt ein günstiger Zeitpunkt wäre, um Dalkeith zu belagern, richtig?« Er wäre nicht erstaunt gewesen, hätte sie eines von diesen Dingen getan. Lydia konnte über Leichen gehen, wenn sie sich etwas in den Kopf gesetzt hatte.

Nichts war ihr heilig, wenn sie nur Adrienne an ihrer Seite halten konnte. *Wie die Mutter, so der Sohn*, mußte er kläglich anerkennen.

Lydia sah geflissentlich zur Seite. »Ich weigere mich einfach zu glauben, daß ihr uns verlaßt, bis der Zeitpunkt gekommen ist. Bis dahin habe ich vor, die Hochzeit meines Sohnes bis zum letzten Augenblick zu genießen. Davon abgesehen, es ist offensichtlich, daß Adrienne keine Ahnung hat, was du vorhast. Ich bin nicht so sicher, ob sie sich nicht auf meine Seite schlagen wird«, äußerte sie schnippisch.

»Da kommt sie.« Tavis unterbrach ihr Gezänk und richtete ihre Aufmerksamkeit auf die Steintreppe, die in breiten Stufen in den oberen Außenhof führte.

»Oh! Ist sie nicht bezaubernd?« hauchte Lydia.

Ein kollektives Seufzen zerzauste die Luft und vermischte sich mit der duftenden Brise, die durch die Nacht wehte.

»Könnte eine Prinzessin sein!«

»Nein, eine Königin!«

»Schöner als eine Feenkönigin!« Ein kleines Mädchen mit blonden Ringellocken klatschte entzückt in die Hände.

»Die Lady of Dalkeith-Upon-the-Sea.« Ein Lehensbauer zog seine Mütze ab und hielt sie in einer Geste von Loyalität über sein Herz.

Lydias Lächeln erstarb, als sie beobachtete, wie Adrienne zu den Stallungen ging. Niemand sprach ein Wort, bis sie Augenblicke später wiederauftauchte, ein Pferd zu einer nahen Mauer führend. »Aber was? Was soll das... ein Pferd? Ah, ich vermute, sie reitet zu Pferde auf«, murmelte Lydia verblüfft.

»Ein Pferd? Wieso sollte sie nicht laufen? Es ist nur ein kurzer Weg, will ich mal sagen«, wunderte sich Tavis.

Unter dem leuchtenden Mond konnten sie klar erkennen, wie sie auf eine niedrige Steinmauer trat und das Pferd bestieg – mitsamt Hochzeitskleid.

Hawks Augen verengten sich nachdenklich. Sein Körper versteifte sich, und er erstickte einen Fluch, als er Rushka sah, der schweigend neben ihnen gestanden hatte und eine Geste in die Luft zeichnete. »Was *tust* du da?« knurrte Hawk und packte mit einer Hand den Arm des Zigeuners.

Rushka hielt inne, und seine braunen Augen ruhten mit tiefer Anteilnahme und noch tieferer Besorgnis auf dem Hawk. »Wir hatten gehofft, er würde nicht kommen, mein Freund. Wir hatten alle Vorsichtsmaßnahmen ergriffen... die Kreuze aus Ebereschen, die Runen. Ich tat, was ich konnte, um es zu verhindern.«

»Wer sollte nicht kommen? Wovon redest du? Was zu verhindern?« stieß Hawk zwischen zusammengebissenen Zähnen hervor. Jeder Zentimeter seines Körpers war plötzlich hellwach. Den ganzen Tag über hatte etwas an ihm genagt, verlangt, daß er handeln solle, und jetzt explodierte es wie heißes Fieber in seinem Blut. Er wollte nichts lieber als handeln – aber wogegen? Was geschah? Der Donner sich nähernder Pferde ließ die Erde unter ihm erbeben.

»Er kommt.« Rushka versuchte, seinen Arm aus Hawks eisernem Griff zu befreien, aber einen Felsbrocken von seiner Brust zu stoßen wäre einfacher gewesen.

Das Tripp-Trapp von Pferdehufen schallte über den Hügel und kam näher.

»Rede«, knirschte Hawk und sah auf Rushka hinab. »*Jetzt.*«

»Hawk?« fragte Lydia besorgt.

»Hawk«, warnte Tavis.

»Hawk.« Die heisere Stimme seiner Frau durchdrang hinter ihm die Nacht.

Der Hawk erstarrte, sein Blick fixierte den älteren Zigeuner, der so viele Jahre wie ein Vater zu ihm gewesen war. Ein Flackern in den Augen des Mannes warnte ihn, sich nicht umzudrehen. So zu tun, als sei nichts geschehen. *Schau nicht auf dein Weib*, sagten Rushkas Augen. Er konnte sie sehen, gespiegelt tief in den braunen Augen des Zigeuners. Sich nicht umdrehen? Unmöglich.

Er riß seinen wütenden Blick von Rushka los. Er drehte sich auf einem Stiefelabsatz um, langsam.

Sein Weib. Und neben ihr, auf Hawks eigenem schwarzen Hengst, saß Adam. Hawk stand schweigend, seine zu Fäusten geballten Hände an den Seiten. Der Hügel war furchterregend still, nicht ein Kind quäkte, nicht ein Bauer atmete mehr als ein Flüstern oder ein beängstigtes Murmeln.

»Hüter des Wissens.« Adam nickte in vertrauter Anerkennung Rushka zu, und Hawks Blick wanderte zwischen dem seltsamen Schmied und dem Roma-Freund hin und her. Rushka war weiß wie Neuschnee. Seine braunen Augen waren riesig und tief, sein schlanker Körper starr. Er erwiderte nicht den Gruß, sondern senkte seinen Blick zu Boden und zeichnete rasend jene seltsamen Symbole in die Luft.

Adam lachte. »Man könnte meinen, du hättest mittlerweile erkannt, daß es nichts hilft, alter Mann. Gib's auf. Nicht einmal dein ... Opfer ... hat geholfen. Obwohl es mich leicht besänftigt hat.«

Lydia erschrak. »Welches Opfer?«

Niemand antwortete ihr.

»Welches Opfer?« wiederholte sie markig. »Meint er Esmeralda?« Als niemand antwortete, schüttelte sie Rushka am Arm. »Meint er sie?« Ihre Augen flogen zurück zu Adam. »Wer bist du?« fragte sie fordernd, ihre Brauen zusammengezogen wie eine Bärenmutter, die bereit ist, ihre Jungen zu verteidigen.

Rushka zog sie an sich. »Seid still, Mylady«, stieß er hervor. »Mischt Euch nicht ein in etwas, das Ihr nicht versteht.«

»*Sag mir nicht, was ich* –«, begann Lydia erhitzt, dann hielt sie unter Hawks tödlichem Blick den Mund.

Hawk wandte sich zurück zu Adrienne und hob schweigend seine Hände, um ihr beim Absteigen behilflich zu sein, als ob nichts vorgefallen wäre.

Adam lachte erneut, und es ließ die Haut des Hawk sich zusammenziehen. »Sie geht mit mir, Lord Bussard.«

»Sie bleibt bei mir. Sie ist mein Weib. Und es heißt Hawk. Lord *Hawk* für dich.«

»Nein. Ein Geier, ein trauriger Aasfresser, der die ungewollten Überbleibsel aufpickt, Lord Bussard. Sie wählt, lautete der Handel, erinnerst du dich? Ich habe das Leben deiner Frau für einen Preis gerettet. Der Preis ist nun bezahlt. Du hast verloren.«

»Nein.« Der Hawk schüttelte langsam den Kopf. »Sie hat bereits gewählt, und ich war es, den sie erwählt hat.«

»Wie es aussieht, hat sie dich *ab*gewählt«, höhnte Adam.

»Runter von meinem Pferd, Schmied. Sofort.«

»Hawk!« warnte Rushka, niedergeschlagen und besorgt.

»Hawk.« Es war Adriennes Stimme, die ihn zum Schweigen brachte. Ihn bannte auf halbem Weg zum Schmied. Bis zu diesem Augenblick hatte der Hawk seine Aufmerksamkeit und Wut auf den Schmied konzentriert. Und er wußte, warum. Aus demselben Grund, weshalb er gezögert hatte, sich umzudrehen, als er die Pferde hatte näherkommen hören. Der Grund, weshalb er statt dessen Rushka angesehen hatte. Er hatte Angst, seine Frau anzusehen, Angst vor dem, was er in ihren lieblichen Augen lesen würde. Konnte sie sich wahrhaftig anders entschieden haben? Konnte er sich so vollständig geirrt haben? Er hielt inne, die Hand an den Griff seines Schwertes gelegt, und zwang seine Augen zu den ihren. Die Unsicherheit, die ihn am allerersten Tag ergriffen hatte, als er seine Frau beim Feuer des Schmiedes fand, bemächtigte sich seiner mit Rachegelüsten.

Ihr Gesicht war sanft und emotionslos. »Er spricht die Wahrheit. Ich habe ihn gewählt.«

Hawk starrte sie an, verblüfft. Nicht einmal ein Flackern von Gefühl in ihren silbernen Augen. »Wie macht er dich lügen, Mädchen?« Hawk weigerte sich, ihren Worten zu glauben, krallte sich an sein Vertrauen in sie. »Womit bedroht er dich, mein Herz?«

»Mit nichts«, sagte Adrienne kalt. »Und hör auf, mich so zu nennen. Ich bin nie dein Herz gewesen. Ich habe dir das von Anfang an gesagt. Ich will dich nicht. Es war die ganze Zeit Adam.«

Hawk forschte in ihrem Gesicht. Kühl, gefaßt, saß sie auf der Stute wie eine Königin. Königlich und unberührbar. »Und was zum Teufel war dann in Uster?« dröhnte er.

Sie zuckte mit den Schultern, die Handflächen abwehrend erhoben. »Ferien?« erwiderte sie leichthin.

Hawk verspannte sich, seine Zähne knirschten. »Und was war in den Stallungen heute nachmittag –«

»Ein Fehler«, schnitt ihm Adam kalt das Wort ab. »Einer, den sie nicht wiederholen wird.«

Hawks Blick wich keine Sekunde von Adriennes. »War es ein Fehler?« fragte er leise.

Adrienne neigte den Kopf. Eine Pause von der Länge eines Herzschlags. »Ja.«

Der Hawk sah nicht einmal ein Flackern in ihrem Gesicht. »Was für ein Spiel spielst du, Mädchen?« hauchte er, und die Gefahr, die von jedem Zentimeter seines rigiden Körpers ausging, lud die Luft um sie herum auf.

Die Nacht hing schweigend und schwer über ihnen. Auf dem Hügel bewegte sich keine Menschenseele, gebannt von der furchtbaren Szene, die sich vor ihnen abspielte.

»Kein Spiel, Hawk. Es ist aus zwischen uns, *sorry.*« Ein weiteres unbekümmertes Achselzucken.

»Adrienne, hör auf zu scherzen –«, brüllte er.

»Das ist kein Scherz«, unterbrach sie ihn mit einem plötzlichen Wutausbruch. »Der einzige Scherz hier bist du! Du hast nicht wirklich geglaubt, ich könnte hierbleiben, oder? Ich meine, komm schon!« Sie machte eine abschätzige Handbewegung über die ganze Pracht des Hochzeitsfestes. »Ich bin aus dem zwanzigsten Jahrhundert, du Narr. Es sind die Kleinigkeiten, die es ausmachen. Kaffee. Dampfende Duschbäder, Limousinen, der ganze Glanz und das Drumherum. Dies war eine nette Ablenkung – eine kleine Flucht mit einem der *faszinierendsten* Männer ...« Sie lächelte Adam an, und es bedurfte jedes Funkens von Hawks Willen, sich nicht auf den Schmied zu stürzen und das Leben aus seinem arroganten Körper herauszureißen.

Statt dessen stand er da wie eine Marmorstatue, die Hände an seinen Seiten geballt. »Du warst Jungfrau –«

»Ach ja? Du hast mir Vergnügen beigebracht. Aber der Schmied gab mir mehr. So einfach ist das.« Adrienne fuchtelte mit den Zügeln ihres Pferdes herum.

»Nein!« dröhnte der Hawk. »Das ist irgendein Spiel! Womit hast du meinem Weib gedroht, Schmied?«

Aber es war Adrienne, die antwortete, mit derselben ruhigen, äußerst unbeteiligten Stimme. Diese heisere Stimme, die ihn beinah in den Wahnsinn trieb, denn die Worte, die sie fallenließ, konnten nur Lügen sein. Dennoch sah sie nicht aus, als würde sie gezwungen. Da war kein Schwert an ihrer Kehle. Kein Schimmer von Tränen in ihren Augen. Und ihre Stimme... sie war gefaßt und ruhig. »Er hat mich nur mit größerem Vergnügen bedroht, als du es mir je gegeben hast. Er hat wahre Magie, über die er herrscht. Vergeude nicht deine Zeit, hinter uns herzujagen. Du wirst uns nicht finden. Er hat versprochen, mich an Orte zu bringen, von denen ich nie zu träumen gewagt habe.« Adrienne trieb ihr Pferd näher an das des Schmieds.

Adam schenkte dem Hawk ein blendendes Lächeln. »Es sieht aus, als ob du am Ende doch verloren hättest, hübscher Vogel.«

»Nein!« brüllte Hawk, hechtete auf den Schmied zu und zog in einer fließenden Bewegung sein Schwert. Der Hengst buckelte bei Hawks Gebrüll und tänzelte wild zur Seite.

Rushka fiel Hawk in den Arm und drückte ihn so heftig zu Boden, daß das Schwert zu seinen Füßen in die Erde trieb.

Adam hob seine Hand.

»Nein!« Adrienne gebot eiligst der Hand des Schmiedes Einhalt. »Du wirst ihn nicht verletzen. Kein Blutvergießen. Du hast es verspr..., es macht so viel Dreck«, verbesserte sie sich. »Ich mag kein Blut. Es macht mich krank.«

Adam neigte den Kopf und ließ seine Hand sinken. »Dein Wunsch ist mir Befehl, Schönheit.«

»Ist das wirklich das, was du dir wünschst, Mädchen?« Hawks Augen waren schwarz und seelenlos.

»Ja«, sagte sie leise. Vorsichtig.

»Er zwingt dich nicht?« *Sag es mir, sag nur das eine Wort, und ich werde ihn mit bloßen Händen töten.*

Sie schüttelte den Kopf und sah ihm geradewegs in die Augen.

»Sag es«, preßte Hawk hervor. »Er zwingt dich nicht?«

»Er übt ... keinen Druck ... auf mich ... aus.«

»Liebst ... du ... ihn ...?« Er haßte sich selbst, als seine Stimme bei diesen Worten brüchig wurde. Seine Kehle war so zugeschnürt, daß er kaum atmen konnte.

»Ich liebe ihn so, wie ich Eberhard geliebt habe«, seufzte sie. Sie lächelte Adam inhaltslos an, der bei ihren letzten Worten plötzlich die Augen verengt hatte.

»Genug, Schönheit.« Adam ergriff ihre Hand. »Das Universum erwartet uns, und dein Vergnügen sei mein Befehl.«

Hawks Herz zog sich zusammen und verwand sich. Der verfluchte Eberhard. Ihre erste Liebe, ob er mit ihr geschlafen hatte oder nicht. Er wandte sich ab, bevor er eigenhändig ein blutiges Massaker auf dem Hügel veranstalten würde.

Als er schließlich erneut seinen Blick auf sie richtete, war es zu spät – sie war fort.

Die Masse der Hunderte auf dem Hügel bei Dalkeith-Upon-the-Sea stand fassungslos da, als beide Pferde samt Reitern einfach in die Nacht entschwanden. Einen Moment lang waren sie noch da. Im nächsten Augenblick – nichts.

Doch eine leise Stimme wurde vom Windhauch getragen. *Du hattest recht mit deinen Falken, Sidheach*, kamen die letzten seltsamen Worte der Frau, die er geliebt hatte und die so eindrucksvoll den ehemals stolzen Herrn von Dalkeith-Upon-the-Sea vernichtet hatte.

Lydia ergriff kraftlos seinen Ärmel.

Rushka fluchte grob in einer Sprache, die niemand jemals zuvor gehört hatte.

Hawk starrte geblendet in die Nacht.

Kapitel 30

»Wo sind wir?« fragte Adrienne Adam unbewegt.

Er führte ihr Pferd am Zügel über einen dunklen Pfad durch einen seltsamen Wald. Ineinander verästelte Zweige woben einen knorrigen Baldachin über ihrem Kopf. Gelegentlich stach ein fahler Lichtschein durch das dichte Dunkel, so daß die knarrenden Äste schimmerten wie ausgebleichte Knochen.

Keine Grillen. Keine normalen Geräusche, nur das Kreischen fliegender Kreaturen. Das Farnkraut raschelte und gab kurze Blicke frei auf zwergwüchsige Gnome mit wilden Gesichtern. Sie erschauderte zutiefst und legte die Arme um sich.

»Du bist in meinem Reich.«

»Wer bist du *wirklich*, Adam Black?« Ihre Stimme überschlug sich bei diesem einfachen Satz, voller Seelenqualen.

Als Antwort bekam sie ein verächtliches Lächeln. Nichts weiter.

»Sag es mir«, verlangte sie dumpf. Aber der düstere Mann an ihrer Seite ritt schweigend weiter.

»Sag mir zumindest, *warum*.«

»Warum was?« Er sah sie höhnisch lächelnd an.

»Warum hast du mir das angetan? Was habe ich verbrochen? Warum hast du mich durch die Zeit geschickt und hast mich wieder fortgenommen?« *Und warum hast du mein Herz gebrochen und mich innerlich sterbend zurückgelassen?*

Adam hielt ihre Pferde an, und Belustigung erhellte sein düsteres Gesicht. Er streckte eine Hand aus, um ihre fahle Wange zu streicheln, und sie erschauderte unter seiner Berührung. »Oh, Schönheit, ist es das, was du glaubst? Wie selbstbezogen und reizend du doch bist.« Sein Lachen dröhnte. Doch es waren seine nächsten Worte, die sich wie ein Messer durch ihre Seele bohrten. »Es hatte nichts mit dir zu tun, meine reizende Schönheit. Es hätte jede schöne Frau sein können. Ich hörte dich, dort in deiner Bibliothek, wie du den Männern abgeschworen hattest, allen Männern. Dennoch sieht es so aus, als hätte ich mich getäuscht. Oder du hast gelogen, was wahrscheinlicher ist.«

»Wovon sprichst du?« hauchte sie schwach. Es hätte jede Frau sein können? Ihr Herz war offengelegt und durchschnitten von dem verwirrenden Spiel dieses Mannes, und er traute sich, so unverblümt zu sagen, daß es keine Rolle spielte, wer sie war?

Ein Pfandobjekt? Wieder einmal? Sie preßte die Lippen zusammen. *Ich werde nicht schreien. Ich werde es nicht tun.* Als sie sich sicher war, daß sie ohne aufzubrausen sprechen konnte, sagte sie kühl: »Du hast bekommen, was du wolltest. Warum willst du mir nicht sagen, wer du bist?« Sie mußte mehr über diesen Mann herausfinden, um sich rächen zu können. Um ihren Ehemann zu rächen.

»Das ist wahr. Ich habe bekommen, was ich wollte. Der Hawk sah äußerst verstört aus, findest du nicht auch? Zerschmettert.« Adam ließ seine Hand leicht über ihre streifen. »Das hast du sehr gut gemacht, heute nacht, Schönheit. Doch sag mir ...« Seine Augen blickten durchdringend in ihre, und sie versteifte sich, als es schien, er könne direkt in ihre Seele schauen. »Was hast du gemeint mit der Bemerkung über seine Falken?«

Adriennes Atem stockte. »Er hat mir einmal erzählt, daß alle seine Falken ihm entflogen sind«, log sie gelassen. »Du hast mir gesagt, daß ich äußerst überzeugend sein müsse, oder du würdest ihn töten, also wählte ich diesen Hinweis, um ganz sicherzugehen. Das ist alles.«

»Hoffentlich.« Sein Gesicht war kalt und unversöhnlich. Genauso wie es im Turm gewesen war, bevor der Hawk nach ihr gerufen hatte. Vor dem, was die Hochzeit ihrer Träume hätte sein sollen. Eiskalt hatte er ihr in ausführlichen und qualvollen Einzelheiten erklärt, wie er den Hawk und jedermann auf Dalkeith vernichten würde, wenn sie sich seinem Willen nicht beugte. Dann hatte er ihr gezeigt, wozu er fähig war. Dinge, die ihr Verstand noch immer nicht begriffen hatte. Aber sie hatte begriffen, daß er sehr wohl in der Lage war, die Massenvernichtung durchzuführen, die er angedroht hatte. Zwei Wahlmöglichkeiten hatte er ihr gegeben: entweder den Hawk zu belügen und sein Herz zu brechen – ganz zu schweigen von ihrem eigenen – oder zuzusehen, wie Adam seine übernatürlichen Kräfte gebrauchte, ihn zu töten. Dann Lydia. Gefolgt von jedem Mann, jeder Frau und jedem Kind auf Dalkeith.

Nein, sie hatte keine Wahl gehabt. Die höllische Entscheidung hatte ihr ein inniges Verständnis dessen gegeben, was der Mann, der des Königs Hure genannt wurde, dereinst erlitten haben mochte.

Als sie den Turm verlassen hatte, erschüttert und bleich, hatte sie sich eines letzten Momentes der Herrlichkeit bemächtigt. Sie hatte sich dem Hawk hingegeben, mit all der Leidenschaft ihrer Seele. Abschiednehmend und innerlich sterbend. Sie hatte gewußt, daß es fürchterlich sein würde, ihn anzulügen, aber sie hatte nicht vorhergesehen, wie tief es sie selbst verletzen würde.

Adam war in diesem Punkt unnachgiebig gewesen. Er hatte deutlich gemacht, daß sie den Hawk vollständig davon überzeugen mußte, daß sie Adam wollte. Nach der unglaublichen Intimität, die sie und Hawk geteilt hatten, wußte sie, daß sie haßerfüllte, schreckliche Dinge sagen mußte, um ihn zu überzeugen.

Sie erschauderte heftig, als Adams Daumen ihre Unterlippe streifte. Trotz ihrer Furcht schlug sie seine Hand weg. »Faß mich nicht an.«

»Wenn ich nur einen Moment lang glaubte, daß du versucht hättest, ihm irgend etwas anderes mitzuteilen, würde ich umkehren und ihn töten, noch während unseres kleinen Gesprächs, Schönheit.«

»Ich gab dir, was du wolltest, du Bastard!« schrie Adrienne. »Ganz Dalkeith ist nun vor dir sicher.«

»Das spielt keine Rolle.« Adam zuckte lässig mit den Schultern. »Er ist sowieso tot.« Adam ergriff ihre Zügel und nahm ihre langsame Passage unter den raschelnden Zweigen wieder auf.

»Was?« zischte Adrienne.

Adam lächelte durchtrieben. »Ich dachte, du liebst die langsame Route zurück. Dieser Weg ist eine Zeitlinie, und wir haben soeben das Jahr 1857 überschritten. Es ist die vernebelte Biegung dort hinten zwischen den ... Bäumen ... in Ermangelung eines besseren Wortes. Er ist schon seit über dreihundert Jahren tot.«

Ein stiller Aufschrei begann sich in ihr aufzubauen. »Wer *bist* du?«

»Sie pflegten uns Götter zu nennen«, sagte er teilnahmslos. »Du würdest recht daran tun, mir zu huldigen.«

»Vorher sehe ich dich in der Hölle«, hauchte sie.

»Unmöglich, Schönheit. Wir sterben nicht.«

Kapitel 31

Seattle, November 1997

Adrienne holte aus und schleuderte das Buch wie einen Frisbee. Es sollte eigentlich durch das Zimmer fliegen und laut krachend an die Wand klatschen. Statt dessen flatterte es kraftlos und fiel am Fußende ihres Bettes zu Boden.

Zutiefst verärgert sah sie auf das Buch und bemerkte, daß es aufgeschlagen auf dem Boden lag. Sie kniff die Augen zusammen, um es von ihrem sicheren Platz am Fußende des Bettes aus zu lesen.

> *Träume über vollgestopfte Kommoden können vielerlei Dinge symbolisieren:* Der Träumer ist emotional gehemmt. Emotionale und/oder psychische Reinigung ist empfohlen. Ein wiederkehrender Traum dieser Art zeigt, daß der Träumer ein traumatisches Erlebnis hatte, von dem er/sie sich auf irgendeine Weise befreien *muß*, oder es kann eine ernsthafte psychische Schädigung auftreten.

Soviel zu Fingerzeigen Gottes.

Adrienne verschluckte ein unterdrücktes Lachen, das zu einem Schluchzen wurde. *Wer um alles in der Welt schreibt einen solchen Quatsch?*

Sie ließ ihren nackten Fuß aus dem Bett baumeln und

klappte das Buch mit einem Zeh zu. *Tausendundeinen Traum*. Wie bizarr. Sie wußte nicht einmal, daß sie das Buch in ihrer Bibliothek hatte. Noch bizarrer, daß sie seit zehn Nächten ununterbrochen von Ankleidezimmern geträumt hatte. Sonst nichts. Nur verstopfte, überquellende Kommoden.

Entzückend.

Aber sie mußte nicht von einem Traumdeutungs-Ratgeber darauf gestoßen werden. Sie wußte, was mit ihr nicht stimmte. Vor fünfzehn Tagen hatte sie sich in ihrem weiträumigen viktorianischen Haus auf der Cottail Lane 93, Seattle, U.S.A. materialisiert.

Und seitdem hatte sie mit keiner Menschenseele gesprochen. Jeden Fetzen Energie, den sie besaß, benutzte sie dazu, ihre Fassung zu bewahren – ihre kalte Haut. Kalte trockene Augen. Kalter kleiner Tod, der sich in ihrem Inneren vollzog. Sie begriff nur zu gut, daß sie, sollte sie auch nur eine winzige Träne aus ihrem trockenen Augenwinkel fließen lassen, nicht für die Überflutungen zur Verantwortung gezogen werden könnte, die Massenevakuierungen im ganzen Staat zur Folge hätten.

Sie kratzte mit kleiner kalter Hand über ihre kalte Kopfhaut, während sie kurz über Moonies seidenweichen Rücken strich. Sie berührte Moonies pinkfarbene Nase mit einer kalten, sparsamen Bewegung. *Keine überquellenden Kommoden in deiner Katzenwelt*, dachte sie, als Moonie ihre Pfoten in Adriennes Haar einrollte und ein leise brummendes kleines Schnurren ertönen ließ.

Es war Moonies hungriges Miauen, das sie vom Bett aufstehen ließ. Adrienne schälte ihren schmerzenden Körper aus den Bettdecken und schlurfte langsam in die Küche.

Gott, sie fühlte sich, als wäre sie selbst 500 Jahre alt, von Kopf bis Fuß schmerzerfüllt von Herzweh, von dem sie wußte, daß es niemals heilen würde.

Adrienne öffnete ausdruckslos eine Büchse Thunfisch. Weißer Albacore. Nur das Beste für Moonie. Sie sank zu Boden und fegte irritiert nach der Hand, die ihr ein Buch vors Gesicht hielt. »Geh weg, Maria, ich muß allein sein.« Adrienne staunte über die blassen, limonenfarbenen Wirbel auf den Jadekacheln des Küchenfußbodens. Schieferkacheln konnten so interessant sein. In der Tat fesselnd.

»Iiis Buch, sie fallen ließen«, sagte Maria mit ihrem starken Akzent. Adrienne bewegte sich nicht. Das Buch berührte ihre Wange. Himmel, war diese Frau hartnäckig. Die scharfkantige Ecke des Buches stieß gegen die weiche Haut ihres Halses. Wahrscheinlich noch ein dummes Traumbuch. Na, sie würde einfach nicht hinsehen.

»Hör auf, mich zu bedrängen.« Adrienne nahm das Buch blind, mit zugepreßten Augen. »Geh jetzt«, murmelte sie. Da. Das war gar nicht so schlecht. Sie applaudierte sich selbst, daß sie einfache Funktionen mit Präzision ausgeführt hatte. Keine Tränen. Nicht ein Gedanke an ... die Sache, an die sie nicht dachte. Adrienne atmete tief durch und zwang sich zu einem grimmigen, verkrampften Lächeln.

Sie befand sich auf dem Weg der Besserung. Zuerst kleinere Dinge – bald große Dinge.

»Ich glaube, ich mache Ihnen Tee«, sagte Maria. Adriennes Magen hob und senkte sich und drehte sich um. »Nein.«

»Ich glaube, dann, ich mache Essen für *Señorita.*«

»Ich habe keinen Hunger. Geh weg.«

»Okay. Ich bringe Sachen in Garage«, brummte Maria.

Umziehen? Das Haus verlassen? »Nein!« Adrienne hielt ihre Stimme mit ungeheurer Anstrengung unter Kontrolle. »Ich meine, das ist nicht nötig, Maria. Dieses alte Haus ist weiß Gott groß genug für uns beide.«

»Iiis nicht gut. Ich nicht gut für Sie. Ich ziehe wieder um in Garage.« Maria beobachtete sie vorsichtig.

Adrienne seufzte. Maria *mußte* im Haus bleiben. Sie würde diese gewaltige, schmerzhafte Stille nicht aushalten. Die leeren Räume. Das Summen des Kühlschranks könnte sie in den Wahnsinn treiben.

»Maria, ich möchte nicht, daß du wieder ausziehst. Ich möchte wirklich mit...« Adrienne öffnete die Augen, und ihre Stimme erstarb, als sie erschrocken auf das Buch in ihren Händen stierte. *Eine Studie über die mittelalterliche Falknerei.*

Bleib kalt!

Würdest du dich für mich in die Lüfte erheben, Falke? Ich werde dich höher aufsteigen lassen, als du je gewesen bist. Ich werde dich lehren, in Höhen zu kreisen, von denen du bisher nur geträumt hast.

Dieses Versprechen hatte er ohne Zweifel eingelöst. Und jetzt fiel sie aus diesen unglaublichen Höhen ohne Fallschirm, ohne einen Mary-Poppins-Schirm oder irgend etwas anderem, um ihren Sturz aufzuhalten. Adrienne de Simone Douglas preßte die Hände auf ihren Magen und begann zu schreien.

Die kleine kubanische Frau sank auf die Knie und zog Adrienne vorsichtig in ihre Arme. Dann schaukelte sie sie, strich ihr über das Haar und tat ihr Bestes, sie zu trösten.

Tagelang lag Adrienne auf dem Rücken und ließ jede kostbare Erinnerung auf der weißen Leinwand ihrer Zimmerdekke Revue passieren. Sie hatte die Vorhänge zugezogen und alle Lichter gelöscht. Sie konnte ohne ihn die Welt nicht ertragen, wenn sie hell war.

Maria schwebte herein und hinaus und brachte zu essen und zu trinken, was unberührt blieb, und Moonie blieb pausenlos an ihrer Seite.

Adrienne trieb hin und her zwischen Bewußtsein und Bewußtlosigkeit, so wie sich ein Verstand verhält, wenn die

Trauer zu tief ist, um damit fertig zu werden. Schließlich kam sie wieder zu sich, aber sie hatte einen großen Umweg genommen.

* * *

Auf dem glitzernden Quarzsand von Morar schlenderte Adam Black mit arroganter Grazie an der Seite seiner Königin. »Wo bist du gewesen, mein Barde?« fragte Königin Aoibheal mit seidenweicher Stimme. »Welch neue Geschichten und Kurzweil hast du für mich gesammelt?«

»Oh, die schönste Geschichte überhaupt! Ein episches, großes Abenteuer«, prahlte Adam und ließ die eleganten Höflinge näherkommen.

Die Feen liebten gute Geschichten, je undurchschaubarer die Irreführung, je intensiver die Leidenschaften, um so gefesselter war der Hof. Sie lechzten danach, da sie der Happy-Ends überdrüssig waren; da es ihnen unmöglich war, selbst zu leiden, liebten sie den Kummer und das Unglück der Sterblichen. Die Königin selbst hatte eine ganz besondere Vorliebe für Tragikomödien der Irrtümer, und diese neue Geschichte paßte hervorragend in dieses Genre.

»Erzähl uns, Spaßmacher, sing und spiel für uns!« schrie der Hofstaat des Tuatha de Danaan.

Adam lächelte strahlend. Er sah seiner Königin in die Augen und ließ den Blick lange auf ihr ruhen. »Es war einmal ein Sterblicher. Ein Mann, der so ansehnlich war, daß er sogar der Feenkönigin auffiel...«

Die Augen der Königin funkelten hell, während sie lauschte, zuerst amüsiert, nach einer Weile mit offensichtlicher Gemütsbewegung, und schließlich mit einem Gefühl, das Reue sehr nahe kam.

Kapitel 32

Lydia seufzte, während sie ihre Samen sortierte. Das neue Jahr war an ihnen vorbeigeschlichen, als ob es auf dem buckligen Rücken einer Schnecke reiste. Sie wollte sich nicht einmal an das abstoßende Schauspiel erinnern, das Weihnachten geliefert hatte. Der Winter war mit Macht über Dalkeith hereingebrochen – Eiszapfen rankten sich häßlich um die Fensterläden, und die verdammte Tür zur Vordertreppe war an jenem Morgen zugefroren und hatte sie wirkungsvoll in ihrem eigenen Heim eingeschlossen.

Lydia konnte sich einer Zeit erinnern, in der sie den Winter geliebt hatte. Als sie jede Jahreszeit genossen hatte, und die einzigartigen Vergnügungen, die sie brachten. Weihnachten war einstmals ihr bevorzugter Feiertag gewesen. Doch jetzt... sie vermißte Adrian und Ilyssee. *Kommt heim, Kinder. Ich brauche euch*, betete sie still.

Das Geräusch zersplitternden Holzes zerriß plötzlich die Luft und veranlaßte sie, in einer unfreiwilligen Bewegung den Kopf hochzureißen und ihre kostbaren Samen fliegen zu lassen.

Verdammt rücksichtslos von ihnen, Feuerholz direkt vor dem Fenster zu spalten.

Lydia rückte irritiert ihr Haar zurecht und begann erneut, die verstreuten Samen zu sortieren. Sie träumte von Blumen, die sie pflanzen wollte – sollte es jemals wieder Frühling werden.

Ein weiteres dröhnendes Krachen erschütterte den Hauptsaal. Sie unterdrückte einen ganz und gar nicht damenhaften Fluch und legte ihre Samen beiseite. »Haltet euch zurück da draußen! Jemand versucht, ein wenig zu denken!« keifte sie.

Doch das ohrenbetäubende Krachen ging weiter. »Wir sind keineswegs so knapp an Feuerholz, Leute!« röhrte Lydia zu der zugefrorenen Tür.

Ihre Worte vermischten sich mit einem fürchterlich kreischenden Geräusch.

»Jetzt reicht's. Jetzt *reicht's*!« Sie sprang von ihrem Stuhl auf und kochte. Das letzte kam scheinbar von ... oben?

Sie legte den Kopf zur Seite.

Jemand hatte entweder entschieden, daß es zu kalt war, um draußen Holz zu hacken, oder war ziemlich beschäftigt damit, statt dessen das Mobiliar zu zerkleinern.

Dem Krachen folgte das Splittern von Glas. *Heilige Scheiße!* wie ihre Schwiegertochter sich wohl in ihrem Übermut ausgedrückt hätte. Sie drehte sich auf dem Absatz um, nahm ihre Röcke in die Hand und rannte wie ein zwanzigjähriges Mädchen die Treppe hinauf. Die Hand auf ihr Herz gepreßt, flog sie den Korridor entlang, schlitterte vorbei an gaffenden Dienstmädchen und strammstehenden Soldaten. Wie viele Menschen hatten dagestanden und dieser irrsinnigen Zerstörung zugehört, während sie unten gesessen hatte?

Nicht die Kinderstube, betete sie, alles andere, nur das nicht.

Ihr Sohn würde niemals dieses Zimmer der Träume zerstören. Zugegeben, er war ein wenig verstimmt gewesen in letzter Zeit, aber dennoch ... nein. Er würde bestimmt nicht etwas so Furchtbares tun. Nicht ihr Sohn.

Bei allem, was heilig ist, o ja, er würde. Und er tat es.

Ihr Atem war ein brennendes Keuchen, als sie hinstarrte, sprachlos. Ihr Sohn stand in der Kinderstube, inmitten von einem in sich verkeilten Haufen brutal zerschmetterter Hölzer. Er hatte das liebevoll gefertigte Mobiliar buchstäblich in Stücke gerissen. Er war nur mit einem Kilt bekleidet, und sein Oberkörper glänzte vor Schweiß. Die Venen in seinen Armen waren geschwollen, seine Hände roh und blutig. Sein rabenschwarzes Haar war offen bis auf die beiden Kriegsflechten an seinen Schläfen. *Bei den geliebten Heiligen, färbt sein Gesicht blau, und ich würde ihn nichtmals mehr als meinen eigenen Sohn erkennen!* dachte Lydia.

Der Hawk stand schweigend da, mit wildem Blick. Blutspuren fanden sich auf seinem Gesicht, wo er den Schweiß abgewischt hatte. Lydia sah zu, vor Schreck erstarrt, wie er eine Ölflasche zerschlug und den Inhalt über die zersplitterten Möbel träufelte, über die Spielsachen und Bücher, über das großartige Puppenhaus, das er in seiner ungeheuren Wut zerstört hatte.

Als er die Kerze fallen ließ, wütete ein leiser Schrei in ihrer Brust.

Die Flammen loderten auf und verschlangen gierig Hawks und Lydias zerschmetterte Träume. Geschüttelt von Schmerz und Wut, preßte Lydia eine Hand auf den Mund und verschluckte ein Schluchzen. Sie wandte sich ab, bevor das Tier, das einmal ihr Sohn gewesen war, ihre Tränen sehen konnte.

* * *

»Wir müssen etwas unternehmen«, murmelte Lydia hölzern, während sie blicklos auf den Kamin in der Küche starrte.

Tavis trat dicht hinter sie, und seine Hände verweilten in der Luft, gerade über ihrer Taille. Er ließ den Kopf nach vorne sinken und inhalierte tief ihren Duft. »Ich werde mit ihm reden, Lydia –«

»Er wird nicht zuhören«, stieß sie hervor, als sie herumwirbelte. »Ich habe es versucht. Lieber Gott, wir haben es alle versucht. Er ist wie ein toller Hund, knurrend und schäumend und, oh, Tavis! Meine Kinderstube! Meine Enkelkinder!«

»*Ich* habe es noch nicht versucht«, sagte Tavis ruhig und ließ seine Hände sinken, um ihre Taille zu umfassen.

Lydia legte den Kopf zur Seite und staunte über die stillschweigende Autorität in seinen Worten. Er hatte es geschafft, sie wieder einmal zu überraschen. Dieser sanfte Mann, der ihr schon so lange geduldig zur Seite stand.

»Du wirst mit ihm reden?« wiederholte sie hoffnungsvoll, und ihre Augen glänzten von unvergossenen Tränen.

»Jawohl«, versicherte er ihr.

Stärke und Vermögen lagen in seiner Antwort. Wie war es möglich, daß sie so lange gebraucht hatte, um diesen Mann klar zu erkennen?

Ihr Erstaunen mußte sich in ihrem Blick widergespiegelt haben, denn er schenkte ihr sein geduldiges Lächeln und sagte zärtlich: »Ich wußte, daß du eines Tages schließlich die Augen öffnen würdest, Lydia. Ich wußte ebenfalls, daß es jede Minute des Wartens wert sein würde«, fügte er ruhig hinzu.

Lydia schluckte vernehmlich, als eine Kernspaltung von Hitze und Hoffnung und berauschender, stürmischer Liebe sie in einer Welle durchströmte. Liebe. *Wie lange schon liebte sie diesen Mann?* fragte sie sich stumm.

Tavis fuhr mit seinen Lippen über ihre, eine leichte Reibung, die soviel mehr versprach. »Mach dir keine Sorgen. Ich liebe ihn, als wäre er mein eigen, Lydia. Und, als wäre er mein eigen Fleisch und Blut, ist es an der Zeit, daß wir ein gründliches, Vater-Sohn-ähnliches Gespräch führen.«

»Doch was, wenn er sich weigert zuzuhören?« sorgte sie sich.

Tavis lächelte. »Er wird zuhören. Du hast Tavis Mac Tarvitts Wort darauf, will ich mal sagen.«

* * *

Der Hawk brütete vor dem Feuer und beobachtete Geister, die weiß zwischen den Flammen tanzten. Sie waren geboren aus der Erinnerung und bestimmt für die Hölle, genau wie er. Doch das Fegefeuer – wenn nicht das Paradies – war für ihn erreichbar, säuberlich eingefangen in einer Flasche, und daher röstete er die Geister, indem er sie in die Vergessenheit verbannte.

Er nahm eine weitere Flasche Whisky und drehte sie in der Hand, wobei er die satte bernsteinerne Farbe mit trunkener Wertschätzung studierte. Er hob die Flasche an seine Lippen, seine Hand schloß sich um ihren Hals, und er entkorkte sie mit den Zähnen. Kurz erinnerte er sich daran, wie er den Stopfen des Zigeunertrankes mit den Zähnen entfernt hatte. Erinnerte sich daran, den Körper seiner Frau mit seinem eigenen bedeckt zu haben, und gekostet, berührt, geküßt... Er war närrisch genug gewesen, an die Liebe zu glauben.

Bah! Adam! Es war immer er gewesen. Vom ersten Tag an, als er sie gesehen hatte. Sie hatte sich an einen Baum gepreßt und den aufgeblasenen Schmied mit gierigem Blick verschlungen. Er nahm einen Schluck Whisky und überlegte sich, zurück an den Hof zu gehen. Zurück zu König James.

Ein schiefes, verbittertes Lächeln verzog seine Lippen. Selbst wenn er sich vorstellte, erneut die Straßen von Edinburgh zu durchstreifen, erinnerte sich ein anderer Teil seines

Verstandes an den aufwühlenden, heißen Dampf, der von einem parfümierten Bad aufstieg, den Glanz von Öl auf ihrem Körper, als sie ihren Kopf zurückwarf und die aufreizende Säule ihres Halses seinen Zähnen feilbot. Ihm alles feilbot, so dachte er jedenfalls.

Adrienne ... falsches, verräterisches, verlogenes, treuloses Miststück.

»Legt mich in die tote Erde, und das war's«, murmelte er ins Feuer. Er reagierte noch nicht einmal, als die Tür zum Arbeitszimmer so heftig aufgestoßen wurde, daß sie an die Wand krachte. »Schließ die Tür, Mann. Der Zug läßt meine Knochen frieren, sei so gut«, nuschelte der Hawk undeutlich, ohne sich zu bequemen nachzusehen, wer in die betrunkene Verwahrlosung seiner privaten Hölle eingedrungen war. Er führte die Flasche erneut zum Mund und nahm einen ausgiebigen Schluck.

Tavis durchquerte den Raum mit drei entschlossenen Schritten und schlug die Flasche Hawk aus den Händen, so daß sie mit einem Klirren von Glas und Whisky auf den glatten Steinen des Kamins zerschellte. Er sah Tavis einen benommenen Augenblick an, dann griff er, unbeeindruckt, nach einer zweiten Flasche.

Tavis stellte sich zwischen den Hawk und den in Weiden eingeflochtenen Alkohol.

»Geh mir aus dem Weg, alter Mann«, knurrte Hawk und straffte sich, um aufzustehen. Er hatte es kaum auf die Füße geschafft, als Tavis' Faust massiv auf seinem Kinn landete und ihn zurück in den Stuhl beförderte.

Hawk wischte sich mit dem Handrücken über den Mund und sah zu Tavis auf. »Warum bist du gekommen, und wozu hast du das getan, Tavis Mac Tarvitt?« brummelte er und machte keine Anstalten, sich zu verteidigen.

»Ich gebe keinen Pfifferling auf das, was Ihr Euch selbst

antut, *Herr*«, spottete Tavis, »nur macht, daß Ihr aus diesem Schloß fortkommt, und tut es nicht vor den Augen Eurer Mutter.«

»Wer zum Teufel glaubst du, daß du bist?«

»Ich weiß, wer ich bin! Ich bin der Mann, der dich von einem kleinen Kind zu einem starken Schloßherrn hat heranwachsen sehen. Ich bin der Mann, der vor Stolz geplatzt ist, während er beobachtete, wie du einige schwere Entscheidungen getroffen hast.« Tavis' Stimme veränderte sich einschneidend. »Jawohl, ich bin der Mann, der dich geliebt hat, seit du deinen ersten hungrigen Atemzug in dieser Welt getan hast. Und jetzt bin ich der Mann, der dich bis ins letzte durchprügeln wird, wenn du dich nicht wieder in den Griff bekommst.«

Hawk glotzte ihn an, dann schlug er irritiert nach Tavis. »Geh weg.« Er schloß müde die Augen.

»Oh, ich bin noch nicht fertig, mein Junge«, sagte Tavis durch zusammengepreßte Zähne. »Du bist nicht einmal in der Lage, Herr über einen Misthaufen zu sein. Es ist offensichtlich, daß du nicht beabsichtigst, dich selbst in den Hintern zu treten, also, bis du soweit bist, mach, daß du fortkommst aus Lydias Schloß! Sofort! Ich werde Adrian benachrichtigen und ihn nach Hause holen. Er wird einen guten Schloßherrn abgeben –«

Die Augen des Hawk weiteten sich. »Nur über meine Leiche«, brummte er.

»Fein. So sei es«, spuckte Tavis zurück. »Du bist sowieso niemandem nütze, so wie du dich aufführst. Du könntest dich genausogut in dein eigenes Schwert stürzen, bei all den Wohltaten, die du deinem Volk bringst!«

»Ich bin hier der Herr!« lallte Hawk, und seine Augen blitzten wütend. »Und du ... du, alter Mann, zur Hölle, du bist gefeuert.« Obwohl er vorgehabt hatte – als seine Frau noch bei ihm gewesen war –, seinen Platz für Adrian zu räumen, war es zur Zeit verdammt kalt da draußen, und gerade jetzt würde er nirgendwo hingehen. Vielleicht im Frühjahr, wenn er sich bis dahin nicht im Whisky ertränkt hatte.

Tavis riß Hawk mit einer schnellen Bewegung auf die Füße, überraschend für den betrunkenen Schloßherrn. »Ganz schön stark für einen alten Mann«, murmelte Hawk. Tavis zerrte den taumelnden Hawk zu den Türen seines Arbeitszimmers.

»Laß mich los!« brüllte der Hawk.

»Ich hatte mehr von dir erwartet, Kumpel. Ich muß ein Narr sein, aber ich dachte, du wärst ein Mann, der kämpft um das, was er will. Aber nein, du bist angesichts eines kleinen Mißgeschicks einfach zusammengebrochen –«

»Ach was, meine Frau, die mich wegen eines anderen Mannes verläßt, ist nur ein kleines Mißgeschick? So nennst du das?« lallte Hawk lauthals, und sein Dialekt wurde in seinem Zorn noch ausgeprägter.

»Abgesehen von dem, was *du* findest, hast du hier immer noch eine Familie und einen Clan, der seinen Führer braucht. Wenn du die Aufgabe nicht bewältigen kannst, dann tritt zur Seite für jemanden, der es kann!«

»Wer zum Teufel hat mich in deine Obhut gegeben?« dröhnte Hawk.

Tavis' eigener Dialekt verstärkte sich in dem Maße, in dem sein Zorn aufgeheizt wurde. »Deine Mutter, du lallender Idiot! Und selbst wenn sie mich nicht darum gebeten hätte, ich wäre von mir aus auf dich zugekommen! Du magst dich umbringen, Bursche, aber ich werde nicht zulassen, daß du Lydia quälst!«

»Alles, was ich tue, alter Mann, ist, mich ein wenig zu betrinken«, protestierte Hawk.

»Du hast dich jetzt seit über einem Monat ›ein wenig

betrunken‹. Ich für meinen Teil bin es müde zuzusehen, wie du dich zu Tode säufst. Wenn du die Finger nicht von der Flasche lassen kannst, dann mach, daß du verdammt noch mal fortkommst. Verpiß dich in eine Schneewehe, wo Menschen, die dich lieben, nicht gezwungen sind, zuzusehen.«

Tavis trat die Türen auf und warf den taumelnden Hawk mit dem Gesicht voraus in den Schnee.

»Und komm nicht zurück, bis du dich deiner Mutter gegenüber respektvoll verhältst! Wenn du wieder bereit bist, Schloßherr zu sein, und der Flasche abgeschworen hast, kannst du zurückkommen. Aber nicht vorher!« donnerte Tavis, als der Hawk versuchte, seinen Kopf aus einer Schneewehe zu ziehen.

Als Hawk es schließlich geschafft hatte, sich aufzurichten, schnaubte er ungläubig bei dem Anblick des Mannes, den er als zart besaiteten Gerber kannte und der nun Hawks eigene Wachen herbefohlen hatte, um mit weit gespreizten Beinen vor der Tür Aufstellung zu nehmen und ihm mit verschränkten Armen unzweideutig den Zutritt zu seinem eigenen Schloß zu verwehren.

»Bleib, wo du bist!« brüllte Tavis in einer solchen Lautstärke, daß ihn Hawk durch die schweren, hölzernen Türen des Schlosses hindurch hörte.

* * *

Adrienne war sich nicht bewußt gewesen, wie abgrundtief sie den Winter haßte.

Das bleiche Gesicht der Uhr über dem Kaminsims gab ein Läuten von sich, einmal, zweimal, dann verfiel es in Schweigen. Zwei Uhr morgens; eine Uhrzeit, die einem das Gefühl gab, das einzige wache Wesen auf der Welt zu sein. Und genauso fühlte sich Adrienne, bis Maria schweigend in die

Bibliothek trat. Adrienne sah auf und öffnete den Mund, um gute Nacht zu sagen, doch statt dessen sprudelte eine Sintflut von Worten hervor, trotz des Dammes, den sie so gewissenhaft errichtet hatte.

Maria ließ sich in einem Sessel nieder und zog sich eine Wolldecke über den Schoß.

Adrienne schürte das Feuer und öffnete eine Flasche süßen Portwein, während sie Maria eine Geschichte erzählte, die sie noch niemals irgend jemandem erzählt hatte. Die Geschichte eines Waisenmädchens, das geglaubt hatte, sich in einen Prinzen verliebt zu haben, nur um erkennen zu müssen, daß Eberhard Darrow Garrett ein Prinz des organisierten Verbrechens war und daß er sie in die Ferien geschickt hatte, damit sie in ihrem Gepäck Drogen über die Grenze transportierte, in ihrem Auto, eingenäht in ihre Kleidung. Und daß sie, da immer alles von seinen Gefolgsleuten eingepackt und ausgepackt worden war, keine Ahnung gehabt hatte. Sie hatte es einfach genossen, seinen 10-karätigen Verlobungsring zu tragen, seine Limousinen zu fahren und den Franziskaner-Nonnen in dem alten Waisenhaus an der First Street eine lange Nase zu drehen. Daß sie nicht gewußt hatte, daß das FBI das Netz um ihn schon enger gezogen hatte. Sie hatte gesehen, daß ein reicher, unwidersprochen attraktiver Mann sie mit Liebe überhäufte, so hatte sie jedenfalls damals geglaubt. Sie hatte keine Ahnung gehabt, daß sie ein letzter, verzweifelter Versuch war, eine Reihe von Lieferungen außer Landes zu bringen. Sie hatte niemals den Verdacht gehegt, daß sie ihm weniger als nichts bedeutete – eine schöne, unschuldige Frau, die niemand je verdächtigen würde. Seine perfekte Brieftaube.

Bis sie ein schreckliches Gespräch mit angehört hatte, das niemals für ihre Ohren bestimmt gewesen war.

Sie erzählte Maria mit geheimnistuerischer Stimme, wie sie

zur Kronzeugin wurde und sich ihre Freiheit erkaufte. Und dann, wie Eberhard, den das FBI letztendlich nicht festsetzen konnte, hinter ihr her gewesen war.

Maria nippte an ihrem Port und hörte zu.

Sie erzählte Maria, wie sie ihm schließlich in einem leerstehenden Warenhaus in die Falle gegangen war und wie sie, des Wegrennens und des Versteckens und des Angsthabens überdrüssig, das einzige getan hatte, was ihr übrigblieb, als er seinen Revolver auf sie richtete.

Sie hatte ihn getötet, bevor er sie töten konnte.

* * *

An dieser Stelle wedelte Maria ungeduldig mit der Hand. »Keine wahre Geschichte. Warum erzählen Sie mir das?« fragte sie anklagend.

Adrienne blinzelte. Sie hatte der Frau soeben erzählt, was sie vor lauter Angst noch nie jemandem preisgegeben hatte. Daß sie einen Mann getötet hatte. Sie hatte in Notwehr gehandelt, zweifellos, aber sie hatte einen Menschen getötet. Sie hatte Maria Dinge erzählt, die sie noch nie jemandem anvertraut hatte, und die Frau wischte sie hinweg. Fast beklagte sie sich, daß sie ihre Zeit verschwendet hatte. »Was meinst du, Maria? Es war real«, sagte sie verteidigend. »Es ist geschehen. Ich war da.«

Maria durchforstete ihren kleinen englischen Wortschatz, um die richtigen Worte zu finden. »Jaja, *Señorita*. Mag sein iis real, aber iis nicht wichtig. Iiis vorbei und vergessen. Und iis nicht, warum sie meinen, die Welt iis Ende. Erzähl wahre Geschichte. Wen kümmert's, woher Sie kommen, oder ich? Heute zählt. Gestern iis Haut von Schlange, oft wird abgestreift.«

Adrienne saß für einen langen Moment sehr still da, und

ein Frösteln fraß sich durch ihr Rückgrat und in ihren Bauch. Die Uhr in der Halle schlug das Viertel der Stunde, und Adrienne sah Maria mit anderen Augen.

Nachdem sie tief eingeatmet hatte, erzählte ihr Adrienne von Dalkeith-Upon-the-Sea. Von Lydia. Und von Sidheach. Marias braune Augen leuchteten mit einem Funkeln auf, der Adrienne mit einem seltenen Anblick belohnte, von dem sie wetten konnte, daß ihn nur wenige Menschen jemals zu Gesicht bekommen hatten. Die schmächtige, olivhäutige Frau lachte und klatschte in ihre kleinen Hände, als sie von ihrer Liebe und von ihrer Zeit mit dem Hawk hörte. Sie hakte bei Einzelheiten nach, ergoß sich in Ohs über die Kinderstube, sah sie tiefsinnig an, wenn sie Adams Namen zu oft erwähnte, ließ Ahs über ihr Zusammenkommen in Uster verlauten und seufzte über die Hochzeit, die hätte stattfinden sollen.

»Ah... endlich... das iis *wahre* Geschichte.« Maria nickte.

* * *

Im Jahre 1514 versuchte der Hawk verzweifelt zu schlafen. Er hatte gehört, daß ein Mann erfrieren konnte, wenn er im Schnee einschlief. Aber entweder war es zu verdammt kalt im Wind, oder er war einfach nicht genügend betrunken. Dem konnte er abhelfen. Fröstelnd zog er seinen Tartan enger gegen den bitteren, heulenden Wind. Auf seine Füße taumelnd, schwankte er die äußeren Treppen zum Dachfirst hinauf, wußte er doch, daß die Wachen dort oft ein paar Flaschen versteckten, die sie bei ihrem Dienst warm hielten.

Kein Glück. Keine Flaschen und keine Wachen. Wie konnte er es nur vergessen haben? Die Wachen waren alle *drinnen*, wo es warm war. Er war der einzige *draußen*. Er trat ziellos gegen den Schnee auf dem Dach, dann versteifte er sich, als sich ein Schatten bewegte, schwarz vor dem gleißenden Schnee. Er kniff die Augen zusammen und starrte angestrengt durch die nassen, wirbelnden Flocken. »Was zum Teufel machst du hier oben, Grimm?«

Widerwillig gab Grimm seine Beobachtung der einbrechenden Abenddämmerung auf. Er wollte sich erklären, doch als er das Gesicht des Hawk sah, verfiel er in Schweigen.

»Ich sagte, was machst du hier oben, Grimm? Man hat mir berichtet, daß du jetzt praktisch auf meinem Dach lebst.«

Urplötzlich wütend erwiderte Grimm: »Nun, mir hat man erzählt, daß du jetzt praktisch in einer Whiskyflasche lebst!«

Hawk versteifte sich und rieb sein unrasiertes Kinn. »Keif mich nicht an, Hurensohn! Du bist der, der mich belogen hat über meine –« Er konnte es nicht aussprechen. Er konnte es noch nicht einmal denken. Sein Weib, über das Grimm recht behalten hatte. Sein Weib, das ihn wegen Adam verlassen hatte.

»Du bist so unglaublich beschränkt, daß du die Wahrheit noch nicht einmal erkennen kannst, wenn sie direkt vor dir liegt, oder?« fuhr ihn Grimm an.

Der Hawk taumelte betrunken. Gott, wo hatte er diese Worte nur schon einmal gehört? Warum ließen sie das Herz in seiner Brust schlingern? »Was tust du hier oben, Grimm?« wiederholte er störrisch und krallte sich in die Brüstung, um nicht umzufallen.

»Auf eine verdammte Sternschnuppe warten, um sie zurückzuwünschen, du betrunkener Narr.«

»Ich will sie nicht zurück«, knurrte Hawk.

Grimm schnaubte. »Ich habe einmal Mist gebaut, aber ich bin nicht der einzige, der seine Gefühle dazwischenfunken läßt. Wenn du einfach über deinen dümmlichen Stolz und Zorn hinwegkommen würdest, würdest du erkennen, daß dieses Mädchen dich niemals freiwillig für den verfluchten Schmied verlassen hätte!«

Hawk zuckte zusammen und rieb sich das Gesicht. »Was redest du da, Mann?«

Grimm zuckte mit den Schultern und wandte sich ab, seine Augen beobachteten angespannt den Himmel. »Als ich dachte, sie würde dir das Herz brechen, versuchte ich, euch zwei auseinanderzubringen. Das war ein verdammter Schwachsinn von mir, und das weiß ich jetzt, aber ich tat, was ich zu jenem Zeitpunkt für das beste hielt. Wie zum Teufel hätte ich wissen können, daß ihr zwei euch ineinander verliebt? Ich habe so etwas noch nie erlebt. Es schien mir wie eine blutige Schlacht zu sein. Doch jetzt, wenn ich daran zurückdenke, scheint es mir, als hätte sie dich von Anfang an geliebt. Ich wünschte mir, daß wir alle mit solcher Klarheit sehen könnten. Wenn du lange genug den Kopf aus der Flasche und aus deinem starrsinnigen Arsch ziehen könntest, würdest du möglicherweise ebenfalls zu dieser unausweichlichen Einsicht gelangen.«

»Sie – sagte – sie – liebt – den – Schmied«, spuckte Hawk jedes Wort bedachtsam aus.

»Sie sagte, wenn du dich erinnerst, daß sie ihn liebte wie Ever-hard. Sag mir, Hawk, wie liebte sie ihren Ever-hard?«

»Ich weiß es nicht«, knurrte Hawk.

»Versuch, es dir vorzustellen. Du hast mir selbst erzählt, daß er ihr das Herz gebrochen hat. Daß sie von ihm gesprochen hat, als du sie hieltest –«

»Halt's Maul, Grimm!« dröhnte der Hawk, als er fortstapfte.

Hawk wandelte durch die Gärten, die Hände auf die Ohren gepreßt, um die Flut der Stimmen zu dämmen. Er nahm die Hände nur lange genug von den Ohren, um sich einen weiteren Schluck aus der Flasche zu genehmigen, die er dem Stallburschen entwendet hatte. Doch er fand kein Vergessen, und die Stimmen hörten nicht auf – sie wurden nur lauter und deutlicher.

Ich liebe dich, Sidheach. Vertraue dir, von ganzem Herzen und noch mehr.

Keiner meiner Falken ist je von meiner Hand geflogen, ohne zurückzukehren, hatte er sie am Anfang dieses magischen Sommers gewarnt.

Du hattest recht mit deinen Falken, Sidheach, hatte sie gesagt, als sie mit Adam fortging. Er hatte sich viele Nächte gefragt, warum sie diese Worte gesprochen hatte; sie ergaben für ihn keinen Sinn. Doch jetzt durchdrang ein Wink des Verständnisses seine Betäubung.

Recht mit seinen Falken ...

Hatte seine Eifersucht und Unsicherheit gegenüber dem Schmied seinen Blick so sehr getrübt?

Keiner meiner Falken ist je von meiner Hand geflogen ...

Hawk taumelte auf seine Füße – ihm kam ein furchtbarer Gedanke.

Am Tag ihrer Hochzeit war sie mehr als zwei Stunden nicht an seiner Seite gewesen. Er hatte sie nicht finden können. Dann war sie so eilig aus dem Turm getreten. Er hatte sie dorthin zurückbringen wollen, um sie in der süßen Kühle zu lieben, und sie hatte ihn bedachtsam und entschlossen davon weggelotst. Sie waren statt dessen in den Stall gegangen.

Was hatte sie an ihrem Hochzeitstag im Turm getan?

Er eilte durch den frostigen Garten, sprang über den niedrigen Steinwall und rannte durch den Außenhof. Er riß die

Tür zum Turm auf und stand da, keuchend. Es war zu dunkel, die Abenddämmerung senkte sich bereits über das Anwesen. Er ging zurück nach draußen und zog die Fensterläden auf. Nicht viel Licht, aber vielleicht würde es reichen.

Hawk stand im Zentrum des runden Turmes, und Erinnerungen taumelten in seinem Kopf. Schließlich gewöhnten sich seine Augen an das Dunkel. *Was hast du versucht, mir zu sagen, Mädchen?*

Sein Geist rotierte, während seine Augen den Fußboden absuchten, die Decke, die Wände...

Da.

Er ging hinüber zu der Wand neben der Tür, und dort stand es in kleinen Buchstaben. Mit weißem Kalkstein auf die dunklen Mauern geschrieben.

Keiner deiner Falken ist dir je freiwillig entflogen, mein Geliebter. Für immer Dein! A.D.S.D.

Ein winziges Leck öffnete sich in dem Damm, der seine Qualen zurückgehalten hatte, und ließ ein Rinnsal von Schmerz entstehen, das immer breiter floß. Sie hatte versucht, es ihm mitzuteilen. *Er übt keinen Druck auf mich aus*, hatte sie gesagt. Aber offensichtlich hatte der Schmied Druck auf jemanden oder auf etwas ausgeübt, das Adrienne wichtiger war als ihr eigenes Glück.

Wie konnte es nur sein, daß er nicht früher dahintergekommen war? Daß seine zärtlich geliebte Frau alles geopfert hätte, um Dalkeith zu schützen. Genauso, wie er es getan hätte. Daß ihre Liebe so tief war, so selbstlos, daß sie durch die Hölle und zurück marschiert wäre, um zu schützen, was sie liebte.

Hawk stöhnte laut auf, als die Erinnerungen seinen Geist bestürmten. Adrienne, die auf ihrer Rückreise von Uster mit ihm in einer kühlen Quelle badete, und die schlichte Ehrfurcht in ihren Augen, als sie die Landschaft überblickte, die Schottland war. Adriennes Augen, die jedesmal erglühten, wenn sie die steinernen Mauern von Dalkeith hinaufblickte. Adriennes Zärtlichkeiten und ihr sanftes Herz, die behutsam hinter ihrer zurückhaltenden Fassade versteckt waren.

Der Bastard von Schmied muß sie im Turm gefunden haben, oder er war ihr vielleicht gefolgt. Adam hatte offensichtlich gedroht, seine übernatürlichen Kräfte einzusetzen, um Dalkeith zu zerstören, und Adrienne hatte getan, was auch immer er verlangt hatte, um das zu verhindern. Oder war er es gewesen, Hawk, den Adam gedroht hatte zu vernichten? Dieser Gedanke ließ ihn noch mehr vor Wut rasen. Seine Frau hatte sich also selbst hingegeben, um ihn zu schützen, und hatte ihm eine liebende Nachricht hinterlassen, um ihn wissen zu lassen, was sie nicht riskieren konnte zu sagen. Daß sie ihn ewig lieben würde. Ihre seltsamen Worte hatte sie sorgfältig ausgesucht, um ihm zu denken zu geben, warum sie sie gesagt hatte. Um ihn zu veranlassen, in den Falkenturm zu gehen und sich umzusehen. Sie hatte nicht riskieren können, ausführlicher zu werden, aus Furcht, Adam könnte sie durchschauen.

Sie mußte die Worte wenige Augenblicke, bevor er sie am Tag der Trauung gefunden hatte, geschrieben haben. In dem Wissen, daß sie ihn verlassen mußte, um ihn zu beschützen, hatte sie noch ein Letztes gewollt – daß er an seinem Glauben an sie festhielt.

Aber das hatte er nicht. Er hatte gewütet wie ein verwundetes Tier und sofort das Schlimmste angenommen.

Er schluckte die bittere Galle der Scham. Sie hatte nie aufgehört, ihn zu lieben. Sie hatte ihn nie freiwillig verlassen. Ein schwacher Trost.

Wie konnte er auch nur für eine Minute an ihr gezweifelt haben?

Die Flasche glitt ihm mit einem dumpfen Schlag aus den Händen. Sidheach James Lyon Douglas, schönster Mann und berühmter Liebhaber auf drei Kontinenten, Mann, den selbst die Elfen beneidet haben mochten, sank zu Boden und blieb beinahe unbeweglich sitzen. So unbeweglich, daß die Tränen fast auf seinen Wangen gefroren, bevor sie zu Boden fielen.

* * *

Stunden später machte Hawk sich langsam und nüchtern wieder auf zum Dach und setzte sich schwerfällig neben Grimm. Als ob ihr vorheriges Gespräch nie unterbrochen worden wäre, sagte er: »Ever-hard... sie sagte, er habe sie nur benutzt, und sie hat geweint.«

Grimm sah seinen besten Freund an und mußte vor Erleichterung fast schreien. Die wilden schwarzen Augen sahen fast schon wieder normal aus. Die ausgerissenen, zerbrochenen Überreste seines Herzens trug er nicht länger zur Schau. Es war nur ein Schimmer von der Stärke und Entschlossenheit des alten Hawk auf seinem Gesicht, aber ein Schimmer war ein guter Anfang. »Hawk, mein Freund, es gibt keinen Mann, keine Frau und kein Kind auf Dalkeith, die glauben, daß sie dich freiwillig verlassen hat. Entweder ich bleibe hier oben und friere mir die Eier ab bei dem Versuch, eine Sternschnuppe zu entdecken, oder du selbst unternimmst etwas. Ich – und meine frierenden niederen Regionen – wären dir zutiefst zu Dank verpflichtet. Genauso wie ganz Dalkeith. *Tu* etwas, Mann.«

Hawk schloß die Augen und atmete bebend tief ein. »Zum Beispiel? Du hast sie im Nichts verschwinden sehen. Ich weiß noch nicht einmal, wo ich suchen soll.«

Grimm deutete schweigend auf den wolkenverhangenen Gipfel von Brahir Mount, und der Hawk nickte langsam.

»Ja. Die Roma.«

Grimm und Hawk starrten schweigend einige Zeit in die wirbelnden grauen Nebel.

»Hawk?«

»Hmm?«

»Wir werden sie zurückholen«, versprach Grimm.

Kapitel 33

Es brauchte mehr als einen Monat frustrierender Suche, die Zigeuner zu finden. Sie waren wegen des Winters in wärmere Regionen gezogen. Es war Grimm, der sie schließlich aufspürte und Rushka zurück nach Dalkeith brachte. Ohne daß der Hawk es wußte, hatte sich Grimm die Suche nach Adrienne als seine eigene persönliche Buße auferlegt, und die Zigeuner zu finden war nur ein kleiner Schritt auf dem Weg gewesen.

»Wer ist Adam Black wirklich?« fragte Hawk.

Jeder der im Hauptsaal Versammelten hatte sich diese Frage an irgendeinem Punkt während des Aufenthalts des seltsamen Schmieds gestellt, und alle rückten näher, um die Antwort zu hören.

»Ihr Highlander nennt sein Volk die *daoine sith*. Adam ist der Narr der Feen. Der Spaßmacher am Hof der Feenkönigin.« Rushka seufzte und raufte sich mit besorgten Händen das Haar.

»Feen«, wiederholte Grimm vorsichtig.

»Oh, sieh mich nicht so entgeistert an, Grimm Roderick«, fuhr Rushka ihn an. »Du selbst hast die Todesfee gehört, in der Nacht, in der deine Leute getötet wurden. Du hast die *bean nighe*, die Wäscherin gesehen, die das blutige Kleid deiner Mutter schrubbte, bevor sie starb. Ich frage mich nur, was du sonst noch alles gesehen hast, worüber du nicht sprichst.« Rushka brach plötzlich ab und schüttelte den Kopf. »Aber das ist weder hier noch dort. Die schlichte Tatsache ist, daß das Feenvolk diese Inseln bewohnt. Sie waren hier, lange bevor wir kamen, und sie werden es wahrscheinlich immer noch sein, lange nachdem wir bereits fort sind.«

»Ich habe immer daran geglaubt«, sagte Lydia leise.

Hawk saß unruhig beim Feuer. Er war aufgewachsen mit den Legenden vom Feenvolk, und der Narr der Feen – der *sin siriche du* – war der Gefährlichste von dem Haufen. »Erzähle mir, wie man ihn schlagen kann, Rushka. Erzähle mir alles, was es zu wissen gibt.«

Sich über die Vergangenheit auf dem laufenden zu halten erforderte eine erstaunliche Gedächtnisleistung, und nicht alle der Roma konnten solch vollständiges Wissen in ihren Köpfen speichern. Doch Rushka war einer der erlesensten Bewahrer überlieferten Wissens, und er wurde dafür verehrt, die uralten Geschichten Wort für Wort rezitieren zu können – die Worte seines Vaters und die des Vaters seines Vaters vor ihm – fünfzig Generationen zurück.

»Es wurde mir wie folgt erzählt.« Rushka holte tief Luft und begann.

»Es gibt zwei Wege, um sich sicher vor dem Elfenvolk zu schützen. Einer ist, den Eid der Königin auf den Pakt des Tuatha de Danaan zu erzwingen. Das ist fast unmöglich, da sie sich nur selten mit den Angelegenheiten Sterblicher abgibt. Der andere Weg ist, sich den wahren Namen des Feenwesens zu beschaffen, mit dem man es zu tun hat. Man muß dann den Namen korrekt aussprechen, in der eigenen Sprache des Wesens, während man dem Elf gerade in die Augen blickt, und dann äußert man einen Befehl. Dieser Befehl muß klar und vollständig sein, denn er wird präzise und nur buchstabengetreu ausgeführt werden. Es gibt keine Begrenzung über die Länge des Befehls, nur daß er ohne Unterbrechung gesprochen sein muß, zusammenhängend, endlos. Man mag eine Pause machen, aber man darf niemals einen Satz beenden, bis der gesamte Befehl vollständig ausgesprochen ist. Wenn der Befehl unterbrochen wird, um sich mit irgend jemandem zu unterhalten, hört der Gehorsam unverzüglich auf.« Rushka hielt einen Moment inne und betrachtete das Feuer. »Du siehst also, unsere Chroniken besagen, wenn du ihm genau in die Augen siehst und seinen wahren Namen nennst, wird er deinem Befehl gehorchen.« Rushka ging unruhig vor dem Fenster im Hauptsaal auf und ab.

»Wie lautet sein wahrer Name?«

Rushka lächelte schwach und zeichnete einige Symbole in die Asche des Kamins. »Wir sprechen ihn nicht laut aus. Aber er ist der Schwarze, der Überbringer des Vergessens. Er hat noch viele andere Namen, aber es ist nur dieser eine, der dich betrifft.«

Hawk konnte es nicht glauben. Hätte er nur Adams Namen in Gälisch ausgesprochen, hätte er es gehabt. »So einfach, Rushka? Du meinst, er war so frech und sich seiner Sache so sicher, daß er sich Adam Black nannte?« *Amadan Dubh*. Hawk wiederholte den Namen in der Stille seines Verstandes. Wörtlich übersetzt bedeutete es Adam Black.

»Jawohl. Aber es gibt immer noch einen Haken bei der Sache, Hawk. Zuerst mußt du ihn finden. Er kann nur gezwungen werden, wenn er anwesend ist und du seinen Namen aussprichst, während du ihm direkt in die Augen siehst. Und man sagt, daß seine Augen einen Mann umgehend in den Wahnsinn treiben können.«

»Da war ich schon«, murmelte Hawk abwesend. »Warum hast du mir das alles nicht erzählt, als er noch da war? Bevor er Adrienne mit sich nahm?«

Rushka schüttelte den Kopf. »Hättest du mir geglaubt, wenn ich dir erzählt hätte, daß Adam einer mythischen Rasse angehört? Daß wir glaubten, daß er das Mädchen wegen einer merkwürdigen Rache hergebracht hat? Lydia erzählte mir, du wolltest nicht einmal glauben, daß sie aus der Zukunft kam, bis du sie schließlich selbst verschwinden sahst.«

Hawks Augen bewölkten sich, und er rieb sich ungeduldig das Kinn.

»Da ist was dran«, gab er schließlich zu, ungern. »Aber du hättest mich warnen können –«

»Das tat ich, Hawk, erinnerst du dich? Soweit es mir möglich war, am Tag von Zeldies Beerdigung.«

Der Hawk nickte ernüchtert. Wahr. Und sein Geist war so erfüllt gewesen vom Gedanken an seine Frau, daß er sein Verlangen über alle Warnungen gestellt hatte.

»Davon abgesehen, selbst wenn ich gedacht hätte, daß du mir glauben würdest, hätte ich es dir vermutlich dennoch nicht erzählt. Das Feenwesen zu nötigen ist der allerletzte Ausweg. Es ist gefährlich. Mit dem wahren Namen des Narren kannst du ihn nur ein einziges Mal nötigen – und nur präzise nach dem Buchstaben deines Gesetzes. Der Narr gehorcht exakt dem, was du sagst. Solltest du sagen: ›Ich befehle dir, Adrienne zurückzubringen‹, würde er sie bringen müssen. Aber sie könnte tot sein, weil du nicht ausgeführt hast, in welchem Zustand.«

Der Hawk warf den Kopf zurück und ließ ein Wehklagen der Enttäuschung ertönen.

Rushka fuhr fort. »Oder wenn du sagen solltest: ›Bring mich zu ihr‹, würde er es tun müssen, aber du könntest tot sein oder in eine Eidechse verwandelt, wenn ihm der Gedanke kommen sollte. Es ist ein sehr gefährliches Unterfangen, den Narren der Feen zu nötigen.«

Der Hawk rieb sich das glattrasierte Gesicht und starrte brütend in die Flammen. Er hörte ganz genau zu, als Rushka fortfuhr. Er sortierte die Flut von Informationen, prüfte und wählte mit Bedacht. Es könnte klappen. Ja, es könnte. Als Rushka schließlich schwieg, verging eine Zeit der Stille, in der nur das Prasseln des Kaminfeuers zu vernehmen war.

»Solltest du dich entschließen, es zu versuchen, haben wir immer noch ein kleines Problem, mein Freund«, warnte Rushka.

»Was ist es?« fragte der Hawk abwesend.

»Er ist fort. Wie willst du ihn finden? Ich habe Männer gekannt, die ihr ganzes Leben lang nach den legendären Feen gesucht haben und dennoch nicht einmal einen streunenden Kelpie zu Gesicht bekamen.«

Hawk überlegte einen Augenblick, dann lächelte er. »Selbstsüchtig, sagst du, ist er?«

»Ja.«

»Eitel, offensichtlich.«

»Ja«, bestätigte Rushka.

»Neigt zu Wutausbrüchen und dazu, Unheil anzurichten, so hattest du dich, glaube ich, ausgedrückt.«

»Ja.«

»Und es könnte passieren, daß er hierherkommt, getrieben von etwas so Menschlichem wie Eifersucht. Auf mich.«

»Das ist wahr.«

»Gut. Dann bin ich dabei, seine eklige kleine Welt aufzumischen.«

»Was hast du vor, Hawk?« fragte Rushka, und der Hauch eines Lächelns flog über sein verwittertes Gesicht.

Der Hawk grinste und erhob sich. Er hatte etwas zu erledigen.

Adrienne raste die Stufen zur Cottail Lane 93 hoch, mit soviel Elan, wie sie seit Monaten nicht mehr gehabt hatte.

»Maria! Maria!« schrie sie, als sie durch die Tür hereinstürzte und nach der kleinen Kubanerin suchte, die während des letzten Monats mehr für sie geworden war als eine Haushälterin; sie war nun eher wie eine Mutter und ein teurer Freund.

Adrienne hatte Maria schlichtweg befohlen, zu ihr ins Haus zu ziehen, und behutsam hatten die beiden die bezaubernden Rituale der Freundschaft aufgebaut; die nächtlichen Tees, die Plaudereien am Morgen, geteiltes, gemeinsames Lachen und Weinen.

»Maria!« Sie rief erneut. Dann erspähte sie Moonie, hob sie hoch und wirbelte mit der verdutzten Katze durch die Eingangshalle.

»Adrienne?« Sie erschien im Türrahmen, die Augen voller Hoffnung.

Maria musterte Adrienne einen Augenblick vorsichtig; ihr strahlendes Gesicht, ihre leuchtenden Augen. »Du hast ihn gesprochen – den Doktor?«

Adrienne nickte heftig mit dem Kopf und herzte Moonie. Die Katze ließ ein mißmutiges Schnaufen vernehmen und wand sich. Adrienne und Maria strahlten sich stumm über den Kopf der Katze hinweg an.

»Und der Doktor sagte ...«, ermutigte Maria.

»Du hattest recht, Maria! Das *ist* der Grund, weshalb ich mich so elend fühlte. Ich trage Hawks Baby, Maria«, schrie Adrienne heraus, unfähig, die Neuigkeit auch nur eine Sekunde länger für sich zu behalten. »Ich trage das Baby des Hawk in mir!«

Maria klatschte in die Hände und lachte entzückt. Adrienne würde schnell gesund werden. Das Kind des Mannes zu tragen, den man liebt, konnte Hoffnung in das Herz einer jeden Frau pflanzen.

* * *

Der Hawk heuerte fünfzig Harfenspieler und Possenreißer an und brachte ihnen neue Lieder bei. Lieder über den kümmerlichen Narren der Feen, der von dem legendären Hawk von Dalkeith-Upon-the-Sea verjagt worden war. Da er in seiner Zeit eine Legende war, wurden seine Geschichten als große Wahrheit und mit ungebrochener Kraft verbreitet. Die Spieler waren entzückt von der epischen Größe einer solch wilden Geschichte.

Nachdem sie die Liedchen und die Refrains, die die Niederlage des Narren besangen, bis zur Perfektion geprobt hatten, schickte der Hawk sie in die Grafschaften von Schottland und England. Grimm begleitete die Gruppe von Spielleuten, die nach Edinburgh reiste, um höchstselbst zu helfen, die Geschichte zu verbreiten, während der Hawk bis tief in die Nacht unzählige Stunden unter Kerzenlicht verbrachte, in denen er seinen Befehl niederschrieb, ihn überarbeitete und perfektionierte, für den Moment, wenn der Narr erschien. Manchmal, in den frühen Morgenstunden, griff er nach seinem Schnitzwerkzeug und begann, Spielzeugsoldaten und Puppen zu schnitzen, eine nach der anderen.

* * *

Auf der Insel Morar dämpfte die Königin ein herzliches Lachen mit ihrer winzigen Hand, als Geschichten von einem neuen Schauspiel über die See herübertrieben. Adam fauchte.

Der Narr hatte sich monatelang hämisch an seinem Sieg über den Hawk geweidet. Selbstgefällig hatte er dem König und jedem anderen, der es hören wollte, gesagt: »Er mag wohl nett anzusehen sein, aber für mich war er kein Gegner. Nur ein dummes, hübsches Gesicht.«

Der König setzte eine schelmische Miene auf, unfähig, dem Drang zu widerstehen, den Narren zu verspotten. »Dumm, ist er das? Geschlagen, war er das? Ei ei ei, Narr, es macht den Anschein, als hätten wir dir den Namen zu Recht gegeben. Die Legende des Narren der Feen wurde soeben umgeschrieben. Für alle Ewigkeiten werden sich die Sterblichen an deine Niederlage erinnern, nicht an seine.«

Der Narr ließ ein gigantisches Geheul der Wut los und verschwand. Dieses Mal trat Finnbheara sofort an die Seite seiner Königin.

»Der Narr geht zum Hawk«, sagte er ihr. Adam befand sich in einem furchterregenden Zustand, und der Narr hatte schon einmal beinah ihre Rasse vernichtet. *Der Pakt darf nicht gebrochen werden.*

Die Königin rollte sich auf die Seite und sah ihren Gemahl einen langen Moment an. Dann bot sie ihm ihre Lippen zum Kuß, und Finnbheara wußte, daß er mit seiner Liebe wieder in ihrer Gunst stand.

»Du tatest wohl daran, es mir zu sagen, Liebster.«

* * *

Manchmal, tief in der Nacht, träumte Adrienne, daß sie wieder über die grünen Hänge von Dalkeith lief. Der frische Geruch von Salzluft, vermischt mit dem Duft der Rosen, fuhr dann durch ihr Haar und liebkoste ihre Haut.

In ihren Träumen wartete der Hawk am Saum des Meeres auf sie; ihr kiltgekleideter, großartiger schottischer Schloßherr. Er lächelte, und kleine Fältchen umrandeten seine Augen, bevor sie sich mit glühender Leidenschaft verdunkelten.

Sie nahm dann seine Hand und legte sie sanft auf ihren geschwollenen Leib, und sein Gesicht loderte vor Glück und Stolz. Dann nahm er sie, zärtlich, dort oben auf den Klippen, im Rhythmus des donnernden Ozeans. Er liebte sie feurig und besitznehmend, und sie schmiegte sich so eng an ihn, wie sie nur konnte.

Und dann, vor dem Morgengrauen, zerfloß er ihr zwischen den Fingern.

Und dann wachte sie jedesmal auf, die Wangen feucht von Tränen, ihre Finger festgekrallt in die Decke oder ins Kissen.

Kapitel 34

1. April 1514

Er war nahe. Der Hawk konnte ihn spüren, als er in seinem Arbeitszimmer saß und einen Spielzeugsoldaten zu einer glatten, versiegelten Form polierte, während er die Morgendämmerung über dem Meer beobachtete. Eine prickelnde Bewußtheit erwachte am Fuße seines Rückgrats und arbeitete sich nach oben, all seine Sinne schärfend.

Der Hawk lächelte unheilverkündend und legte das Spielzeug vorsichtig beiseite. Etwas Niederträchtiges kommt des Weges. *Gut. Dieses Mal bin ich bereit, du Bastard!*

Der Hawk schritt durch sein Arbeitszimmer zum Schreibtisch, rollte das dicke Bündel von Pergament zusammen und steckte es in den ledernen Gurt seiner Felltasche. Er war bereit, es zu gebrauchen, aber erst nachdem er die Befriedigung gehabt hatte, mit dem Schmied nach sterblichen Regeln gekämpft zu haben.

Er trat in den Morgen hinaus und fühlte sich lebendiger, als er sich seit Monaten gefühlt hatte. *Harre aus und glaube an mich, Geliebte*, flüsterte er durch die Jahrhunderte.

Denn Liebe und Glauben waren Magie an und für sich.

* * *

»Komm raus, Feigling«, rief er, und sein Atem gefror in der kühlen Morgenluft. Der Schneefall hatte vor wenigen Wochen aufgehört und nur ein paar vereinzelte schneebedeckte Flecken übriggelassen, und bald würde der Frühling Dalkeith-Upon-the-Sea erneut beglücken. *Genauso wie meine Frau*, schwor er inbrünstig. Seit Tagen war er angespannt gewesen, wußte er doch, daß etwas geschehen würde. Er fühlte es in seinem Herzen, so wie auch die Roma von Zeit zu Zeit ihre Vorahnungen hatten. Dann schließlich, an jenem Morgen, war er früh aufgewacht und wußte, daß die Zeit gekommen war. Die Schlacht würde an diesem Tag geschlagen werden, und es war eine Schlacht, die er gewinnen würde.

»Komm schon! Es ist leicht, unerkannt zu kämpfen. Es sagt mir nur, daß du ein zu großer Feigling bist, um mir entgegenzutreten«, verspottete er die neblige Luft.

Einen Moment lang kam er sich töricht vor, doch dann stieß er das Gefühl schroff beiseite. Adam Black war nahe, er wußte es klar und deutlich bis ins Mark seiner Knochen, angelockt von den Gesängen der Barden und von der Schwäche eines Narren.

»Feind! Stell dich! Feiger, kümmerlicher, winselnder Welpe. Ich wette, du hast dich als kleiner Junge hinter Mamas Rockschößen versteckt, nicht wahr? Zitternd und zeternd hinter einer Frau, wie du es jetzt tust«, spottete Hawk in den schweigenden Morgen hinein. »Du benutztest eine Frau als Strohmann. *Jeder* hätte ein so erbärmliches Spiel spielen können. Ich fordere dich zu einem wahren Zweikampf, kraftloser Wurm.«

Die Brise wallte auf, jetzt noch tückischer, doch noch zeigte sich niemand. Die Luft verwirbelte in einem Aufwallen zerstiebender Wolken mit schwarzen, verwundbaren Stellen. Hawk lachte laut auf und spürte Heiterkeit und Kraft seine Adern durchfluten.

»Ein Sterblicher kennt nun die Wahrheit über dich, Adam – daß du mein Weib nicht gewinnen konntest, daß sie dich wegen mir verschmäht hat.« Natürlich verschwieg er die Tatsache, daß Adam ihn zeitweilig überzeugt hatte, daß Adrienne freiwillig gegangen war. Aber der Hawk war wieder Herr seiner Sinne und hatte seinen Glauben und sein Vertrauen in seine Frau wiedergefunden. »Ich weiß, daß sie dich abgewiesen hat, Schmied. Ich weiß, daß du sie gezwungen hast, mich gegen ihren Willen zu verlassen. Sie hat mich dir vorgezogen, und das ganze Land weiß es jetzt.«

»Hör auf, Sterblicher«, flüsterte Adams Stimme im Wind.

Der Hawk lachte.

»Du findest das amüsant? Du glaubst, meinen Zorn wekken und es überleben zu können, darüber zu lachen? Bist du wirklich so verrückt? Du bist *kein* Gegner für mich.«

Der Hawk lächelte immer noch, als er leise sprach: »Ich war mehr als ein Gegner, als es um Adrienne ging.«

»Blicke deinem Henker in die Augen, mein Täubchen.« Drohend trat Adam aus dem dichten Hochlandnebel.

Die beiden Männer sahen sich voller Wildheit an.

Adam trat näher.

Ebenso der Hawk. »Fairer Kampf, wechselhafter Elf, es sei denn, du hast zuviel Angst.«

»Dafür hast du mich gerufen? Für einen Faustkampf?«

»Nimm eine sterbliche Gestalt an, Adam. Kämpfe mit mir bis zum Tod.«

»Wir sterben nicht«, spöttelte Adam.

»Dann kämpfe mit mir bis zur Entscheidung. Bekämpfe mich mit fairen Mitteln.«

Sie umkreisten sich vorsichtig. Muskelbepackte Körper voller unverhohlener Feindseligkeit. Die Feindseligkeit, die sich seit dem Augenblick abgezeichnet hatte, als sich diese beiden Männer zum ersten Mal gegenübergestanden hatten, eskalierte zu einer unaufhaltsamen Naturgewalt. Es war eine Erlösung für den Hawk, es rauszulassen, es geschehen zu lassen. Und, oh, endlich an diesen Bastard von Schmied Hand anlegen zu können.

»Ich habe immer fair gekämpft.«

»Du lügst, Narr. Du hast betrogen, wann immer es sich anbot.«

»Ich habe nie betrogen!«

»Nun, dann betrüge auch jetzt nicht«, warnte Hawk, als sie sich voneinander abwandten. »Mit bloßen Händen. Mann gegen Mann bist du von der Größe her ein Gegner für mich. Bist du es auch in Stärke, Beweglichkeit und Geschick? Ich denke nicht.«

Adam zuckte lässig mit den Schultern. »Du wirst den Tag verfluchen, an dem du geboren wurdest, mein Täubchen. Ich habe dich bereits geschlagen und deine Frau genommen, heute aber werde ich dein Schicksal besiegeln. An diesem heutigen Tag werde ich Dalkeith zerstören, bis nichts als Granittrümmer über die Klippen stürzen, um auf die hungrige See zu treffen. Deine Knochen werden dazugehören, Hawk.«

Hawk warf seinen dunklen Kopf in den Nacken und lachte.

* * *

Verborgen im dichten Nebel, beobachtete der Hofstaat des Tuatha de Danaan den Kampf.

»Der Hawk gewinnt.«

Silbernes Seufzen. »Was für ein Mann.«

»Sieh, wie er sich bewegt. Schnell wie ein Panther, tödlich wie ein Python.«

»Denkt nicht an ihn. Er ist jetzt sicher vor uns allen. So habe ich es befohlen«, fauchte die Königin in einen kalten Windhauch.

Ein langes Schweigen.

»Wird der Narr fair kämpfen?« zweifelte Aine, die gerechtigkeitsliebende, mausähnliche Elfe.

Die Königin seufzte. »Hat er es je getan?«

* * *

Adrienne krallte sich in Marias Hand und stöhnte laut auf, als sie den leichten Tritt in ihrem Leib verspürte. Irgendwie hatte sie das Gefühl, als ob der Hawk in der Nähe sei und ihre Stärke und Liebe bräuchte. Als ob etwas Magisches schwebte, beinahe greifbar genug, um es mit ihren schlanken Fingern zu berühren. Sie preßte ihre Augen fest zusammen und befahl ihr Herz durch die Abgründe der Zeit.

* * *

Adam knurrte. »Genug von dieser sterblichen Idiotie. Es ist an der Zeit, dies ein für allemal zu beenden.« Er blutete, seine Lippe war aufgerissen, und seine Nase zertrümmert. Adam gebrauchte seine unsterbliche Kraft, um den Hawk vor seinen Füßen zu Boden zu zwingen. Ein Schwert erschien in Adams Hand, und er hielt die Klinge an die Kehle des Sterblichen. »Verflucht sei der Pakt«, murmelte Adam und balancierte die rasiermesserscharfe Klinge über Hawks Gurgel. Er verzog höhnisch das Gesicht und verspottete den gefallenen Sterblichen. »Weißt du, es gab einen Moment, in dem ich befürchtete, du könntest es geschafft haben, etwas über meine Rasse in Erfahrung zu bringen. Ein Wissen, das wir den Sterblichen nur ungern zugestehen. Aber es sieht so aus, als ob ich dich die ganze Zeit über richtig eingeschätzt hätte und als ob meine Bedenken umsonst waren. Du bist wirklich schwer von Begriff. Du dachtest allen Ernstes, du könntest mich mit bloßen Händen besiegen?« Adam schüttelte den Kopf und machte zt, zt. »Kaum. Es braucht mehr als das, um jemanden wie mich zu besiegen. Oh, nebenbei bemerkt, bereite dich auf den Tod vor, Sterblicher.«

Aber seine Drohung rief bei der Legende zu seinen Füßen nicht einmal ein Wimpernzucken hervor. Statt dessen faßte der Hawk arrogant die Klinge mit seinen Händen und sah Adam tief in die Augen. Die Intensität des Blickes des Sterblichen verschmolz mit Adams Blick und hielt ihn mit Macht im Zaum.

Adam spannte sich, und ein Hauch von Unsicherheit flog über sein Gesicht.

Hawk lächelte. »*Amadan Dubh*, ich nötige dich daher ...«

Adam erstarrte, seine Gesichtszüge entglitten ihm, und er offenbarte einen äußerst menschlichen Ausdruck des Erstaunens. Das Schwert zerfiel ihm in den Händen, als die Worte des uralten Rituals der Verpflichtung ihn in ernsthafte Schwierigkeiten brachten. »Das kannst du nicht tun!« spie Adam aus.

Doch der Hawk konnte, und er tat es.

Adam röhrte aus tiefster Kehle, ein Laut, der in keinster Weise menschlichen Lauten ähnelte.

Zwanzig Minuten später gaffte Adam voller Unglauben. Der Hawk hatte tatsächlich eine Pergamentrolle aus seiner Felltasche ausgerollt und verlas eine sehr lange, sehr ausgefeilte Liste seiner Forderungen.

»... und du wirst dich nie wieder Dalkeith-Upon-the-Sea nähern ...«

Adam erschauderte. »Bist du bald fertig, Täubchen?«

Der Hawk fuhr ohne Unterbrechung fort, seine Liste weiter entfaltend.

»Hast du ein gottverdammtes Buch geschrieben? Das kannst du so nicht machen«, sagte Adam durch zusammengepreßte Zähne. »Du hast *einen* Befehl, du kannst nicht das Ganze vorlesen.«

Hawk mußte fast lauthals lachen. Die Gaunerei würde jetzt beginnen. Jedes Schlupfloch, das das unberechenbare Feenwesen finden konnte, würde es ausnutzen. Aber der Hawk hatte keine Schlupflöcher gelassen. Er las weiter.

»Ich sagte, gib es auf, du infantile, quäkende Masse von Sterblichkeit. Es wird keinen Erfolg haben.«

»... und du wirst niemals ...«, fuhr Hawk fort.

Adam fluchte und wütete, sein eisiges Gesicht wurde weißer. »Ich werde deine Kinder verfluchen, deine Kindeskinder; ich werde Adrienne verfluchen und all ihre Kinder ...«, ließ Adam boshaft wissen.

Hawk versteifte sich und hielt inne. Seine Augen flogen auf Adams.

Adam erstickte ein Kichern der Heiterkeit, sicher, daß der Hawk ausrutschen und seinen Befehl nicht zu Ende bringen würde.

Hawks Lippen verzogen sich zu einem bedrohlichen Knurren. »Und du wirst niemals danach trachten, einen Fluch über meine Familie zu verhängen, über meinen Samen oder mich selbst, oder über die Familie und die Nachkommenschaft jedes einzelnen, dem ich dir befehle, zu entsagen, oder jedem, dem ein Douglas dir befiehlt zu entsagen ... einschließlich Adrienne; wobei Douglas ausdrücklich definiert ist als jeglicher direkter Verwandter, ob durch Blutsverwandtschaft, Heirat oder Adoption, und Samen als Nachkommenschaft definiert ist, Kinder, die adoptiert oder anderweitig angenommen wurden, du wirst kein Lebewesen bedrängen, die zu ...«

Adam ging auf einem kümmerlichen Fleckchen Erde auf und ab, und Furcht war jetzt in jedem seiner Schritte deutlich erkennbar.

»... Gehorsam definiert als ... und wenn du Adrienne zu mir zurückbringst, wird alles auf Dalkeith-Upon-the-Sea wieder seine Ordnung haben. ... Der Hawk und seine Leute werden vor jedem Übel geschützt sein, lebendig und bei bester Gesundheit ohne irgendwelche Tricks... und Adrienne wird ihre Katze sicher durch die Zeiten mit sich bringen ... und ...«

Adams Gesicht, einstmals schön anzusehen, war eine lebende Maske des Hasses. »Ich werde *nicht* verlieren! Ich werde einen Weg finden, dich zu vernichten, Hawk.«

»... und du wirst darauf verzichten, irgendwelche Gedanken an Racheaktionen gegenüber den Douglas zu verschwenden ...«

Adam machte eine Handbewegung, und Adrienne erschien, äußerst verblüfft, und sie hielt eine sich festklammernde Katze in ihren Armen.

Der Hawk erschauderte unmerklich, wußte er doch, daß das nur ein weiterer Trick von Adam war, ihn dazu zu bringen, seinen Befehl abzubrechen. Fünf Monate, fünf furchtbare Monate ohne einen flüchtigen Blick auf das innig geliebte Gesicht seiner Auserwählten, und nun stand sie vor ihm. Atemberaubend, herzerweichend betörend.

Hawks Blick ruhte hungrig auf ihrem Gesicht, auf ihrer silbrigen Mähne, ihrem verführerischen Körper, ihrem gerundeten Bauch ...

Ihrem gerundeten Bauch? Seine Augen flogen zu Adriennes, geweitet vor Erstaunen und Ehrfurcht, als ein gewaltiges Besitzgefühl seinen Körper erbeben ließ.

Sein Kind! Seine Tochter oder sein Sohn. Blut seines Blutes – seines und Adriennes.

Adrienne war schwanger.

Hawk war sprachlos.

Adam grinste heimtückisch – und der Hawk sah es.

Er würde Adrienne nicht verlieren. Er hatte noch zuviel vorzulesen. Mit eiserner Willenskraft zog Hawk seine Augen von seiner Frau.

Es war das Schwierigste, was er in seinem ganzen Leben jemals getan hatte.

Adriennes Augen verzehrten ihn.

Sie hatte Angst zu stören, Angst, sich zu bewegen. Irgendwie war sie auf wundersame Weise aus ihrer Bibliothek herausgerissen worden, und Moonie, die am anderen Ende des Raumes am Fenster gesessen hatte, lag behaglich in ihre Arme gekuschelt. Sie konnte immer noch Marias verblüfftes Gesicht vor ihren Augen entschwinden sehen.

Und da war der Hawk, ihr geliebter Ehemann, leibhaftig.

»Wie konntest du mir nur widerstehen, Schönheit?« Plötzlich war Adam wieder der Schmied, bekleidet mit einem Kilt und über das ganze Gesicht strahlend. »Ich bin mindestens so schön wie der Hawk, und ich kann dich verwöhnen, wie du es dir nicht erträumen könntest. Ich könnte dich von innen nach außen kehren und dich vor Ekstase weinen machen. Wie konntest du mich nur sitzenlassen?«

»Ich liebe meinen Gemahl.« Sie hatte viele Monate damit verbracht, sich an die Hoffnung zu klammern, daß des Hawks Kind in ihr heranwuchs, und hatte alles über keltische Überlieferungen studiert, dessen sie habhaft werden konnte, in der Hoffnung, einen Weg zurück zu finden. Doch der Hawk, so schien es, hatte ihn für sie gefunden.

»Liebe. Was ist dieses Liebesding, das ihr Sterblichen so verehrt?« spöttelte Adam.

Genug, Narr, kam ein silbrig läutendes Seufzen der Feenkönigin.

Selbst Hawk verhaspelte sich bei diesen Worten mitten im Satz.

Und auch genug von dir, schöner Mann, legendärer Hawk.

Süßer als Glockengeläut, war ihre Stimme ein sinnlicher Streich aus dem Himmel. Doch Hawk fuhr fort, ohne Unterbrechung: »... und das Wort *Person*, so wie es in diesem Befehl benutzt wird, steht je nach Zusammenhang entweder für ein Individuum oder für eine Einheit; der Plural kann durch den Singular ersetzt werden, und der Singular durch den Plural, wenn nötig; und die Worte jeden Geschlechts werden jedes andere Geschlecht beinhalten ...«

Adrienne beobachtete ihren Gatten, und ihre Augen glühten vor Liebe und Stolz.

Der Narr wird mir gehorchen, ich bin seine Königin.

Hawk hielt für das Flüstern eines Atemzuges inne, nicht lang genug, um die Kontinuität zu brechen, aber lange genug, um ihr seine Anerkennung zu zeigen.

Und davon abgesehen, du bist über das Befehlen hinausgegangen. Du wirst anmaßend und eindeutig ausschweifend. Dennoch, gut gemacht, Sterblicher. Sie ist sicher, ihr beide seid es. Ich werde dafür sorgen – jetzt und immerdar.

Hawk fuhr fort. »... alle Satzteile, die mit wenn, und oder aber verbunden sind, werden, wenn sie sich scheinbar in Konflikt befinden, nicht einander ausschließend oder in irgendeiner Form eingrenzend zum Tragen kommen, sondern ihre Bedeutung ist verbindend und übergreifend zu verstehen, so daß von allem hier Gesagten die weit möglichste Bedeutung Gültigkeit hat ...«

Die Feenkönigin seufzte. *Aah, ich verstehe. Du wirst diesen Unsinn nicht sein lassen, bis ich dir eine Sicherheit biete. Schlauer Mann. Du willst meinen Schwur? Ich gebe ihn dir. Du hast den geschworenen Eid der Feenkönigin auf den Pakt des Tuatha de Danaan. Er wird niemals gebrochen werden, auf daß unsere Rasse niemals ausgelöscht werde.*

Hawk senkte die Pergamentrolle und ließ sie mit einem hörbaren Schnappen zusammenrollen. Erst dann sah Adrienne das Zittern in seinen Händen, als er ihr in die Augen sah, mit triumphierendem Blick.

»Sie hat uns Schutz und Treue garantiert.« Sein Lächeln hätte die Freudenfeuer des Samhain entzünden können. Sein Blick wanderte von Kopf bis Fuß über sie und verweilte liebevoll auf jedem Zentimeter.

»Sind wir sicher?« flüsterte Adrienne, und Tränen traten ihr in die Augen.

Ich werde persönlich dafür sorgen, trällerte die silbrige Stimme. *Jetzt und für immerdar. Narr?*

Adam stöhnte auf.

Da ich dich offensichtlich nicht abhalten kann, Ärger zu machen, bekommst du eine neue Gefährtin. Ainé wird die nächsten 500 Jahre mit dir verbringen. Sie wird sich bemühen, dich bei der Stange zu halten.

Nicht Aine! Adams Einwand war nur einen Hauch von einem Jammern entfernt. *Diese neugierige kleine Fee ist vernarrt in mich! Ich könnte meine Zeit damit verbringen, Euch zu erfreuen, meine Königin. Laßt mich!*

Du wirst Aine erfreuen, Narr, oder du wirst die nächsten tausend Jahre allein im Fuße eines Berges verbringen. Ist das jetzt zu dir vorgedrungen?

Mit einem letzten ätzenden Blick auf den Hawk verschwand Adam. *Nun, wo waren wir stehengeblieben?* fragte die Königin. Adrienne blickte angestrengt in die Richtung, aus der die Stimme kam. Sie konnte kaum die Umrisse einer Frau ausmachen, die in der nebligen Luft hinter dem Hawk schwebte.

Ah, ja. Ihr zwei wart dabei, auf dem Hügel am Meer eine

Hochzeit zu feiern. Der Narr hat einen abscheulichen Sinn für den rechten Zeitpunkt. Ich werde dort fortfahren, wo es aufgehört hat. Ich, Aoibheal, Königin des Tuatha de Danaan, erkläre euch zu Mann und Frau. Weder ein Sterblicher noch ein Unsterblicher soll euch jemals auseinanderreißen, oder sie ziehen meinen ewigen Fluch auf sich. Da. Ihr seid von der Feenkönigin vermählt worden. Niemand kann eine solche Legende für sich beanspruchen.

Adrienne und Hawk sahen sich noch immer über ein Stück Garten hinweg an, beide ängstlich, sich auch nur einen Zentimeter zu bewegen.

Nun? Küsse die Frau, du großer, schöner Mann! Nur zu.

Der Hawk atmete tief durch.

Er hatte sich verändert, erkannte Adrienne. Die Zeit hatte ihn noch schöner werden lassen. Sie wußte nicht, daß er dasselbe von ihr dachte. Sein Blick glitt über ihre Gestalt, von ihrem silbrigblonden Haar bis zu ihren bloßen Zehen, die unter merkwürdigen Hosen hervorlugten.

Und dann lag sie in seinen Armen, ergriffen von dieser starken Umarmung, von der sie die letzten fünf Monate jede Nacht geträumt hatte, wenn sie in ihrem Bett lag, die Hand auf ihren gerundeten Bauch gelegt und die Himmel anflehend, ihr nur noch einen einzigen Tag mit ihrem Gemahl zu gewähren.

Er fuhr mit seinen Lippen über ihre. »Mein Herz.«

»Dein Herz ist ... oh!« Unter seinen hinreißenden Lippen verschlug es ihr den Atem.

Aah, staunte die Königin, denn selbst die Tuatha de Danaan waren voller Ehrfurcht vor der wahren Liebe. *Ihr seid dessen würdig, was ich euch nun gebe*, flüsterte sie, kurz bevor sie verschwand. *Betrachtet es als ein Hochzeitsgeschenk ...*

Epilog

Adrienne atmete tief durch. Nichts konnte sich je mit dem Duft von Rosen und Frühlingsregen vergleichen, dem endlosen Grollen der Wellen gegen die Klippen im Westen, und dem Hauch von Salz in der unverdorbenen, reinen Luft. Sie hatte sich nach draußen begeben, um das Zwielicht über dem Meer hereinbrechen zu sehen. Dann wollte sie zu Lydia zurückkehren und weitere Kinderpläne schmieden. Sie unterdrückte ein Lachen mit der Hand. Lydia hatte den Hawk wegbeordert, indem sie sich beklagte, daß sie unmöglich ihre Schwiegertochter angemessen willkommen heißen und sich auf ihr Enkelkind vorbereiten könne, wenn er nicht aufhörte, sie pausenlos zu küssen. Nicht, daß Adrienne etwas dagegen einzuwenden gehabt hätte.

Wie ein gescholtener Junge hatte der Hawk sie angestarrt.

»Ihr habt den Rest eures Lebens zusammen«, hatte Lydia entschieden geäußert, »wohingegen wir Frauen nur ein paar kurze Monate haben, uns auf das Kind vorzubereiten.«

»Ein paar kurze Monate?« Hawk hatte verblüfft dreingeschaut. Dann besorgt. Er war fortgerannt, leise vor sich hin murmelnd.

Jetzt stand Adrienne auf den Steintreppen, den Kopf in den Nacken gelehnt und trunken von der stillen Schönheit des samtenen Himmels. Der Schatten einer Bewegung auf dem Dach zog ihren Blick auf sich. Grimm sah über die Brüstung auf sie herab, und sein gutaussehendes Gesicht wurde von einem Lächeln erhellt. Sie und der Hawk hatten sich an diesem Nachmittag unterhalten, und er hatte sie in alles eingeweiht, was geschehen war, einschließlich Grimms Anteil bei den Anstrengungen, sie zurückzuholen. Nur Stunden zuvor hatte Grimm seine Hände auf sein Herz geschlagen und auf Knien um Vergebung für seine Lügen gebeten. Sie hatte ihn umgehend begnadigt.

»Ich hoffe, du suchst nicht nach einer Sternschnuppe, Grimm«, rief sie zu ihm hinauf.

»Nie wieder«, schwor er glühend.

Adrienne schnappte nach Luft, als genau in diesem Augenblick ein winziger, weißer Fleck aufblitzte, übersprudelte, und dann in einer Spirale aus dem Himmel nach unten stieß. »O mein Gott! Grimm, sieh nur! Eine Sternschnuppe!« Sie preßte die Augen zu und wünschte mit aller Kraft.

»Was hast du dir gerade gewünscht?« schrie er hinunter zu ihr, starr vor Spannung.

Als sie die Augen wieder öffnete, sagte sie frech: »Das kann ich nicht verraten. Es ist gegen die Regeln.«

»Was hast du dir gerade gewünscht?« dröhnte er.

»Nanu, sind wir etwa abergläubisch?« neckte sie ihn mit einem Lächeln.

Er stierte auf sie hinab, als sie sich auf den Weg zurück ins Schloß machte. Sie sah über die Schulter zu ihm zurück und ließ ein schelmisches Lächeln aufblitzen. »Mach dich auf etwas gefaßt, Grimm. Ich verrate dir nur soviel – ich habe etwas für *dich* gewünscht.«

»Weißt du nicht, wie gefährlich es ist, so einfach mit unüberlegten Wünschen um sich zu werfen, Mädchen!« donnerte er.

»Oh, dieser war keineswegs unüberlegt«, rief sie fröhlich, bevor die Tür sich schloß. Auf dem Dach von Dalkeith sank Grimm auf die Knie und starrte in den Himmel, verzweifelt auf der Suche nach einer weiteren Sternschnuppe ... nur für alle Fälle.

* * *

Adriennes Kleid raschelte, als sie über den Korridor eilte. Lydia hatte ihr erzählt, wo sie den Hawk finden könne, und hatte sie bei kräftigem Pfefferminztee in ein paar Dinge eingeweiht, die ihr Ehemann ihr gegenüber geflissentlich nicht erwähnt hatte. So zum Beispiel die Tatsache, daß er ihre geliebte Kinderstube zerstört hatte, die sie sich immer wieder vorgestellt hatte, wenn sie im zwanzigsten Jahrhundert wachgelegen hatte. Das war es also, wohin er so eilig entschwunden und weshalb er so besorgt wegen der wenigen verbleibenden Monate gewesen war. Sie betrat die Kinderstube so leise, daß Hawk nicht hörte, wie sie sich näherte.

Sie fuhr sanft und liebevoll mit den Fingerspitzen über eine wundervoll geschnitzte Puppe und hielt inne.

Er kniete neben einer Wiege und rieb mit einem weichen Tuch Öl in das Holz hinein. Bekleidet nur mit den Blau- und Silbertönen seines Kilts, fiel sein dunkles Haar in einer seidigen Welle vornüber. Die Kinderstube war von Dutzenden von Ölleuchten erhellt, die seinen Torso wie aus glühender Bronze gegossen erscheinen ließen. Seine Augen waren vor Konzentration verengt, und die Muskeln in seinem Arm spannten und bündelten sich, während er das Öl einarbeitete.

Adrienne lehnte sich gegen den Türrahmen und beobachtete ihn schweigend, während sie gleichzeitig die magere Möblierung des Raumes registrierte. Viele der Spielsachen waren wieder da. Aber die Wiegen und Betten waren allesamt verschwunden. Welch phänomenale Leidenschaft mußte in ihm gewütet haben.

»Ich nehme an, ich sollte mich geschmeichelt fühlen«, sagte sie leise.

Schuldbewußt fuhr sein Kopf hoch.

Adrienne trat in den Raum, sich völlig bewußt, daß ihre Brüste, die durch die Schwangerschaft noch voller geworden waren, unter ihrem Kleid schaukelten und daß der Hawk von der Reife ihrer üppigen Kurven fasziniert zu sein schien. Sie hatten sich am Nachmittag geliebt, verzweifelt, schnell und feurig – beinah hätten sie es nicht von den Gärten bis in die Intimität ihres Schlafzimmers geschafft. Lydia hatte geduldig eine ganze Stunde lang gewartet, bevor sie an die Tür geklopft und darum gebeten hatte, ihre Schwiegertochter sehen zu können.

Als Adrienne zuletzt im zwanzigsten Jahrhundert gefangen gewesen war, mit der Befürchtung, nie wieder mit ihrem Gemahl intim werden zu können, waren Erinnerungen an ihre unvorstellbare gemeinsame Leidenschaft in bittersüßer Wut durch ihre Gedanken gestürzt und hatten ihr Bewußtsein für all die wollüstigen Dinge gesteigert, nach denen sie sich verzehrt hatte. Die sie mit dem Hawk hatte erleben wollen, die ihr jedoch verweigert worden waren. Diese langen, quälenden Monate des Verlangens, gekoppelt mit den fordernden Hormonen der Schwangerschaft, steigerten jetzt ihre Verwegenheit. Sie sehnte sich nach dem langsamen, köstlichen Lieben, das sie befürchtet hatte, nie wieder erleben zu dürfen. »Hawk?«

Er sah sie an, immer noch auf dem Boden kauernd, bereit, über sie herzufallen, wenn sie sich auch nur einen Zentimeter bewegte.

Adrienne bewegte sich – langsam und erotisch. Sie bückte sich, um einen Spielzeugsoldaten aufzuheben, und beugte sich so, daß ihre Brüste drohten, aus ihrem Leibchen hervorzuquellen. Sie fing ihre Unterlippe mit den Zähnen und schickte dem Hawk unter gesenkten Wimpern einen schmachtenden Blick. In Sekundenbruchteilen war er auf den Füßen.

»Stopp!« Adrienne hob eine Hand, um ihn zurückzuhalten.

Hawk blieb auf halbem Wege wie angewurzelt stehen.

»Was kann ich für dich tun, Adrienne?« flüsterte er heiser.

»Ich brauche dich«, sagte sie atemlos. Er stürzte vor, und sie hob erneut die Hand. »Nein, laß mich dich ansehen«, sagte sie, während sie ihn langsam umkreiste. Sie lächelte, als sich seine Augen weiteten. »Als ich wieder zurück in meiner Zeit war, befaßte sich eine der Fragen, die ich unbedingt geklärt haben wollte, mit Schotten und ihren Kilts...«

»Und die Frage lautete?«

»Ich sah dich einmal auf dein Pferd steigen –«

»Ich weiß«, sagte er selbstgefällig. »Du standest am Fenster neben der Kinderstube.«

»Oh! Du *hast* es absichtlich gemacht!«

Hawk lachte mit schelmisch blinzelnden Augen, und es heizte ihre lüsterne Entschlossenheit nur noch weiter auf. Wenn er sie reizen konnte – gut, dieses Spiel konnten auch zwei spielen. Es würde sich ja zeigen, wie gut er damit zurechtkäme, wenn man mit seinen Begierden spielte.

Sie trat näher, legte die Hand auf seinen muskulösen Oberschenkel und sah ihm provozierend ins Gesicht. Seine Nasenflügel bebten, und unter gesenkten Lidern verdunkelten sich seine Augen. Mit der anderen Hand zog sie am Leibchen ihres Kleides und ließ ihre Brüste befreit aus dem Oberteil springen. Sie fühlte sich wundervoll verdorben, wußte sie doch, daß ihre Brustwarzen rosig waren, verhärtet, und darum bettelten, geküßt zu werden. Als er sich nach vorn beugte, um genau das zu tun, stieß sie ihn spielerisch zurück, ließ ihre Hand seinen Schenkel hinaufgleiten und legte sie um seinen Schaft, entzückt über sein heiseres Stöhnen. »Nichts unter diesem karierten Stoff, wie ich es vermutet hatte«, beobachtete sie keck.

»Adrienne, *du bringst mich um.*«

»Ich habe gerade erst angefangen, Liebster.« Sie umfaßte seine gewaltige Erregung und ließ ihre Hand mit samtener Reibung seinen Schaft hinauf und hinunter gleiten.

Hawk packte sie bei den Hüften und senkte den Kopf, um sie zu küssen, aber sie zog den Kopf weg und lachte, als er sein Gesicht statt dessen in ihren Brüsten begrub.

»Stopp«, befahl sie.

»Was?« fragte er ungläubig.

»Geh zurück«, forderte sie ihn auf. »Berühre mich nicht, bis ich dich darum bitte. Laß mich dich berühren.«

Hawk stöhnte laut auf, doch seine Hände fielen ab von ihrem Körper. Seine Augen waren feurig und wild, und Adrienne vermutete, daß er ihre raffinierte Folter nicht viel länger zulassen würde.

Gemächlich öffnete sie seinen Kilt und ließ ihn zu Boden fallen. Ihr Gemahl stand nackt vor ihr, sein bronzener Körper schimmerte im Kerzenlicht, und sein harter Schaft pulsierte. Adriennes Blick folgte fasziniert und bewundernd einem Pfad von seinen Schultern über seine breite, muskelbepackte Brust. Sie strich leicht mit ihren Lippen über seine, küßte sein Kinn, seine Brustwarzen, reizte seinen geriffelten Unterleib mit der Zunge und sank dann auf die Knie, den Mund Zentimeter von seinem Schaft entfernt, die Finger gespreizt auf seinem Oberschenkel.

»Adrienne!«

Sie küßte seine Süße und fuhr mit der Zunge auf und ab über seine harte Länge. Hawk krallte sich in ihr Haar und stieß aus der Tiefe seiner Kehle ein rohes Geräusch hervor.

»Genug!« Er zog sie auf ihre Füße und drückte sie gegen die Brüstung unter dem Fenster. Er hob sie in die Höhe, setzte sie auf die Brüstung, schob ihr Kleid hoch und spreizte ihre Beine, um in sie einzudringen.

»*Jetzt*, Adrienne. Ich will dich *jetzt*.« Er küßte sie tief, als er sanft, aber bestimmt in ihre einladende Feuchte eindrang. Adrienne stöhnte vor Lust, als er sie vollständig ausfüllte. Hawk sah in ihr Gesicht und registrierte aufmerksam jedes Erschaudern, jeden Seufzer, der ihren Lippen entfleuchte, und gerade, als sie sich zuckend dem herrlichen Höhepunkt näherte, gerade, als sie spürte, wie das süße Beben begann – hörte er vollständig auf, sich zu bewegen.

»*Hawk!*«

»Wirst du mich noch einmal so reizen, meine Geliebte?« fragte er.

»Allerdings«, erwiderte Adrienne frech.

»Du wirst?«

»Natürlich. Denn ich weiß, daß mein Gemahl mich *niemals* unbefriedigt zurücklassen würde. Genauso, wie ich ihn *niemals* reizen würde, ohne sein Verlangen zu stillen. Also befriedige mich, mein geliebter Highlandfürst. Bring mich nach Walhalla, Gemahl.«

Er lachte leise, dann drang er vorsichtig und zärtlich in sie ein, bis sie in gleichem Rhythmus kamen. Die Intensität ihrer Vereinigung, so perfekt in Körper und Seele, ließ Adrienne laut aufschreien.

Später schloß der Hawk die Tür zur Kinderstube und trug seine schlafende, zufriedene Ehefrau in das Pfauenzimmer, wo er sie die Nacht über in seinen Armen hielt, staunend über die Vollkommenheit seines Lebens, wenn sie es mit ihm teilte.

Lydia lächelte, als sich die Tür zur Kinderstube geräuschvoll über ihr schloß. Alles war gut auf Dalkeith-Upon-the-Sea. Sie hielt einen träumerischen Moment inne und stellte sich die kleinen Kinder vor, die bald die Kinderstube beglücken würden.

Das Leben war niemals süßer gewesen.

Aber es könnte noch süßer sein, Lydia.

Lydias Augen ruhten nachdenklich auf Tavis Mac Tarvitts Rücken, während er mit ernster Miene vor dem Feuer stand. Eine Woge von Schuld brach über ihr zusammen, als sie daran dachte, wie er in jener Nacht zu ihr zurückgekommen war, nachdem er mit dem Hawk gesprochen hatte, und sie ihm die kalte Schulter gezeigt und sich wieder einmal in die gewohnte Sicherheit der Förmlichkeit zurückgezogen hatte.

Eine leichte Anspannung in seinem Lächeln war der einzige Tadel gewesen, zu dem er sich hatte hinreißen lassen.

Meine Geliebte, hatte er sie genannt, doch sie hatte sich in Gedanken an ihren einsamen Sohn geweigert, seine Liebe anzunehmen. *Wieviel Zeit willst du noch verschwenden, Mädchen?*

Sehr leise löste Lydia ihre Flechten und befreite ihr wallendes, kastanienbraunes Haar. Ihre Augen schweiften nicht eine Sekunde von Tavis' Rücken ab. Mit einem Lächeln der Vorfreude warf sie ihren Kopf vornüber nach unten, kämmte sich mit den Fingern das Haar zu zerzausten Locken, warf es dann über den Kopf zurück und ließ es in einem weiten Wirrwarr über ihren Rücken fallen.

So viele Jahre!

Sie zupfte nervös an ihrem Kleid herum und blickte einen weiteren Moment forschend auf seinen Rücken, dann zuckte sie mit den Schultern und öffnete ein paar Perlmuttknöpfe an ihrem Kragen. Sie nahm einen tiefen, bebenden Atemzug, als die Schmetterlinge in ihrem Bauch begannen, mit ihren seidigen Flügeln zu flattern.

»Tavis?« rief sie leise. Nachdem sie sich einmal entschieden hatte, war sie wild entschlossen, auch nicht einen einzigen weiteren kostbaren Moment zu vergeuden.

Tavis' Rücken straffte sich, und er sah kurz über die Schulter zu ihr hinüber.

Sie lachte fast laut auf, als er die Augen aufriß und herumwirbelte, um sie anzusehen. Sein Blick fuhr über ihre wilde Mähne, ihren gelösten Kragen und ihre geöffneten Lippen.

»Lydia?«

Sie hörte hundert Fragen in diesem einen Wort und war entzückt von der Gewißheit, daß sie ihm endlich die richtigen Antworten geben konnte. »Ich habe über etwas nachgegrübelt, weißt du, alter Mann«, sagte sie, während sie sanft auf den freien Platz neben sich auf der Bank klopfte. »Diese deine Hände...« Ihre Stimme verstummte, und ihre Augen blitzten schelmisch. Kokett befeuchtete sie ihre Unterlippe in einer Aufforderung, die älter ist als die Zeit.

»Ja?« Seine Stimme hatte einen heiseren Beiklang.

»Da sie ja so talentiert und stark sind...«

»Ja?« Seine Augenbrauen hoben sich. Sein Atem verhakte sich in seiner Kehle, als Lydia diesen Händen einen Vorschlag unterbreitete, der Tavis Mac Tarvitt bis in die tiefsten Tiefen seiner Seele schockierte und beglückte.

* * *

Als Grimm in jener Nacht schließlich das Dach verließ und in den Hauptsaal trat, unterdrückte er einen Fluch und kroch auf allen vieren rückwärts durch die Tür wieder hinaus. *In der Halle, ausgerechnet! Lydia! Und Tavis!*

»Ach! Die Liebe!« murmelte er zu den Sternen, die über ihm in gelassener Herrlichkeit strahlten.

* * *

Drei Monate später schallte der gesunde Schrei eines neugeborenen Jungen durch die Flure von Dalkeith-Upon-the-Sea. Hawk Douglas saß mit stolzgeschwellter Brust an Adriennes Seite auf dem Bett. Hawk hatte während der Wehen ihre Hand gehalten und hatte abwechselnd sich selbst und sie verflucht, die es überhaupt zugelassen hatte, daß er sie schwängerte.

Aber es würde noch viele weitere solcher Zeiten geben, dachte Adrienne, denn sie beabsichtigte, ein halbes Dutzend Kinder zu bekommen. Hawk würde sich halt einfach an den Vorgang gewöhnen müssen, sie auf die Welt zu bringen.

Verwundert strich Adrienne ihm über die Wange. »Du weinst ja«, flüsterte sie.

»Tränen des Glücks. Du hast mir ein neues Leben gegeben, Adrienne – ein Leben, das ich mir niemals hätte träumen lassen.«

Sie sah ihn bewundernd an, und ihr Kind lag zwischen ihnen gekuschelt.

Adrienne hätte noch stundenlang so verweilen können, aber in genau diesem Moment betrat Grimm das Pfauenzimmer und gab den Wachen barsch Anweisungen. »Stellt sie hier hin, neben das Bett.«

Hawk sah über die Schulter. »Ah, die Wiege. Ich habe sie letzte Nacht fertiggestellt. Aber ich denke, er wird sie die nächste Zeit nicht allzuoft zu Gesicht bekommen.« Besitzergreifend zog er ihren kleinen Sohn in seine Arme. »Er sollte eine Zeit bei uns schlafen, meinst du nicht auch?«

»Ich glaube nicht, daß ich es ertragen könnte, ihn nicht bei mir zu haben, könntest du es?«

Hawk nickte zustimmend, während er seinen Sohn eingehend studierte. »Mein Kind«, sagte er stolz. »Sieh nur diesen feinen, starken Kieferwinkel.«

Adrienne lachte. »Ein starrköpfiger Winkel«, neckte sie ihn, »und er hat schon schwarzes Haar.«

Hinter ihm gab Grimm einen unterdrückten Laut von sich.

Fragend blickte Hawk über die Schulter.

»Was zur Hölle ... äh, Verzeihung, Mylady«, sagte er zu Adrienne, »und entschuldige bitte, Kleiner«, sagte er zum Kind, »aber warum bist du hingegangen und hast das hier in die Wiege geschnitzt, Hawk?« fragte Grimm. »Hatten wir nicht genug Ärger mit diesen verdammten Feen?«

Hawk zog verwirrt die Augenbrauen hoch. »Wovon sprichst du, Grimm?« Sanft legte er Adrienne ihren Sohn in die Arme und schritt zur Wiege.

Fließende Buchstaben waren tief in die Wiege eingeschnitzt worden. Die ganze Wiege leuchtete wie mit glänzendem Goldstaub bestäubt. Hawk blickte einen langen Moment auf die Worte, von denen er wußte, daß er sie nicht eingeschnitzt hatte. Ein Lächeln trat auf seine Lippen, als er Adrienne laut vorlas:

Denke immer daran, Sterblicher – du hast deine eigene
Ewigkeit – die Unsterblichkeit der Liebe.
Selig seien die Douglas'.
Aoibheal, Königin der Elfen